Definitivamente muerta

Charlaine Harris (Misisipi, Estados Unidos, 1951), licenciada en Filología Inglesa, se especializó como novelista en historias de fantasía y misterio. Con la serie de novelas *Real Murders*, nominada a los premios Agatha en 1990, se ganó el reconocimiento del público. Pero su gran éxito le llegó con *Muerto hasta el anochecer* (2001), primera novela de la saga vampírica *Sookie Stackhouse*, ambientada en el sur de Estados Unidos. La traducción de las ocho novelas de la saga a otros idiomas y su adaptación a la serie de televisión *TrueBlood (Sangre fresca)* han convertido las obras de Charlaine Harris en best-sellers internacionales.

www.hbo.com/trueblood
www.sangrefresca.es
www.charlaineharris.com

Definitivamente muerta

CHARLAINE HARRIS

Traducción de Omar El-Kashef

punto de lectura

Título original: *Definitely Dead*
© 2006, Charlaine Harris Schulz
© Traducción: 2010, Omar El Kashef
© De esta edición:
2011, Santillana Ediciones Generales, S.L.
Torrelaguna, 60. 28043 Madrid (España)
Teléfono 91 744 90 60
www.puntodelectura.com

ISBN: 978-84-663-2370-3
Depósito legal: B-12.342-2011
Impreso en España – Printed in Spain

Diseño de cubierta: María Pérez-Aguilera
Fotografía de cubierta: Xavier Torres-Bacchetta

Primera edición: abril 2011

Impreso por **black**print
A CPI COMPANY

Agradecimientos

Quiero dar las gracias a mucha gente: al profesor de latín del hijo de Jerrilyn Farmer; a Toni L. P. Kelner y Steve Kelner, amigos y cajas de sonido; a Ivan Van Laningham, que derrocha tanto sabiduría como opinión sobre infinidad de temas; a la doctora Stacy Clanton, de quien puedo decir lo mismo; a Alejandro Dumas, autor de la fabulosa *Los tres mosqueteros*, que todo el mundo debería leer; a Anne Rice, por vampirizar Nueva Orleans y al lector de *Uncle Hugo's*, que adivinó la trama de esta novela por adelantado... ¡Va por vosotros!

Capítulo

1

Estaba entre los brazos de uno de los hombres más guapos que nunca he conocido, y él me miraba a los ojos.

—Piensa en… Brad Pitt —susurré mientras sus ojos marrón oscuro me seguían mirando con remoto interés.

Vale, iba mal encaminada.

Visualicé al último amante de Claude, un portero de un club de *striptease*.

—Piensa en Charles Bronson —sugerí—. O, eh, en Edward James Olmos.

Obtuve la recompensa de un cálido brillo en esos ojos de largas pestañas.

De primeras, cualquiera hubiera pensado que Claude me subiría mi larga y espumosa falda, me arrancaría el corpiño de corte bajo que me reafirmaba los pechos y me violaría hasta que le pidiera clemencia. Por desgracia para mí, y las demás mujeres de Luisiana, Claude era de los que transitaban por la acera de enfrente. Las rubias de pechos grandes no eran el ideal erótico de Claude. Los jovenzuelos duros y ásperos, quizá con una sombra de incipiente barba, eran los que encendían su fuego.

—María Estrella, vuelve a poner esa mata de pelo en su sitio —ordenó Alfred Cumberland desde detrás de la cámara. El fotógrafo era un hombre negro de gran envergadura, pelo canoso y barba. María Estrella Cooper penetró rauda en el plano de la cámara para arreglar una mecha rebelde de mi rubia cabellera. Estaba inclinada hacia atrás, sostenida por el brazo derecho de Claude, mientras que mi invisible mano izquierda (al menos para la cámara) se aferraba desesperadamente a la espalda de su largo abrigo negro, y mi brazo derecho se alzaba para permanecer suavemente posado sobre su hombro izquierdo. Su mano izquierda estaba sobre mi cintura. Supongo que la pose pretendía sugerir que me estaba echando al suelo para disponer de mí.

Claude vestía un abrigo negro largo, unos pantalones pirata, medias blancas y una espumosa camisa blanca. Yo llevaba un vestido azul largo con una ondulante falda y unas enaguas. Como he dicho, el vestido era generoso en el escote, y más aún con las diminutas mangas caídas sobre los hombros. Me alegraba de que la temperatura del estudio fuese moderadamente alta. El gran foco (que me apuntaba a los ojos como una parabólica) no daba tanto calor como me había esperado.

Al Cumberland empezó a hacer fotografías con su cámara mientras Claude se encendía sobre mí. Hice todo lo que pude para corresponder ese ardor. Mi vida personal había sido de lo más, digamos, árida durante las últimas semanas, así que tenía la mecha más que dispuesta. De hecho, estaba a punto de estallar en llamas.

María Estrella, una morena de piel dorada y unos preciosos rizos negros, estaba lista con su caja de maquillaje, peines y brochas para ejecutar los arreglos de última hora que fueran necesarios. Al llegar al estudio, me sorprendió conocer a la joven asistente del fotógrafo. No había visto a María Estrella desde que el líder de la manada de Shreveport fuera elegido unas semanas atrás. Entonces no tuve posibilidad de observarla, porque la competición por el puesto de líder de la manada había sido tan aterradora como sangrienta. Hoy había dispuesto del tiempo libre suficiente para comprobar que María Estrella se había recuperado por completo del accidente en el que un coche la había atropellado en el pasado mes de enero. Los licántropos se curan deprisa.

María Estrella también me reconoció, y sentí un gran alivio cuando me devolvió la sonrisa. Mi situación actual en la manada de Shreveport era, por así decirlo, incierta. Sin que mediara premeditación alguna, me había alineado involuntariamente con el bando perdedor de la disputa. El hijo del contendiente, Alcide Herveaux, a quien contaba como algo más que un amigo, sintió que lo había dejado tirado durante la disputa, y el nuevo líder de la manada, Patrick Furnan, sabía que me relacionaba con la familia Herveaux. Me sorprendió que María Estrella se pusiera a charlar conmigo como si tal cosa mientras me abrochaba el disfraz y me cepillaba el pelo. Me puso más maquillaje del que yo había usado en la vida, pero tuve que agradecérselo cuando me miré al espejo. Tenía un aspecto estupendo, aunque en nada me parecía a Sookie Stackhouse.

Si Claude no hubiese sido gay, puede que él también se hubiera quedado impresionado. Es el hermano de mi amiga Claudine, y se gana la vida desnudándose durante las noches exclusivas para mujeres en el club Hooligans, que ahora es de su propiedad. Claude es sencillamente despampanante; más de 1,80 de altura, pelo negro ondulado, enormes ojos marrones, nariz perfecta y labios ideales. Se deja el pelo largo para taparse las orejas: se las ha operado para redondearlas y que tengan aspecto humano, no puntiagudas como eran originalmente. Quien esté al tanto de la realidad sobrenatural, enseguida se percatará del porqué de esta cirugía y sabrá que Claude es un duende. No empleo el término con ninguna intención peyorativa. Hablo literalmente; Claude es un duende.

—Y ahora, el ventilador —ordenó Al a María Estrella, quien, tras un leve momento de reubicación, encendió el gran ventilador. Ahora parecía que nos encontrábamos en pleno vendaval. Mi pelo se onduló en una mata amarilla, mientras que el de Claude, aferrado en una coleta, permanecía inalterado. Tras unas cuantas tomas para captar el momento, María Estrella desató el pelo de Claude y se lo derramó sobre un hombro, para que se proyectara hacia delante formando un telón de fondo a su perfecto perfil.

—Maravilloso —dijo Al, y sacó unas cuantas fotos más. María Estrella movió el aparato un par de veces, haciendo que el vendaval nos atacara desde varias posiciones. Al final, Al me dijo que podía incorporarme. Y así lo hice, agradecida.

—Espero no haberte pesado demasiado —le dije a Claude, que volvía a parecer fresco y tranquilo.

—Qué va, tranquila. No tendrás un zumo de frutas, ¿verdad? —le preguntó a María Estrella. Claude no era precisamente un maestro del tacto social.

La bella licántropo señaló la pequeña nevera que había en un rincón del estudio.

—Los vasos están en la parte de arriba —dijo. Suspiró mientras lo seguía con la mirada. Las mujeres solían hacer eso después de hablar con Claude. El suspiro era una forma de decir: «Qué desperdicio».

Tras cerciorarse de que su jefe aún estaba enfrascado con sus cámaras, María Estrella me lanzó una amplia sonrisa. A pesar de tratarse de una licántropo, lo cual hacía que costara leer sus pensamientos, pude entrever que quería contarme algo… y no estaba segura de cómo me lo iba a tomar.

La telepatía no es algo divertido. La opinión que una tiene de sí misma se ve afectada por lo que piensan los demás. Y además hace que sea prácticamente imposible salir con chicos normales. Pensad en ello (y recordad que sabré si lo hacéis o no).

—Alcide lo ha pasado mal desde que derrotaron a su padre —dijo María Estrella, sin levantar demasiado la voz. Claude estaba ocupado estudiándose a sí mismo en un espejo mientras se bebía su zumo. Al Cumberland recibió una llamada al móvil y se encerró en su despacho para atenderla.

—No me cabe duda —dije. Desde que el contrincante de Jackson Herveaux lo matara, era de esperar que su hijo tuviera sus altibajos—. Envié mis condolencias a la ASPCA, y sé que se lo harán saber a Alcide y a Janice —dije. Janice era la hermana menor de Alcide, lo que la convertía en una no licántropo. Me preguntaba cómo le habría explicado Alcide a su hermana la muerte de su padre. A cambio, recibí una nota de agradecimiento, de esas que emite la funeraria sin una sola palabra personal.

—Bueno… —Parecía que le costaba soltarlo, fuese lo que fuese lo que le taponaba la garganta. Percibí un atisbo de su forma. El dolor me atravesó como un cuchillo, y lo bloqueé mientras me envolvía en mi orgullo. Aprendí a hacerlo en mi más tierna juventud.

Cogí un álbum de muestras del trabajo de Alfred y empecé a hojearlo, apenas prestando atención a las fotos de novios, *bar mitzvahs*, primeras comuniones y bodas de plata. Cerré el álbum y lo dejé donde estaba. Traté de aparentar normalidad, pero no creo que funcionara.

Con una amplia sonrisa que imitaba la expresión de la propia María Estrella, dije:

—Alcide y yo jamás fuimos pareja de verdad. —Puede que hubiera albergado anhelos y esperanzas, pero jamás tuvieron la oportunidad de madurar. El momento siempre era el equivocado.

Los ojos de María Estrella, de un marrón mucho más claro que los de Claude, se abrieron como platos. ¿Era asombro, o miedo?

—Sabía que podías hacer eso —dijo—, pero me sigue costando creerlo.

—Sí —añadí fatigadamente—. En fin, que me alegro de que Alcide y tú estéis saliendo; no tendría derecho a reprocharos nada, incluso aunque nosotros hubiéramos estado juntos. Que no es el caso. —La frase me salió un poco farfullada (y no era del todo verdad), pero creo que María Estrella captó mi intención: salvar la cara.

Cuando, durante las semanas siguientes a la muerte de su padre, no supe nada de Alcide, me convencí de que cualesquiera que hubieran sido sus sentimientos hacia mí, se habían apagado. Había sido todo un golpe, pero no fatal. Siendo realista, no había esperado nada más por parte de Alcide. Pero, caramba, era todo un fastidio. Me gustaba, y siempre escuece cuando descubres que te han sustituido con tan aparente facilidad. Después de todo, antes de la muerte de su padre, Alcide me sugirió que viviéramos juntos. Ahora se pasaba todo el tiempo con esa joven licántropo, quién sabe si planeando tener cachorros con ella.

Detuve en seco esa línea de pensamiento. ¡Debería avergonzarme! De nada servía comportarme como una zorra (cosa que, bien pensado, María Estrella sí que era, al menos tres noches al mes).

Debería avergonzarme por partida doble.

—Espero que seáis muy felices —le dije.

Me tendió otro álbum sin decir palabra. En la tapa ponía Alto Secreto. Cuando lo abrí, supe que el secreto era sobrenatural. Había fotos de ceremonias a las que los humanos nunca podían asistir… Una pareja de vampiros ataviada con trajes enrevesados posaba delante de un *ankh* gigante; un joven en plena transformación en oso, presumiblemente por primera vez; una instantánea de una manada de licántropos, todos ellos en forma de lobo. Al Cumberland, fotógrafo de lo extraño. No me sorprendía que hubiera sido la primera opción de Claude para sus fotos, quien había depositado en ellas todas sus esperanzas para lanzarse como modelo de portadas.

—Hay que seguir —dijo Al, saliendo a toda prisa de su despacho mientras apagaba el móvil con una mano—. Acaban de contratarnos para una boda doble en la zona del bosque donde vive la señorita Stackhouse.

Me pregunté si se trataría de un encargo sobrenatural o de un trabajo normal, pero consideré que habría sido un poco brusco hacerlo en voz alta.

Claude y yo recuperamos la postura íntima y personal. Siguiendo las instrucciones de Al, me subí la falda para mostrar mis piernas. En la época que daba a entender mi vestido, no creía que las mujeres tomaran mucho el sol o se depilaran las piernas, y yo estaba muy morena y suave como el culito de un bebé. Pero qué demonios. Probablemente los hombres tampoco se pasearan por ahí con la camisa desabrochada y el pecho al aire.

—Levanta la pierna como si lo fueses a rodear con ella —ordenó Alfred—. Bien, Claude, ésta es tu oportunidad para brillar. Hazme creer que te vas a quitar los pantalones de un momento a otro. ¡Queremos que las lectoras jadeen cuando te miren!

Claude usaría su *book* cuando se presentara al concurso de Míster Romántico, organizado todos los años por la revista *Romantic Times Book Reviews*.

Cuando compartió con Al sus ambiciones (di por sentado que se conocieron en una fiesta), éste recomendó al primero que se hiciera algunas fotos con el tipo de mujer que suele aparecer en la portada de las novelas románticas; le dijo que sus rasgos morenos se verían potenciados con una rubia de ojos azules. Resulté ser la única rubia bien dotada que conocía Claude dispuesta a ayudarle gratis. Por supuesto, Claude conocía a algunas *strippers* que lo hubieran hecho, pero a un precio. Con su tacto habitual, fue lo que Claude me dijo de camino al estudio. Se podría haber guardado esos detalles, lo cual me habría hecho sentirme bien por ayudar al hermano de mi amiga. Pero, a su peculiar manera, Claude no hizo sino compartirlos conmigo.

—Vale, Claude, ahora quítate la camisa —dijo Alfred.

Claude estaba acostumbrado a que le pidiesen que se quitara la ropa. Tenía un ancho pecho lampiño con una impresionante musculatura. Tenía un aspecto estupendo. No me sentí especialmente turbada. Puede que me estuviera volviendo inmune.

—Falda, pierna —me recordó Alfred, y me dije que era un trabajo. Al y María Estrella eran muy profesionales e impersonales, y no se podía ser más frío que Claude. Pero yo no estaba acostumbrada a subirme las faldas delante de la gente, y eso sí que se me hizo personal. A pesar de que mostraba la misma cantidad de piernas cuando me ponía shorts y no me sonrojaba lo más mínimo, de alguna manera el gesto de subirse la larga falda estaba más cargado de sexualidad. Apreté los dientes y me la fui subiendo, agarrándola a intervalos para mantenerla en posición.

—Señorita Stackhouse, tienes que dar la sensación de que estás disfrutando con esto —dijo Al. Me miró sacando el ojo del visor de su cámara, arrugando la frente en un gesto que definitivamente nada tenía que ver con la satisfacción.

Traté de no contrariarme. Le había dicho a Claude que le haría un favor, y los favores hay que cumplirlos de buen grado. Levanté la pierna para que mi muslo permaneciera paralelo al suelo, hacia donde apuntaba con mis dedos de los pies desnudos en lo que esperaba fuese una grácil postura. Posé ambas manos en los hombros desnudos de Claude y lo miré. Su piel era suave y cálida al tacto (no erótica o incitadora).

—Pareces aburrida, señorita Stackhouse —dijo Alfred—. Se supone que estás deseando saltarle encima. María Estrella, haz que parezca más…, más. —María Estrella vino hacia nosotros a la carrera para bajarme un poco más las vaporosas mangas. Puede que lo hiciera con demasiado entusiasmo. Menos mal que el corpiño estaba bien ajustado.

El caso es que Claude podía pasarse el día atractivo y desnudo, que yo no me sentiría atraída por él. Era gruñón y tenía malos modales. Aunque hubiese sido heterosexual, no habría sido mi tipo…, al menos después de diez minutos de conversación.

Como lo hiciera Claude antes, yo tendría que recurrir a la fantasía.

Pensé en el vampiro Bill, mi primer amor en todos los sentidos. Pero, en vez de lujuria, sentí ira. Bill llevaba varias semanas saliendo con otra.

Bueno, y ¿qué tal con Eric, el jefe de Bill y antiguo vikingo? El vampiro Eric compartió mi lecho y mi casa durante varios días de enero. No, ése es un camino peligroso. Eric conocía un secreto que quería mantener oculto durante el resto de mis días; aunque, dado que había sufrido amnesia durante su estancia en mi casa, no era consciente de que dicho secreto estaba en alguna parte de su mente.

Se me pasaron unas cuantas caras por la cabeza: mi jefe Sam Merlotte, propietario del Merlotte's. No, no sigas por ahí, pensar en tu jefe desnudo es malo. Vale, ¿y Alcide Herveaux? No, ése era un camino sin salida, sobre todo habida cuenta de que estaba en compañía de su actual novia… Vale, me había quedado sin material de fantasía, y tendría que volver a alguno de mis actores favoritos.

Pero las estrellas del cine se me antojaban poca cosa después del mundo sobrenatural que había tenido la ocasión de catar desde que Bill se dejó caer por el Merlotte's. La última experiencia remotamente erótica que había tenido, por raro que parezca, estaba relacionada con que alguien me lamiera mi pierna ensangrentada. Aquello fue… desconcertante. Pero incluso a pesar de las circunstancias, había conseguido que algo en lo más profundo de mí se estremeciera. Recuerdo cómo se movía la cabeza calva de Quinn mientras me limpiaba la herida de un modo muy personal y me sujetaba firmemente con sus grandes y cálidos dedos…

—Servirá —dijo Alfred, y empezó a disparar. Claude puso la mano sobre mi muslo desnudo cuando notó que mis músculos empezaban a temblar debido al esfuerzo de mantener la postura. Una vez más, un hombre me sujetaba de la pierna. Claude me la cogió de modo que pudiera apoyarme. Aquello me ayudó considerablemente, pero no tuvo nada de erótico.

—Ahora algunas en la cama —dijo Al, justo cuando decidí que ya no podía mantenerme.

—No —dijimos Claude y yo al unísono.

—Pero forma parte del paquete —insistió Al—. No hace falta que os desnudéis. No me va ese tipo de fotografía. Mi mujer me mataría. Tumbaos en la cama tal como estáis. Claude se apoya sobre el codo y te mira hacia abajo, señorita Stackhouse.

—No —dije con firmeza—. Hazle algunas fotos a solas en el agua. Eso será mejor. —Había un estanque falso en un rincón, y unas cuantas fotos de Claude, presuntamente desnudo y con el pecho mojado, resultarían de lo más atractivo (para cualquier mujer que aún no lo hubiera conocido).

—¿Qué opinas de eso, Claude? —preguntó Al.

Y el narcisismo de Claude irrumpió en escena.

—Creo que sería genial, Al —dijo, tratando de no sonar demasiado emocionado.

Me dispuse a enfilar el camino hacia el vestuario, ansiosa por deshacerme del disfraz y volver a ponerme mis vaqueros. Miré en derredor en busca de un reloj. Tenía que estar en el trabajo a las cinco y media, y antes tenía que volver a Bon Temps y recoger mi uniforme del Merlotte's.

—Gracias, Sookie. —Oí que decía Claude.

—De nada, Claude. Buena suerte con los contratos. —Pero ya había vuelto su atención al espejo frente al cual se estaba admirando.

María Estrella vio que me marchaba.

—Hasta pronto, Sookie. Me alegra haberte vuelto a ver.

—Lo mismo digo —mentí. Incluso a través de los retorcidos pasadizos rojizos de la mente de un licántropo, pude ver que María Estrella no podía comprender cómo pude dejar pasar a Alcide. A fin de cuentas, los licántropos eran atractivos, si bien desde un punto de vista algo tosco, eran compañeros divertidos y machos de sangre caliente para la persuasión heterosexual. Además, ahora era propietario de su propia empresa de peritajes y era un hombre adinerado por derecho propio.

La respuesta afloró en mi mente y hablé antes de pensármelo.

—¿Sigue alguien buscando a Debbie Pelt? —pregunté, más o menos como quien hinca un diente dolorido. Debbie había sido la eterna novia intermitente de Alcide. Era toda una pieza.

—No la misma gente —dijo María Estrella. Su expresión se ensombreció. A María Estrella no le gustaba pensar en Debbie más de lo que me gustaba a mí, aunque, sin duda, por razones diferentes—. Los detectives que contrató la familia Pelt tiraron la toalla, aduciendo que sangrarían a la familia si seguían adelante. Eso es lo que he oído. La policía no lo ha admitido, pero también ha dado con un callejón sin salida. Sólo he visto a los Pelt una vez, cuando se pasaron por Shreveport al desaparecer Debbie. Una pareja de lo más salvaje —parpadeé. Era toda una afirmación, viniendo de una licántropo—. Sandra, su hija, es la peor. Adoraba con locura a Debbie, y por ella siguen visitando a cierta gente, gente muy curiosa. Yo, personalmente, creo que la han secuestrado. O quizá se haya suicidado. Puede que perdiera los papeles cuando Alcide la rechazó.

—Puede —murmuré, aunque poco convencida.

—Es mejor así. Espero que siga desaparecida —afirmó María Estrella.

Mi opinión era la misma, pero, a diferencia de María Estrella, yo sabía perfectamente qué había sido de Debbie. Fue precisamente eso lo que ejerció de palanca para separarnos a Alcide y a mí.

—Espero que no vuelva a verla nunca —insistió María Estrella, con su bello rostro ensombrecido y mostrando una faceta de su lado más salvaje.

Puede que Alcide estuviera saliendo con María Estrella, pero no había confiado en ella plenamente. Alcide sabía que nunca volvería a ver a Debbie. Y que era culpa mía, ¿vale?

Le pegué un tiro.

Yo había hecho las paces conmigo misma, pero, de alguna forma, aquel hecho seguía volviéndome a la memoria. No hay modo de matar a alguien y salir de la experiencia inalterada. Las consecuencias siempre te cambian la vida.

* * *

Dos curas entraron en el bar.

Esto parece el comienzo de innumerables chistes. Pero esos curas no iban acompañados de un canguro, y no había en el bar

19

un rabino, o una rubia. Personalmente, había visto muchas rubias, incluso un canguro en el zoo, pero nunca a un rabino. Con aquellos curas, sin embargo, había coincidido innumerables veces. Solían quedar para cenar cada dos semanas.

El padre Dan Riordan, pulcramente afeitado y rubicundo, era el sacerdote católico que acudía a la pequeña iglesia de Bon Temps todos los sábados para celebrar la misa, y el padre Kempton Littrell, pálido y barbudo, era el sacerdote episcopal que celebraba la sagrada eucaristía en la diminuta iglesia episcopal de Clarice cada dos semanas.

—Hola, Sookie —dijo el padre Riordan. Era irlandés, irlandés de verdad, no sólo de ascendencia. Me encantaba escucharle hablar. Llevaba unas densas gafas de montura negra y tenía unos cuarenta y pico.

—Buenas noches, padre. Hola, padre Littrell. ¿Qué les pongo?

—Yo quisiera un whisky escocés con hielo, señorita Sookie. ¿Y tú, Kempton?

—Oh, yo sólo una cerveza. Y una cesta de tiras de pollo, por favor. —El sacerdote episcopal lucía gafas de montura dorada y era más joven que el padre Riordan. Tenía buen corazón.

—Claro. —Les sonreí a los dos. Como podía leer sus pensamientos, sabía que ambos eran hombres genuinamente buenos, y aquello me puso contenta. Siempre es desconcertante escuchar el contenido de la mente de un sacerdote y no sólo descubrir que no es mejor que tú, sino que tampoco lo intenta.

Dada la absoluta oscuridad que reinaba fuera, no me sorprendió ver entrar a Bill Compton. Pero a los sacerdotes sí pareció hacerlo. Las iglesias de Estados Unidos aún no se habían hecho a la realidad de los vampiros. Decir que sus políticas eran confusas sería quedarse corta. La Iglesia católica se encontraba en pleno debate, intentando decidir si había que considerar a todos los vampiros como seres malditos y anticatólicos, o aceptarlos como potenciales conversos. La Iglesia episcopal había votado en contra de aceptar vampiros como sacerdotes, aunque sí se les permitía hacer la comunión, si bien buena parte de sus seglares decían que eso ocurriría por encima de sus cadáveres. Por desgracia, la mayoría de ellos no comprendía las posibilidades literales que encerraba esa idea.

Ambos sacerdotes miraron con cara de pocos amigos mientras Bill me daba un rápido beso en la mejilla y se sentaba en su mesa favorita. Bill apenas les prestó atención. Abrió su periódico y se puso a leer. Siempre parecía serio, como si estuviese repasando la sección de economía o las noticias de Irak, pero yo sabía que siempre leía las columnas de opinión, y a continuación las viñetas humorísticas, a pesar de que casi nunca cogía los chistes.

Bill había venido solo, lo cual suponía un cambio agradable. Normalmente se traía a la adorable Selah Pumphrey. Yo la odiaba. Como Bill había sido mi primer amor y mi primer amante, cabía la posibilidad de que nunca llegara a superarlo. Quizá él tampoco quisiera que yo lo lograra. Parecía muy interesado en arrastrar a Selah al Merlotte's siempre que salían. Supuse que me la estaba restregando por la cara. Y no es exactamente lo que uno haría si alguien ya no te importa, ¿no?

Sin que necesitara pedirlo, le llevé su bebida favorita, una TrueBlood tipo 0. La puse limpiamente frente a él sobre una servilleta, y me volví para marcharme cuando una mano fría me tocó el brazo. Su tacto me estremecía, y puede que fuese a hacerlo siempre. Bill siempre había dejado claro que yo lo excitaba, y tras una vida entera sin relaciones o sexo, se me subió a la cabeza cuando él me dejó claro que me encontraba atractiva. Otros hombres también habían empezado a mirarme como si hubiese ganado en interés. Ahora comprendía por qué la gente pensaba tanto en el sexo; Bill me había proporcionado una exhaustiva educación al respecto.

—Sookie, quédate un momento. —Bajé la mirada hasta encontrarme con sus ojos marrones, que se antojaban aún más oscuros en contraste con la palidez de su cara. Era delgado y de hombros anchos, brazos musculosos, como los del granjero que una vez fue—. ¿Cómo te va?

—Estoy bien —dije, tratando de no sonar sorprendida. No era muy normal que Bill se pusiera a hablar del tiempo; la charla vacía no era su punto fuerte. Incluso cuando estuvimos juntos no era lo que suele decirse parlanchín. Y, del mismo modo que un vampiro puede volverse adicto al trabajo, Bill se había vuelto un obseso de los ordenadores—. ¿Y a ti te van bien las cosas?

—Sí. ¿Cuándo irás a Nueva Orleans a reclamar tu herencia?

Ahora sí que estaba anonadada (y eso me pasa porque no puedo leer la mente de los vampiros. Por eso me gustan tanto; es maravilloso estar con alguien que es todo un misterio para mí). Habían asesinado a mi prima hacía menos de seis semanas en Nueva Orleans, y Bill estaba conmigo cuando el emisario de la reina de Luisiana acudió a decírmelo… y a traer al asesino ante mí para que yo lo juzgara.

—Supongo que me pasaré por el apartamento de Hadley algún día del mes que viene. No he hablado con Sam sobre cogerme unos días libres.

—Lamento que hayas perdido a tu prima. ¿Has estado muy triste?

Hacía años que no veía a Hadley, y hubiera sido más extraño verla después de haberse convertido en vampira. Pero, como persona con muy pocas relaciones vivas, odiaba perder a cualquiera de los que tenía.

—Un poco —dije.

—¿No sabes cuándo irás?

—No lo he decidido. ¿Recuerdas a su abogado, el señor Cataliades? Dijo que me avisaría cuando acabara con los papeleos. Me prometió dejar el lugar intacto para mí, y cuando el consejero de la reina te dice que el lugar seguirá intacto, hay que creérselo. Para ser sincera, tampoco he hecho yo nada por localizarle.

—Podría ir contigo a Nueva Orleans, si no te importa llevar a un acompañante.

—Vaya —dije con un arranque de sarcasmo—. ¿No le molestará a Selah? ¿O es que también la pensabas traer? Eso sí que sería un viaje alegre.

—No. —Y lo zanjó ahí. Era imposible sacarle nada a Bill cuando cerraba la boca así, lo sabía por experiencia. Vale, estaba confusa.

—Ya te diré —dije, tratando de discernir lo que pensaba. Si bien resultaba doloroso estar en compañía de Bill, confiaba en él. Bill jamás me haría daño. Tampoco dejaría que me lo hicieran otros. Pero existen muchos tipos de dolor.

—Sookie —llamó el padre Littrell. Fui a atenderlo inmediatamente.

Miré hacia atrás para ver la sonrisa de Bill. Era pequeña, y estaba repleta de satisfacción. No estaba segura de su significado, pero me alegraba verlo sonreír. ¿Acaso esperaba retomar nuestra relación?

—No estábamos seguros de si querías que te interrumpiésemos o no —dijo el padre Littrell. Lo miré, confundida.

—Nos preocupaba verte conversar tanto tiempo, y con tanta intención, con el vampiro —dijo el padre Riordan—. ¿Trataba ese impenitente del infierno de dominarte con su hechizo?

De repente, su acento irlandés dejó de ser del todo encantador. Contemplé al padre Riordan con perplejidad.

—Están bromeando, ¿verdad? Ya saben que Bill y yo salimos durante mucho tiempo. Está claro que no conocen mucho a los impenitentes del infierno si piensan que Bill es algo parecido.

—Yo ya había visto cosas mucho más tenebrosas que Bill en nuestra simpática localidad de Bon Temps y sus alrededores. Algunas de ellas eran humanas—. Padre Riordan, soy capaz de arreglármelas sola. Y conozco la naturaleza de los vampiros mejor de lo que jamás podrán ustedes. Padre Littrell —dije—, ¿quiere mostaza a la miel o kétchup con sus tiras de pollo?

El padre Littrell se decantó por la mostaza a la miel de forma algo aturdida. Me marché, tratando de difuminar el pequeño incidente y preguntándome qué habrían hecho los dos sacerdotes de saber lo que ocurrió en ese mismo bar dos meses atrás, cuando la clientela del local aunó sus fuerzas para quitarme de encima a alguien que trataba de matarme.

Dado que esa persona era un vampiro, probablemente lo habrían aprobado.

Antes de marcharse, el padre Riordan se acercó para «tener unas palabras» conmigo.

—Sookie, sé que no estás precisamente contenta conmigo en este momento, pero tengo que preguntarte algo en nombre de otras personas. Si estás menos dispuesta a escucharme debido a mi comportamiento, por favor no lo tengas en cuenta y dales una oportunidad.

Suspiré. Al menos el padre Riordan trataba de ser un buen hombre. Asentí, reacia.

—Buena chica. Una familia de Jackson se ha puesto en contacto conmigo…

Todas mis alarmas saltaron. Debbie Pelt era de Jackson.

—Es la familia Pelt, me consta que la conoces. Siguen buscando a su hija, que desapareció en enero. Se llamaba Debbie. Me han llamado porque su sacerdote me conoce, sabe que sirvo en la congregación de Bon Temps. A los Pelt les gustaría venir a verte, Sookie. Quieren hablar con todos los que vieron a su hija la noche que desapareció, y temen que si se presentan en tu puerta sin más no quieras recibirlos. Temen que estés enfadada porque sus detectives privados se entrevistaron contigo, como la policía, y que puedas sentirte indignada por ello.

—No quiero verlos —dije—. Padre Riordan, ya he dicho todo lo que sé. —Y era verdad, salvo que no se lo había dicho a la policía o a los Pelt—. No quiero hablar más de Debbie. —Eso también era verdad, y mucho—. Dígales, con todo el respeto, que no hay nada más de qué hablar.

—Se lo diré —dijo—. Pero tengo que decirte, Sookie, que me siento decepcionado.

—Bueno, está claro que ha sido una mala noche para mí en todos los sentidos —dije—, sobre todo en el de perder su buena consideración.

Se marchó sin decir más, que era exactamente lo que yo deseaba.

Capítulo

2

Era casi la hora de cerrar de la noche siguiente cuando ocurrió otra cosa extraña. Justo cuando Sam nos dio la señal de decirles a nuestros clientes que aquélla sería la última copa, alguien a quien pensé que jamás volvería a ver entró en el Merlotte's.

Para ser un hombre de su envergadura, se movía en silencio. Se quedó en la puerta, oteando el bar en busca de una mesa libre, y me percaté de su presencia debido al brillo de la tenue luz en su cabeza afeitada. Era muy alto y corpulento, con una orgullosa nariz y unos grandes dientes níveos. Tenía labios carnosos y era de tez morena. Lucía una especie de chaqueta deportiva de color bronce sobre una camisa negra y unos pantalones amplios. Si bien habría parecido más natural con unas botas de motorista, llevaba unos mocasines repulidos.

—Quinn… —dijo Sam en voz baja. Se le quedaron las manos rígidas, a pesar de hallarse en plena mezcla de un Tom Collins—. ¿Qué estará haciendo aquí?

—No sabía que lo conocieras —contesté, sintiendo que mi cara se sonrojaba al darme cuenta de que había estado pensando en el hombre calvo tan sólo hacía una noche. Era el que me había limpiado la sangre de la pierna con la lengua; una interesante experiencia.

—Todo el mundo de mi entorno conoce a Quinn —dijo Sam con expresión neutral—. Pero me sorprende que lo conozcas tú, que no eres una cambiante. —A diferencia de Quinn, Sam no es un hombre grande, aunque sí muy fuerte, como suele ser el caso con los cambiantes, mientras que sus rizos rojizos dorados envuelven su cabeza con un halo angelical.

—Conocí a Quinn en la disputa por el puesto de líder de la manada —añadí—. Era, eh, el maestro de ceremonias. —Como era natural, Sam y yo ya habíamos hablado sobre el cambio en el liderazgo de la manada de Shreveport. Esa población no está muy lejos de Bon Temps, y todo lo que hagan los licántropos influye mucho a cualquier tipo de cambiante.

Un auténtico cambiante, como Sam, puede transformarse en cualquier cosa, si bien cada uno tiene un animal favorito. Para liar más el asunto, todos los que pueden cambiar de su forma humana a una animal se hacen llamar cambiantes, aunque son muy pocos los que gozan de la versatilidad de Sam. Los cambiantes que sólo pueden hacerlo en un animal son los que reciben el apelativo «hombre» por delante, incluidos los licántropos: hombres tigre (como Quinn), hombres oso, hombres lobo… Estos últimos se envisten a sí mismos con un apelativo que difiere de los demás, «licántropos», y se consideran superiores en fortaleza y cultura a todos los demás cambiantes.

Los licántropos son también la subespecie más numerosa dentro de los cambiantes, aunque, si bien son comparables en número a los vampiros, son en realidad escasos. Hay varias razones para explicarlo. Su tasa de natalidad es muy baja, la mortalidad infantil supera a la de los niños humanos normales, y sólo el primogénito nacido de una pareja de licántropos puros se convierte plenamente en otro. Eso ocurre durante la pubertad… Como si una pubertad normal no fuese ya lo suficientemente problemática de por sí.

Los cambiantes son muy reservados. Es una costumbre muy difícil de romper, incluso delante de una humana simpatizante y extraña como yo. Aún no han salido a la luz pública, y yo voy aprendiendo cosas sobre su mundo en pequeñas dosis.

Incluso Sam guarda muchos secretos que no conozco, y eso que lo considero mi amigo. Sam se transforma en collie, y a menudo me visita con esa forma. A veces incluso duerme sobre la alfombra que hay junto a mi cama.

Sólo había visto a Quinn en su forma humana.

No lo mencioné cuando le conté a Sam lo de la lucha entre Jackson Herveaux y Patrick Furnan por el liderazgo de la manada de Shreveport. Y ahora Sam me estaba dedicando su mejor ceño fruncido, disgustado porque se lo hubiese ocultado, pero no lo hice adrede. Volví a mirar a Quinn. Había alzado un poco su nariz. Estaba palpando el aire, siguiendo un rastro de olor. ¿A quién rastreaba?

Cuando Quinn se dirigió directamente a una de las mesas de mi zona, a pesar de que había muchas otras libres en la de Arlene, que estaban más cerca, supe que me buscaba a mí.

Vale, eso me inspiraba sensaciones encontradas.

Miré de reojo a Sam para ver cómo reaccionaba. Hacía cinco años que confiaba en él, y nunca me había fallado.

Sam me hizo un gesto afirmativo con la cabeza. Pero no parecía muy contento.

—Ve a ver lo que quiere —dijo con un tono de voz tan grave que rayaba con el gruñido.

Mis nervios fueron en aumento a medida que me acercaba al nuevo cliente. Pude sentir cómo se me enrojecían las mejillas. ¿Por qué estaba tan azorada?

—Hola, señor Quinn —dije. Hubiese sido una estupidez fingir que no lo conocía—. ¿Qué te pongo? Me temo que estamos a punto de cerrar, pero hay tiempo para una cerveza o cualquier otra bebida.

Cerró los ojos e inspiró profundamente, como si me estuviese inhalando.

—Podría reconocerte en un cuarto a oscuras —dijo, y me sonrió. Era una sonrisa amplia y preciosa.

Aparté la mirada, reprimiendo la mueca involuntaria que pretendía asomar en mis labios. Estaba un poco… tímida. Yo nunca actuaba de esa forma. O quizá puede que «recatada» sea un término más apropiado, pero tampoco me gustaba.

—Supongo que debería tomármelo como un halago —aventuré con cautela—. ¿Es así?

—Ésa es la intención. ¿Quién es el perro de detrás de la barra que me mira como si quisiera echarme de aquí?

Dijo perro de manera literal, no como insulto.

—Es mi jefe, Sam Merlotte.

—Está interesado en ti.

—Eso espero. Llevo cinco años trabajando para él.

—Hmmm, ¿qué tal si me pones una cerveza?

—Claro. ¿Qué marca?

—Bud.

—Marchando —dije, y me volví. Sabía que no me estaba quitando el ojo de camino a la barra, podía sentir su mirada. Y supe por sus pensamientos, a pesar de que él tenía la guardia alta característica de los cambiantes, que lo hacía con admiración.

—¿Qué quiere? —Sam parecía casi… hirsuto. De haber estado en su forma canina, el pelo de su lomo se habría puesto tieso.

—Una Bud —dije.

Sam me miró, con el entrecejo aún fruncido.

—No me refería a eso, y lo sabes.

Me encogí de hombros. No tenía la menor idea de lo que quería Quinn.

Sam puso una jarra sobre la barra de una forma tan brusca que me hizo respingar. Me quedé mirándolo para cerciorarme de que supiera que me había disgustado, y luego le llevé la cerveza a Quinn.

Quinn me la pagó y me dio una buena propina (si bien no ridículamente alta, lo cual me hubiera hecho sentir comprada) que me metí en el bolsillo del pantalón. Comencé con la ronda de mis otras mesas.

—¿Visitando a alguien por la zona? —le pregunté a Quinn cuando pasé a su lado, después de limpiar otra mesa. La mayoría de los parroquianos estaban pagando sus cuentas y emprendiendo la marcha del Merlotte's. Había un local que abría más allá del horario normal, del que Sam fingía no saber nada, que estaba más hacia el interior, pero la mayoría de los clientes habituales del Merlotte's se irían a la cama. Si un bar podía considerarse familiar, ése era el Merlotte's.

—Sí —dijo—. A ti.

Aquello me dejó sin muchas opciones de seguir la conversación.

Seguí mi camino y descargué los vasos de la bandeja tan ida que casi tiré uno. No era capaz de recordar cuándo me había sentido tan azorada.

—¿Por negocios o placer? —pregunté la siguiente vez que pasé a su lado.

—Ambas cosas —dijo.

Algo del placer que sentía se desvaneció cuando escuché que también venía por negocios, pero puse en él toda mi atención… y eso era bueno. Hay que tener todas las alertas encendidas cuando se trata con un ser sobrenatural. Estas criaturas albergan objetivos y deseos insondables para la gente normal. Lo sabía porque me había pasado la vida siendo el depósito involuntario de todos los objetivos y deseos de los seres humanos «normales».

Cuando Quinn fue una de las últimas personas que quedaron en el bar (aparte de las otras camareras y Sam), se levantó y me miró con expectación. Me acerqué con una amplia sonrisa, que es lo que suelo hacer cuando estoy tensa. Me resultó interesante comprobar que Quinn estaba casi igual de tenso que yo. Podía sentir la rigidez de su patrón mental.

—Te veré en tu casa, si no te molesta. —Me lanzó una mirada seria—. Si te importuna, podemos vernos en otro sitio. Pero quiero hablar contigo esta noche, a menos que te encuentres exhausta.

Lo había dicho con la suficiente cortesía. Arlene y Danielle hacían todo lo que estaba en su mano para no mirar en nuestra dirección (con el mismo ahínco con el que miraban a Quinn cuando estaba distraído), pero Sam se había dado la vuelta para hacer algo detrás de la barra, pasando completamente del otro cambiante. Se estaba comportando fatal.

Procesé rápidamente la petición de Quinn. Si dejaba que fuese a mi casa, quedaría a su merced. Vivo en un sitio muy apartado. Mi vecino más cercano es mi ex, Bill, y vive al otro lado del cementerio. Por otra parte, si Quinn hubiese sido una típica cita, habría dejado que me llevara a casa sin pensármelo dos veces. Por lo que pude captar en sus pensamientos, no quería hacerme daño.

—Está bien —dije finalmente. Se relajó y volvió a esbozar esa gran sonrisa suya.

Retiré su vaso vacío y me di cuenta de que tres pares de ojos me observaban con desaprobación. Sam estaba contrariado, y Danielle y Arlene no podían comprender por qué nadie iba a preferirme a mí con respecto a ellas, a pesar de que Quinn dedicó una pausa a las dos veteranas camareras. Quinn lanzó un bufido cuya naturaleza extraña no habría pasado desapercibida ni para el más prosaico de los humanos.

—Termino en un momento —dije.

—Tómate tu tiempo.

Acabé de rellenar los platos de porcelana de cada mesa con sobres de azúcar y edulcorante. Me aseguré de que los servilleteros estaban llenos y comprobé saleros y pimenteros. Terminé pronto. Cogí mi bolso del despacho de Sam y me despedí de él.

Quinn me siguió en la noche con una camioneta verde. Bajo las luces del aparcamiento, la camioneta parecía recién salida de la fábrica, con sus ruedas y tapacubos brillantes, una cabina extendida y un compartimento de carga cubierto, que podía servir de cama. Apostaría todo mi dinero a que estaba llena de grandes posibilidades. La camioneta de Quinn era el vehículo con más estilo que había visto en mucho tiempo. A mi hermano Jason se le habría caído la baba, y eso que él lleva la suya con remolinos azules y rosas pintados en los laterales.

Me dirigí al sur por Hummingbird Road y giré a la izquierda para tomar mi camino particular. Tras recorrerlo a lo largo de dos acres de bosque, llegué al claro donde se encontraba nuestra vieja casa familiar. Había encendido las luces exteriores antes de marcharme, y disponía de una luz de seguridad en el poste eléctrico que se encendía automáticamente, por lo que el claro se encontraba bien iluminado. Aparqué detrás de la casa, y Quinn lo hizo justo a mi lado.

Salió de su camioneta y miró a su alrededor. La luz de seguridad le permitía ver un jardín muy pulcro. El camino estaba en perfectas condiciones, y hacía poco que había repasado la pintura del cobertizo de las herramientas de la parte de atrás. Había un tanque de propano que ningún ajardinamiento sería capaz de disimular, pero mi abuela había plantado muchos parterres para sumarlos a los innumerables que la familia ya había dispuesto a lo largo de los ciento cincuenta extraños años que había vivido allí. Yo llevaba en esas tierras, en esa casa, desde los siete años, y me encantaba.

Mi hogar no tenía nada del otro mundo. Empezó siendo una casa de granja y ha sufrido continuas ampliaciones y remodelaciones a lo largo de los años. La mantengo limpia, y trato de tener el jardín aseado. Las grandes reparaciones están más allá de mis habilidades, pero Jason me ayuda de vez en cuando. No le gustó mucho que la abuela me legara la casa y las tierras a mí sola, pero él se había mudado a la vivienda de nuestros padres cuando cumplió los veintiún años, y yo nunca le exigí el pago de la mitad de la propiedad. El testamento de la abuela me pareció justo. A Jason le llevó un tiempo admitir que había sido lo correcto.

Nuestra relación había mejorado considerablemente a lo largo de los últimos meses.

Abrí la puerta trasera e hice pasar a Quinn a la cocina. Miró en derredor con curiosidad mientras yo colgaba la chaqueta en el respaldo de una de las sillas que había encajonadas bajo la mesa del centro de la cocina, donde suelo comer.

—Esto no está acabado —dijo.

Los armarios pequeños estaban en el suelo, listos para que alguien los montara. Después, habría que pintar toda la habitación e instalar las encimeras. Luego podría descansar tranquila.

—Se me quemó la vieja cocina hace unas semanas —expliqué—. El fabricante tuvo una cancelación y consiguió tener ésta lista en tiempo récord. Pero cuando los armarios no llegaron a tiempo, envió a su gente a ocuparse de otro trabajo. Cuando llegaron los armarios, casi habían terminado en el otro sitio. Supongo que volverán un día de éstos. —Mientras tanto, al menos podía disfrutar de volver a mi propia casa. Sam fue tremendamente amable al dejarme vivir en uno de sus pisos de alquiler (y vaya si disfruté de los suelos nivelados, la nueva fontanería y los vecinos), pero no hay nada como el propio hogar.

La nueva cocina también había llegado, por lo que podía cocinar. También había puesto una cubierta de hule sobre los armarios para usarlos como encimeras mientras cocinaba. La nueva nevera brillaba y zumbaba quedamente, nada que ver con la que mi abuela conservó durante treinta años. La nueva cocina siempre me dejaba atontada cada vez que cruzaba el porche trasero (que ahora era más grande y estaba tapiado) para abrir la puerta trasera, que también era nueva y más pesada, con su mirilla y su pestillo.

—Aquí es donde empieza la vieja casa —dije, pasando de la cocina al pasillo. Sólo hizo falta cambiar unas tablas en el resto de la casa, y estaba toda impoluta y recién pintada. No es sólo que las paredes y el techo estuvieran manchados de humo, sino que fue necesario erradicar el olor a quemado. Cambié las cortinas, tiré una o dos alfombrillas y limpié, limpié y limpié. Esta tarea había ocupado cada uno de mis momentos de vigilia durante un buen trecho.

—Un buen trabajo —comentó Quinn, estudiando ahora las dos partes que se habían unido.

—Pasa al salón —dije, satisfecha. Disfrutaba enseñando la casa, ahora que sabía que la tapicería de la pared estaba limpia, que no había pelusas y el cristal de los marcos de fotos brillaba como nunca. Había cambiado las cortinas del salón, algo que llevaba todo el año pasado deseando hacer.

Que Dios bendiga al seguro y al dinero que gané ocultando a Eric de un enemigo. Le había hecho un buen agujero a mi cuenta de ahorros, pero pude disponer del dinero cuando lo necesité, una buena razón por la que estar agradecida.

La chimenea estaba lista para encender un fuego, pero hacía demasiado calor para hacerlo. Quinn se sentó en un sillón y yo hice lo propio frente a él.

—¿Te apetece beber algo? ¿Una cerveza, o un té o café, quizá? —pregunté, consciente de mi papel de anfitriona.

—No, gracias —me dijo con una sonrisa—. Tenía ganas de volver a verte desde que te conocí en Shreveport.

Traté de mantener la mirada. El impulso de bajarla a los pies o las manos era abrumador. Sus ojos eran verdaderamente del profundo púrpura que recordaba.

—Fue un día difícil para los Herveaux —dije.

—Saliste con Alcide durante un tiempo —observó con tono neutral.

Se me ocurrió un par de posibles respuestas. Opté por:

—No lo he visto desde la disputa por el liderazgo de la manada.

De nuevo su amplia sonrisa.

—¿Entonces no estáis juntos?

Negué con la cabeza.

—¿Eso quiere decir que estás libre?

—Sí.

—¿No le estaría pisando el terreno a nadie?

Traté de sonreír, pero no por sentirme contenta.

—Yo no he dicho eso. —Siempre habría alguien a quien no le iba a hacer gracia, pero no tenía derecho a entorpecer el camino.

—Creo que podré lidiar con algún que otro ex descontento. ¿Saldrás conmigo?

Me lo quedé mirando durante un par de segundos, buscando ideas en cada rincón de mi mente. De la suya sólo recibía optimismo; no vi engaño o interés. Cuando repasé las reservas que tenía, se disolvieron hasta convertirse en nada.

—Sí —dije—. Saldré contigo. —Su preciosa sonrisa me impelió a devolverle el gesto, y esta vez la mía era genuina.

—Bien —dijo—. Hemos cerrado la parte de placer. Vamos ahora con la de negocios, que no tiene nada que ver.

—Vale —contesté, borrando la sonrisa. Esperaba tener la ocasión de volver a sacarla más tarde, pero cualquier tema serio que fuera a tratar conmigo estaría relacionado con lo sobrenatural y, por lo tanto, sería causa de ansiedad.

—¿Has oído hablar de la cumbre regional?

La cumbre de los vampiros, donde los reyes y las reinas de varios Estados se reúnen para tratar… cosas de vampiros.

—Algo me contó Eric.

—¿Te ha contratado ya para que trabajes allí?

—Dijo que quizá me necesitaría.

—Lo digo porque la reina de Luisiana ha sabido que estoy por la zona y me ha pedido que solicite tus servicios. Su puja debería anular la de Eric.

—Eso se lo tendrás que preguntar a él.

—Creo que sería mejor que se lo dijeras tú. Los deseos de la reina son órdenes para Eric.

Se me caería el alma a los pies. No me apetecía decirle nada a Eric, el sheriff de la Zona Cinco de Luisiana. Sus sentimientos hacia mí eran confusos. Y os puedo asegurar que a los vampiros no les gusta sentirse confusos. El sheriff había perdido la memoria del corto periodo que pasó oculto en mi casa. Esa laguna le había vuelto loco; le gustaba mantener el control, y eso incluía ser consciente de sus acciones durante cada segundo de cada noche. Así que esperó a poder hacer algo por mí, y a cambio exigió que le relatara lo ocurrido mientras estuvo en mi compañía.

Puede que llevara la franqueza un poco lejos. A Eric no le sorprendió precisamente que nos acostáramos, pero se quedó pasmado cuando le dije que me ofreció renunciar a su duramente obtenida posición en la jerarquía vampírica para vivir conmigo.

Cuando uno conoce a Eric, sabes que eso es algo bastante intolerable para él.

Dejó de hablarme. Cuando nos encontrábamos, me miraba como si tratara de resucitar sus recuerdos de aquel tiempo y así demostrarme que me equivocaba. Me entristecía ver que la relación que tuvimos (no la secreta felicidad de los pocos días que pasamos juntos, sino la divertida relación entre un hombre y una mujer que poco tenían en común, salvo el sentido del humor) parecía haber dejado de existir.

Sabía que era yo quien debía decirle que su reina había pasado por encima de su autoridad, pero era lo que menos me apetecía.

—Se te ha borrado la sonrisa —observó Quinn. Él también parecía serio.

—Bueno, Eric es… —No sabía cómo terminar la frase—. Es un tipo complicado —dije débilmente.

—¿Qué te apetece hacer en nuestra primera cita? —preguntó Quinn. Se le daba bien cambiar de tema.

—Podríamos ir al cine —dije, para echar a rodar la pelota.

—Sí, podríamos. Luego, podríamos cenar en Shreveport. Quizá en Ralph and Kacoo's —sugirió.

—Me han dicho que su arroz con cangrejo de río está muy bueno —dije, manteniendo la pelota en movimiento.

—¿Y a quién no le gusta el arroz con cangrejo? También podríamos ir a los bolos.

Mi bisabuelo había sido un ávido jugador de bolos. Podía ver sus pies enfundados en sus zapatos de bolos justo delante de mí. Me encogí de hombros.

—No sé jugar.

—Podríamos ir a ver un partido de hockey.

—Eso podría ser divertido.

—Podríamos cocinar juntos en tu cocina, y luego ver una película en tu DVD.

—Ésa mejor la dejamos para otra ocasión. —Sonaba un poco demasiado personal para la primera cita. No es que yo haya tenido demasiada experiencia en lo que a primeras citas se refiere, pero sé que la cercanía a un dormitorio nunca es buena a menos que estés segura de que no te molestaría que la noche derivara en esa dirección.

—Podríamos ir a ver *Los productores*. La están poniendo en el Strand.

—¿De verdad? —Vale, eso me había emocionado. El escenario del Strand, el teatro restaurado de Shreveport, había visto pasar producciones de todos los tipos, desde obras de teatro a ballets. Y yo nunca había visto una obra de verdad. ¿Sería muy caro? Está claro que no lo habría sugerido si no pudiera permitírselo—. ¿Podríamos?

Asintió, satisfecho por mi reacción.

—Puedo reservar para este fin de semana. ¿Qué me dices de tu horario?

—Libro el viernes por la noche —dije, contenta—. Y, eh, me gustaría contribuir con mi entrada.

—Te he invitado yo. Yo pago —dijo Quinn con firmeza. Pude leer en sus pensamientos la sorpresa por mi ofrecimiento. Era conmovedor. Hmmm, eso no me gustaba—. De acuerdo, arreglado. Reservaré las entradas por Internet desde mi portátil. Sé que quedan algunas buenas localidades porque miré las opciones antes de venir aquí.

Naturalmente, empecé a preguntarme sobre qué ropa sería la más adecuada. Pero lo dejé para más tarde.

—Quinn, ¿dónde vives exactamente?

—Tengo una casa a las afueras de Memphis.

—Oh —dije, pensando que era un poco lejos para una relación a distancia.

—Soy socio de una empresa llamada Special Events. Somos una especie de rama de Extreme(ly Elegant) Events. Has visto el logotipo, seguro, E(E)E. —Dibujó los paréntesis con los dedos—. Hay cuatro socios que trabajan a tiempo completo en Special Events, y cada uno de nosotros empleamos a gente a jornada completa o parcial. Como viajamos tanto, tenemos lugares donde descansar por todo el país; algunos no son más que habitaciones en casas de amigos o socios, mientras que otros son apartamentos de verdad. El lugar que ocupo en esta zona está en Shreveport; una casa de huéspedes en la parte de atrás de la mansión de un cambiante.

En apenas dos minutos había aprendido un montón de cosas sobre él.

—Así que te dedicas a organizar eventos en el mundo sobrenatural, como la competición por el liderazgo de una manada. —Aquél había sido un trabajo peligroso, y requirió mucha parafernalia—. Pero ¿qué más hacéis? Una competición de ese tipo sólo surgirá de vez en cuando. ¿Tienes que viajar mucho? ¿Qué otros eventos especiales organizas?

—Me encargo del sureste en general, de Georgia a Texas —se inclinó hacia delante sobre el sillón, con sus grandes manos reposando sobre las rodillas—, y de Tennessee hacia el sur, hasta Florida. En esos Estados, si quieres organizar una competición por el liderazgo de una manada, un rito de ascensión para una chamán o una bruja o una boda jerárquica vampírica (y lo quieres hacer bien, con todos sus adornos), es a mí a quien acudes.

Recordé las extraordinarias fotos de la galería de Alfred Cumberland.

—¿Entonces hay tantos eventos de ese tipo como para mantenerte ocupado?

—Oh, sí —dijo—. Por supuesto, algunos son estacionales. Los vampiros se casan en invierno, dado que las noches son mucho más largas. Organicé una boda jerárquica en enero, en Nueva

Orleans, el año pasado. Otras veces, los eventos están relacionados con el calendario wiccano. O con la pubertad.

No podía hacerme una idea de las ceremonias que organizaba, pero la descripción tendría que esperar a otra ocasión.

—¿Y dices que tienes tres socios que también se dedican a esto a jornada completa? Lo siento, me parece que te estoy mareando con mis preguntas. Pero es que es una forma muy interesante de ganarse la vida.

—Me alegro de que lo veas así. Tienes que contar con la habilidad de muchas personas y estar dotado para los detalles y la organización.

—Tienes que ser muy, muy duro —murmuré, añadiendo mis propias ideas.

Esbozó una lenta sonrisa.

—No es para tanto.

Sí. No parecía que la dureza fuese un problema para Quinn.

—Y se te tiene que dar igualmente bien juzgar el trabajo de otros, para poder dirigir a los clientes en la dirección adecuada y dejarlos contentos con el trabajo realizado —dijo.

—¿Me puedes contar alguna anécdota? ¿O quizá tienes alguna cláusula de confidencialidad con respecto a los clientes que te contratan?

—Los clientes firman un contrato, pero ninguno de ellos ha solicitado que incluyamos cláusulas de confidencialidad —dijo—. En Special Events no se habla mucho de lo que hacemos, obviamente, puesto que la mayoría de los clientes aún recorren los sótanos del mundo normal. De hecho, resulta un alivio poder hablar de ello. Habitualmente tengo que decir a las chicas que soy asesor, o alguna mentira en ese plan.

—También es un alivio para mí poder hablar sin la preocupación de estar revelando secretos.

—Entonces es toda una suerte que nos hayamos encontrado, ¿eh? —De nuevo su sonrisa—. Será mejor que te deje descansar, que acabas de salir del trabajo. —Quinn se levantó y se estiró todo lo alto que era. Era un gesto de lo más impresionante, viniendo de alguien tan musculoso como él. Era muy probable que Quinn supiera el magnífico aspecto que tenía cada vez que se estiraba. Bajé la cabeza para ocultar la sonrisa. No me importaba lo más mínimo que tratara de impresionarme. Me cogió de la mano e hizo que me incorporara con un solo y sencillo movimiento. Podía sentir que tenía todas sus atenciones puestas en mí. Su mano era cálida y dura. Con ella podría partirme los huesos con facilidad.

Una mujer normal no cavilaría sobre lo rápido que su novio podría matarla, pero es que yo nunca seré una mujer normal. Me di cuenta de eso en cuanto tuve edad suficiente para comprender que no todas las niñas podían entender lo que su familia pensaba de ellas. No todas las niñas sabían cuándo les gustaban a sus profesores, cuándo éstos sentían desprecio por ellas o cuándo las comparaban con su hermano (Jason era encantador incluso entonces). No todas las niñas tenían un tío divertido que trataba de quedarse a solas con ellas en las reuniones familiares.

Así que dejé que Quinn me sostuviera la mano, y alcé la mirada hacia sus ojos violeta y púrpura. Durante un minuto, me permití que su admiración me bañara como un torrente de aprobación.

Sí, sabía que era un tigre. Y no me refiero en la cama, aunque estaba deseosa de creer que allí también era feroz y poderoso.

Cuando me dio el beso de buenas noches, sus labios rozaron mi mejilla y yo sonreí.

Me gustan los hombres que saben cuándo acelerar las cosas… y cuándo no hacerlo.

Capítulo
3

A la noche siguiente, mientras trabajaba en el Merlotte's, recibí una llamada telefónica. Por supuesto, no es bueno recibir llamadas en el trabajo; a Sam no le gusta, a menos que se trate de algún tipo de emergencia. Como soy la que menos recibe entre las camareras (de hecho, podría contar las llamadas que he recibido en el trabajo con una mano), traté de no sentirme culpable cuando le dije a Sam que respondería a la llamada en su despacho.

—Hola —dije cautamente.

—Sookie —me dijo una voz familiar.

—Oh, Pam, hola. —Me sentí aliviada, pero sólo por un momento. Pam era la lugarteniente de Eric, y no era más que una cría, en el sentido vampírico de la palabra.

—El jefe quiere verte —dijo—. Te estoy llamando desde su despacho.

El despacho de Eric, en la parte de atrás del Fangtasia, su club, era a prueba de sonidos. Apenas podía escuchar de fondo la KDED, la emisora de radio por y para los vampiros. Sonaba la versión de Clapton de *After Midnight*.

—Vaya, hombre, ¿es que se le ha subido tanto que no puede hacer sus propias llamadas?

—Sí —dijo Pam; esa Pam que todo lo asumía al pie de la letra.

—¿De qué va el asunto?

—Sólo sigo sus instrucciones —contestó—. Si él me dice que llame a la telépata, yo te llamo. Estás convocada.

—Pam, voy a necesitar alguna explicación más. No me apetece ver a Eric especialmente.

—¿Te muestras recalcitrante?

Oh, oh. Ese término aún no me había salido en mi calendario de la palabra diaria.

—No estoy segura de comprenderte. —Lo mejor es seguir adelante, confesar mi ignorancia y tratar de seguir como pueda.

Pam suspiró, larga y pesadamente.

—Que si te estás poniendo chula —aclaró, dejando aflorar su fuerte acento inglés—. Y no debería ser así. Eric te trata muy bien. —Sonaba ligeramente incrédula.

—No voy a dejar el trabajo o perder mi tiempo libre para conducir hasta Shreveport sólo porque el señor Porque yo lo valgo quiera que vaya como un perrito faldero —protesté, creí que razonablemente—. Puede traer su culo hasta aquí si quiere decirme algo. O también puede coger el teléfono él mismo. —Toma ya.

—Si hubiera querido coger el teléfono «por sí mismo», como dices, lo habría hecho. Estate aquí el viernes a las ocho de la tarde, eso quiere que te diga.

—Lo siento, pero va a ser imposible.

Un silencio significativo.

—¿Dices que no vas a venir?

—No puedo. Tengo una cita —dije, tratando de erradicar cualquier rastro de satisfacción de mi voz.

Hubo otro silencio. Luego, Pam rió con disimulo.

—Oh, qué bonito —exclamó, cambiando de golpe al acento estadounidense—. Oh, me va a encantar decirle eso.

Su reacción empezó a incomodarme.

—Eh, Pam —empecé, pensando si debía dar marcha atrás—, escucha…

—Oh, no —dijo, casi carcajeándose a lo grande, lo cual era muy típico en Pam.

—Dile que le estoy muy agradecida por las pruebas para el calendario —dije. Eric, siempre buscando formas de hacer más lucrativo el Fangtasia, había pensado en realizar un calendario para vampiros y venderlo en la pequeña tienda de regalos. El propio Eric era Míster Enero. Había posado en una cama con una larga túnica de pieles. Eric y la cama se encontraban frente a un fondo gris pálido que presentaba flores brillantes gigantes. No llevaba la túnica encima, oh no. No llevaba nada puesto. Tenía una rodilla doblada sobre la cama deshecha, mientras que el otro pie se apoyaba sobre el suelo y él miraba directamente a la cámara con un aire de lo más ardiente (le podría haber enseñado a Claude unas cuantas lecciones). El pelo de Eric se derramaba en una desordenada melena sobre sus hombros, y con la mano derecha aferraba la túnica que estaba extendida sobre la cama, de modo que la piel blanca apenas le cubriera la entrepierna. Tenía el cuerpo algo girado para hacer ostentación de ese trasero increíble. Un leve rastro de vello amarillo oscuro apuntaba al sur desde su ombligo. Casi me dan ganas de gritar: «¡Ay, lo que lleva escondido!».

Resultaba que yo sabía que el arma de Eric era algo más que una Magnum .357, un revólver de cañón corto.

Por alguna razón, nunca pasé de la página de enero.

—Oh, se lo diré —contestó Pam—. Eric ha dicho que a mucha gente no le gustaría que apareciese en el calendario para mujeres…, así que estoy en el de hombres. ¿Quieres que también te mande una copia de mi foto?

—Eso me sorprende —le comenté—. En serio. Quiero decir…, que no te importe posar. —Me costó imaginar su participación en un proyecto que comulgaría con los gustos humanos.

—Si Eric dice que pose, poso —dijo, como si fuese lo más natural del mundo. Si bien Eric gozaba de gran poder sobre Pam por ser su creador, he de decir que nunca le he visto pedirle que hiciera algo para lo que no estaba preparada. O la conocía muy bien (lo cual era, por supuesto, cierto), o Pam estaba dispuesta a hacer casi cualquier cosa.

—Tengo que promocionar mi foto —dijo Pam—. El fotógrafo dijo que venderá un millón. —Pam tenía un espectro muy amplio en cuanto a gustos sexuales.

Tras un largo instante en el que contemplé esa imagen mental, dije:

—Estoy segura de que así será, pero creo que pasaré.

—Recibiremos un porcentaje todos los que accedamos a posar.

—Pero Eric se llevará un porcentaje mayor que el resto.

—Bueno, es el sheriff —dijo Pam razonablemente.

—Ya. Bueno, pues hasta luego. —Me dispuse a colgar.

—Espera. ¿Qué le digo a Eric?

—Dile la verdad.

—Sabes que se va a enfadar. —Pam no parecía en absoluto asustada. De hecho, sonaba muy alegre.

—Bueno, eso es problema suyo —dije, puede que de un modo demasiado infantil, y esa vez sí que colgué. Un Eric enfurecido sin duda también sería problema mío.

Tenía la molesta sensación de que había dado un paso importante en el rechazo a Eric. No tenía la menor idea de lo que pasaría a continuación. La primera vez que me encontré con el sheriff de la Zona Cinco, salía con Bill. Eric quiso utilizar mi inusual talento. Se limitó a amenazarme con hacerle daño a Bill si no me plegaba a sus exigencias. Cuando rompí con Bill, Eric se quedó sin ningún método de coerción hasta que necesité un favor suyo, y entonces le suministré la munición más potente de todas: el saber que yo había disparado a Debbie Pelt. No importaba que él hubiese escondido el cuerpo y su coche, y que fuese incapaz de recordar dónde; la acusación bastaría para arruinarme el resto de mi vida, aunque no se demostrara nunca. Incluso si yo lo negaba.

Mientras seguía con mi trabajo aquella noche, me sorprendí preguntándome si de verdad Eric revelaría mi secreto. Si él decía lo que yo había hecho, tendría que admitir que participó, ¿no?

Fui abordada por el detective Andy Bellefleur cuando me dirigía al bar. Los conozco a él y a su hermana Portia de toda la vida. Son unos cuantos años mayores que yo, pero hemos ido a las mismas escuelas y hemos crecido en el mismo pueblo. Al igual que a mí, prácticamente los ha criado su abuela. El detective y yo hemos tenido nuestros más y nuestros menos. Andy llevaba varios meses saliendo con una joven maestra de escuela llamada Halleigh Robinson.

Esta noche tenía un secreto que compartir conmigo y un favor que pedirme.

—Escucha, va a pedir la cesta de pollo —dijo sin preámbulos. Miré hacia su mesa para asegurarme de que Halleigh estaba sentada dándonos la espalda. Así era—. Cuando nos traigas la comida, asegúrate de que lleva esto dentro, escondido. —Sacó un pequeño estuche de terciopelo y me lo puso en la mano. Había una propina de diez dólares debajo.

—Claro, Andy. Sin problema —dije sonriendo.

—Gracias, Sookie —contestó y, por una vez, devolvió la sonrisa, una sonrisa sencilla y sin complicaciones a la par que aterrada.

Andy había dado en el clavo. Halleigh pidió la cesta de pollo cuando me acerqué a tomarles nota.

—Ponle extra de patatas —le dije a la cocinera cuando pasé la nota. Quería un camuflaje tupido. Ella se volvió de los fogones para taladrarme con la mirada. Habíamos tenido muchos cocineros, de todas las edades, colores, géneros y preferencias sexuales. Una vez incluso tuvimos un vampiro. Nuestra cocinera actual era una mujer negra de mediana edad llamada Callie Collins. Callie era muy gruesa, tanto que no comprendía cómo era capaz de aguantar tantas horas de pie en una cocina tan calurosa.

—¿Extra de patatas? —preguntó Callie, como si nunca hubiese escuchado el concepto—. Eh, eh, la gente recibe extra de patatas cuando paga por ellas, no porque sean amigos tuyos.

Puede que Callie fuese tan directa porque ya era lo suficientemente mayor como para recordar los malos viejos tiempos, cuando los blancos y los negros tenían escuelas diferentes, salas de espera diferentes o fuentes diferentes para beber. Yo no recordaba nada de eso, y no me apetecía hacerme cargo de todo el bagaje vital de Callie cada vez que hablase con ella.

—Han pagado por el extra —mentí, poco dispuesta a tener que dar explicaciones por la ventanilla de servicio que cualquiera podría escuchar. En lugar de ello, puse un dólar de mi propina en la caja para que cuadraran las cuentas. A pesar de nuestras diferencias, no les deseaba ningún mal a Andy Bellefleur y a su maestra de escuela. Cualquiera que fuese a emparentarse con Caroline Bellefleur se merecía un momento romántico.

Cuando Callie anunció que la cesta estaba lista, acudí a la carrera para cogerla. Meter la pequeña caja entre las patatas fue más difícil de lo que pensé, y requirió de algunos arreglos clandestinos. Me preguntaba si Andy pensaría que el estuche quedaría lleno de grasa y sal. Qué demonios, no era mi gesto romántico, sino el suyo.

Llevé la cesta a la mesa con felices expectativas. De hecho, Andy tuvo que avisarme (con una severa mirada) para que adquiriera una expresión más neutral mientras servía la comida. Andy ya tenía una cerveza delante, y ella una copa de vino blanco. Halleigh no era una gran bebedora, como buena maestra de escuela. Me di la vuelta en cuanto la comida estuvo sobre la mesa, olvidando incluso preguntarles si deseaban algo más, como debería hacer una buena camarera.

Tratar de permanecer al margen después de aquello me superaba. Aunque traté de que no se me notara, me dediqué a observar a la pareja tan de cerca como pude. Andy estaba de los nervios, y pude escuchar su mente, sumida en la agitación. No estaba seguro de si sería aceptado, y su mente empezó a esbozar una lista por la que sería rechazado: el hecho de ser casi diez años mayor, su arriesgada profesión…

Lo supe en cuanto ella vio el estuche. Puede que no fuese adecuado por mi parte estar al tanto en cada momento especial, pero a decir verdad ni siquiera era consciente de que lo hacía en ese momento. Si bien normalmente me mantengo con las guardias altas, no suelo dejar pasar la oportunidad de dejarme caer en las mentes ajenas y espiar los momentos interesantes. También estoy acostumbrada a creer que mi habilidad es un defecto, no un don, así que supongo que me siento con derecho a sacarle toda la diversión posible.

Estaba de espaldas a ellos, despejando una mesa, tarea que debería haber dejado para el ayudante, así que me encontraba lo suficientemente cerca como para escuchar.

Ella se quedó helada durante un largo momento.

—Hay un estuche en mi comida —dijo finalmente, manteniendo el tono muy bajo porque pensaba que molestaría a Sam si montaba un jaleo.

—Lo sé —dijo él—. Es mío.

Entonces ella lo supo; todas las ideas de su cerebro empezaron a acelerarse, atropellándose casi entre sí debido a su ansia.

—Oh, Andy —susurró. Debió de abrir el estuche. Hice todo lo que pude por no volverme y mirar con ella el contenido.

—¿Te gusta?

—Sí, es precioso.

—¿Te lo vas a poner?

Hubo un silencio. Su mente estaba muy confusa. La mitad de ella estaba en plena celebración, mientras que la otra se sentía preocupada.

—Sí, con una condición —dijo ella lentamente.

Pude sentir el pasmo de Andy. Esperara lo que esperara, no era eso.

—¿Cuál? —preguntó, de repente, con un tono que sonaba más a poli que a enamorado.

—Cada uno debe seguir viviendo en su casa.

—¿Qué? —De nuevo había dejado pasmado a Andy.

—Siempre tuve la idea de que asumías que te quedarías en tu casa familiar, con tu abuela y tu hermana, incluso después de casarte. Es una casa antigua maravillosa, y tu abuela y Portia son dos mujeres extraordinarias.

Lo dijo con tacto. Bien por Halleigh.

—Pero me gustaría tener mi propia casa —añadió con dulzura, ganándose mi admiración.

Y entonces tuve que mover el trasero; había mesas que atender. Mientras rellenaba jarras de cerveza, quitaba platos vacíos y llevaba dinero a la caja registradora, no podía dejar de sentir el sobrecogimiento que me inspiraba la postura de Halleigh, dado que la mansión Bellefleur era la casa más notable de Bon Temps. La mayoría de las mujeres jóvenes darían uno o dos dedos por vivir allí, especialmente desde que la mansión había sido tan extensamente remodelada y renovada gracias al dinero facilitado por un misterioso forastero. Ese forastero era en realidad Bill, que había descubierto que los Bellefleur eran descendientes suyos. Sabía que no aceptarían dinero de un vampiro, así que organizó todo el tinglado de la «herencia misteriosa», y Caroline Bellefleur se lo gastó todo en la mansión con el mismo deleite que Andy lo habría hecho en una hamburguesa con queso.

Andy se me acercó unos minutos más tarde. Me interceptó cuando iba de camino a la mesa de Sid Matt Lancaster, por lo que el anciano abogado tuvo que esperar un poco más para recibir su hamburguesa con patatas.

—Sookie, tengo que saberlo —dijo con urgencia, pero en voz muy baja.

—¿El qué, Andy? —Me alarmaba su intensidad.

—¿Ella me quiere? —Su mente bordeaba la humillación por preguntarme eso. Andy era orgulloso y quería asegurarse de que Halleigh no quería agenciarse el nombre de su familia o su mansión, como había sido el caso de otras mujeres. Bueno, lo de la casa lo había descubierto por sí mismo. Halleigh no la quería, y tendría que mudarse con ella a alguna pequeña y humilde vivienda, si ella lo amaba de verdad.

Nunca antes me habían pedido nada parecido. Después de tantos años queriendo que la gente creyera en mí, que comprendiera mi extraño talento, había descubierto que no me gustaba que me tomaran en serio después de todo. Pero Andy esperaba una respuesta, y no podía negarme. Era uno de los hombres más testarudos que había conocido.

—Te quiere tanto como la quieres tú a ella —dije, y me soltó el brazo. Seguí mi camino hasta la mesa de Sid Matt. Cuando volví la cabeza, Andy seguía mirándome.

«Trágate eso, Andy Bellefleur», pensé. Luego me avergoncé un poco de mí misma. Pero, si no quería saber la respuesta, no debió preguntar.

* * *

Había algo en el bosque que rodeaba mi casa.

Me preparé para meterme en la cama en cuanto llegué, porque uno de mis momentos favoritos de cada veinticuatro horas es cuando me pongo el camisón. Hacía el calor suficiente como para no necesitar la bata, así que me movía por la casa con mi vieja camiseta azul, esa que me llegaba hasta las rodillas. Estaba pensando en cerrar la ventana de la cocina, puesto que las noches de marzo eran un poco frescas. Había estado escuchando los sonidos de la noche mientras fregaba los platos; las ranas y los insectos habían llenado el aire con sus coros.

De repente, todos los sonidos que habían hecho la noche tan amigable y ocupada como el propio día se detuvieron, cortados de raíz.

Me quedé quieta, con las manos inmersas en el agua caliente y enjabonada. Otear en la oscuridad no sirvió de nada, y me di cuenta de lo visible que debía de ser en ese momento, en medio de una ventana abierta con las cortinas apartadas. El jardín estaba iluminado con la luz de seguridad, pero más allá de los árboles que marcaban el claro el bosque se mostraba oscuro y quieto.

Había algo ahí fuera. Cerré los ojos y traté de proyectar mi mente. Descubrí cierta actividad. Pero no era lo suficientemente clara como para definirla.

Pensé en llamar a Bill por teléfono, pero ya lo había hecho otras veces cuando había temido por mi seguridad. No podía convertirlo en una costumbre. Eh, quizá el vigilante del bosque era Bill. En ocasiones merodeaba por la noche y, de vez en cuando, se acercaba para ver cómo estaba. Miré ansiosamente el teléfono que había colgado de la pared al final de la encimera (bueno, donde estaría la encimera cuando todo estuviese acabado). El nuevo era inalámbrico. Podría cogerlo, meterme en el dormitorio y llamar a Bill en un abrir y cerrar de ojos, pues lo tenía en la lista de marcación rápida. Si respondía al teléfono, sabría si lo que rondaba el bosque sería algo de lo que preocuparse o no.

Y si se encontraba en casa, acudiría a la carrera. Oiría que le diría: «¡Oh, Bill, por favor, ven a salvarme! ¡No se me ocurre otra cosa que llamar a un vampiro grande y fuerte para venir en mi rescate!».

Me obligué a admitir que, fuese lo que fuese lo que rondaba por el bosque, no era Bill. Había recibido cierto tipo de señal cerebral. Si el merodeador hubiese sido un vampiro, yo no habría notado nada. Sólo había recibido atisbos de señales mentales vampíricas dos veces, y había sido como una descarga eléctrica.

Justo al lado del teléfono estaba la puerta trasera, que no estaba cerrada. Nada me podía mantener frente al fregadero después de caer en la cuenta de que no había echado el pestillo. Corrí. Salí al porche trasero, cerré con llave la puerta acristalada y volví de un salto a la cocina para hacer lo propio con la gran puerta de madera, que había equipado con pestillo y cerrojo. Me apoyé contra la puerta cuando la aseguré. Conocía mejor que nadie la futilidad de puertas y cerrojos. Para un vampiro, las barreras físicas no eran nada…, pero un vampiro tenía que recibir una invitación para entrar. Los licántropos tenían más problemas con las puertas, pero tampoco nada del otro mundo; dada su increíble fuerza, podían llegar adonde les viniera en gana. Y lo mismo podía decirse de otros cambiantes.

¿Por qué vivía en una casa tan accesible?

Aun así, me sentía infinitamente mejor con dos puertas bloqueadas entre mí y lo que fuera que hubiera en el bosque. Sabía que la puerta delantera tenía el pestillo echado porque hacía días que no la abría. No recibía tantas visitas, y solía entrar y salir por la puerta trasera. Cerré y bloqueé la ventana y eché las cortinas. Había hecho todo lo posible para aumentar mi seguridad. Volví a los platos. Había un círculo de humedad en mi camiseta de dormir porque había tenido que apoyarme contra el fregadero para contener mis temblorosas piernas. Pero me obligué a continuar hasta que los platos estuvieron a salvo en el escurridor y el fregadero quedó completamente despejado.

A continuación agudicé el oído. Por más que escuchara con cada sentido disponible, la débil señal no volvió a chocar con mi mente. Había desaparecido.

Me quedé sentada en la cocina un momento, con la mente aún a cien por hora, pero me obligué a seguir con mi rutina habitual. Mis palpitaciones habían vuelto a la normalidad para cuando me cepillé los dientes. Y cuando me metí en la cama, casi me había convencido de que no pasaba nada, allá en la silenciosa oscuridad. Pero procuro ser honesta conmigo misma. Sabía que algún tipo de criatura había estado merodeando por mis bosques, una criatura mayor y más aterradora que un mapache.

Poco después de apagar la lámpara de la mesilla, escuché cómo las ranas y los insectos reanudaban su concierto nocturno. Finalmente, cuando comprobé que no cesaba, me pude dormir.

Capítulo
4

Marqué el número del móvil de mi hermano nada más levantarme a la mañana siguiente. No había pasado muy buena noche, pero al menos había dormido un poco. Jason lo cogió al segundo tono. Parecía un poco preocupado cuando dijo:

—¿Diga?

—Hola, hermano. ¿Cómo te va?

—Escucha, tengo que hablar contigo. Ahora mismo no puedo. Estaré allí dentro de un par de horas.

Colgó sin decir adiós, y parecía muy preocupado por algo. Justo lo que necesitaba: otra complicación.

Miré al reloj. En un par de horas me daría tiempo a ducharme e ir al pueblo a hacer algunas compras. Jason llegaría a eso del mediodía, y si mal no lo conocía, esperaría que le diese de comer. Me recogí el pelo en una coleta con una doble vuelta de la goma del pelo, dando lugar a una especie de moño. Se me habían formado como unos abanicos de pelo en los extremos, en la parte superior de la cabeza. Aunque traté de no creérmelo demasiado, pensé que ese look despreocupado resultaba divertido y, en cierto modo, mono.

Era una de esas frescas y vivificantes mañanas de marzo, de esas que prometen una tarde cálida. El cielo estaba tan despejado y soleado que los ánimos se me redoblaron, y conduje hacia Bon Temps con la ventanilla bajada, cantando con todas mis fuerzas en compañía de la radio. Esa mañana habría cantado con Weird Al Yankovic*.

Pasé los bosques, alguna casa ocasional y un prado lleno de vacas (y un par de búfalos; es increíble lo que llega a criar la gente).

En la radio ponían *Blue Hawaii*, un clásico imperecedero, y me dio por preguntarme dónde estaría Bubba (no mi hermano, sino el vampiro conocido a secas como Bubba). Hacía tres o cuatro semanas que no lo veía. Puede que los vampiros de Luisiana lo hubieran desplazado a otro escondite, o quizá se había marchado por su cuenta, como solía hacer de tanto en tanto. Es entonces cuando aparecen esos largos artículos en los periódicos que venden a la salida de los supermercados.

A pesar de disfrutar del alegre momento de sentirme feliz y contenta, me lastraba una de esas ideas que te atenazan en los momentos extraños. Pensé en lo maravilloso que sería que Eric estuviese conmigo en el coche. Tendría un aspecto estupendo, con el aire agitándole el pelo, y disfrutaría del momento. Bueno, sí; disfrutaría hasta que le diera por encenderse conmigo.

Pero me di cuenta de que pensaba en Eric porque era ese tipo de día que te apetece compartir con alguien que te importa, la persona en cuya compañía disfrutas más. Alguien como el Eric que se encontraba bajo la maldición de una bruja, el Eric que no había sido endurecido por siglos de política vampírica, el Eric que no despreciaba a los humanos y sus asuntos, el Eric que no estaba al mando de tantas empresas, y responsable de las vidas y los ingresos de no pocos humanos y vampiros. En otras palabras, el Eric que nunca volvería a ser.

Espabila. La bruja estaba muerta y Eric había recuperado su carácter. El Eric restaurado se había vuelto receloso de mí; pue-

---

* Weird Al Yankovic es un humorista y cantante estadounidense, famoso por sus divertidas canciones, que iluminan la cultura popular y parodian temas de otros artistas musicales contemporáneos. *(N. del T.)*

de ser que yo le gustara, pero no confiaba en mí (ni en sus sentimientos) ni un ápice.

Lancé un profundo suspiro, y la canción se desvaneció de mis labios. Fue sofocada en mi corazón cuando me dije que ya era hora de dejar de comportarme como una idiota melancólica. Era joven y sana. El día era precioso. Y tenía una cita de verdad para el viernes por la noche. Me prometí un gran regalo. En vez de ir directamente al supermercado, me dirigí a Prendas Tara, la tienda de mi amiga Tara Thornton y que ella misma regentaba.

Hacía bastante tiempo que no veía a Tara. Se había ido de vacaciones a visitar a una tía en el sur de Texas, y desde que regresó se había pasado trabajando en la tienda interminables horas. Al menos eso es lo que me dijo cuando la llamé para darle las gracias por el coche. Cuando se me quemó la cocina, el coche sufrió el mismo destino, y Tara me prestó su viejo vehículo, un Malibu de dos años.

Ella se había comprado uno nuevo (no me imagino cómo) y aún no se había molestado en vender el Malibu.

Para mi asombro, hacía cosa de un mes, Tara me había enviado por correo los papeles del coche y el contrato de venta, con una carta adjunta que decía que el coche era mío. Llamé para protestar, pero sólo recibí evasivas y tuve que aceptar agradecida el regalo.

Lo hizo a modo de pago, pues la había sacado de una terrible situación. Para ello, tuve que endeudarme con Eric. No me importó. Tara era mi amiga de toda la vida. Ahora estaría a salvo, si era lo suficientemente inteligente como para mantenerse al margen del mundo sobrenatural.

A pesar de sentirme agradecida y aliviada por contar con el coche más nuevo que jamás he poseído, lo habría estado más de contar con su ininterrumpida amistad. Me mantuve al margen desde que asumí que le recordaba demasiadas cosas malas. Pero estaba de humor para intentar apartar ese molesto velo. Quizá Tara había tenido ya bastante tiempo para reponerse.

Prendas Tara se encontraba en un pequeño centro comercial al sur de Bon Temps. Sólo había un coche aparcado frente a la tienda. Pensé que sería bueno que hubiese una tercera parte presente; despersonalizaría el encuentro.

Tara estaba atendiendo a Portia, la hermana de Andy Bellefleur, cuando entré, así que empecé a ojear las prendas de la talla 38 y, a continuación, las de la 36. Portia estaba sentada en la mesa de Isabelle, lo cual era muy interesante. Tara es la representante local de Isabelle's Bridal, una empresa a escala nacional que produce un catálogo que se ha convertido en la biblia de todo lo relacionado con las bodas. Puedes probarte muestras de vestidos de dama de honor en la tienda local y así poder encargar la talla adecuada. Además, cada vestido está disponible en unos veinte colores. Los vestidos de novia son igual de populares. Isabelle cuenta con veinticinco modelos. La empresa también ofrece invitaciones de boda, adornos, ligas, regalos para damas de honor y cualquier elemento de la parafernalia nupcial que uno se pueda imaginar. Aun así, Isabelle era un fenómeno de la clase media, y Portia era definitivamente una mujer de clase alta.

Dado que vivía con su abuela y su hermano en la mansión Bellefleur de Magnolia Street, Portia se crió envuelta en una especie de esplendor gótico decadente. Ahora que la mansión había sido reformada y que la abuela se distraía más, Portia parecía notablemente más contenta cuando la veía por el pueblo. No acudía mucho al Merlotte's, pero cuando lo hacía pasaba más tiempo con los demás que antes, y sonreía de vez en cuando. Recién entrada en la treintena, su mayor atractivo era un denso y brillante pelo castaño.

Portia pensaba en una boda, mientras que Tara lo hacía en el dinero.

—Tengo que hablar con Halleigh otra vez, pero creo que necesitaremos cuatrocientas invitaciones —estaba diciendo Portia, y por un momento creí que la mandíbula se me caería al suelo.

55

—Está bien, Portia, si no te importa pagar la tarifa por tenerlas antes, probablemente estén listas en diez días.

—¡Oh, bien! —Portia parecía definitivamente satisfecha—. Por supuesto, Halleigh y yo luciremos vestidos diferentes, pero hemos pensado que podríamos usar los mismos vestidos para las damas de honor. Puede que en colores diferentes. ¿Qué opinas?

Lo que yo opinaba era que estaba a punto de ahogarme en mi propia curiosidad. ¿Es que Portia se casaba también? ¿Con ese contable con el que había estado saliendo, el tipo de Clarice? Tara me miró fugazmente a la cara por encima del colgador de ropa. Portia miraba el catálogo, así que Tara se permitió hacerme un guiño. Sin duda estaba contenta de contar con una clienta adinerada, y definitivamente volvíamos a entendernos bien la una con la otra. El alivio me inundó.

—Creo que el mismo estilo en colores diferentes, que hagan juego, por supuesto. Eso sería realmente original —dijo Tara—. ¿Cuántas damas de honor habrá?

—Cinco para cada una —dijo Portia, con su atención centrada en la página que tenía delante—. ¿Me puedo llevar a casa un ejemplar del catálogo? Así, Halleigh y yo lo podremos mirar esta noche.

—Sólo tengo otro ejemplar; ya sabes, una de las formas que tiene Isabelle de hacer dinero es cobrarte un ojo de la cara por el maldito catálogo —dijo Tara con una encantadora sonrisa. Ella puede ser muy zalamera cuando quiere—. Pero te puedo prestar uno si me prometes que mañana me lo traes de vuelta.

Portia hizo el gesto infantil de dibujarse una cruz en el pecho y se colocó el denso catálogo bajo el brazo. Vestía uno de sus «trajes de abogado»: una falda lisa de tejido de lana, chaqueta y una blusa de seda debajo. Se había puesto medias beige y zapatos planos, con un bolso a juego. A-bu-rri-da.

Portia estaba emocionada. En su mente se sucedían atropelladamente imágenes alegres. Sabía que tenía un aspecto un poco mayor para enfundarse un vestido de novia, sobre todo si se la comparaba con Halleigh, pero por Dios que iba a dar el paso. Portia se llevaría su tajada de la diversión, los regalos, la atención y la ropa, por no decir nada del valor añadido de tener su propio marido. Levantó la mirada del catálogo y miró alrededor para verme junto a los colgadores de ropa. Su felicidad era lo suficientemente honda como para no verse mermada por mi presencia.

—¡Hola, Sookie! —dijo, especialmente alegre—. Andy me ha contado lo mucho que le has ayudado con su pequeña sorpresa para Halleigh. Te lo agradezco sinceramente.

—Fue divertido —añadí, con mi propia versión de la sonrisa simpática—. ¿Es verdad que tú también estás de enhorabuena?

—Sé que no hay que felicitar a la novia, sólo al novio, pero no pensé que a Portia le fuera a importar.

Y la verdad es que no le importó.

—Pues sí, me caso —confesó—. Y hemos decidido celebrar una ceremonia doble, con Halleigh y Andy. El convite se celebrará en la casa.

Por supuesto. ¿De qué sirve disponer de una mansión si no vas a celebrar allí el convite?

—Pues tendréis mucho trabajo por delante; preparar la boda… ¿Cuándo será? —pregunté con simpatía, tratando de aparentar que me importaba.

—En abril. Y que lo digas —dijo riéndose—. La abuela ya se ha vuelto medio loca. Ha llamado a todas las empresas de catering que conoce para intentar reservar el segundo fin de semana, y al final se ha decantado por Extreme(ly Elegant) Events porque tuvieron una cancelación. Además, el tipo que lleva Sculptured Forest y Extreme(ly Elegant) Events dijo que esta boda doble sería el acontecimiento social más importante del año en Bon Temps. Estábamos pensando en una boda al aire libre en la casa, con carpas en el jardín de atrás —continuó Portia—. Si llueve, tendremos que hacerlo en la iglesia, y celebrar el convite en el edificio comunitario de la parroquia de Renard. Pero cruzaremos los dedos.

—Suena maravilloso. —La verdad es que no se me ocurría nada más que decir—. ¿Cómo vas a seguir trabajando con todo esto de la boda?

—Ya me las arreglaré.

Me preguntaba a qué se debían las prisas. ¿Por qué no se esperarían las alegres parejas hasta el verano, que Halleigh ya estaría de vacaciones? ¿Por qué no esperar, para que Portia pudiera despejar su agenda y permitirse una luna de miel como Dios manda? ¿Y era contable el hombre con el que salía? Sin duda, una boda en plena época de declaración de impuestos no era precisamente lo más oportuno.

Ayyy…, a lo mejor Portia estaba embarazada. Pero si estaba a punto de formar una familia, sus pensamientos no la delataban, y dudaba de que fuese a ser así en caso afirmativo. Dios, si alguna vez me quedara embarazada, ¡me moriría de la alegría! Quiero decir, si el chico me quisiera y estuviese dispuesto a casarse conmigo, porque yo no soy tan dura como para criar a un hijo sola, y mi abuela se revolvería en su tumba si entrase en el club de las madres solteras. Las ideas modernas al respecto habían eludido por completo a mi abuela, sin siquiera moverle un solo pelo a su paso.

Mientras todos estos pensamientos zumbaban en mi cabeza, me llevó un momento procesar las palabras de Portia.

—Así que procura tener libre el segundo sábado de abril —dijo, con toda la encantadora sonrisa que Portia Bellefleur era capaz de esbozar.

Le prometí que así sería, tratando de no tropezar con mi propia lengua por el asombro. Debía de estar en plena fiebre nupcial. ¿Por qué iba a querer que acudiera a su boda? No era amiga de ninguno de los Bellefleur.

—Le pediremos a Sam que se encargue de la barra en el convite —prosiguió, y mi mundo recuperó una alineación más familiar. Claro, quería que le echara una mano a Sam.

—¿Una boda vespertina? —pregunté. A veces, Sam acepta trabajos de barra externos, pero el sábado solía ser un día muy ajetreado en el Merlotte's.

—No, será por la noche —dijo—, pero ya he hablado con Sam esta mañana, y está de acuerdo.

—Está bien —contesté.

Ella leyó más cosas en mi tono de lo que yo había pretendido, y se sonrojó.

—Glen quiere invitar a algunos clientes suyos —dijo, aunque yo no le había pedido ninguna explicación—. Sólo pueden acudir después de que haya anochecido.

Glen Vicks era el contable. Me alegró rescatar su apellido de mi memoria. Entonces todo encajó y comprendí el bochorno de Portia. Quería decir que los clientes de Glen eran vampiros. Vaya, vaya, vaya. Le sonreí.

—Estoy segura de que será una boda maravillosa, y estoy deseando poder ir —dije—, ya que has sido tan amable de invitarme —incidí en el malentendido deliberadamente y, como había previsto, se puso más roja aún. Entonces se me ocurrió otra idea, una tan importante que quebranté una de mis reglas personales—. Portia —añadí lentamente, para asegurarme de que me entendía—, deberías invitar a Bill Compton.

Portia odiaba a Bill (lo cierto es que despreciaba a todos los vampiros), pero, en su día, mientras daba salida a uno de sus planes, estuvo saliendo con él brevemente. Y fue de lo más extraño, porque más tarde Bill descubrió que Portia era una de sus bisnietas, con el bis elevado al infinito, o algo parecido.

Bill había dado alas a la pretensión de interés por parte de ella. Por aquel entonces, su única intención era averiguar cuáles eran las intenciones de Portia. Se dio cuenta de que estar cerca de un vampiro le ponía a Portia los pelos de punta. Pero cuando descubrió que los Bellefleur eran su única descendencia viva, les legó anónimamente una obscena cantidad de dinero.

Pude «escuchar» que Portia pensaba que le restregaba por la cara las pocas veces que se había visto con Bill. No quería que se lo recordaran, y eso la enfureció.

—¿Por qué me sugieres eso? —preguntó fríamente, y tuve que reconocer su mérito por no salir escopetada de la tienda. Tara se hacía la ocupada en la mesa de Isabelle, pero yo sabía que podía escuchar la conversación. A mí no me importaba lo más mínimo.

Tuve un feroz debate interno. Finalmente, lo que Bill quería prevaleció sobre lo que yo quería para él.

—No importa —dije, reacia—. Es tu boda, son tus invitados.

Portia se me quedó mirando como si fuese la primera vez que me veía.

—¿Sigues saliendo con él? —me preguntó.

—No, ahora está con Selah Pumphrey —dije, manteniendo la voz vacía y monótona.

Portia me propinó una inescrutable mirada. Sin decir una palabra más, salió hacia su coche.

—¿De qué iba todo eso? —preguntó Tara.

No se lo podía explicar, así que cambié de tema a otro que estuviera más cerca de su interés.

—Me encanta que te hayan encargado la boda. —dije.

—Pues ya somos dos. De no haber tenido que organizarlo todo en tan poco tiempo, puedes apostar a que Portia Bellefleur no se habría decidido por Isabelle —explicó con franqueza—. Habría ido y vuelto de Shreveport un millón de veces para hacer los preparativos si hubiera tenido tiempo. Halleigh no hace más que seguir la estela que le marca Portia, pobrecilla. Se pasará esta tarde y le enseñaré lo mismo que le he enseñado a Portia, y tendrá que adaptarse. Pero yo no me quejo. Se llevan el paquete entero, porque el sistema de Isabelle lo puede entregar todo de una vez. Invitaciones, notas de agradecimiento, vestidos, ligas, regalos para las damas de honor, e incluso los vestidos de las madres de las novias.

La señora Caroline se comprará uno, como la madre de Halleigh, y todas aquí, ya sea de mis existencias o del catálogo de Isabelle. —Me miró de arriba abajo—. A todo esto, ¿qué te trae por aquí?

—Necesito ropa para una noche en el teatro, en Shreveport —dije—, y tengo que ir al súper y volver a casa para hacerle la comida a Jason. ¿Me puedes enseñar algo?

La sonrisa de Tara adquirió tintes depredadores.

—Oh —contestó—, pues unas cuantas cosas.

Capítulo
5

Me alegré de que Jason se retrasara un poco. Acababa de terminar de hacer el beicon y me disponía a poner las hamburguesas en la sartén cuando llegó. Ya había abierto el paquete de panecillos y había puesto dos en su plato. También había colocado en la mesa una bolsa de patatas fritas. A un lado, le serví un vaso de té.

Jason entró sin llamar, como siempre hacía. No había cambiado demasiado, al menos aparentemente, desde que se convirtió en un hombre pantera. Seguía siendo rubio y atractivo, y me refiero a atractivo a la antigua usanza; estaba de buen ver, pero también era el tipo de hombre que atrae las miradas allí donde entra. Y, por encima de todo eso, siempre había tenido una veta de travesura. Pero desde el cambio, de alguna manera había empezado a comportarse como una persona mejor. Yo aún no tenía claro a qué se debía. Quizá el hecho de convertirse en un animal salvaje una vez al mes satisfacía algún anhelo que yo le ignorara.

Como lo habían mordido (y no era cambiante por nacimiento) no mutaba por completo, sino que se volvía una especie de híbrido. Al principio eso lo decepcionó. Pero ya lo había superado. Llevaba varios meses saliendo con una mujer pantera pura llamada Crystal. Ella vivía en una pequeña comunidad, a unos kilómetros campo adentro, y dejad que os diga que algo más rural que Bon Temps, Luisiana, es algo muy, muy rural.

Recitamos una breve plegaria y empezamos a comer. Jason no arrambló con la comida su habitual entusiasmo. Como la hamburguesa me sabía bien, supuse que, fuese lo que fuese lo que pasaba por su cabeza, era importante. No podía leerlo. Dado que se había convertido en un cambiante, sus pensamientos ya no eran tan claros para mí.

Por lo general, eso era todo un alivio.

Al cabo de dos bocados, Jason dejó la hamburguesa y su cuerpo cambió de postura. Estaba preparado para hablar.

—Tengo que decirte una cosa —contestó—. Crystal no quiere que se lo diga a nadie, pero me preocupa mucho. Ayer, Crystal… tuvo un aborto.

Cerré los ojos durante unos segundos. En ese breve espacio de tiempo tuve al menos veinte pensamientos, y ninguno de ellos completo.

—Lo siento —dije—. ¿Ella está bien?

Jason me miró por encima del plato de comida del que se había olvidado por completo.

—No quiere ir al médico.

Me quedé mirándolo.

—Pero tiene que hacerlo —dije razonablemente—. Necesita que le practiquen un D y L. —No estaba muy segura del significado de esas dos letras, pero sabía que eso era lo que se les hacía en el hospital a las mujeres que abortaban. A mi amiga y compañera Arlene le practicaron un D y L después de abortar. Me lo dijo más de una vez. Muchas veces—. Entran y… —empecé, pero Jason me cortó.

—Oye, no necesito saberlo —dijo. Parecía muy incómodo—. Sólo sé que no quiere ir al hospital porque es una mujer pantera. Tuvo que hacerlo cuando le empitonó un jabalí, igual que Calvin cuando le dispararon, pero los dos se curaron tan deprisa que no pudieron evitar los comentarios en la sala de los médicos, según supo ella. Así que ahora no piensa ir. Está en mi casa, pero no…, no está bien. Está empeorando en vez de mejorar.

—Oh, oh —dije—. Pero ¿qué le pasa?

—Está sangrando demasiado, y las piernas no le responden —tragó saliva—. Apenas puede levantarse, y mucho menos caminar.

—¿Has llamado a Calvin? —pregunté. Calvin Norris, el tío de Crystal, es el líder de una pequeña comunidad de hombres pantera en Hotshot.

—No quiere que lo llame. Teme que me mate por pensar que le haya hecho daño. Tampoco quería que te lo contara a ti, pero necesito ayuda.

A pesar de que su madre no vivía, Crystal tenía un montón de familiares femeninas en Hotshot. Yo nunca había tenido un bebé, ni siquiera me había quedado embarazada, y tampoco era una cambiante. Cualquiera de ellas sabría mejor qué hacer que yo. Se lo dije a Jason.

—No quiero que pase tanto tiempo sentada camino hacia Hotshot, y menos en mi camioneta. —Mi hermano parecía tan testarudo como una mula.

Por un terrible momento, pensé que la preocupación de Jason era que Crystal le manchara de sangre la tapicería. Estaba a punto de echarme a su cuello, cuando añadió:

—Tengo que cambiar los amortiguadores, y temo que los rebotes de la carretera en mal estado empeoren a Crystal.

En ese caso, su gente podría acudir a ella. Pero antes de que hablara, supe que Jason encontraría una razón para vetar eso también. Tenía algún tipo de plan.

—Vale, ¿qué puedo hacer?

—¿No me dijiste que, la vez que te hirieron, los vampiros te pusieron un médico especial que se encargó de curarte la espalda?

No me gustaba pensar mucho en aquella noche. En mi espalda aún tenía las cicatrices del ataque. El veneno de las garras de la ménade casi acabó con mi vida.

—Sí —dije lentamente—. La doctora Ludwig. —Doctora en todo lo raro y extraño, ella sí que era una rareza. Era extremadamente baja, muy, muy baja. Sus facciones no eran lo que se dice regulares tampoco. Me sorprendería sobremanera descubrir que la doctora Ludwig fuera humana. La vi por segunda vez en la competición por el liderazgo de la manada. Las dos veces en Shreveport; así que era muy probable que viviera allí.

Dado que no quería dar nada por sentado, saqué el directorio de Shreveport del cajón que había debajo del teléfono colgado en la pared. Figuraba el nombre de la doctora Amy Ludwig. ¿Amy? Sofoqué un estallido de carcajadas.

Me ponía muy nerviosa el abordar a la doctora Ludwig por mi cuenta, pero al ver lo preocupado que estaba Jason, no pude negarme a hacer una triste llamada.

Sonó cuatro veces. Saltó un contestador. Una voz mecánica dijo:

—Ha llamado al teléfono de la doctora Ludwig. La doctora Ludwig no acepta nuevos pacientes, estén o no asegurados. La doctora Ludwig no desea muestras farmacéuticas y no necesita ningún tipo de seguro. No está interesada en invertir su dinero o hacer donativos a quienes no haya seleccionado ella personalmente... —Hubo un largo silencio, durante el cual probablemente la mayoría de las personas colgaban. Yo no lo hice. Al cabo de un momento, escuché un chasquido en la línea.

—¿Diga? —dijo una vocecilla gruñona.

—¿Doctora Ludwig? —pregunté con cautela.

—¿Sí? ¡No acepto nuevos pacientes, ya lo sabe! ¡Estoy demasiado ocupada! —sonaba impaciente a la par que cauta.

—Soy Sookie Stackhouse. ¿Es usted la doctora Ludwig que me trató en el despacho de Eric, en el Fangtasia?

—¿Eres la joven envenenada por las garras de la ménade?

—Sí. Volví a verla hace unas semanas, ¿recuerda?

—¿Dónde fue? —Lo recordaba muy bien, pero quería otra prueba de mi identidad.

—En un edificio vacío de un polígono industrial.

—¿Y quién organizaba el espectáculo allí?

—Un tipo calvo y grande llamado Quinn.

—Oh, está bien —suspiró—. ¿Qué es lo que quieres? Estoy bastante ocupada.

—Tengo una paciente para usted. Le ruego que venga a verla.

—Tráemela.

—Está demasiado enferma para viajar.

Escuché que la doctora murmuraba para sí, pero no pude distinguir las palabras.

—Ufff —dijo la doctora—. Oh, está bien, señorita Stackhouse. Dime cuál es el problema.

Se lo expliqué lo mejor que pude. Jason se movía por la cocina, demasiado ocupado como para estarse quieto.

—Idiotas, necios —dijo la doctora Ludwig—. Dime cómo llegar a tu casa. Luego podrás llevarme adonde esté la chica.

—Puede que tenga que marcharme a trabajar antes de que llegue usted —dije, tras echar una mirada al reloj y calcular el tiempo que le llevaría conducir desde Shreveport—. Mi hermano la estará esperando aquí.

—¿Es el responsable?

No sabía si se refería al responsable de pagar la factura por sus servicios o del embarazo. En cualquiera de los casos, le dije que así era.

—Está de camino —le comuniqué a mi hermano, antes de dar las oportunas indicaciones a la doctora y colgar el teléfono—. No sé lo que cobrará, pero le he dicho que tú le pagarás.

—Claro, claro. ¿Cómo la reconoceré?

—No podrás confundirla con nadie que conozcas. Dijo que vendría con chófer. No es lo bastante alta como para ver por encima del volante, así que debí de habérmelo imaginado.

Lavé los platos mientras Jason se movía con nerviosismo. Llamó a Crystal para comprobar su estado. Por lo que escuché, parecía que no estaba peor. Al final, le dije que fuera al cobertizo de las herramientas y se deshiciera de los nidos de las avispas alfareras. Parecía no poder estarse quieto, así que decidí aprovecharlo.

Pensé acerca de la situación mientras cargaba la lavadora y me ponía el uniforme del bar (pantalones negros, camiseta blanca con el logotipo del Merlotte's bordado en el pecho izquierdo y unas Adidas negras). No estaba contenta. Me sentía preocupada por Crystal, y eso que no me caía bien. Lamentaba que hubiese perdido a su bebé porque sé que es una experiencia muy triste, pero por otra parte me sentía satisfecha porque no me apetecía que Jason se casara con ella, y estoy seguro de que lo habría hecho si el embarazo hubiera tenido un desenlace feliz. Miré alrededor en busca de algo que me hiciera sentir mejor. Abrí el armario para contemplar mi ropa nueva, la que había comprado en Prendas Tara para la cita. Pero ni eso me animó.

Finalmente, hice lo que había planeado antes de escuchar las noticias de Jason: cogí un libro y me apalanqué en una silla del porche delantero, leyendo un par de frases de vez en cuando mientras admiraba el peral que crecía en el jardín delantero, cubierto de flores blancas y rodeado de abejas.

Hacía un sol radiante, los narcisos acababan de florecer y yo tenía una cita el viernes. Y ya había hecho mi buena acción del día, llamando a la doctora Ludwig. El fondo de preocupación que tenía en el estómago cedió un poco.

De vez en cuando, podía escuchar vagos sonidos que llegaban desde el patio trasero; Jason había encontrado algo con lo que mantenerse ocupado después de librarse de los nidos. Quizá estuviera deshaciéndose de los hierbajos que había en los parterres. Me alegré. Eso estaría bien, ya que yo no tenía el mismo entusiasmo que mi abuela en cuanto a la jardinería. Admiraba los resultados, pero no disfrutaba del proceso, como sí lo hacía ella.

Tras comprobar el reloj varias veces, me sentí bastante aliviada al ver un gran Cadillac color perla acceder a la zona de aparcamiento. Había una diminuta forma ocupando el asiento del copiloto. La puerta del conductor se abrió y salió una licántropo llamada Amanda. Las dos habíamos tenido nuestras diferencias, pero las cosas ya habían quedado más o menos resueltas. Me alegró ver a alguien conocido. Amanda, que tenía el aspecto de la típica madre de mediana edad, rondaba los treinta y pico. Su pelo rojo parecía natural, bastante diferente al de mi amiga Arlene.

—Hola, Sookie —saludó—. Cuando la doctora me dijo adónde íbamos me sentí aliviada porque ya sabía llegar.

—¿No eres su chófer habitual? Me gusta tu corte de pelo, por cierto.

—Oh, gracias. —Amanda se acababa de cortar el pelo con un estilo desgreñado, casi masculino, que le iba muy bien, por extraño que pareciera. Digo extraño porque su cuerpo era definitivamente femenino—. Aún no me he acostumbrado a él —admitió, pasándose la mano por el cuello—. En realidad es mi hijo mayor el que suele llevar a la doctora Ludwig, pero hoy tenía que ir a la escuela, por supuesto. ¿Es tu cuñada la afectada?

—La novia de mi hermano —dije, tratando de acompañar con una expresión afable—. Crystal. Es una pantera.

Amanda parecía casi respetuosa. Los licántropos suelen despreciar a los demás cambiantes, pero algo tan admirable como una pantera llamó su atención.

—Había oído que hay un grupo de panteras en alguna parte, pero nunca me había topado con ellos.

—Tengo que irme al trabajo, pero mi hermano os hará de anfitrión.

—Entonces, ¿no eres muy íntima de la novia de tu hermano?

Me sorprendió la insinuación de que no me importaba el bienestar de Crystal. ¿Será que debía haber corrido a su lecho y haber dejado que Jason guiara a la doctora? De repente vi el disfrute de mis momentos de paz como un insensible desprecio hacia Crystal. Pero no había tiempo para revolcarse en la culpabilidad.

—A decir verdad —dije—, no la conozco tanto. Pero Jason dio a entender que no había nada que yo pudiera hacer por ella, y mi presencia no sería precisamente de mucho consuelo, ya que le caigo como ella me cae a mí.

Amanda se encogió de hombros.

—Vale, ¿dónde está?

Jason apareció doblando la esquina de la casa justo en ese momento. Suspiré de alivio.

—Oh, genial —exclamó—. ¿Eres la doctora?

—No —dijo Amanda—. La doctora está en el coche. Hoy soy su chófer.

—Os llevaré hasta allí. Acabo de hablar con Crystal y no mejora.

Sentí otra oleada de remordimiento.

—Llámame al trabajo, Jason, y dime cómo le va, ¿de acuerdo? Podré acercarme cuando salga y pasar allí la noche, si me necesitas.

—Gracias, hermanita. —Me dio un rápido abrazo y luego me miró con extrañeza—. Eh, me alegro de no haberlo mantenido en secreto como Crystal me pidió. No creía que fueras a ayudarla.

—Me gustaría pensar que al menos soy una persona lo suficientemente buena como para ayudar a cualquiera que lo necesite, me lleve bien con ella o no. —Confiaba en que Crystal no me imaginara indiferente, o incluso feliz, ante su sufrimiento.

Desalentada, observé cómo esos dos vehículos tan diferentes recorrían el camino de vuelta a Hummingbird Road. Lo cerré todo y me monté en el mío con un humor menos alegre.

Siguiendo con la tónica de la jornada, tan llena de acontecimientos, Sam me llamó desde su despacho en cuanto entré esa tarde por la puerta trasera del Merlotte's.

Acudí a ver qué quería, consciente antes de llegar de que había algunas personas más esperando. Para mi desconsuelo, descubrí que el padre Riordan me había tendido una emboscada.

Había cuatro personas en el despacho de Sam, además de mi jefe. Sam no estaba muy contento, pero se esforzaba por que no se le notara. Lo sorprendente era que el padre Riordan tampoco parecía encontrarse a gusto con la gente que le había acompañado. Sospechaba de quién se trataba. Mierda. No sólo el padre Riordan se había traído a los Pelt, sino que estaba también una joven de unos diecisiete años que debía de ser Sandra, la hermana de Debbie.

Los tres nuevos me miraron atentamente. Los Pelt mayores eran altos y espigados. Él llevaba gafas y se estaba quedando calvo, y las orejas le sobresalían de la cabeza como las asas de una jarra. Ella era atractiva, aunque quizá llevara excesivo maquillaje. Vestía unos pantalones de Donna Karan y llevaba un bolso con un famoso logotipo adosado. No le faltaban los tacones. Sandra Pelt iba más informal, con vaqueros y una camiseta muy ajustada sobre su estrecha figura.

Estaba tan pasmada por el hecho de que esa gente se metiera en mi vida hasta tal punto, que apenas oí que el padre Riordan me presentaba formalmente a los Pelt. A pesar de que le dije al padre que no quería verlos, aquí estaban. Los padres me devoraron con ojos ávidos. «Salvajes», los había tildado María Estrella. «Desesperados», fue la palabra que me vino a la cabeza.

Sandra era harina de otro costal: dado que era la segunda hija, no era (no podía ser) cambiante, como sus familiares, pero tampoco era una humana normal. Capté algo con la mente que me invitó a hacer una pausa. Sandra Pelt sí que era algún tipo de cambiante. Me habían dicho que los Pelt estaban más concentrados en su hija pequeña de lo que nunca lo habían estado con Debbie. Ahora, entresacando retazos de información de ellos, empezaba a comprender el porqué de todo ello. Puede que Sandra Pelt fuese menor, pero era formidable. Era una licántropo pura.

Pero eso no podía ser, a menos que…

Vale, Debbie Pelt, mujer zorra, había sido adoptada. Ya había oído alguna vez que los licántropos eran propensos a la esterilidad, así que asumí que los Pelt se dieron por vencidos en la tarea de tener una pequeña licántropo y adoptaron a un bebé que fuese al menos cambiante, aunque no de su propia naturaleza.

Hasta una zorra pura habría sido preferible a una sencilla humana. Luego, los Pelt adoptaron a otra hija, una licántropo.

—Sookie —dijo el padre Riordan, con su encantadora entonación irlandesa, aunque no muy contento—. Barbara y Gordon se presentaron hoy a mi puerta. Cuando les dije lo que me contaste sobre la desaparición de Debbie, no se quedaron satisfechos. Insistieron en que les trajera hasta aquí conmigo.

Mi intensa rabia hacia el sacerdote disminuyó un poco. Pero otra emoción ocupó su lugar. Estaba lo suficientemente ansiosa ante el encuentro como para notar que mi risa nerviosa se abría paso en mi expresión. Miré a los Pelt y capté la oleada de su desaprobación.

—Lamento su situación —indiqué—. Lamento que tengan que seguir preguntándose lo que le pasó a Debbie. Pero no sé qué más puedo decirles.

Una lágrima recorrió la mejilla de Barbara Pelt y yo abrí el bolso para sacar un pañuelo. Se lo di, pero ella se la enjugó con la mano.

—Pensó que querías quitarle a Alcide —dijo.

No hay que hablar mal de los muertos, pero Debbie Pelt era un caso perdido.

—Señora Pelt, voy a ser franca —le contesté, aunque sin demasiada franqueza—. Debbie estaba con otra persona en el momento de su desaparición, un hombre llamado Clausen, si mal no recuerdo. —Barbara Pelt asintió, reacia—. Esa unión dejó a Alcide toda la libertad para salir con quien le viniera en gana, y ambos pasamos una breve temporada juntos. —Eso no era mentira—. Hace semanas que no nos vemos, y él ahora está saliendo con otra chica. Así que Debbie se equivocaba de largo si pensaba eso.

Sandra Pelt se mordió el labio inferior. Era enjuta, de piel clara y pelo marrón oscuro. Estaba un poco maquillada, y sus dientes eran deslumbrantemente blancos y regulares. Sus pendientes de aro eran tan grandes que habrían sido una percha ideal para un periquito. Tenía un cuerpo estrecho enfundado en ropas caras: lo mejor del centro comercial.

Su expresión era de ira. No le gustaba lo que estaba diciendo, ni una pizca. Era una adolescente y tenía unas fuertes erupciones emocionales. Recordé cómo era mi vida cuando tenía la edad de Sandra y recé por ella.

—Dado que los conoces a ambos —dijo Barbara Pelt con cuidado, haciendo caso omiso de mis palabras—, tenías que saber que los dos mantenían…, mantienen una intensa relación de amor-odio, al margen de lo que hiciera Debbie.

—Sí, eso es muy cierto —añadí, y puede que no sonara lo suficientemente respetuosa. Si hubo alguien a quien le hice un gran favor matando a Debbie, ése fue a Alcide Herveaux. De lo contrario, esos dos se habrían pasado los años tirándose los trastos a la cabeza, por no decir el resto de sus vidas.

Sam se volvió cuando sonó el teléfono, pero pude atisbar una sonrisa en su rostro.

—Simplemente pensamos que debe de haber algo que sepas, algún detalle, por pequeño que sea, que nos ayude a descubrir qué le pasó a nuestra hija. Si…, si ha muerto, queremos que su asesino sea juzgado.

Me quedé mirando a los Pelt durante un largo instante. Podía escuchar la voz de Sam de fondo, mientras reaccionaba con asombro ante algo que estaba escuchando por el teléfono.

—Señores Pelt, Sandra —dije—, ya hablé con la policía cuando Debbie desapareció. Colaboré con ellos al máximo. Hablé con sus investigadores privados cuando vinieron aquí, a mi lugar de trabajo, igual que lo han hecho ustedes. Dejé que entraran en mi casa. Respondí a todas sus preguntas… —Aunque no del todo sinceramente.

Sé que toda la base era una mentira, pero hacía todo lo que podía.

—Lamento mucho su pérdida y siento mucho la ansiedad que sufren por descubrir lo que le pasó a Debbie —proseguí, hablando lentamente para escoger cuidadosamente cada palabra. Lancé un hondo suspiro—. Pero esto tiene que terminar. Ya es suficiente. No puedo decirles más de lo que ya les he dicho.

Para mi sorpresa, Sam pasó a mi lado y se dirigió hacia el bar a toda prisa. No dijo una palabra a los que nos encontrábamos en la habitación. El padre Riordan lo siguió con la mirada, estupefacto. Entonces me puse más nerviosa y deseé que los Pelt se marcharan. Algo estaba pasando.

—Entiendo lo que dices —dijo Gordon Pelt secamente. Era la primera vez que el hombre hablaba. No parecía muy contento por estar donde estaba, haciendo lo que estaba haciendo—. Soy consciente de que no hemos procedido en este asunto de la mejor de las maneras, pero estoy seguro de que nos disculparás si piensas en lo que hemos tenido que pasar.

—Oh, por supuesto —contesté, y sin ser una verdad al completo, tampoco era una mentira absoluta. Cerré el bolso y lo metí en el cajón del escritorio de Sam donde todas los guardábamos, y salí corriendo al bar.

Sentí que una oleada de agitación me envolvía. Algo andaba mal; casi todas las mentes del bar emitían señales combinadas de excitación y ansiedad, rayanas con el pánico.

—¿Qué pasa? —le pregunté a Sam, deslizándome tras la barra.

—Acabo de contarle a Holly que la han llamado de la escuela. Su hijo pequeño ha desaparecido.

Sentí cómo me nacía un escalofrío en la base de la columna y se me encaramaba por toda ella.

—¿Qué ha pasado?

—La madre de Danielle suele recoger a Cody de la escuela cuando va a buscar a su nieta, Ashley. —Danielle Gray y Holly Cleary eran grandes amigas desde el instituto, y su amistad había sobrevivido a sendos matrimonios fracasados. Les gustaba trabajar en el mismo turno. La madre de Danielle, Mary Jane Jasper, había ayudado mucho a su hija, y en ocasiones su generosidad se había desbordado hasta ayudar también a Holly. Ashley debía de tener ocho años, y el hijo de Danielle, Mark Robert, debía de rondar los cuatro. El único hijo de Holly, Cody, tenía seis. Estaba en primer curso.

—¿En la escuela han dejado que otra persona recoja a Cody? —Tenía entendido que los profesores estaban siempre alerta por si cónyuges no autorizados iban a recoger a los niños.

—Nadie sabe lo que le ha pasado al pequeño. La profesora que estaba de servicio, Halleigh Robinson, estaba fuera, vigilando, mientras los críos se subían en sus coches. Dijo que Cody se había acordado de repente de que se había olvidado un dibujo para su madre sobre el pupitre, y que corrió de vuelta a la escuela para cogerlo. No recuerda haberlo visto salir otra vez, pero no pudo encontrarlo cuando volvió a buscarlo.

—¿Y la señora Jasper estaba allí esperando a Cody?

—Sí, era la única que quedaba, sentada en su coche con sus nietos.

—Esto es espeluznante. Supongo que David no sabrá nada. —David, el ex de Holly, vivía en Springhill y se había vuelto a casar. Vi que los Pelt se marchaban. Una molestia menos.

—Parece que no. Holly lo llamó al trabajo, y estaba allí. De hecho, estuvo allí toda la tarde, sin duda. Llamó a su actual mujer, que acababa de llegar de recoger a sus hijos de la escuela Springhill. La policía local ha ido a su casa y la ha registrado para asegurarse. Ahora David está de camino.

Holly estaba sentada a una de las mesas, y aunque su cara parecía inexpresiva, sus ojos tenían el aspecto de quien ha visto el infierno. Danielle se agachaba de cuclillas junto a ella, sosteniéndole la mano y diciéndole algo rápidamente y en voz baja. Alcee Beck, uno de los pesos pesados locales, estaba sentado a la misma mesa. Tenía una libreta y un bolígrafo, y estaba tecleando en su teléfono móvil.

—¿Han registrado la escuela?

—Sí, Andy está allí ahora, con Kevin y Kenya. —Kevin y Kenya eran dos policías—. Bud Dearborn está pegado al teléfono tratando de que emitan una alerta amarilla.

Dediqué un pensamiento a cómo se sentiría Halleigh en ese momento; apenas tenía unos veintitrés años y éste era su primer trabajo como maestra. Nunca había hecho nada malo, al menos que yo supiera, y de repente desaparece un niño y no faltan las acusaciones de culpa.

Traté de pensar en cómo ayudar. Era una oportunidad para poner mi pequeño defecto al servicio de un bien mayor. Siempre había mantenido la boca callada sobre todo tipo de cosas. La gente no quería saber lo que yo sabía. La gente no quería estar cerca de alguien capaz de hacer lo que yo hacía. Mi forma de sobrevivir era mantener la boca cerrada, porque así era fácil que los humanos que me rodeaban olvidaran o desconfiaran cuando no les restregaba por la cara la evidencia de mi talento.

¿Querría alguien tener cerca a una mujer que supiera que estabas engañando a tu mujer, y con quién? Si fueses un tío, ¿querrías estar cerca de una mujer que supiera que deseabas en secreto vestir ropa interior de encaje? ¿Te gustaría salir con una chica que conociera tus prejuicios más íntimos y tus juicios sobre otras personas?

Yo creo que no.

Pero si había un niño de por medio, ¿cómo iba a reprimirme?

Miré a Sam y él me devolvió una mirada triste.

—Es duro, ¿verdad, cariño? —dijo—. ¿Qué vas a hacer?

—Lo que deba. Pero tiene que ser ahora —contesté.

Asintió.

—Vete a la escuela —dijo. Y me marché.

No sabía cómo iba a conseguirlo. No sabía quién admitiría que yo podía ser de ayuda.

Como era de esperar, había una muchedumbre en la escuela elemental. Un grupo de unos treinta adultos permanecía en la acera que había frente a la escuela, y Bud Dearborn, el sheriff, estaba hablando con Andy en el césped delantero. La escuela elemental Betty Ford fue mi escuela, de niña. El edificio, alargado en una sola planta y de ladrillo, estaba bastante nuevo por aquel entonces. En el vestíbulo principal estaban las oficinas, la sección de párvulos, las aulas y la cafetería. En el ala derecha se ubicaban los estudiantes de segundo curso, y en la izquierda los de tercero. Detrás del centro había un pequeño edificio de recreo, situado en un amplio patio, al que se podía llegar mediante un pasillo cubierto. Se usaba para las clases de gimnasia cuando hacía mal tiempo.

Por supuesto, había dos astas en la fachada de la escuela, una para la bandera estadounidense y otra para la de Luisiana. Me encantaba pasar por delante con el coche cuando eran mecidas por la brisa en un día como ése. Me encantaba pensar en todos los niños pequeños que había dentro, ocupados en su infancia. Pero ese día habían quitado las banderas, y sólo las cuerdas anudadas se movían con el fuerte viento. El verde prado de la escuela estaba salpicado con ocasionales envoltorios de chucherías o papeles de cuaderno arrugados. La portera de la escuela, Madelyn Pepper (a la que siempre habían llamado «Miss Maddy»), estaba sentada en una silla de plástico justo delante de las puertas del edificio, con su carrito de ruedas justo a su lado. Hacía muchos años que Miss Maddy era la portera. Era una mujer muy lenta mentalmente, pero buena trabajadora y muy fiable. Tenía prácticamente el mismo aspecto de mis días de colegio: alta, fornida y pálida, con una larga melena teñida de color platino. Estaba fumándose un cigarrillo. La directora, la señora Garfield, había librado una batalla con Miss Maddy durante años en cuanto a esa costumbre suya, pero Miss Maddy siempre ganaba. Fumaba fuera, pero fumaba. Hoy, la señora Garfield se mostraba completamente indiferente hacia la costumbre de Miss Maddy. La señora Garfield, esposa de un ministro metodista episcopal, lucía un traje color mostaza, medias lisas y zapatos de charol negros. Estaba tan tensa como Miss Maddy, y le importaba mucho menos disimularlo.

Me abrí paso hasta el frente de la muchedumbre sin estar muy segura de cómo abordar lo que tenía que hacer.

Andy fue el primero en verme y avisó de mi llegada a Bud Dearborn tocándole en el hombro. Bud tenía el móvil pegado a la oreja. Se volvió para mirarme. Les hice un gesto con la cabeza. El sheriff Dearborn no era mi amigo. Fue amigo de mi padre, pero nunca tuvo tiempo para mí. Para el sheriff, la gente se clasificaba en dos categorías: los que quebrantaban la ley y podían ser arrestados, y los que no, y no podían ser arrestados. Y la mayoría de éstos lo eran sólo porque aún no habían sido pillados quebrantando la ley. Eso era lo que Bud creía. Y yo estaba en alguna parte entre los dos lados. Él estaba seguro de que yo era culpable de algo, pero no llegaba a imaginar de qué.

Tampoco le caía muy bien a Andy, pero él era más respetuoso. Giró la cabeza hacia la izquierda de forma casi imperceptible. No podía ver con claridad la cara de Bud Dearborn, pero sus hombros se pusieron rígidos de la rabia y se inclinó un poco hacia delante, delatando con su postura que estaba furioso con el detective.

Logré salir del cúmulo de gente nerviosa y curiosos y me deslicé alrededor del ala de tercer curso, dirigiendo mis pasos a la parte trasera de la escuela. El patio de recreo, que tenía el tamaño aproximado de medio campo de fútbol, estaba vallado y la puerta, cerrada con una cadena y un candado. Alguien la había abierto, probablemente para facilitar la labor de quienes registraban el lugar. Vi a Kevin Pryor, un joven y delgado oficial de patrulla que siempre ganaba la carrera de los cuatro mil en el festival de Azalea. Se inclinaba para otear en un conducto de alcantarillado justo al otro lado de la calle. La hierba de la zanja no era muy tupida y sus pantalones oscuros de uniforme estaban manchados de un polvo amarillo. Su compañera, Kenya, que estaba tan rellena como Kevin delgado, se encontraba en la acera de enfrente, al otro lado del bloque. Vi cómo movía la cabeza de un lado a otro mientras barría la zona de alrededor.

La escuela ocupaba toda una manzana en el centro de una zona residencial. Todas las casas de los alrededores eran viviendas modestas en terrenos modestos, el tipo de vecindario donde encontrar canchas de baloncesto y bicicletas, perros ladrando y caminos para coches resaltados con pintura amarilla en los bordillos.

Ese día, todo estaba cubierto con una fina capa de polvo amarillo; acababa de empezar la época de la polinización. Cualquiera que lavase el coche en su camino privado encontraría un anillo amarillo alrededor del desagüe para lluvias. Las barrigas de los gatos estaban teñidas de amarillo, y los perros altos tenían las patas del mismo color. Todo el mundo tenía los ojos rojos y llevaba encima una reserva de pañuelos.

Vi muchos trozos de papel tirados por el patio de recreo. Había parches de hierba fresca y otros de terreno duro en zonas donde solían reunirse los niños. Habían dibujado un gran mapa de los Estados Unidos en una tapia de cemento justo fuera de las puertas de la escuela. El nombre de cada estado estaba pintado clara y cuidadosamente. Luisiana era el único Estado pintado de un vivo rojo, y un pelícano presidía su contorno. La palabra «Luisiana» era demasiado larga para encajar en el pelícano, y la habían pintado en el suelo, justo donde se encontraría el Golfo de México.

Andy salió por la puerta de atrás con expresión pétrea. Parecía diez años mayor.

—¿Cómo se encuentra Halleigh? —pregunté.

—Está dentro, no deja de llorar —contestó—. Tenemos que encontrar a ese crío.

—¿Qué ha dicho Bud? —pregunté. Di un paso hacia el interior de la puerta.

—Mejor no preguntes —rezongó—. Si hay algo que puedas hacer por nosotros, necesitamos toda la ayuda posible.

—Todas las miradas caerán sobre ti.

—A ti te pasará lo mismo.

—¿Dónde están las personas que estaban en la escuela cuando volvió a entrar?

—Están todos aquí, salvo la directora y la portera.

—Las he visto fuera.

—Haré que entren. Todos los maestros están en la cafetería. Tiene un pequeño escenario en un extremo. Ponte detrás del telón, a ver si consigues averiguar algo.

—Vale. —No tenía ninguna idea mejor.

Andy se encaminó hacia la parte delantera de la escuela para traer a la directora y a la portera.

Accedí al extremo del pasillo de tercer curso. Dibujos de vivos colores decoraban las paredes fuera de cada clase. Miré algunos que representaban a rudimentarias personas haciendo picnic o mientras pescaban, y los ojos se me llenaron de lágrimas. Por primera vez deseé tener poderes parapsicológicos en lugar de telepáticos. Así podría ver lo que le pasó a Cody, en vez de tener que esperar a que alguien pensara en ello. Nunca había conocido a un médium, pero me daba cuenta de que su talento debía de ser muy impreciso, que unas veces no era lo suficientemente específico y otras lo era demasiado. Mi pequeña rareza era en realidad mucho más fiable, y quise creer que podría ayudar a ese niño.

Mientras avanzaba hacia la cafetería, el olor de la escuela precipitó los recuerdos. La mayoría de ellos eran dolorosos; y algunos agradables. Cuando era pequeña, no tenía ningún control sobre mi telepatía, ni la menor idea de qué era lo que me pasaba. Mis padres me habían hecho pasar por el molino de los profesionales de la salud mental para averiguarlo, lo que me había alejado más aún de mis compañeros. Pero la mayoría de mis profesores fueron amables. Comprendían que hacía todo lo que podía por aprender; que siempre estaba distraída, pero no porque yo así lo decidiera. El olor de la tiza, los borradores, el papel y los libros lo trajo todo de vuelta.

Recordaba cada pasillo y cada puerta como si hubiera dejado de acudir a clase el día anterior. Las paredes estaban ahora pintadas de color melocotón, en lugar del blanco que yo recordaba, y la moqueta era de motas grises, en lugar del linóleo marrón, pero la estructura de la escuela no había variado. Sin dudarlo, me colé por la puerta trasera del pequeño escenario que se encontraba en uno de los extremos del comedor. Si mal no recordaba, a ese sitio lo llamaban la «sala multiusos». La zona del comedor podía cerrarse mediante puertas plegables, y las mesas de picnic que ocupaban el espacio también se podían doblar y apartar. Ahora ocupaban el suelo en ordenadas filas, y todos los que estaban sentados a ellas eran adultos, salvo los hijos de algunos maestros que se encontraban en las aulas con sus progenitores cuando estalló la alarma.

Encontré una diminuta silla de plástico y la desplegué tras el telón, en la parte izquierda del escenario. Cerré los ojos y empecé a concentrarme. Perdí consciencia de mi cuerpo mientras bloqueaba todos los demás estímulos, y mi mente se proyectó con libertad.

«¡Es culpa mía, culpa mía, culpa mía! ¿Por qué no me di cuenta de que no volvió a salir? ¿O acaso sí salió y no lo vi? ¿Se habrá montado en su coche sin que lo viera?».

Pobre Halleigh. Estaba sentada sola, y el montón de pañuelos que tenía al lado era un indicativo de lo que había estado haciendo mientras esperaba. Era completamente inocente, así que reanudé mi barrido.

«Oh, Dios, gracias, Dios, por que no sea mi hijo el que ha desaparecido…».

«… ir a casa y tomarme unas galletas…».

«No puedo ir al súper a por carne de hamburguesa, quizá debería llamar a Ralph y quizá él pueda pasarse por Sonic… Pero ya comimos comida rápida anoche, no es bueno…».

«Su madre es una camarera, ¿a cuánta gente despreciable conocerá? Probablemente haya sido uno de ellos».

Y así siguió, una letanía de pensamientos inofensivos. Los niños pensaban en tentempiés y televisión, aunque también estaban asustados. Los adultos, en su mayoría, estaban inquietos por sus propios hijos y por el efecto de la desaparición de Cody en sus propias familias y clases.

Andy Bellefleur dijo:

—Dentro de un momento estará aquí el sheriff Dearborn y les dividiremos en grupos.

Los maestros se relajaron. Eran instrucciones familiares, como las que ellos mismos solían impartir.

—Les haremos preguntas a cada uno de ustedes por turno, y luego se podrán marchar. Sé que están todos preocupados. Tenemos policías inspeccionando la zona, pero quizá así obtengamos alguna información que nos ayude a encontrar a Cody.

La señora Garfield entró en la sala. Pude sentir su ansiedad precediéndola como una nube oscura, llena de truenos. Miss Maddy iba justo detrás de ella. Podía escuchar las ruedas de su carrito, cargado con un cubo de basura y repleto de todo tipo de artículos de limpieza. Todos los olores que la rodeaban me resultaban familiares. Claro, empezaba sus labores de limpieza después de las horas lectivas. Debía de estar en una de las aulas, y probablemente no había visto nada. Es posible que la señora Garfield hubiera estado en su despacho. El director en mi época, el señor Heffernan, solía permanecer fuera con el maestro que estuviera de servicio hasta que todos los niños se hubieran marchado, de modo que todos los padres tuvieran la ocasión de hacerle alguna pregunta sobre el progreso de su hijo… o la falta del mismo.

No me asomé por el polvoriento telón para mirar, pero pude seguir el progreso de las dos con facilidad. La señora Garfield era un amasijo de tensión tan denso que cargaba el aire que la rodeaba. Miss Maddy también iba acompañada, pero del sonido de su carrito y del olor de los productos de limpieza. Le daba pena, y lo único que deseaba era volver a su rutina. Puede que Maddy Pepper fuese una mujer de inteligencia limitada, pero le encantaba su trabajo porque se le daba bien.

Me enteré de muchas cosas mientras estuve allí sentada. Supe que una de las maestras era lesbiana, a pesar de estar casada y tener tres hijos. Averigüé que otra maestra estaba embarazada, pero que aún no se lo había dicho a nadie. Averigüé que la mayoría de las mujeres (no había maestros en la escuela elemental) estaban estresadas debido a sus múltiples obligaciones familiares, laborales y religiosas. La maestra de Cody era muy infeliz, porque le gustaba el pequeño aunque pensaba que su madre era un poco rara. Creía que Holly hacía todo lo que estaba en su mano para ser una buena madre, y eso contrarrestaba su desprecio por su estética gótica.

Pero nada de todo aquello sirvió para averiguar el paradero de Cody, hasta que me metí en la cabeza de Maddy Pepper.

Cuando Kenya apareció detrás de mí, estaba superada, con la mano sobre la boca mientras trataba de silenciar mi llanto. No era capaz de levantarme y buscar a Andy o a cualquiera. Sabía dónde se encontraba el niño.

—Me ha dicho que venga aquí para ver si has averiguado algo —susurró Kenya. No le gustaba nada el recado que le habían encomendado, y aunque siempre le caí bien, estaba convencida de que yo no podía hacer nada para ayudar a la policía. Pensaba que

Andy estaba loco por poner en juego su carrera al pedirme que me sentara allí a escondidas.

Entonces capté otra cosa, algo débil y apagado.

Me levanté de golpe y agarré a Kenya por el hombro.

—Mira en el cubo de basura, el que está en el carrito, ¡ahora! —dije en voz baja, pero (eso esperaba) llena de urgencia como para encender a Kenya—. ¡Está en el cubo, sigue vivo!

Kenya no tuvo la idea de saltar de detrás del telón y correr hacia el carrito de la portera. Me dedicó una mirada acerada. Me asomé por el telón para ver cómo Kenya se dirigía a unas pequeñas escaleras frente al escenario y luego hacia donde estaba sentada Maddy Pepper, tamborileando la pierna con los dedos. Miss Maddy quería un cigarrillo. Entonces se dio cuenta de que Kenya se le aproximaba y una débil alarma se encendió en su mente. Cuando la portera vio que Kenya tocaba el borde del cubo de basura, se puso en pie de repente y gritó:

—¡No era mi intención! ¡No era mi intención!

Todo el mundo se giró, conmocionado, con idénticas expresiones de horror en el rostro. Andy se adelantó, con la expresión dura. Kenya estaba inclinada sobre el cubo, buscando agitadamente y tirando de una miríada de trapos usados que lanzaba sobre el hombro. Se quedó helada durante un segundo cuando encontró lo que estaba buscando. Se inclinó más, arriesgándose casi a caerse dentro.

—Está vivo —le dijo a Andy—. ¡Llama a una ambulancia!

* * *

—Ella estaba limpiando cuando el niño volvió a entrar en la escuela para coger el dibujo —dijo Andy. Estábamos sentados solos en la cafetería—. No sé si pudiste escuchar eso, había mucho ruido en la habitación.

Asentí. Pude escuchar sus pensamientos mientras hablaba. Durante todos esos años de trabajo, jamás había tenido ningún problema con un estudiante que no se hubiera resuelto con algunas palabras altisonantes por su parte. Pero hoy, Cody había irrumpido a la carrera en el aula con los zapatos y los pantalones llenos de polen, manchando el suelo que Miss Maddy acababa de limpiar. Le gritó, y él se sobresaltó tanto que sus pies se escurrieron sobre el suelo mojado. El pobre crío se cayó de espaldas y se golpeó en la cabeza. El pasillo estaba enmoquetado para reducir el ruido, pero las aulas no, y su cabeza rebotó en el linóleo.

Maddy pensó que lo había matado, y se apresuró a ocultar el cuerpo en el lugar más a mano. Pensó que perdería el trabajo si descubrían que el niño había muerto, y su impulso fue el de ocultarlo. No tenía ningún plan o idea de lo que iba a pasar. No había razonado en cómo deshacerse del cuerpo, ni en lo destrozada y culpable que se sentiría después.

Para mantener en silencio lo que sabía, idea que la policía y yo considerábamos como la mejor alternativa, Andy le sugirió a Kenya que se dijera que ella se había dado cuenta de repente de que el único receptáculo de la escuela que no se había registrado era el cubo de basura de Maddy Pepper.

—Eso es exactamente lo que había pensado —dijo Kenya—. Que debería registrarlo, echar un ojo al menos para ver si el secuestrador había tirado algo en él. —La cara redonda de Kenya era inescrutable. Kevin la miró, frunciendo el ceño, con la sensación de que había algo soterrado en sus palabras. Kevin no era ningún idiota, especialmente en lo que a Kenya concernía.

Los pensamientos de Andy se me revelaron claros.

—Ni se te ocurra pedirme que vuelva a hacerlo —le dije.

Asintió en aquiescencia, pero mentía. Ante él se extendía un panorama de casos resueltos, de malhechores encerrados, de lo limpio que quedaría Bon Temps si le contara quiénes eran todos los criminales y él encontrara una forma de acusarlos de algo.

—No pienso hacerlo —dije—. No voy a ayudarte siempre. Tú eres el detective. Tú eres el que tiene que descubrir las cosas de manera legal, para poder fundamentar un caso ante un tribunal.

Si recurres a mí todo el tiempo, acabarás siendo descuidado. Los casos fracasarán. Tu reputación caerá en picado. —Mis palabras estaban empujadas por la desesperación y la impotencia. No pensaba que fueran a surtir efecto.

—No es una bola de cristal —dijo Kevin.

Kenya parecía sorprendida, y Andy más que eso. Él pensaba que aquello rayaba con la herejía. Kevin era un mero policía de a pie; Andy, detective. Y Kevin era un hombre tranquilo que escuchaba a todos sus compañeros, pero que se guardaba sus comentarios para sí mismo casi siempre. Era sabido que siempre había estado dominado por su madre; puede que de ella aprendiera que no siempre era bueno dar una opinión propia de las cosas.

—No puedes zarandearla y esperar que surja la respuesta adecuada —prosiguió Kevin—. Tienes que hallar la respuesta por ti mismo. No es justo que te metas en la vida de Sookie para hacer mejor tu trabajo.

—Ya —dijo Andy, poco convencido—. Pero pienso que cualquier ciudadano de bien querría librar su ciudad de ladrones, violadores y asesinos.

—¿Y qué hay de los adúlteros y de los que cogen periódicos de más en los dispensadores? ¿También debería delatarlos? ¿Qué me dices de los chicos que hacen trampa en los exámenes?

—Sookie, ya sabes a qué me refiero —contestó, tan pálido como furioso.

—Sí, ya sé qué quieres decir. Olvídalo. Te he ayudado a salvarle la vida al niño. No me hagas lamentarlo. —Me fui de la misma manera que había llegado, por la puerta trasera y recorriendo el lateral de la escuela hacia donde había dejado el coche. Regresé al trabajo con mucho cuidado, porque aún temblaba por la intensidad de las emociones que habían recorrido la escuela esa tarde.

En el bar, descubrí que Holly y Danielle se habían marchado (Holly al hospital para estar con su hijo, y Danielle porque alguien debía llevarla hasta allí, de lo nerviosa que estaba).

—La policía habría llevado a Holly de mil amores —dijo Sam—, pero sabía que Holly no tiene aquí a nadie más que a Danielle, así que pensé que podría acompañarla.

—Por supuesto, eso me deja a mí sola frente al peligro —dije ásperamente, pensando que iba a recibir un castigo doble por ayudar a Holly.

Me sonrió, y por un momento no pude evitar devolverle la sonrisa.

—He llamado a Tanya Grissom. Dijo que estaría encantada de echar una mano, pero sólo en plan sustitución.

Tanya Grissom acababa de mudarse a Bon Temps, y lo primero que hizo fue pasarse por el Merlotte's para dejar una solicitud de trabajo. Le dijo a Sam que venía de trabajar de camarera en la universidad. Se sacaba doscientos dólares por noche en propinas. Yo le dije con franqueza que eso no iba a ocurrir en Bon Temps.

—¿Has llamado a Arlene y a Charlsie primero? —Me di cuenta de que me había pasado en mis atribuciones, porque sólo era una camarera, no la dueña. No era deber mío recordarle a Sam que llamara a las veteranas antes que a la recién llegada. Pero la nueva era una cambiante, y temía que Sam actuara a favor suyo por eso.

Sam no parecía irritado, sino más bien resignado.

—Sí, eso hice. Arlene dijo que tenía una cita, y Charlsie estaba cuidando de su nieto. Me ha insinuado de forma bastante clara que no seguirá trabajando por mucho tiempo. Creo que va a dedicar la jornada a cuidar del bebé mientras su nuera esté trabajando.

—Oh —exclamé, desconcertada. Tendría que acostumbrarme a alguien nuevo. Por supuesto, las camareras van y vienen, y yo había visto ya a unas cuantas pasar por la puerta de empleados del Merlotte's en mis (caramba, ya van cinco) años trabajando para Sam. El Merlotte's abría hasta medianoche entre semana y hasta la una las noches de los viernes y los sábados. Durante un tiempo, Sam intentó abrir también los domingos, pero no resultaba rentable. Así que ahora el Merlotte's cerraba los domingos, a menos que se alquilara para una fiesta privada.

Sam había intentado rotar nuestros turnos de modo que todo el mundo tuviera la ocasión de trabajar las noches más lucrativas, por lo que algunas jornadas trabajaba de once a cinco (o seis y media si estaba muy concurrido), y otras de cinco a cierre. Había experimentado con turnos y jornadas hasta que todos estuvimos de acuerdo con qué era lo mejor. Él esperaba cierta flexibilidad por nuestra parte, y a cambio era generoso en darnos días libres para funerales, bodas y demás momentos señalados.

Había pasado por un par de trabajos antes de hacerlo para Sam. Era, con diferencia, la persona más fácil con la que había tratado como empleada. En algún momento del camino, se había convertido en algo más que mi jefe; era mi amigo. Cuando descubrí que era un cambiante, no me molestó lo más mínimo. Había escuchado rumores en la comunidad de cambiantes según los cuales los licántropos estaban pensando salir a la luz pública, del mismo modo que lo habían hecho los vampiros. Estaba preocupada por Sam. Me inquietaba que la gente de Bon Temps no lo aceptara. ¿Sentirían que les había estado engañando todo ese tiempo, o se lo tomarían bien? Desde que los vampiros llevaron su bien orquestada revolución, la vida, tal como la conocíamos, había cambiado en todo el mundo. Después de la desaparición de la conmoción inicial, algunos países habían empezado a trabajar para incluir a los vampiros en su modo de vida, mientras que otros los habían declarado como no humanos y urgían a los ciudadanos a que mataran a todos los vampiros con los que se cruzasen (era algo más fácil de decir que de hacer).

—Estoy segura de que Tanya lo hará bien —dije, aunque me salió inseguro, incluso para mis propios oídos. Actuando impulsivamente (y supongo que el caudal de emociones que había experimentado ese día tenía algo que ver), rodeé a Sam con los brazos y le di un abrazo. Percibí el olor de piel y pelo limpios, así como el leve regusto dulce de una loción de afeitado, una connotación de vino, un soplo de cerveza... El olor de Sam. Lo introduje en mis pulmones como si de oxígeno se tratase.

Sorprendido, Sam me devolvió el abrazo, y, por un segundo, el calor de su abrazo hizo que casi perdiera la cabeza de placer. Luego nos separamos porque, a fin de cuentas, era nuestro lugar de trabajo y había unos cuantos clientes por ahí. Llegó Tanya, así que mejor que estuviéramos separados. No me apetecía que pensara que ésa era nuestra rutina.

Tanya medía menos que mi 1,68, y era una mujer agradable a la vista a sus veintimuchos. Su pelo era corto, liso y brillante, de un leve marrón que casi iba a juego con sus ojos. Tenía una boca pequeña y una nariz de botón, aparte de un tipo monísimo. No había ninguna razón para que no me gustara, pero no me alegré al verla. Me avergonzaba de mí misma. Debía dar a Tanya una justa oportunidad de mostrar su verdadero carácter.

Después de todo, lo descubriría tarde o temprano. Uno no puede ocultar cómo es en realidad; al menos no a mí, no si es un ser humano normal. Trato de no escuchar, pero me es imposible bloquearlo todo. Mientras estuve con Bill, él me enseñó a bloquear la mente. Desde entonces, la vida ha sido más sencilla; más agradable y relajada.

Tanya era una mujer de fácil sonrisa, tenía que admitirlo. Nos sonreía a Sam, a mí y a los clientes. No era una sonrisa nerviosa, como la mía, que transmite «estoy escuchando un clamor en mi cabeza y trato de parecer normal por fuera». La suya era más del tipo «soy muy mona y alegre, y me voy a hacer querer por todo el mundo». Antes de coger una bandeja y ponerse a trabajar, Tanya formuló una lista de preguntas sensatas. Sí que tenía experiencia.

—¿Qué pasa? —preguntó Sam.

—Nada —dije—. Es sólo que...

—Parece muy maja —dijo Sam—. ¿Crees que hay algo malo en ella?

—Nada que yo sepa —contesté, tratando de sonar enérgica y alegre. Sabía que tenía puesta mi típica sonrisa—. Mira, Jane Bodehouse está pidiendo otra ronda. Vamos a tener que llamar a su hijo otra vez.

Tanya se volvió y se me quedó mirando justo entonces, como si hubiera sentido mis ojos en su nuca. Mi sonrisa se borró al instante, sustituida por una mirada tan plana que mi estimación de su capacidad de emprender acciones serias ganó muchos puntos. Por un momento, nos quedamos mirándonos mutuamente. Finalmente me lanzó una última mirada y prosiguió hacia la siguiente mesa, preguntando al hombre que la ocupaba si quería otra cerveza.

«Me pregunto si Tanya estará interesada en Sam», pensé de repente. No me gustó la forma en que me sentí al pensarlo. Decidí que el día había sido lo suficientemente agotador como para inventarme otra preocupación. Y aún no tenía noticias de Jason.

Después del trabajo me fui a casa con la cabeza cargada de ideas: el padre Riordan, los Pelt, Cody, el aborto de Crystal.

Recorrí el camino de entrada a mi casa a través del bosque, y cuando accedí al claro y rodeé el edificio para aparcar en la parte trasera, el aislamiento volvió a golpearme. Vivir en la ciudad unas pocas semanas había hecho que la casa pareciese incluso más solitaria, y aunque me alegraba mucho de regresar al viejo hogar, no era lo mismo que antes del incendio.

Casi nunca me había preocupado vivir sola en un sitio tan aislado, pero durante los últimos meses se habían encargado de recalcarme mi vulnerabilidad. En un par de ocasiones me había salvado por los pelos, y en otras tantas unos intrusos me habían estado esperando en casa. Ahora había instalado unos cerrojos muy buenos, tenía mirillas en las puertas de delante y detrás, y mi hermano me había dado su escopeta Benelli.

Había dispuesto también grandes focos en las esquinas de la casa, pero no me gustaba dejarlos encendidos toda la noche. Estaba meditando la compra de uno de esos detectores de movimiento. El inconveniente era que, dado que vivo en un gran claro en medio del bosque, no era raro que los animales lo cruzaran de noche, y las luces se encenderían cada vez que la menor de las criaturas se arrastrara por la hierba.

El segundo problema es que se encenderían las luces, sí, pero ¿y qué?

Las cosas que me asustaban no se dejaban intimidar por una luz. Lo único que conseguiría sería verlas mejor antes de que me comieran. Además, no tenía vecinos a los que una luz pudiera sorprender o alertar. Resultaba extraño, reflexioné, que apenas hubiera tenido momentos aterradores mientras mi abuela estuvo viva. Por muy dura que fuera a sus setenta y muchos años, nunca habría podido defenderme ni de una mosca. Supongo que, de alguna manera, el mero hecho de no estar sola era lo que me hacía sentir más segura.

Después de darle tantas vueltas al asunto del peligro, me encontré sumida en un estado de tensión cuando me bajé del coche. Pasé junto a una camioneta que había aparcada en la parte delantera, abrí la puerta trasera y atravesé la casa para desbloquear la delantera con la triste sensación de que me aguardaba una escenita. El tranquilo interludio de estar sentada apaciblemente en mi porche mientras contemplaba las abejas del peral parecía haberse producido hacía semanas, en vez de horas.

Calvin Norris, líder de los hombres pantera de Hotshot, salió de su camioneta y ascendió los peldaños. Era un hombre barbudo que acababa de estrenar la cuarentena, y parecía alguien serio cuyas responsabilidades reposaban francas sobre sus hombros. Era evidente que Calvin acababa de salir de trabajar. Lucía la camiseta azul y los vaqueros que todos los capataces de Norcross llevaban.

—Sookie —me dijo con un gesto de la cabeza.

—Pasa, por favor —respondí, aunque no tenía muchas ganas. Lo cierto era que Calvin siempre había sido muy agradable conmigo, y me había ayudado a rescatar a mi hermano hacía dos meses, cuando Jason fue hecho rehén. Como mínimo le debía algo de cortesía.

—Mi sobrina me llamó cuando pasó el peligro —dijo apesadumbrado, tomando asiento en el sofá después de que le invitara a ello con un gesto de la mano—. Creo que le has salvado la vida.

—Me alegro un montón de que Crystal se encuentre mejor, pero yo sólo hice una llamada. —Me senté en mi vieja silla favorita y me di cuenta de que me sentía repentinamente fatigada. Estiré los hombros hacia atrás—. ¿Consiguió la doctora Ludwig que dejara de sangrar?

Calvin asintió. Me miró sostenidamente con una grave solemnidad prendida en sus extraños ojos.

—Se pondrá bien. Nuestras mujeres abortan mucho. Por eso esperábamos que… Bueno.

Me sobrecogí ante el peso de las esperanzas de Calvin de que me apareara con él. No sabía por qué me sentía culpable; supongo que por su decepción. Después de todo, no era culpa mía que la idea no me atrajera.

—Supongo que Crystal y Jason seguirán juntos —añadió, como si lo diera por hecho—. He de decir que tu hermano no me cae de fábula, pero no soy yo quien se va a casar con él.

Me quedé perpleja. No sabía que Jason tuviera una boda en mente, ni Calvin, ni Crystal. Estaba segura de que Jason no pensaba en casarse cuando lo vi esa mañana, a menos que fuese algo que no mencionara en el ajetreo y en su preocupación por el estado de Crystal.

—Bueno —dije—, para ser sincera, a mí tampoco es que me entusiasme Crystal. Pero no soy yo quien va a casarse con ella —inspiré profundamente—. Haré todo lo que esté en mi mano para ayudarles si deciden… hacerlo. Jason es prácticamente todo lo que tengo, como ya sabes.

—Sookie —dijo, y de repente su voz parecía mucho menos segura—. También quería hablar de otra cosa.

Claro que quería. No sabía cómo iba a esquivar esa bala.

—Sé que, cuando saliste de la casa, te dijeron algo que te alejó de mí. Me gustaría saber qué fue. No puedo reparar algo si no sé qué se ha roto.

Lancé un profundo suspiro mientras meditaba profundamente cuáles serían mis próximas palabras.

—Calvin, sé que Terry es tu hija. —Cuando fui a ver a Calvin al salir del hospital, después de que le dispararan, conocí a Terry y a su madre, Maryelizabeth, en su casa. A pesar de que era evidente que no vivían allí, estaba igualmente claro que trataban el lugar como una extensión de su propia casa. Entonces Terry me preguntó si me casaría con su padre.

—Sí —dijo Calvin—. Te lo habría dicho si me lo hubieras preguntado.

—¿Tienes más hijos?

—Sí, tengo otros tres.

—¿De madres diferentes?

—De tres madres diferentes.

Tenía yo razón.

—¿Por qué? —pregunté para asegurarme.

—Porque soy un purasangre —dijo, como si fuese algo obvio—. Como sólo el primogénito de una pareja purasangre acaba siendo una pantera completa, a veces tenemos que cambiar de pareja.

Me sentí profundamente aliviada por no haber meditado seriamente lo de casarme con Calvin. De haberlo hecho, habría vomitado justo en ese momento. Lo que había sospechado después de ver el ritual de sucesión de líder de la manada era cierto.

—Entonces no es el primer hijo de una mujer el que resulta ser un cambiante purasangre…, sino el primer hijo con un hombre específico.

—Claro. —Calvin parecía sorprendido de que no supiera eso—. El primogénito de cualquier pareja purasangre. Así que, si nuestra población se reduce demasiado, el macho purasangre tiene que aparearse con tantas mujeres purasangre como pueda para ampliar la manada.

—Vale —aguardé un momento para recomponerme—. ¿Y pensabas que no me importaría que dejaras embarazadas a otras mujeres si nos casábamos?

—No, no esperaría eso de una forastera —respondió con el mismo tono impasible—. Pensaba que había llegado la hora de sentar la cabeza. Ya he cumplido mi deber como líder.

Intenté no poner los ojos en blanco. De haber sido otro, me habría reído con disimulo, pero Calvin era un hombre honorable y no se merecía esa reacción.

—Ahora quiero aparearme de por vida, y sería bueno para la manada que pudiera introducir sangre nueva en la comunidad. No cabe duda de que llevamos demasiado tiempo siendo endogámicos. Mis ojos apenas pasan por los de un humano, y a Crystal le hace falta una eternidad para cambiar. Tenemos que aportar novedad a nuestra reserva genética, como dicen los científicos. Si tú y yo tuviéramos un bebé, que era mi esperanza, nunca sería un cambiante puro, pero podría aparearse en la comunidad, traer nueva sangre y nuevas habilidades.

—¿Por qué yo?

—Me gustas —contestó, casi avergonzado—. Y eres muy guapa. —Entonces me sonrió, con una extraña y bella expresión—. Te he visto en el bar durante cuatro años. Eres agradable con todo el mundo y eres toda una trabajadora, y no tienes a nadie que cuidar que te guste y que te merezca. Además, sabes de nuestra existencia. No sería ningún trauma.

—¿Otros cambiantes hacen lo mismo? —pregunté en voz tan baja que apenas me escuché a mí misma. Me miré las manos, que estaban aferradas una a la otra sobre mi regazo. Apenas respiraba mientras aguardaba la respuesta. Los verdes ojos de Alcide llenaron mis pensamientos.

—Cuando la manada se reduce demasiado, es su deber —dijo con lentitud—. ¿En qué estás pensando, Sookie?

—Cuando acudí a la competición por el liderazgo de la manada de Shreveport, Patrick Furnan, el ganador, se acostó con una joven cambiante a pesar de que estaba casado. Empecé a hacerme preguntas.

—¿Alguna vez he tenido alguna posibilidad contigo? —preguntó Calvin. Parecía haber llegado a sus propias conclusiones.

No se le podía criticar por querer preservar su modo de vida. Si los métodos me resultaban de mal gusto, ése era mi problema.

—Claro que me interesaste —dije—, pero soy demasiado humana como para aceptar sentirme rodeada de todos los hijos de mi marido. Estaría demasiado… Sencillamente no podría aceptar la idea de que mi marido se hubiera acostado con todas las mujeres que viera en mi día a día. —En realidad, ahora que lo pensaba, Jason encajaría perfectamente en la comunidad de Hotshot. Hice una breve pausa, pero él permaneció callado—. Espero que mi hermano sea bienvenido en tu comunidad independientemente de mi respuesta.

—No sé si comprende lo que hacemos —dijo Calvin—. Pero Crystal ya ha abortado otra vez, con un purasangre. Ahora ha abortado el hijo de tu hermano. Eso me hace pensar que sería mejor que dejara de intentar tener una pantera. Puede que sea incapaz de tener un hijo de tu hermano. ¿Te sientes obligada a hablar con él de ello?

—No debería ser yo quien hablara de eso con Jason… Debería hacerlo Crystal. —Me encontré con la mirada de Calvin. Abrí la boca para constatar que si lo que Jason quería eran hijos, no tendría por qué casarse, pero me di cuenta de que era un asunto muy sensible, y me mordí la lengua.

Calvin me estrechó la mano de una manera extraña y formal antes de marcharse. Supuse que aquello marcaba el fin de su cortejo. Nunca me sentí muy atraída por Calvin Norris, y nunca pensé seriamente en aceptar su oferta. Pero mentiría si dijese que nunca había fantaseado con un marido estable, con un buen trabajo y un buen sueldo; un marido que volviese directamente a casa después de su turno y arreglase las cosas rotas en los días libres. Existían hombres así, que no cambiaban de forma, que estaban vivos veinticuatro horas al día, siete días a la semana. Lo sabía por las mentes que leía en el bar.

Me temo que lo que de verdad me afectó de la confesión de Calvin (o su explicación) era lo que me daba a entender sobre Alcide.

Alcide había encendido mi afecto y mi lujuria. Cuando pensaba en él, no podía evitar preguntarme cómo sería estar casados, y lo hacía de una forma muy personal, en contraposición a mi fría especulación sobre el seguro sanitario de Calvin. Prácticamente había abandonado ya la esperanza secreta que Alcide me había inspirado, después de verme obligada a dispararle a su ex novia; pero algo en mí se había aferrado a su pensamiento, algo que me había mantenido en secreto incluso a mí misma, incluso después de descubrir que se veía con María Estrella. Hasta ese mismo día, me había esforzado en negar a los Pelt que Alcide tuviera ningún interés en mí. Pero una sombra solitaria que habitaba en mi interior había alimentado esa esperanza.

Me levanté lentamente, sintiéndome como si tuviese el doble de mi edad, y me dirigí a la cocina para sacar algo de la nevera y preparar la cena. No tenía hambre, pero si no preparaba algo, comería mal más tarde, me dije a mí misma severamente.

Pero no llegué a cocinar nada esa noche.

En vez de ello, me apoyé contra la nevera y lloré.

Capítulo
7

El día siguiente era viernes. No sólo era mi día libre de la semana, sino que también tenía una cita, por lo que figuraba con letras rojas en mi calendario. Me negué a arruinarlo con melancolía. Aunque aún hacía frío para ello, hice una de mis cosas favoritas: ponerme un bikini, embadurnarme de loción y tumbarme bajo el sol en una hamaca ajustable que había comprado en las rebajas de Wal-Mart a finales del verano pasado. Me llevé un libro, una radio y un sombrero al jardín delantero, donde había menos árboles y plantas en flor que atrajeran a los bichos que picaban. Leí, tarareé las canciones de la radio y me pinté las uñas de las manos y los pies. Aunque al principio tenía la piel en carne de gallina, pronto me calenté al sol, dado que no soplaba brisa que me pudiera enfriar.

Sé que tomar el sol es malo y pecaminoso, y que pagaré por ello más tarde, etcétera, etcétera, pero es uno de los pocos placeres gratuitos que me quedan.

No vino nadie de visita, no podía escuchar el teléfono y como había sol, no había vampiros. Me lo pasé fenomenal yo sola. A eso de la una del mediodía decidí acercarme al pueblo para hacer algunas compras y buscar un sujetador nuevo. De paso, me detuve en el buzón a la salida de Hummingbird Road para comprobar si había pasado el cartero. Sí. Las facturas de la televisión por cable y la luz estaban dentro, lo cual no me animó precisamente. Pero buscando detrás del panfleto de las rebajas de Sears encontré una invitación para la despedida de soltera de Halleigh. Vaya… Dios. Me sorprendió, aunque gratamente. Claro que, en realidad, había vivido junto a Halleigh en uno de los dúplex de Sam durante varias semanas, mientras reparaban los daños causados por el incendio en mi casa, y durante ese tiempo nos vimos al menos una vez al día. Así que tampoco me sorprendió del todo que me incluyera entre sus invitadas. Además, cabía la posibilidad de que se sintiera aliviada por que la desaparición de Cody se solucionara tan rápidamente.

No solía recibir muchas invitaciones, por lo que encontrarme con ésa sumó puntos a mi bienestar. Habría otras tres maestras en la despedida, y la invitación precisaba que los regalos debían ser relacionados con la cocina. Qué oportuno que estuviese de camino hacia el Wal-Mart de Clarice.

Después de pensármelo mucho, compré una cacerola de dos litros con tapa de loza. Eso siempre era útil. También compré zumo de frutas, queso, tocino, papel de regalo y un sujetador azul muy bonito con braguitas a juego, pero eso no viene mucho a cuento.

De vuelta en casa, después de descargar la compra, envolví el regalo en un papel plateado y le puse un gran lazo. Escribí la fecha y la hora de la despedida de soltera en mi calendario y dejé la invitación encima del paquete. Todo resuelto.

Una vez bien recuperada mi autoestima, limpié la nueva nevera por dentro y por fuera después de almorzar. Puse una remesa de ropa en mi nueva lavadora, deseando por enésima vez que los armarios estuviesen montados, porque ya estaba cansada de buscar las cosas en el desorden que plagaba el suelo.

Recorrí la casa para asegurarme de que estaba ordenada, ya que Quinn pasaría a recogerme. Sin siquiera permitirme pensarlo, cambié las sábanas y limpié el cuarto de baño (no es que mi intención fuera irme a la cama con Quinn a la primera, pero mejor estar preparada por si acaso, ¿no?). Además, me hacía sentirme bien el saber que todo estaba limpio y en orden. Toallas limpias en ambos cuartos de baño, un repaso al polvo en el salón y el dormitorio, y recorrido rápido con la aspiradora. Antes de meterme en la ducha, incluso limpié los porches, a pesar de saber que volverían a estar cubiertos de una capa amarillenta antes de que volviese de mi cita.

Dejé que mi pelo se secara al sol, probablemente propiciando que se llenara de polen también. Me maquillé con cuidado; no solía hacerlo mucho, pero me resultaba interesante si era para algo que no fuese ir a trabajar. Un poco de sombra de ojos, mucha base, unos polvillos y lápiz de labios. A continuación, me puse mi ropa interior nueva. Me hizo sentir especial de dentro a fuera: encaje de medianoche azul. Me miré en el espejo de cuerpo entero para comprobar el efecto. Perfecto. Una tiene que darse alguna alegría, ¿verdad?

La ropa que había comprado en Prendas Tara era de un azul vivo, y estaba hecha a partir de un tejido denso que tenía una caída divina. Me abroché los pantalones y me puse el *top*. No tenía mangas. Se enrollaba alrededor de mis pechos y se ataba. Experimenté con la profundidad del escote, llegando a un punto que bordeaba la línea de lo sexy sin llegar a lo escandaloso.

Cogí mi chal negro del armario, el que me había regalado Alcide para sustituir el que Debbie Pelt había arruinado. Lo necesitaría, avanzada la noche. Me deslicé en mis sandalias negras. Hice pruebas con diferentes piezas de bisutería, y al final me decanté por una cadena dorada sencilla (que fue de mi abuela) y pendientes de bola.

¡Ajá!

Alguien llamó a la puerta delantera y miré al reloj, un poco sorprendida por que Quinn hubiera llegado con un cuarto de hora de antelación. Tampoco había escuchado su camioneta. Abrí la puerta, pero no encontré a Quinn, sino a Eric.

Estoy segura de que disfrutó de mi expresión boquiabierta.

Nunca abras la puerta sin mirar antes. Nunca des por sentado que sabes quién está al otro lado. ¡Para eso me había puesto mirillas! Tonta de mí. Eric debió de llegar volando, pues no había rastro de ningún coche.

—¿Puedo pasar? —preguntó Eric, educadamente. Me había mirado de arriba abajo. Después de disfrutar del panorama, se dio cuenta de que no lo había preparado en su honor. No le agradó—. ¿Esperas compañía?

—Pues, de hecho, sí, y la verdad es que preferiría que te quedaras a ese lado de la puerta —contesté. Di un paso atrás para que no pudiera alcanzarme.

—Le dijiste a Pam que no querías venir a Shreveport —dijo. Oh, sí que estaba enfadado—. Y aquí estoy, para descubrir por qué no me devuelves la llamada. —Normalmente, su acento solía ser muy leve, pero esa noche se hacía notar mucho.

—No tenía tiempo —dije—. Esta noche salgo.

—Ya lo veo —dijo, más tranquilo—. ¿Con quién?

—¿Acaso es asunto tuyo? —Me encontré con su mirada, desafiante.

—Por supuesto que sí —dijo.

Me dejó desconcertada.

—¿Y eso por qué? —pregunté, reuniendo algunas fuerzas.

—Deberías ser mía. Me he acostado contigo, te he cuidado, te he… ayudado económicamente.

—Me pagaste un dinero que me debías por los servicios prestados —repuse—. Puede que te hayas acostado conmigo, pero de eso hace tiempo, y no has dado muestras de querer volver a hacerlo. Si tanto te preocupo, lo demuestras de una forma condenadamente extraña. No sabía que «la elusión absoluta excepto órdenes transmitidas por lacayos» fuese una forma válida de expresar la preocupación por alguien. —Vale, la frase se las traía, pero estaba segura de que lo había pillado.

—¿Estás llamando a Pam lacaya? —dijo, con la sombra de una sonrisa en los labios. Enseguida recuperó el aire ofendido. Lo sabía porque empezó a proyectar su crispación—. No tengo por qué revolotear a tu alrededor para demostrártelo. Soy el sheriff. Tú…, tú formas parte de mi séquito.

Sabía que la boca se me había quedado abierta, pero no lo podía evitar. Mi abuela había bautizado esa expresión como «cazando moscas», y tenía la sensación de que estaba atrapando un montón.

—¿Tu séquito? —logré espetar—. Pues al demonio contigo y tu séquito, ¡a mí nadie me dice lo que tengo que hacer!

—Estás obligada a venir conmigo a la conferencia —dijo Eric, con la boca tensa y los ojos encendidos—. Por eso te convoqué a Shreveport, para hablarte del viaje y los preparativos.

—No estoy obligada a ir a ninguna parte contigo. Hay alguien por encima de ti, coleguita.

—¿Coleguita? ¡¿Coleguita?!

Y la cosa habría degenerado si no hubiera aparecido Quinn. En vez de llegar en su camioneta, iba en un Lincoln Continental. Me permití un instante de arrogante placer ante la idea de montarme en él. Había escogido ponerme pantalones en parte porque creí que tendría que lidiar con una camioneta, pero eso no le quitó ni un ápice de satisfacción a la posibilidad de arrastrarme dentro de un coche tan lujoso. Quinn atravesó el césped y subió al porche con paso tranquilo. No parecía tener mucha prisa, pero de repente estaba allí delante. Le sonreí. Tenía un aspecto fantástico. Lucía un traje gris oscuro y una camisa púrpura oscuro, y los motivos de la corbata de cachemira hacían juego con los dos colores. Llevaba un sencillo pendiente de aro dorado en una oreja.

Eric mostró los colmillos.

—Hola, Eric —dijo Quinn sosegadamente. Su profunda voz reverberó por toda mi columna vertebral—. Sookie, estás para comerte. —Me sonrió, y los temblores de mi columna se trasladaron de golpe a otra zona. Jamás hubiera pensado que en presencia de Eric otro hombre me parecería atractivo. Estuve muy equivocada hasta ese momento.

—Tú también estás muy guapo —dije, tratando de no mirarlo como una tonta. Babear no era lo más adecuado.

—¿Qué le has estado contando a Sookie, Quinn? —inquirió Eric.

Aquellos dos tipos tan enormes se examinaron mutuamente. No podía creer que yo fuera la fuente de su desencuentro. Yo era un síntoma, no la enfermedad. Tenía que haber algo más que yo no supiera.

—Le he dicho que la reina requiere su presencia en calidad de miembro de su comitiva en una conferencia, y que la convocatoria de la reina prima sobre la tuya —dijo Quinn tranquilamente.

—¿Desde cuándo transmite la reina sus órdenes a través de un cambiante? —preguntó Eric, dejando filtrar el desprecio en su voz.

—Desde que este cambiante le rindió un valioso servicio con su trabajo —respondió Quinn sin dudar—. El señor Cataliades le sugirió a Su Majestad que podría ser de utilidad desde el punto de vista diplomático, y mis socios se han mostrado encantados de concederme más tiempo para llevar a cabo cualquier tarea que tenga a bien encomendarme.

No estaba muy segura de entender lo que estaba pasando, pero pillaba lo esencial.

Eric se encontraba encolerizado, por dar uso a mi palabra diaria. De hecho, sus ojos casi lanzaban chispas de ira.

—Esta mujer ha sido mía, y seguirá siéndolo —dijo con un tono tan indiscutible que me sentí tentada de darme la vuelta para ver si llevaba una etiqueta colgada a la espalda.

Quinn me miró.

—Cielo, ¿eres suya o no? —me preguntó.

—No —dije.

—Entonces vámonos a disfrutar de la función —dijo él. No parecía asustado, y mucho menos preocupado. ¿Sería su reacción auténtica o estaba interpretando un papel? En cualquiera de los casos, resultaba de lo más impresionante.

Tuve que pasar junto a Eric para ir al coche de Quinn. No pude evitar mirar hacia arriba para encontrarle. Estar tan cerca de él mientras se encontraba tan enfurecido no era lo más aconsejable, y tenía que estar en guardia. Eric apenas sufría usurpaciones en su autoridad, y mi apropiación por parte de la reina de Luisiana (su reina) era un asunto serio. Mi cita con Quinn también se le había atragantado, pero tendría que aprender a tragar.

Nos metimos en el coche, nos abrochamos el cinturón y Quinn realizó una experta maniobra al volante para apuntar el morro del vehículo hacia la salida a Hummingbird Road. Respiré, lenta y cuidadosamente. Necesité unos cuantos segundos de tranquilidad para volver a sentirme en calma. Poco a poco, mis manos se fueron relajando. Me di cuenta de que el silencio se había afianzado. Me di un azote mental.

—¿Sueles ir mucho al teatro cuando viajas? —le pregunté, por iniciar un tema de conversación.

Se rió, y el rico y profundo sonido de sus carcajadas llenó el coche.

—Sí —dijo—. Voy al cine, al teatro y a cualquier acontecimiento deportivo que se celebre en ese momento. Me gusta ver a la gente hacer cosas. No veo mucho la tele. Me encanta salir de mi habitación de hotel o apartamento y ver cómo pasan las cosas o provocar yo mismo que pasen.

—Entonces, ¿bailas?

Me lanzó una rápida mirada.

—Sí.

Sonreí.

—Me gusta bailar. —Y la verdad es que se me daba bastante bien, aunque tampoco es que tuviera muchas oportunidades para practicar—. Tampoco canto mal —admití—, pero lo que me gusta de verdad es bailar.

—Suena prometedor.

Pensé que tendríamos que esperar a ver cómo se daba la noche antes de pensar en citas para salir a bailar, pero al menos ya sabíamos que existía algo que nos gustaba a los dos.

—Me gusta el cine —dije—, pero creo que nunca he ido a ver un acontecimiento deportivo en directo, salvo los partidos del instituto. A esos sí que voy, ya sabes, fútbol, baloncesto, béisbol... No me pierdo uno, siempre que el trabajo lo permita, claro.

—¿Practicabas algún deporte en la escuela? —preguntó Quinn. Confesé que había jugado al sóftbol, y él me dijo que jugó al baloncesto, lo cual, habida cuenta de su altura, no resultaba en absoluto sorprendente.

Quinn era alguien de conversación fácil. Escuchaba cuando se le hablaba. Conducía bien; al menos no insultaba a los demás conductores, como solía hacer Jason. Mi hermano guiaba el volante desde la impaciencia.

Estaba esperando que cayera el otro zapato. Aguardaba ese momento, ya sabéis a cuál me refiero, ése en el que tu cita confiesa de repente algo que no puedes digerir; como que es racista u homófobo, que jamás se casará con nadie que no sea baptista (sureña, morena, corredora de maratones o lo que sea), que tiene hijos de sus tres primeras mujeres, que le gusta que le azoten o que te cuente sus experiencias reventando ranas y torturando gatos. Después de ese momento, da igual lo divertido que haya sido todo lo anterior, ya sabes que no vas a llegar a ninguna parte. Y yo ni siquiera tenía que esperar que un tío me lo dijera verbalmente; podía leerlo en su mente antes siquiera de salir con él.

Nunca fui muy popular entre los tíos normales. Lo reconocieran o no, no podían admitir la idea de salir con una chica que sabía exactamente cada vez que se hacían una paja, que tenían un pensamiento lujurioso con otra mujer o que se preguntaban qué aspecto tendría su profesora sin la ropa puesta.

Quinn rodeó el coche y me abrió la puerta después de aparcar en la acera frente al Strand. Me cogió de la mano y cruzamos la calle. Me gustó el detalle de cortesía.

Había mucha gente esperando para entrar en el teatro, y todos parecían mirar a Quinn. Aunque no era extraño que un tío calvo tan alto como Quinn atrajera algunas miradas. Traté de no pensar en su mano; era muy grande, cálida y seca.

—Todos te están mirando —dijo mientras se sacaba las entradas del bolsillo y yo apretaba los labios para no reírme.

—No me parece que sea a mí —dije.

—¿Y qué otra cosa iban a mirar?

—A ti —contesté, asombrada.

Se rió a carcajadas, con esa profundidad que me hacía vibrar por dentro.

Teníamos buenas butacas, justo en el centro y hacia la mitad delantera del patio. Quinn llenó del todo su asiento, no había duda al respecto, y me pregunté si las personas que estaban detrás de él verían algo. Ojeé el programa con curiosidad y me di cuenta de que no reconocía el nombre de ninguno de los actores de la obra, así que decidí que me daba igual. Alcé la vista para descubrir que Quinn me estaba mirando. Sentí que me ponía roja. Doblé mi chal negro, lo posé sobre mi regazo, y tuve el abrupto deseo de tirar de mi *top* hacia arriba para tapar cada centímetro de escote.

—Te miraba a ti, no puedo negarlo —dijo con una sonrisa. Agaché la cabeza, complacida, aunque un poco azorada.

Mucha gente ha visto *Los productores*. No es necesario que describa el argumento, salvo que va de gente ingenua y bribones encantadores, y que es muy divertida. Disfruté de cada minuto. Era maravilloso ver a personas que actuaban delante de ti a un nivel tan profesional. La estrella invitada, a la que parecía reconocer el público de más edad, se hizo con el papel principal con una asombrosa seguridad. Quinn también se rió, y después de la pausa me volvió a coger de la mano. Mis dedos se entrelazaron con los suyos con bastante naturalidad, y el contacto físico no hizo que me sintiera especialmente tímida.

De repente había pasado una hora, y la función se había acabado. Nos levantamos junto con todos los demás, aunque estábamos seguros de que llevaría un tiempo que se vaciara el teatro.

Quinn me sostuvo el chal y me enrollé en él. Él lamentaba que yo me cubriera; esa idea la recibí directamente de su mente.

—Gracias —dije, tirándole de la manga para asegurarme de que me estaba mirando. Quería que supiera que lo sentía de verdad—. Ha sido fantástico.

—Yo también he disfrutado. ¿Te apetece comer algo?

—Está bien —dije al cabo de un instante.

—¿Has tenido que pensártelo?

Lo cierto es que había pensado rápidamente en varias cosas diferentes. De tener que enumerarlas, habría sido algo así como: «Se lo tiene que estar pasando bien, porque, si no, no me habría sugerido prolongar la velada. Mañana tengo que madrugar para ir al trabajo, pero no quiero perderme esta oportunidad. Si vamos a comer, tendré que tener cuidado de no mancharme la ropa nueva. ¿Es correcto que se gaste más dinero? Las entradas no han debido de ser baratas».

—Oh, he tenido que pensarme lo de las calorías —contesté, palmeándome el trasero.

—Estás perfecta, por delante y por detrás —dijo Quinn, y la calidez de su mirada hizo que me sintiera como si estuviese bajo el mismo sol. Era consciente de que tenía más curvas que la chica ideal. De hecho, había escuchado a Holly decirle a Danielle que cualquier cosa por encima de la talla 36 era algo sencillamente asqueroso. Dado que el día en que cupe en una 36 fue uno de los mejores que recordaba, la depresión no me duró más de tres minutos. Le habría hablado a Quinn al respecto, si no hubiera estado segura de que sonaría como si buscara un halago.

—Deja que al restaurante te invite yo —dije.

—Con el debido respeto a tu orgullo, no lo permitiré. —Quinn me miró directamente a los ojos para dar a entender que no cedería.

Para entonces ya estábamos en la acera de la calle. Sorprendida ante su vehemencia, no supe cómo reaccionar. Por un lado, me sentí aliviada, puesto que tengo que controlar mis gastos. Por otra parte, sabía que era una oferta digna por mi parte y que me habría sentido bien si hubiera aceptado.

—Sabes que no pretendo insultarte, ¿verdad? —dije.

—Creo en la igualdad de género.

Lo miré, dubitativa, pero hablaba en serio.

—Creo que eres tan buena como yo en todos los sentidos —explicó—. Pero soy yo quien te ha invitado a salir, y tengo los fondos necesarios para nuestra cita.

—¿Qué hubiera pasado si hubiese sido yo quien te invitase a salir?

Adoptó un aire sombrío.

—En ese caso, tendría que quedarme tranquilo y dejar que tú te ocuparas de todo —dijo. Lo hizo a regañadientes, pero lo dijo. Aparté la mirada y sonreí.

Los coches abandonaban el aparcamiento de forma sostenida. Como nos habíamos tomado nuestro tiempo para salir del teatro, el coche de Quinn parecía solitario en la segunda fila. De repente se me disparó la alarma mental. Había mucha hostilidad y mala intención cerca. Habíamos dejado la acera para cruzar la calle hacia el aparcamiento. Me aferré al brazo de Quinn y luego lo solté para poder movernos mejor.

—Algo va mal —dije.

Sin responder, Quinn empezó a barrer la zona con la mirada. Se desabrochó el abrigo con la mano izquierda para poder moverse sin nada que le estorbara. Sus dedos se cerraron hasta formar puños. Dado que era un hombre con un poderoso instinto de protección, se me adelantó para quedarse frente a mí.

Pero, claro, nos atacaron por detrás.

Capítulo
8

En un borrón de movimientos que ningún ojo normal podría captar con normalidad, una bestia me lanzó contra Quinn, que trastabilló un paso hacia delante. Yo me encontré en el suelo, debajo de un ser, medio hombre, medio lobo, que no paraba de gruñir, para cuando Quinn giró sobre sí mismo. En cuanto lo hizo, otro licántropo saltó de ninguna parte para atacarle por la espalda.

La criatura que tenía encima era un joven licántropo mestizo de creación reciente, tanto que sólo podía haber sido mordido durante las tres últimas semanas. Era presa de tal frenesí, que atacó antes de finalizar la mutación parcial que puede lograr un licántropo que ha sido mordido. Su cara aún se encontraba en pleno proceso de alargamiento para tornarse en un hocico cuando trataba de estrangularme. Jamás alcanzaría la bella forma lupina de los licántropos de pura sangre. Era un «mordido», no un «nacido», como solían decir los licántropos. Aún tenía brazos y piernas, un cuerpo cubierto de pelo y la cabeza de un lobo. Pero era tan salvaje como un purasangre.

Clavé mis uñas en sus manos, esas manos que trataban de estrangularme con tanta ferocidad. Esa noche no llevaba mi cadena de plata; creí que sería de mal gusto, dado que mi cita era un cambiante. Quizá el mal gusto me hubiera salvado la vida, pensé en un instante, aunque fue el último pensamiento coherente que tuve durante un buen rato.

El licántropo estaba montado a horcajadas sobre mí. Levanté la rodilla de golpe, tratando de propinarle un empujón lo suficientemente fuerte como para que me soltara. Escuché gritos alarmados de los pocos peatones que pasaban por allí, ahogados por uno más agudo procedente del otro atacante, al que vi volando por los aires como si lo hubieran disparado de un cañón. Entonces, una gran mano agarró a mi agresor por el cuello y lo elevó. Por desgracia, la bestia mestiza que me tenía aferrada de la garganta no me soltó. Yo también empecé a elevarme, con la garganta cada vez más presionada por la mano.

Quinn debió de percatarse de mi desesperada situación, porque golpeó al licántropo con la otra mano, le dio un bofetón tan seco que provocó que meneara la cabeza y me soltara el cuello.

Entonces Quinn agarró al joven licántropo por los hombros y lo lanzó a un lado. El muchacho aterrizó en el suelo y se quedó inmóvil.

—Sookie —consiguió decir Quinn entre jadeos. Yo sí que estaba sin aliento, luchando por abrir las vías respiratorias y poder asimilar algo de oxígeno. Pude escuchar una sirena de policía, y me sentí inmensamente agradecida. Quinn pasó un brazo por debajo de mis hombros y me ayudó a incorporarme. Al fin respiré, y el aire se me antojó un maravilloso alivio—. ¿Puedes respirar? —preguntó. Auné fuerzas para asentir—. ¿Te ha roto algún hueso de la garganta? —Traté de alzar la mano hasta mi cuello, pero en ese momento no me respondió.

Su cara llenó mi campo visual y, bajo la tenue luz de la farola de la esquina, pude ver que estaba hinchada.

—Los mataré si te han hecho daño —gruñó, y en ese momento me parecieron deliciosas noticias.

—Mordido —resollé, y el horror se adueñó de su expresión mientras rebuscaba por todo mi cuerpo marcas de mordisco—. No a mí —logré decir—. Ellos… no son purasangre —inspiré mucho aire—. Quizá estaban drogados —dije. La apreciación de la idea se encendió en su mirada.

Ésa era la única explicación para un comportamiento tan demente.

Un corpulento policía negro corrió hacia mí.

—Necesitamos una ambulancia en el Strand —le estaba diciendo a alguien por encima del hombro. No, tenía un pequeño aparato de radio. Negué con la cabeza.

—Necesita una ambulancia, señorita —insistió—. Esa chica de allí dice que un hombre la derribó y trató de estrangularla.

—Estoy bien —dije con voz ronca y la garganta dolorida.

—Señor, ¿es el acompañante de la señorita? —le preguntó el oficial a Quinn. Al girarse, la luz arrancó un destello a su placa identificadora. Ponía «Boling».

—Así es.

—Usted…, eh, ¿se deshizo de los agresores?

—Sí.

El compañero de Boling, una versión caucásica del mismo, se acercó a nosotros en ese momento. Miró a Quinn con alguna reserva. Había estado examinando a nuestros asaltantes, que habían recuperado su forma humana antes de que llegara la policía. Por supuesto, estaban desnudos.

—Uno tiene una pierna rota —nos dijo—. El otro dice que tiene el hombro dislocado.

Boling se encogió de hombros.

—Se han llevado su merecido. —Puede que fuese mi imaginación, pero él también parecía más cauto al dirigirse a mi pareja.

—Se han llevado más de lo que se esperaban —dijo su compañero con neutralidad—. Señor, ¿conoce a alguno de esos muchachos? —Inclinó ligeramente la cabeza para indicar a los adolescentes que estaban siendo examinados por un agente de otra patrulla, un hombre más joven de complexión más atlética. Los chicos estaban apoyados el uno contra el otro, con aspecto noqueado.

—Nunca los había visto antes —dijo Quinn—. ¿Y tú, cariño? —Bajó la mirada hasta mí, con una interrogación en los ojos. Negué con la cabeza. Ya me encontraba lo suficientemente mejor como para sentirme en desventaja por estar en el suelo. Quería incorporarme, y así se lo hice saber a mi pareja. Antes de que los agentes pudieran repetirme que esperara a que llegara la ambulancia, Quinn logró ponerme de pie con el menor dolor posible.

Me miré la preciosa ropa nueva. Estaba muy sucia.

—¿Cómo tengo la espalda? —le pregunté a Quinn, consciente del temor que atenazaba mi voz. Me volví de espaldas a Quinn y lo miré ansiosamente por encima del hombro. Pareció un poco sorprendido ante aquello, pero repasó mi espalda, complaciente.

—Nada roto —informó—. Puede que haya una mancha o dos donde la tela se arrastró por el suelo.

Los ojos se me llenaron de lágrimas. Probablemente hubiese roto a llorar pasase lo que pasase, pues ya remitía el azote de adrenalina que había recorrido todo mi cuerpo cuando nos atacaron, pero el momento fue de lo más oportuno. El policía se volvió más paternal cuanto más lloraba y, para redondearlo, Quinn me rodeó con sus brazos y posé la mejilla contra su pecho. Escuché el latido de su corazón cuando dejé de sollozar. Había logrado deshacerme de la reacción nerviosa por el ataque y, de paso, desarmar al policía, aunque sabía que seguirían haciéndose preguntas acerca de Quinn y su fuerza.

Otro de los policías llamó desde donde estaba uno de los asaltantes, ése al que Quinn había arrojado por los aires. Los dos que estaban con nosotros acudieron a la llamada y nos quedamos solos durante un breve instante.

—Lista —me susurró Quinn al oído.

—Mmmm —dije, acurrucándome contra él.

Me estrechó más con sus brazos.

—Si te acercas más, tendremos que excusarnos y buscar una habitación —murmuró.

—Lo siento. —Me eché hacia atrás y alcé la vista para encontrarme con él—. ¿Quién crees que los ha contratado?

Quizá estuviera sorprendido por mi deducción, pero su mente no daba muestras de ello. La reacción química que había alimentado mis lágrimas me había complicado más si cabe su patrón mental.

—Que no te quepa duda de que lo averiguaré —dijo—. ¿Cómo tienes la garganta?

—Duele —admití con voz correosa—. Pero sé que se pondrá bien. Y no tengo seguro médico. Así que no quiero ir al hospital. Sería una pérdida de tiempo y dinero.

—Entonces no iremos. —Se inclinó y me besó en la mejilla. Alcé la cara hacia él y su siguiente beso aterrizó justo en el punto adecuado. Al cabo de un dulce segundo, estalló en algo más intenso. Ambos sentíamos los efectos posteriores al estallido de adrenalina.

El sonido de un carraspeo me devolvió al mundo real con la misma eficacia que si el oficial Boling nos hubiese echado un cubo de agua helada encima. Me solté y volví a enterrar la cara en el pecho de Quinn. Sabía que no podría moverme en un par de minutos, pues su excitación estaba presionada contra mi cuerpo justo en ese momento. Aunque no eran las mejores circunstancias para realizar una evaluación, estaba segura de que Quinn lo tenía todo muy bien proporcionado. Tuve que resistirme a la tentación de frotar mi cuerpo contra el suyo. Sabía que eso empeoraría las cosas para él desde un punto de vista público, pero me encontraba de mucho mejor humor que antes, y supongo que me sentía un poco traviesa. Y retozona. Muy retozona. Era probable que esa dura experiencia juntos hubiera acelerado nuestra relación el equivalente de cuatro citas.

—¿Tiene más preguntas que hacernos, oficial? —preguntó Quinn con una voz que no era muy sosegada.

—Sí, señor. Si usted y la señorita nos acompañan a la comisaría, les tomaremos declaración. El detective Coughlin lo hará mientras llevamos a los detenidos al hospital.

—Está bien. ¿Tiene que ser esta noche? Mi amiga necesita descansar. Está agotada. Ha sido toda una experiencia para ella.

—No llevará demasiado tiempo —mintió el oficial—. ¿Está seguro de no haber visto a esos dos antes? Porque esto tiene la pinta de un ataque personal, si me permite la expresión.

—Ninguno de los dos los conocemos.

—¿Y la señorita sigue negándose a recibir asistencia médica? Asentí.

—Está bien, amigos. Espero que no tengan más problemas.

—Gracias por acudir tan rápidamente —dije, y giré la cabeza para encontrarme con la mirada del agente Boling. Me miró con preocupación, y supe que le inquietaba que fuese en compañía de un hombre violento como Quinn, alguien capaz de lanzar varios metros por los aires a dos tíos. No se dio cuenta, y esperaba que así siguiese siendo, de que el ataque fue algo personal. No había sido una pelea casual.

Acudimos a la comisaría en un coche patrulla. No estaba segura de qué planes tenían, pero el compañero de Boling nos dijo que nos devolverían al coche de Quinn, así que seguimos adelante con el programa. Puede que no quisieran que tuviésemos la oportunidad de hablar a solas. No sé por qué; lo único que habría podido suscitar sus sospechas era el tamaño de Quinn y su destreza a la hora de deshacerse de los atacantes.

En los breves segundos que tuvimos de soledad antes de que un agente se montara en el asiento del conductor, se lo dije a Quinn:

—Si me proyectas algún pensamiento, podré oírlo, si es que necesitas que sepa algo urgentemente.

—Qué práctico —comentó. Parecía que la violencia que lo había poseído se había relajado un poco. Froté su pulgar contra la palma de mi mano. Estaba pensando que le encantaría pasar media hora en la cama conmigo, ahora mismo, o incluso un cuarto de hora; demonios, aunque fuesen diez minutos y en el asiento

112

trasero de un coche, habría sido fantástico. Traté de reprimir la risa, pero no pude, y cuando se dio cuenta de que lo había leído todo con claridad, meneó la cabeza con una sonrisa pesarosa.

«Tenemos un sitio al que ir después de que pase todo esto», pensó deliberadamente. Esperaba que no quisiera decir que alquilaría una habitación o que me llevaría a su casa para acostarnos, porque, por muy atractivo que lo encontrase, no pensaba hacerlo esa noche. Pero su mente se había despejado casi del todo de lujuria y percibí que sus intenciones eran distintas. Asentí.

«Así que no te canses demasiado», pensó. Volví a asentir. No tenía muy claro cómo iba a prevenir el cansancio, pero trataría de aunar un poco de energía.

La comisaría era como me la esperaba. Aunque se pueden decir muchas cosas de Shreveport, lo cierto es que allí ocurren más crímenes de lo que cabe esperar. Nadie nos prestó demasiada atención hasta que los policías que se habían acercado a la escena informaron a sus compañeros. Entonces, unas cuantas miradas fugaces trataron de evaluar a Quinn. Su aspecto era lo suficientemente formidable como para desterrar la idea de la fuerza normal en la derrota de los dos asaltantes. Pero el incidente ya era de por sí lo bastante extraño, tenía suficientes toques peculiares en las declaraciones de los testigos… Y entonces mi vista dio con una cara curtida y familiar. Ay, ay.

—Detective Coughlin —dije, recordando ahora por qué el nombre me resultaba tan conocido.

—Señorita Stackhouse —respondió con el mismo entusiasmo que yo—. ¿En qué lío se ha metido?

—Nos han atacado —expliqué.

—La última vez que la vi, salía con Alcide Herveaux, y acababa de descubrir uno de los cadáveres más enfermizos que he visto jamás —dijo tranquilamente. Su barriga parecía haber aumentado en los meses transcurridos desde que lo conocí en la escena de un asesinato, aquí en Shreveport. Al igual que muchos hombres con una barriga desproporcionada, vestía pantalones holgados abrochados por debajo de la protuberancia, por así llamarla. Como su camisa tenía unas amplias rayas blancas, el efecto era el de una lona que cubriera una elevación de tierra.

Me limité a asentir. Lo cierto es que no había nada que decir.

—¿Se encuentra bien el señor Herveaux después de la pérdida de su padre? —El cuerpo del padre de Alcide fue hallado medio hundido en un tanque de alimentación lleno de agua, en una vieja granja propiedad de la familia. A pesar de que los periódicos habían dudado sobre el origen de algunas de las heridas, resultó convincente que habían sido las alimañas quienes habían roído algunos de sus huesos. La teoría que se manejaba sostenía que el anciano Herveaux se había caído en el tanque y se había roto la pierna al chocar con el fondo. Había logrado arrastrarse hasta el borde por sí mismo, pero en ese momento había muerto. Según la misma teoría, como nadie sabía que estaba en la granja, nadie acudió a su rescate, y murió solo.

Lo cierto era que mucha gente había presenciado la muerte de Jackson, y entre ellos se encontraba el hombre que tenía a mi lado.

—No he hablado con Alcide desde que encontraron a su padre —dije con sinceridad.

—Vaya por Dios, no sabe cómo lamento que no haya funcionado lo suyo —dijo el detective Coughlin, fingiendo que no sabía que estaba junto a mi nuevo novio—. Hacían una hermosa pareja.

—Sookie es preciosa independientemente de con quién se encuentre —añadió Quinn.

Le sonreí, y él me devolvió la sonrisa. Estaba reaccionando como era debido en todo momento.

—Bien, si me acompaña un momento, señorita Stackhouse, redactaremos su declaración y podrá marcharse.

Quinn me apretó de la mano. Me estaba advirtiendo. Un momento, ¿quién era por allí la que leía la mente? Le devolví el apretón. Era plenamente consciente de que el detective Coughlin estaba convencido de que yo era culpable de algo, y que haría todo lo que estuviera en su mano para descubrirlo. Pero el hecho es que yo no tenía la culpa de nada.

Habíamos sido sus objetivos. Lo pude leer en la mente de los asaltantes. Pero ¿por qué?

El detective Coughlin me condujo hasta uno de los muchos escritorios de una habitación llena de ellos y sacó un formulario de un cajón. La actividad en la habitación no cesaba; algunos de los escritorios estaban desiertos, y tenían ese aspecto de «cerrado durante la noche», pero otros mostraban signos de trabajo en marcha. Unas cuantas personas no dejaban de entrar y salir de la habitación, y a dos mesas de allí, un detective más joven de pelo rubio, casi blanco, se afanaba tecleando en su ordenador. Estaba teniendo mucho cuidado, y abrí la mente para saber que me miraba mientras yo lo hacía en otra dirección. Supe que el detective Coughlin le indicó que ocupara esa posición, o que al menos le urgió para que me observara mientras estuviera en la habitación.

Crucé una franca mirada con él. El pasmo del reconocimiento fue mutuo. Lo había visto en la competición por el liderazgo de la manada. Era un licántropo. Actuó en calidad de lugarteniente de Patrick Furnan en el duelo. Lo pillé haciendo trampa. María Estrella me dijo que su castigo consistiría en afeitarle la cabeza. A pesar de la victoria de su candidato, se exigió la aplicación del castigo. Ahora el pelo le empezaba a crecer de nuevo. Me odiaba con la pasión de quien sabe que es culpable. Se medio levantó de la silla, azuzado por el instinto de llegar hasta mí y sacudirme, pero cuando asumió el hecho de que alguien ya había intentado hacerlo, se limitó a sonreír burlonamente.

—¿Es ése su compañero? —le pregunté al detective Coughlin.

—¿Qué? —miró hacia el ordenador a través de sus gafas de leer y reparó en el joven. Luego me volvió a mirar—. Sí, es mi nuevo compañero. El tío con el que estaba la última vez que nos vimos se jubiló el mes pasado.

—¿Cómo se llama? Su nuevo compañero.

—¿Por qué? ¿Va a ser su próximo ligue? Parece que le cuesta mantenerse un tiempo con el mismo hombre, ¿no es así, señorita Stackhouse?

De haber sido una vampira, podría haber hecho que me respondiera, y con la habilidad suficiente ni se daría cuenta de que lo hizo.

—Más bien son ellos quienes no se adaptan a mí, detective Coughlin —le dije, y me lanzó una curiosa mirada. Señaló con el dedo al detective rubio.

—Es Cal, Cal Myers. —Al parecer, había cogido el formulario adecuado, porque me hizo repasar de nuevo el incidente mientras respondía a sus preguntas con genuina indiferencia. Por una vez, tenía muy poco que ocultar.

—Lo que sí me pregunté —dije cuando terminamos— es si habrían tomado drogas.

—¿Sabe usted mucho acerca de las drogas, señorita Stackhouse? —Sus pequeños ojos se volvieron a clavar en mí.

—No por experiencia, pero, lógicamente, de vez en cuando viene alguien al bar después de tomar algo que no debería haber tomado. Esos jóvenes definitivamente parecían... influidos por algo.

—Bueno, en el hospital les tomarán muestras de sangre y lo sabremos.

—¿Tendré que volver?

—¿Para testificar en su contra? Claro que sí.

No había forma de librarse.

—Bien —dije tan firme y neutralmente como pude—. ¿Hemos terminado?

—Supongo que sí. —Me miró a los ojos, con los suyos llenos de suspicacia. No tenía sentido que me molestara; tenía toda la razón, había algo raro en mí, algo que él no sabía. Coughlin hacía todo lo que podía por ser un buen policía. Sentí una repentina lástima por él, por que tuviera que moverse en un mundo del que apenas sabía la mitad.

—No confíe en su compañero —le susurré, a la espera de que llamara a Cal Myers y me ridiculizara delante de él. Pero algo en mis ojos o mi voz detuvo ese impulso. Mis palabras estimularon una alerta que ya rondaba su mente, quizá desde el momento en que conoció a ese licántropo.

No dijo nada, ni una sola palabra. Su mente estaba llena de miedo, miedo y aversión..., pero creía que le decía la verdad. Al cabo de un instante, me levanté y abandoné la habitación. Para mi gran alivio, Quinn me estaba esperando en el vestíbulo.

Un agente de uniforme, que no era Boling, nos llevó de regreso hasta el coche de Quinn. Guardamos silencio durante el paseo. El vehículo yacía en solitario esplendor en el aparcamiento, frente al Strand, que ya tenía sus puertas cerradas y las luces apagadas. Sacó las llaves y pulsó el botón para abrir las puertas. Nos metimos lenta y cansadamente.

—¿Adónde vamos? —pregunté.

—Al Pelo de perro.

Capítulo
9

El Pelo de perro se encontraba en las cercanías de la Kings Highway, no demasiado lejos de Centenary College. Era un viejo establecimiento con fachada de ladrillo visto. Las amplias ventanas que daban a la calle estaban cubiertas por cortinas opacas de color crema, y doblamos por la izquierda del edificio para meternos por una callejuela que daba a una zona de aparcamiento en la parte de atrás. A pesar de la escasa iluminación, pude ver que el suelo estaba atestado de latas vacías, cristales rotos, condones usados y cosas peores. Había varias motocicletas, varios automóviles pequeños y baratos y uno o dos todoterrenos. La puerta trasera tenía un cartel que ponía: «PROHIBIDO EL PASO-SÓLO PERSONAL».

Aunque mis pies ya empezaban a protestar por la falta de costumbre de los tacones altos, tuvimos que recorrer de nuevo todo el camino hasta la puerta delantera. El frío que me recorría la columna se hizo más intenso a medida que nos acercábamos a la puerta. Luego fue como si me hubiese dado contra un muro. Un conjuro me había inmovilizado de repente y me paré en seco. Pugné por seguir avanzando, pero fui incapaz de moverme. Podía olerse la magia. El Pelo de perro estaba protegido. Alguien le había pagado a alguna bruja una buena suma de dinero para rodear la puerta con un conjuro de repulsa.

118

Luché por no ceder al impulso de girarme y caminar en otra dirección, fuese la que fuese.

Quinn avanzó unos pasos y se volvió para mirarme con cierta sorpresa, hasta que se dio cuenta de lo que estaba pasando.

—Me olvidé —declaró, con la misma sorpresa prendida en la voz—. Me olvidé de que eres humana.

—Eso suena a cumplido —dije, no sin cierto esfuerzo. A pesar del frío nocturno, tenía la frente perlada de sudor. Mi pie derecho avanzó un centímetro.

—Ya —aseguró, y me cogió en brazos, como Rhett a Escarlata O'Hara. A medida que su aura me rodeó, el molesto efecto del conjuro de repulsa fue cediendo. La magia ya no me reconocía como humana, al menos no de forma inequívoca. A pesar de que el bar seguía pareciendo poco atractivo y algo repelente, quería entrar sin impedimentos.

Puede que fueran los efectos secundarios del conjuro, pero, una vez dentro, el bar seguía resultándome poco atractivo y algo repelente. No diré que todas las conversaciones se interrumpieron cuando entramos, pero sin duda hubo un bajón en el continuo murmullo que inundaba el local. En el tocadiscos sonaba *Bad Moon Rising*, que era como el himno nacional de los hombres lobo, y todos los abigarrados licántropos y cambiantes que estaban allí parecieron girarse hacia nosotros.

—¡No se admiten humanos en este sitio! —Una mujer muy joven saltó sobre la barra de un solo movimiento y avanzó a grandes zancadas. Vestía medias de rejilla y botas de tacón alto, así como un *top* de cuero rojo (bueno, ya le gustaría a ella que fuese de cuero, probablemente no fuera más que imitación) y una tira de tela negra que ella llamaría falda. Era como si se hubiese pasado un tubo por la cabeza y se lo hubiese ido bajando. Iba tan ajustada que pensé que podía enrollarse hacia arriba en cualquier momento, igual que el estor de una ventana.

No le gustó mi sonrisa, interpretándola correctamente como mi apreciación de su conjunto.

—Saca tu culo humano de aquí —dijo, acompañando sus palabras de un gruñido. Desgraciadamente, no sonó muy amenazadora, pues se veía que lo suyo no era poner en práctica sus amenazas y yo sentí que mi sonrisa no hacía sino ampliarse. La adolescente del conjunto ridículo gozaba del escaso autocontrol de los licántropos jóvenes, y cargó el puño para golpearme.

Entonces Quinn aulló.

El sonido procedía de las mismas entrañas, atronador mientras penetraba en cada rincón del bar. El barman, un tipo con aspecto de motero con el cabello y la barba de una considerable longitud, y los brazos desnudos llenos de tatuajes echó mano a los bajos de la barra. Sabía que iba a sacar una escopeta.

No era la primera vez que se me pasaba por la mente la posibilidad de ir armada a todas partes. Mi vida había sido siempre tan escrupulosamente respetuosa con la ley que jamás había visto la necesidad… hasta hacía un par de meses. La música se cortó en ese preciso instante, y el silencio que imperó en el bar resultó tan ensordecedor como el ruido que hubo momentos antes.

—Por favor, no saques la escopeta —pedí, sonriendo ampliamente al barman. Podía sentir como se estiraban mis labios propiciando esa mueca sobreactuada que me hacía parecer un poco irracional—. Venimos en son de paz —añadí en un impulso de locura mientras mostraba mis manos vacías.

Uno de los cambiantes que estaba junto a la barra se echó a reír en un agudo estallido de sorprendida diversión. La tensión pareció reducirse un grado. La joven dejó caer las manos a los costados y dio un paso atrás. Su mirada pasaba de Quinn a mí continuamente. Ahora, las dos manos del barman estaban a la vista.

—Hola, Sookie —dijo una voz familiar. Amanda, la licántropo pelirroja que había ejercido de chófer para la doctora Ludwig el día anterior, estaba sentada a una mesa en un rincón oscuro (lo cierto es que todo el bar parecía lleno de rincones así).

Con ella estaba un hombre fornido, de unos treinta y muchos. Ambos tenían delante sus bebidas y un buen suministro de mezcla de aperitivos. Les acompañaba una pareja que estaba sentada de espaldas a mí. Cuando se volvieron, pude reconocer a Alcide y a María Estrella. Lo hicieron con cautela, como si cualquier movimiento repentino pudiera desencadenar una reacción violenta. La mente de María Estrella era un amasijo de ansiedad, orgullo y tensión. Alcide emanaba sensaciones encontradas. No tenía muy claro cómo debía sentirse.

Ya éramos dos.

—Hola, Amanda —dije con un tono de voz tan radiante como la sonrisa. De nada servía dejar que el silencio se hiciera más denso.

—Me honra contar con el legendario Quinn en mi bar —dijo Amanda, y me di cuenta de que, al margen de los demás trabajos que pudiera tener, era propietaria del Pelo de perro—. ¿Habéis salido a tomar algo, o existe alguna razón especial para vuestra visita?

Dado que no tenía la menor idea de qué hacíamos allí, tuve que dejar la respuesta en manos de Quinn, lo que, en mi opinión, no me dejaba en muy buen lugar.

—Hay una razón muy buena, aunque hace tiempo que tengo ganas de visitar tu bar —contestó Quinn cortésmente, con un estilo formal que no sé de dónde se había sacado. Amanda inclinó la cabeza, lo que parecía una señal para que Quinn prosiguiera—. Esta noche, mi acompañante y yo hemos sido atacados en un lugar público lleno de gente.

A nadie pareció sorprenderle o escandalizarle aquello. De hecho, Miss *Fashion Victim* encogió sus huesudos hombros desnudos.

—Eran licántropos —dijo Quinn.

Ahí sí se produjo una gran reacción. Cabezas y manos se agitaron, y luego se quedaron quietas. Alcide hizo por levantarse de su asiento, pero luego volvió a sentarse.

—¿Licántropos de la manada de Colmillo Largo? —preguntó Amanda. Su voz denotaba incredulidad.

Quinn se encogió de hombros.

—Iban a matarnos, así que no me paré a hacer preguntas. Eran dos licántropos mordidos muy jóvenes, y, a tenor de su comportamiento, estaban drogados.

Más reacciones de asombro. Nos estábamos convirtiendo en la atracción de la noche.

—¿Estás herida? —me preguntó Alcide, como si Quinn no estuviera a mi lado.

Ladeé la cabeza para dejar el cuello visible. Ya no sonreía. A esas alturas, las marcas que el chico me había dejado en el cuello ya estaban bien ennegrecidas. Me lo pensé antes de hablar.

—Como amiga de la manada, no esperaba que me fuera a pasar nada aquí en Shreveport —dije.

Me imaginé que mi condición de amiga de la manada no habría cambiado con el nuevo régimen, o al menos eso esperaba. En fin, era mi comodín, y me lo jugué.

—El coronel Flood nombró a Sookie amiga de la manada —explicó Amanda inesperadamente. Todos los licántropos se miraron unos a otros, y el momento pareció congelarse en el tiempo.

—¿Qué ha sido de los cachorros? —preguntó el motero de la barra.

—Están vivos —dijo Quinn, dándoles primero las noticias importantes. Dio la sensación de que todo el bar lanzaba un suspiro, ya fuese de alivio o de lamento, eso no me quedó claro—. La policía los ha detenido —prosiguió Quinn—. Como nos atacaron delante de otros humanos, ha sido imposible no implicarla.

Habíamos hablado de Cal Myers de camino al bar. Quinn apenas había reparado en el policía licántropo, pero sin duda lo conocía. Me pregunté si en ese momento mi compañero sacaría la presencia de Cal Myers en la comisaría de policía, pero Quinn no dijo nada. A decir verdad, ¿para qué comentar algo que ya conocían con seguridad los licántropos? La manada se haría una piña contra los forasteros, por muy dividida que estuviese.

La implicación de la policía en los asuntos de los licántropos era algo indeseable, obviamente. Si bien la presencia de Cal Myers en la policía sería de utilidad, cada investigación aumentaba la posibilidad de que los humanos descubriesen la existencia de criaturas que preferían el anonimato. Yo no tenía ni idea de cómo habían volado (o arrastrado, o reptado) por debajo del radar durante tanto tiempo, pero estaba convencida de que el precio en vidas humanas había sido considerable.

—Deberías llevarte a Sookie a casa —dijo Alcide—. Está cansada.

Quinn me rodeó con el brazo y me tiró hacia su lado.

—Cuando nos asegures que la manada llegará al fondo de este ataque no provocado, nos marcharemos.

Gran discurso. Quinn parecía un maestro de la diplomacia y la firmeza en la expresión. La verdad es que era un poco agobiante. El poder manaba de él en una corriente sostenida, y su presencia física era innegable.

—Dejaremos el asunto al líder de la manada —dijo Amanda—. Estoy segura de que emprenderá una investigación. Alguien ha debido de contratar a los cachorros.

—Alguien los ha convertido, eso para empezar —afirmó Quinn—. A menos que vuestra manada se haya degradado hasta el punto de convertir a criminales callejeros y a enviarlos para hacer el trabajo sucio.

Vale, ahí estaba de nuevo la atmósfera hostil. Miré a mi gran compañero y vi que Quinn estaba a un pelo de perder los nervios.

—Gracias a todos —le dije a Amanda, estirando los labios de nuevo en una amplia sonrisa—. Alcide, María Estrella, me alegro de haberos visto. Nos tenemos que ir. Nos queda todavía un largo camino hasta Bon Temps. —Saludé fugazmente con la mano al barman y a la cría de las medias de rejilla. El primero asintió con el ceño fruncido. Probablemente, la segunda no estuviera interesada en convertirse en mi mejor amiga. Me retorcí bajo el brazo de Quinn y le cogí de la mano.

—Vamos, Quinn, la carretera nos espera.

Por un fugaz e incierto momento, sus ojos no me reconocieron. Entonces se despejaron y se relajaron.

—Claro, cielo. —Se despidió de los licántropos y les dimos la espalda para irnos. A pesar de que entre ellos estaba Alcide, en quien confiaba casi ciegamente, fue un momento muy incómodo para mí.

No pude sentir miedo o ansiedad procedentes de Quinn. O tenía una gran capacidad de concentración y control, o de verdad no le asustaba ese bar lleno de licántropos, lo cual resultaba admirable y todo eso, aunque algo… poco creíble.

La respuesta correcta resultó ser «capacidad de concentración y control», según descubrí cuando llegamos a la penumbra del aparcamiento. Con movimientos más rápidos de lo que pude registrar, me encontré arrinconada contra el coche y con su boca sobre la mía. Después de un instante de sobresalto, me dejé llevar por el momento. Compartir el peligro conlleva esas cosas, y era la segunda vez (en nuestra primera cita) que habíamos estado en peligro. ¿Sería eso un mal presagio? Deseché los pensamientos racionales cuando la lengua y los dientes de Quinn se deslizaron por esa parte sensible, donde el cuello se une al hombro. Hice un sonido incoherente ya que, aparte de la excitación que siempre sentía cada vez que me besaban ahí, percibía el innegable dolor de los cardenales que rodeaban mi cuello. Era una incómoda combinación.

—Lo siento, perdona —murmuró sobre mi piel, con sus labios empeñados en el asalto. Sabía que si bajaba la mano, podría tocarle más íntimamente. No diré que no estuve tentada. Pero estaba aprendiendo a ser cauta mientras avanzaba… Bueno, puede que tampoco tanto, pensé con la porción de mi mente que no estaba cada vez más ebria del calor que surgía de mis bajas entrañas para encontrarse con el fuego de los labios de Quinn. Oh, Dios, oh, oh.

Me cimbreé contra su cuerpo. Era un acto reflejo, ¿vale? Pero también un error, porque su mano se deslizó bajo mi pecho y empezó a frotarme con el dedo gordo. Me estremecí y gemí. Él también lanzaba algún que otro sonido. Era como saltar sobre el estribo de un coche que cruzara a toda velocidad y en la oscuridad una calle.

—Vale —exhalé y me aparté un poco—. Vale, paremos ahora que podemos.

—Hmmm —me dijo él a la oreja, jugueteando en ella con la lengua.

—No pienso seguir con esto —exclamé, tratando de dotar a mis palabras un tono indiscutible. Entonces aúné toda mi compostura—. ¡Quinn, no pienso hacer el amor contigo en este asqueroso aparcamiento!

—¿Ni siquiera un poquito?

—¡No, claro que no!

—Tu boca —la besó— está diciendo una cosa, pero tu cuerpo —me besó el hombro— dice otra.

—Escucha lo que dice mi boca, machote.

—¿Machote?

—Vale. Quinn.

Suspiró y se irguió.

—Está bien —dijo, con una sonrisa pícara—. Lo siento. No tenía planeado asaltarte así.

—Ir a un sitio donde no eres precisamente bienvenida y salir de una pieza… Eso sí que es excitante —dije.

Volvió a lanzar un hondo suspiro.

—Vale —dijo.

—Me gustas mucho —confesé. Pude leer su mente con bastante claridad, justo en ese instante. Yo también le gustaba; en ese momento le gustaba horrores. Y tenía muchas ganas de demostrármelo contra la pared.

Aseguré mis escotillas.

—Pero he tenido un par de experiencias que me han aconsejado que lo mejor es soltar el acelerador. No he ido muy despacio contigo esta noche. Incluso teniendo en cuenta las…, eh, circunstancias especiales. —De repente me sentí lista para sentarme en el coche. Me dolía la espalda y empecé a sentir un leve calambre. Por un momento me preocupé, pero luego pensé en mi ciclo menstrual. Aquello sin duda bastaba para agotarme, era el remate a una noche tan emocionante como accidentada.

Quinn me miraba desde la altura. Se preguntaba cosas sobre mí. No estaba muy segura de cuál era su preocupación, pero de repente preguntó:

—¿Quién de nosotros fue el objetivo del ataque frente al teatro?

Bien, estaba claro que su mente ya no discurría en clave de sexo. Bien.

—¿Crees que iban a por uno de nosotros?

Tuvo que meditarlo.

—Lo había dado por sentado —dijo.

—También tendríamos que averiguar quién los contrató. Supongo que les pagaron de alguna manera, ya sea con dinero, drogas o ambas cosas. ¿Crees que hablarán?

—No creo que sobrevivan a la noche en la cárcel.

Capítulo
10

Ni siquiera figuró en portada. Apareció en la sección de noticias locales del periódico de Shreveport, en la parte baja del pliegue. «HOMICIDIOS EN LA CÁRCEL», decía el titular. Suspiré.

Dos jóvenes que aguardaban un traslado de sus celdas a una institución de menores fueron asesinados la pasada medianoche.

Dejaban el periódico todas las mañanas en un buzón especial que estaba al final del camino privado, junto al buzón del correo. Pero ya oscurecía cuando di con el artículo, mientras estaba sentada en mi coche, a punto de salir hacia Hummingbird Road e ir al trabajo. No había salido de casa hasta ese momento. Dormir, hacer la colada y realizar alguna tarea de jardinería habían copado mi jornada. No recibí ninguna llamada ni ninguna visita, justo como decían los anuncios. Pensé que Quinn podría llamar para ver cómo estaban mis heridas… pero no.

Los dos menores, llevados a la comisaría de policía por los cargos de asalto y agresión, fueron depositados en una de las celdas a la espera del autobús que debía trasladarlos a la institución de menores a la mañana siguiente. La celda de menores está separada de la de adultos, y ellos dos eran las únicas personas encerradas esa noche. En algún momento cercano a la medianoche, fueron estrangulados por uno o varios desconocidos. Ningún otro recluso fue dañado, y todos han negado presenciar actividades sospechosas. Ambos jóvenes contaban con numerosos antecedentes. «Se las habían visto muchas veces con la policía», ha revelado una fuente cercana a la investigación.

«Investigaremos este asunto en profundidad», declaró el detective Dan Coughlin, que atendió la denuncia inicial y está llevando las investigaciones del incidente por el que ambos jóvenes fueron arrestados. «Fueron arrestados tras atacar presuntamente a una pareja de una forma extraña, y sus muertes no lo son menos.» Su compañero, Cal Myers, añadió: «Se hará justicia».

Aquello me pareció especialmente siniestro.

Tiré el periódico en el asiento del copiloto y cogí mi montón de correo para añadirlo a la pequeña pila. Ya lo revisaría al acabar mi turno en el Merlotte's.

Estaba pensativa cuando llegué al bar. Me encontraba tan preocupada por el destino de los dos asaltantes de la noche anterior que apenas parpadeé cuando me dijeron que trabajaría con la nueva empleada de Sam. Tanya era una chica de mirada brillante y era eficiente, como ya había comprobado. Sam estaba muy contento con ella; de hecho, la segunda vez que me expresó lo satisfecho que estaba, le dije de manera algo afilada que ya me lo había dicho.

Me alegró que Bill se pasara y escogiera una mesa de mi sección. Quería una excusa para escaparme antes de tener que responder a la pregunta que se estaba formando en la mente de Sam: «¿Por qué no te gusta Tanya?».

No espero que me caigan bien todas las personas que conozco, del mismo modo que no espero caerles yo bien a ellas.

Pero suelo fundamentar el que me caigan mal, más allá de la vaguedad en la desconfianza y el menosprecio. Si bien Tanya era algún tipo de cambiante, debí poder leer en ella lo suficiente como para confirmar o descartar mis sospechas instintivas. Pero era incapaz de leer a Tanya. Sacaba una palabra aquí y otra allí, como una señal de radio que se va desvaneciendo. Os imaginaréis que una está deseando encontrar a alguien de la misma edad y sexo con quien compartir una amistad. Sin embargo, me puso nerviosa descubrir que era como un libro cerrado. Curiosamente, Sam no había dicho una sola palabra acerca de su naturaleza esencial. No dijo nada en plan: «Oh, es una mujer topo» o «Es una auténtica cambiante, como yo».

Me sentía afligida cuando me dirigí hacia Bill para tomarle nota. Mi mal humor se sumó al cóctel cuando vi a Selah Pumphrey en la puerta repasando con la mirada a la gente del bar, probablemente en busca de Bill. Solté unos cuantos tacos por lo bajo, me di la vuelta y me marché. Muy poco profesional.

Selah me observaba cuando miré de reojo su mesa al cabo de un rato. Arlene se acercó a tomarles nota. Escuché a Selah sin más; estaba de mal humor. Se preguntaba por qué Bill siempre quedaba con ella allí, cuando los parroquianos éramos obviamente hostiles. Le costaba creer que un hombre tan juicioso y sofisticado como Bill hubiese salido jamás con una camarera. Y encima con una que, por lo que ella sabía, ni siquiera había ido a la universidad y, lo que era peor, ¡cuya abuela había sido asesinada!

Supongo que aquello me había dado mala fama.

Trato de tomarme esas cosas con filosofía. Después de todo, me podría haber escudado perfectamente contra esos pensamientos. Dicen que «Pajarillo que escucha el reclamo, escucha su daño», ¿no? Un viejo dicho, y muy cierto. Me dije (unas seis veces seguidas) que no era asunto mío, que sería un poco drástico ir allí y abofetearla o dejarla calva de un tirón. Pero la rabia se hacía con mis entrañas, y parecía incapaz de controlarla. Serví tres cervezas en la mesa de Catfish, Dago y Hoyt con una fuerza innecesaria. Los tres me miraron a la vez, asombrados.

—¿Hemos hecho algo malo, Sook? —dijo Catfish—. ¿O es que estás en esos días del mes?

—No habéis hecho nada —contesté. Y no eran mis días del mes... Oh. Sí que lo eran. Recibí el aviso con el dolor en la espalda, la pesadez de estómago y los dedos hinchados. Mi vieja amiga estaba de visita. Lo sentí mientras me daba cuenta de que estaba contribuyendo a mi irritación general.

Miré de soslayo a Bill y lo pillé mirándome, con las aletas nasales dilatadas. Podía oler la sangre. Me recorrió una oleada de aguda vergüenza que me puso la cara colorada. Por un instante pude ver un hambre desnuda en su rostro, pero inmediatamente despejó la cara de toda expresión.

Ya que no se pasaba los días llorando en mi puerta por un amor no correspondido, al menos que sufriera un poco. Cuando me miré en un espejo tras la barra, vi que tenía una leve sonrisa de satisfacción dibujada en los labios.

Aproximadamente una hora después, entró una vampira. Miró a Bill durante un segundo, le hizo un leve gesto con la cabeza, y luego se sentó en una mesa de la sección de Arlene, quien acudió a la carrera para tomarle nota. Hablaron durante un minuto, pero estaba demasiado ocupada para fisgar. Además, sólo habría escuchado a la vampira filtrada a través de la mente de Arlene, puesto que los vampiros son para mí tan silenciosos como una tumba (jo, jo). Lo siguiente que supe era que Arlene se abría paso hacia mí.

—La muerta quiere hablar contigo —dijo sin moderar el tono de su voz lo más mínimo, mirando en nuestra dirección. Lo suyo nunca ha sido el tacto ni la sutileza.

Después de asegurarme de que todos mis clientes estaban satisfechos, me dirigí hacia la mesa de la vampira.

—¿En qué puedo ayudarte? —pregunté en voz muy baja. Sabía que podía oírme; su oído es fenomenal, y su visión no le va muy a la zaga en cuanto a agudeza.

—¿Eres Sookie Stackhouse? —preguntó ella. Era muy alta, casi 1,83, y procedía de alguna mezcla racial que había salido alucinantemente bien. Tenía la piel dorada, y su pelo era denso, basto y oscuro. Lo llevaba recogido en trenzas, y sus brazos estaban atestados de bisutería. Sus ropas, por el contrario, eran sencillas. Vestía una blusa blanca hecha a medida de mangas largas y leotardos negros con sandalias a juego.

—Sí —dije—. ¿Te puedo ayudar en algo? —Me miraba con una expresión que sólo podría definir como desconfiada.

—Me manda Pam —contestó—. Me llamo Felicia. —Su voz parecía un cántico alegre, tan exótica como su aspecto. Evocaba licores de ron y playas.

—¿Qué tal, Felicia? —dije educadamente—. Espero que Pam esté bien.

Dado que los vampiros no tienen una salud variable, resultó ser una pregunta rebuscada para Felicia.

—Pues parece estar bien —añadió Felicia un poco insegura—. Me ha mandado para que me presente a ti.

—Vale, ya nos conocemos —dije, tan confundida como lo había estado Felicia hacía un momento.

—Me dijo que tienes la costumbre de matar al barman de Fangtasia —continuó, abriendo mucho sus maravillosos ojos de cierva—. Me dijo que tenía que venir a rogarte clemencia. Pero a mí me pareces una humana corriente.

Esta Pam…

—Te estaba tomando el pelo —le dije tan amablemente como pude. Al parecer, Felicia no era la oveja más avispada del rebaño. El oído y la capacidad de curación sobrehumanos no equivalían a una superinteligencia—. Pam y yo somos como amigas, y le gusta ponerme en evidencia. Supongo que le gustará hacer lo mismo contigo, Felicia. No tengo intención de hacerle daño a nadie. —Felicia parecía escéptica—. Es verdad que no tengo muy buenos antecedentes con los encargados de la barra del Fangtasia, pero, eh…, no es más que una coincidencia —parloteé—. Y es verdad que no soy más que una simple humana.

Después de digerir la información al cabo de un rato, Felicia pareció aliviada, lo cual no hizo sino sumar puntos a su belleza. Pam solía tener más de una razón para hacer las cosas, y me pregunté si la habría enviado también para que pudiera admirar sus atracciones, las cuales, sin duda, no habrían pasado desapercibidas para Eric. Puede que Pam quisiera buscar problemas. Odiaba la vida sin sensaciones fuertes.

—Vuelve a Shreveport y pásatelo bien con tu jefe —dije, tratando de ser amable.

—¿Eric? —dijo la maravillosa vampira. Parecía desconcertada—. Me gusta trabajar para él, pero no me gustan los hombres.

Eché una mirada a mis mesas, no sólo para comprobar si alguien necesitaba una copa, sino para comprobar si alguien había oído esa frase. La lengua de Hoyt estaba prácticamente colgada de su boca, y Catfish parecía que algo lo hubiera deslumbrado. Dago estaba sumido en un feliz asombro.

—Bueno, Felicia, ¿y cómo acabaste en Shreveport, si no te molesta que te pregunte? —Devolví mi atención a la nueva vampira.

—Oh, mi amiga Indira me pidió que viniera. Dijo que servir a Eric no estaba tan mal. —Se encogió de hombros para escenificar lo de que «no estaba tan mal»—. No exige servicios sexuales si la mujer no está inclinada a ello. A cambio sólo requiere unas cuantas horas de trabajo en el bar y algún que otro recado especial.

—¿Entonces tiene buena reputación como jefe?

—Oh, sí. —Felicia pareció casi sorprendida—. Aunque tampoco es que sea ningún blando.

«Blando» y «Eric» eran palabras incompatibles en la misma frase.

—Y no se le traiciona. Eso no lo perdona —prosiguió, pensativa—. Pero siempre que cumplas con tus obligaciones hacia él, te corresponderá en la misma medida.

Asentí. Eso encajaba más o menos con mi percepción de Eric, y lo conocía muy bien en algunos aspectos..., aunque nada en otros.

—Y esto será mucho mejor que Arkansas —dijo Felicia.

—¿Por qué dejaste Arkansas? —pregunté, sin poder evitarlo. Felicia era la vampira más simple que había conocido.

—Peter Threadgill —contestó—. El rey. Se acaba de casar con vuestra reina.

Sophie-Anne Leclerq de Luisiana no era, ni remotamente, mi reina, pero, aunque sólo fuese por curiosidad, quise continuar con la conversación.

—¿Y cuál es el problema de Peter Threadgill?

Ésa era una pregunta difícil para Felicia. Se lo pensó.

—Es rencoroso —explicó ella con el ceño fruncido—. Nunca parece estar satisfecho con lo que tiene. No le basta con ser el vampiro más antiguo y poderoso de todo el Estado. Cuando se convirtió en rey (y se pasó años maquinando para conseguirlo), le supo a poco. El problema lo tenía con el Estado, ¿sabes?

—¿Algo como: «Cualquier Estado que me tenga como rey no es un buen Estado en el que reinar»?

—Exactamente —soltó Felicia, como si yo fuese alguien la mar de inteligente por poder elaborar una frase como ésa—. Se pasó meses negociando con Luisiana, y hasta Flor de Jade se cansó de oír hablar de la reina. Al final accedió a firmar la alianza. Después de una semana de celebraciones, el rey se volvió taciturno otra vez. De repente, aquello no era suficiente. Ella tenía que amarlo. Tenía que dárselo todo. —Felicia meneó la cabeza ante las extravagancias de la realeza.

—¿Entonces no ha sido un matrimonio por amor?

—El amor es lo último por lo que los monarcas vampiros se casan —dijo Felicia—. Ahora está de visita con la reina en Nueva Orleans, y yo me alegro de estar en el otro extremo del Estado.

El concepto de la pareja y la visita se me escapaba, pero estaba segura de que lo comprendería tarde o temprano.

Me habría encantado escuchar más cosas, pero era hora de volver al trabajo.

—Gracias por la visita, Felicia. Y no te preocupes por nada. Me alegro de que trabajes para Eric —dije.

Felicia me sonrió. Fue una experiencia deslumbrante y deliciosa.

—Me alegro de que no planees matarme —dijo.

Le devolví la sonrisa, algo titubeante.

—Te aseguro, ahora que te conozco, que no tendrás la menor oportunidad de sorprenderme por la espalda —prosiguió Felicia. De repente, la auténtica vampira afloró en su mirada, y me estremecí. Podría ser fatal subestimarla. No era muy lista, pero sí salvaje.

—No pienso sorprenderte por la espalda, y mucho menos teniendo en cuenta que eres una vampira —dije.

Me dedicó un seco gesto de la cabeza, y se deslizó por la puerta tan rápidamente como había entrado.

—¿Qué es lo que quería? —me preguntó Arlene cuando estábamos en la barra juntas, esperando que nos sirvieran los encargos. Me di cuenta de que Sam también escuchaba.

Me encogí de hombros.

—Trabaja en Fangtasia, en Shreveport, y simplemente ha venido a conocerme.

Arlene se me quedó mirando.

—¿Ahora vienen a presentarse? Sookie, tienes que pasar de los muertos y relacionarte más con los vivos.

Le devolví la misma mirada.

—¿De dónde has sacado esa idea?

—Me lo preguntas como si jamás hubiese pensado por mí misma.

Arlene jamás habría formado una idea como ésa ella sola. Su segundo nombre era «Tolerancia», más que nada porque era demasiado ligera de cascos como para ir echando moralinas.

—Es que me sorprende —dije, dándome cuenta de lo ruda que había sido en la apreciación de alguien a quien siempre había considerado una amiga.

—Bueno, he estado yendo a la iglesia con Rafe Prudhomme.

Rafe Prudhomme, un cuarentón muy tranquilo que trabajaba en la Pelican State Title Company, me caía bien. Pero nunca tuve la oportunidad de conocerlo a fondo, ni me dio por escuchar sus pensamientos. Quizá aquello había sido un error.

—¿A qué tipo de iglesia acude? —quise saber.

—Ha estado frecuentando esa iglesia nueva de la Hermandad del Sol.

El corazón se me paró, casi literalmente. No me molesté en señalar que la Hermandad era una caterva de fanáticos a los que unía el odio y el miedo.

—En realidad no es una iglesia, ¿sabes? ¿Hay alguna rama de la Hermandad cerca?

—En Minden. —Arlene apartó la mirada; era el vivo retrato de la culpabilidad—. Sabía que no te gustaría. Pero allí vi al sacerdote católico, el padre Riordan. Hasta los sacerdotes ordenados comulgan con ellos. Hemos pasado allí las últimas dos tardes de domingo.

—¿Y te crees esas cosas?

Pero en ese momento uno de los clientes de Arlene la llamó. Se alegró sobremanera de poder irse.

Mis ojos se encontraron con los de Sam, que parecía igual de turbado. La Hermandad del Sol era una organización antivampírica e intolerante cuya influencia no dejaba de extenderse. Muchos de sus centros no eran militantes, pero otros tantos predicaban el odio y el miedo en su forma más extrema. Si la Hermandad tenía una lista secreta de objetivos, seguramente yo estaría en ella. Sus fundadores, Steve y Sarah Newlin, habían perdido su iglesia más lucrativa en Dallas porque yo había interferido en sus planes. Había sobrevivido a un par de intentos de asesinato desde entonces, pero siempre quedaba el riesgo de que la Hermandad me encontrara y me tendiera una emboscada. Me habían visto en Dallas y en Jackson, y, tarde o temprano, descubrirían quién era y dónde vivía.

Tenía muchas razones para estar preocupada.

Capítulo
11

A la mañana siguiente, Tanya se presentó en mi casa. Era domingo, no estaba trabajando y me sentía especialmente alegre. Después de todo, Crystal se estaba curando, a Quinn parecía gustarle, y había dejado de oír hablar de Eric, así que cabía la posibilidad de que me dejara en paz. Trato de ser optimista. La cita bíblica favorita de mi abuela solía ser: «Bástenle a cada día sus propias preocupaciones». Me explicó que significaba que no hay que preocuparse por el mañana, o por las cosas que no se pueden cambiar. Trataba de practicar esa filosofía, aunque la mayoría de las veces era muy difícil. Ese día resultó más sencillo.

Los pájaros piaban y trinaban, los insectos zumbaban y el aire atestado de polen estaba lleno de paz, como si las mismas plantas lo emitiesen también. Yo estaba sentada en mi porche delantero con mi bata rosa, paladeando un café y escuchando el *Car Talk* en la Red River Radio. Me sentía muy bien, cuando un pequeño Dodge Dart accedió por mi camino privado. No reconocí el coche, pero sí a la conductora. Toda mi paz se desvaneció a manos de un acceso de suspicacia. Ahora que sé de la proximidad del cónclave de la Hermandad, la inquisitiva presencia de Tanya me pareció incluso más sospechosa. No me gustó nada verla en mi casa. La cortesía elemental me impedía echarla de allí sin más, pero tampoco le dediqué ninguna sonrisa de bienvenida cuando posé los pies en el porche y me incorporé.

—¡Buenos días, Sookie! —dijo al salir del coche.

—Tanya… —me limité a decir para acusar recibo del saludo.

Se detuvo a medio camino de los peldaños.

—Eh, ¿va todo bien?

No dije nada.

—Tenía que haber llamado antes, ¿verdad? —Trataba de parecer salerosa y apesadumbrada a un tiempo.

—Habría sido mejor. No me gustan las visitas inesperadas.

—Lo siento. Te prometo que así lo haré la próxima vez. —Reanudó su avance hacia los peldaños de piedra—. ¿Me ofrecerías una taza de café?

Violé una de las reglas de hospitalidad más sagradas.

—No, esta mañana no —contesté, y me puse en el acceso de la subida para bloquearle el paso hacia el porche.

—Bueno…, Sookie —dijo con voz incierta—. Sí que te levantas con el pie izquierdo.

Me la quedé mirando hacia abajo, sin pestañear.

—No me extraña que Bill Compton salga con otra —dijo Tanya con una leve carcajada. Enseguida supo que había cometido un error—. Lo siento —añadió rápidamente—. Puede que yo misma no haya tomado café suficiente. No debí decirlo. Esa Selah Pumphrey es una zorra, ¿eh?

«Demasiado tarde, Tanya».

—Al menos con ella uno sabe a qué atenerse. —Eso lo dejaba lo suficientemente claro, ¿no?—. Nos vemos en el trabajo.

—De acuerdo, la próxima vez llamaré, ¿vale? —Y me dedicó una sonrisa tan amplia como vacía.

—Vale. —Observé cómo se volvía a meter en el pequeño coche. Me lanzó un alegre saludo y, no sin pocas maniobras, giró su Dart de regreso a Hummingbird Road.

Vi cómo se marchaba. Esperé a que el sonido del motor se disipara por completo antes de volver a mi asiento. Dejé el libro sobre la mesa de plástico que tenía junto a la tumbona y me tomé el resto del café sin el placer que me había acompañado durante los primeros tragos.

Tanya tramaba algo.

Prácticamente tenía una flecha de neón apuntándole a la cabeza. Ojalá la señal hubiese sido lo suficientemente explícita como para revelarme qué era ella, para quién trabajaba y qué se traía entre manos, pero supuse que eso tendría que averiguarlo por mí misma. Escucharía su mente en cada ocasión que se me presentara, y si eso no funcionaba (a veces pasa, no sólo por tratarse de una cambiante, sino porque no se puede obligar a la gente a pensar en lo que tú quieres), tendría que optar por métodos más drásticos.

Aunque no tenía muy claro qué entender por «más drásticos».

Durante el último año, de alguna manera había asumido el papel de guardiana de lo extraño en mi pequeño rincón del Estado. Era la imagen ideal de la tolerancia entre especies. Había aprendido mucho acerca del otro universo, el que rodeaba a la (casi siempre obvia) especie humana. Resultaba casi divertido enterarte de lo que el resto de gente desconocía. Pero complicaba mi ya de por sí difícil vida, y me llevaba por sendas peligrosas entre seres que ansiaban desesperadamente mantener su existencia en secreto.

El teléfono sonó en el interior de la casa, así que me arranqué de mis agridulces pensamientos para cogerlo.

—Hola, cielo —dijo una tibia voz al otro lado de la línea.

—Quinn —dije, tratando de controlar mi alegría. No es que hubiese perdido los papeles por ese hombre, pero necesitaba que ocurriera algo positivo justo en ese momento, y Quinn era tan formidable como atractivo.

—¿Qué estás haciendo?

—Oh, estaba sentada en mi porche delantero, tomándome un café en bata.

—Ojalá estuviese allí para compartir el café contigo.

Hmmm, un deseo inofensivo, o quizá un «venga, pregúntame».

—Hay de sobra en la cafetera —dije cautelosamente.

—Si no estuviese en Dallas, estaría allí en un abrir y cerrar de ojos —dijo.

Bajón.

—¿Cuándo te marchaste? —pregunté, pues me pareció la pregunta más segura y menos curiosa.

—Ayer. Recibí una llamada de la madre de un tipo que trabaja para mí de vez en cuando. Abandonó en medio de un proyecto que tenemos en Nueva Orleans, hace algunas semanas. Me cabreé bastante, aunque no puede decirse que estuviera preocupado. Era uno de esos espíritus libres, y tenía muchos asuntos que le mantenían de acá para allá por todo el país. Pero su madre dice que aún no se ha presentado en ninguna parte, y cree que le ha pasado algo. Voy a mirar en su casa y registrar sus papeles para echarle una mano, pero estoy dando con un callejón sin salida. La pista parece acabarse en Nueva Orleans. Mañana regreso a Shreveport. ¿Te toca trabajar?

—Sí, el primer turno. Saldré a eso de las cinco.

—¿Entonces me puedo invitar a cenar? Llevaré los pinchos. ¿Tienes parrilla?

—Pues, a decir verdad, sí. Es bastante vieja, pero funciona.

—¿Tienes carbón?

—Tendré que mirarlo. —No cocinaba al aire libre desde que murió mi abuela.

—No te preocupes. Yo lo llevaré.

—Está bien —dije—. Yo me encargo del resto.

—Qué bien, ya tenemos plan.

—¿Nos vemos a las seis?

—Claro, a las seis.

—Muy bien. Hasta luego, entonces.

La verdad es que me habría encantado seguir charlando con él, pero no estaba muy segura de qué decir, ya que mi experiencia en conversaciones con chicos no era muy dilatada. Mi carrera de citas con el sexo opuesto había empezado el año anterior, cuando conocí a Bill. Tuve que recuperar mucho tiempo perdido. No era como, digamos, Lindsay Popken, que fue elegida Miss Bon Temps el año que me gradué en el instituto. Lindsay era capaz de reducir a los chicos a idiotas babeantes para que le siguieran el rastro como hienas atontadas. La había observado desde entonces, y seguía sin comprender el fenómeno. A mí no me daba la impresión de que nunca hablase de nada en particular. Incluso me había permitido escuchar su mente, pero lo cierto es que estaba atestada de ruido blanco. Concluí que la técnica de Lindsay era instintiva, y que se basaba en nunca decir nada serio.

Bueno, ya estaba bien de recuerdos. Me metí en la casa para ver qué tenía que preparar de cara a la visita de Quinn la noche siguiente y para hacer una lista de las compras necesarias. Era una alegre forma de pasar la tarde del domingo. Me iría de compras. Me metí en la ducha, sumida en la contemplación del maravilloso día.

Una llamada a la puerta delantera me interrumpió alrededor de media hora después, mientras me estaba pintando los labios. Esta vez, miré por la mirilla. El corazón me dio un vuelco. Aun así, tuve que abrir la puerta.

Una limusina larga y negra que me era familiar estaba aparcada en mi camino privado. Mi única experiencia previa con esa limusina me inspiró malas noticias y problemas.

El hombre (el ser) que estaba de pie en mi porche era el representante personal y abogado de la reina vampira de Luisiana, y su nombre era señor Cataliades (pronúnciese acentuando la segunda sílaba). Lo conocí cuando me abordó para hacerme saber que mi prima Hadley había muerto asesinada, y el vampiro responsable fue castigado delante de mis ojos. La noche había estado repleta de sobresaltos: no sólo descubrir que Hadley había dejado este mundo, sino que lo había hecho como vampira, y que había sido la favorita de la reina, en sentido platónico.

Hadley era uno de los pocos familiares que me quedaban, y lamenté su pérdida. También tenía que admitir que, en sus años adolescentes, Hadley había sido la causa de mucho sufrimiento para su madre y mucho dolor para mi abuela. De haber seguido viviendo, puede que hubiera intentado compensarlo…, o puede que no. No tuvo la oportunidad.

Respiré profundamente.

—Señor Cataliades —dije, sintiendo que mi sonrisa nerviosa se adueñaba de mis labios sin mucha convicción. El abogado de la reina era un hombre compuesto de círculos. La cara era redonda, la barriga lo era aún más, y sus ojos eran círculos parecidos a cuentas oscuras. No creía que fuese humano, o al menos completamente humano, aunque no estaba segura de qué podía ser. Estaba claro que no era un vampiro; ahí estaba, a plena luz del día. Tampoco un licántropo o un cambiante; ni rastro del zumbido rojo que suele rodear sus mentes.

—Señorita Stackhouse —dijo, clavándome la mirada—. Es un placer volver a verla.

—Lo mismo digo —dije, mintiendo entre dientes. Titubeé, sintiéndome de repente achacosa y nerviosa. Estaba segura de que Cataliades, al igual que los demás seres sobrenaturales que había conocido, sabía que tenía el periodo. Genial—. ¿Quiere pasar?

—Gracias, querida —contestó, y me aparté, llena de recelo por dejar entrar en mi casa a esa criatura.

—Siéntese, por favor —dije, decidida a ser amable—. ¿Le apetece beber algo?

—No, gracias. Parece que iba a alguna parte. —Miraba con el ceño fruncido mi bolso, que había dejado sobre la silla de camino a la puerta.

Vale, se me escapaba algo.

—Sí —afirmé, arqueando las cejas—. Tenía pensado hacer algunas compras, pero puedo aplazarlo una hora.

—¿No está lista para volver a Nueva Orleans conmigo?

—¿Cómo?

—¿No recibió mi mensaje?

—¿Qué mensaje?

Nos miramos mutuamente, decepcionados.

—Le envié a un mensajero con una carta de mi bufete —explicó el señor Cataliades—. Debió llegar aquí hace cuatro noches. La carta estaba sellada mágicamente. Nadie, salvo usted, podría abrirla.

Negué con la cabeza mientras mi expresión anonadada me ahorraba las palabras.

—¿Me está diciendo que Gladiola no llegó aquí? Esperaba que llegase el miércoles por la noche, como muy tarde. No lo habría hecho en coche. Le gusta correr. —Por un segundo, esbozó una indulgente sonrisa. Pero la sonrisa se desvaneció enseguida. Si hubiera parpadeado, me la habría perdido—. El miércoles por la noche —insistió.

—Fue la noche que escuché que había alguien fuera —señalé, estremeciéndome al recordar la tensión que sentí entonces—. Nadie tocó a mi puerta. Nadie intentó forzarla. Nadie me llamó. Simplemente tuve la sensación de que algo se movía, y todos los animales se callaron.

Era imposible que alguien tan poderoso como un abogado sobrenatural quedara desconcertado, pero sí que se quedó pensativo. Al cabo de un momento se irguió pesadamente e inclinó la cabeza hacia la puerta. Volvimos a salir. En el porche, miró hacia el coche e hizo unos gestos.

Una mujer muy delgada se deslizó fuera del asiento del conductor. Era más joven que yo, puede que recién estrenada la veintena. Al igual que el señor Cataliades, sólo era humana en parte. Tenía el pelo rojizo oscuro y de punta, y parecía que se hubiera maquillado con una paleta. Hasta el desconcertante conjunto de la muchacha en el Pelo de perro palidecía en comparación con el de esta joven. Llevaba unas medias rayadas negras y rosas, y sus botas hasta el tobillo eran muy negras y de tacón muy alto. Su falda era transparente, negra y desgreñada, y su camiseta rosa era lo único que le cubría la mitad superior.

Simplemente me dejó sin aliento.

—Hola, ¿qué hay? —saludó, alegre, revelando una sonrisa de dientes tan blancos y afilados que cualquier dentista se enamoraría justo antes de perder un dedo.

—Hola —dije, extendiendo la mano—. Soy Sookie Stackhouse.

Recorrió el espacio que nos separaba a gran velocidad, a pesar de esos tacones ridículos. Su mano era pequeña y huesuda.

—Encantada —dijo—. Diantha.

—Bonito nombre —dije, cuando me di cuenta de que no era el fruto de su particular forma de hablar.

—Gracias.

—Diantha —dijo el señor Cataliades—, necesito que busques a alguien.

—¿A…?

—Mucho me temo que estamos buscando los restos de Glad.

La sonrisa de la muchacha se le cayó de la cara.

—No jodas —dijo con bastante claridad.

—No, Diantha —aseguró el abogado—. No jodo.

Diantha se sentó en los peldaños y se quitó las botas y las medias. No pareció importarle que, sin las medias, la falda transparente apenas dejaba nada a la imaginación. Como la expresión del señor Cataliades no varió lo más mínimo, decidí que yo podría comportarme con la misma naturalidad e ignorarlo también.

En cuanto se desembarazó de sus cosas, la chica echó a andar, husmeando el aire de tal modo que me resultó menos humana de lo que había creído. Pero me di cuenta de que no se movía como los licántropos, o las mujeres pantera. Su cuerpo parecía girar y doblarse de un modo que sencillamente nada tenía que ver con los mamíferos.

El señor Cataliades la observó, mano sobre mano. Ambos guardábamos silencio. La chica recorrió el jardín como un colibrí enloquecido, vibrando casi literalmente con una energía incierta.

Aun con tanto movimiento, no pude escuchar el menor ruido por su parte.

No pasó mucho tiempo hasta que se detuvo delante de una masa de arbustos en el linde del bosque. Estaba inclinada mirando al suelo, completamente inmóvil. Entonces, sin despegar los ojos del suelo, alzó una mano como una escolar que acabara de dar con la respuesta correcta.

—Vayamos a ver —sugirió el señor Cataliades, y, con paso deliberado, cruzó el camino privado y el césped, hasta un montón de mirtos cerosos cerca del linde. Diantha no alzó la mirada cuando nos aproximamos, sino que permaneció centrada en algo que había en el suelo, detrás de los arbustos. Sus mejillas estaban surcadas de lágrimas. Tomé aire y miré hacia lo que tan poderosamente captaba su atención.

La muchacha había sido un poco más joven que Diantha, aunque era igual de delgada. Tenía el pelo teñido de un vivo tono dorado, en franco contraste con su piel de chocolate con leche. La muerte había retraído los labios, otorgándole una mueca que mostraba unos dientes tan afilados y blancos como los de Diantha. Extrañamente, no se encontraba tan deteriorada como cabría esperar, sobre todo habida cuenta del tiempo que había pasado a la intemperie. Apenas unas cuantas hormigas recorrían el cuerpo, lo cual distaba mucho de la habitual actividad de los insectos en esos casos… Y tenía un buen aspecto para alguien que estaba partida en dos por la cintura.

La cabeza me zumbó por un instante, y a punto estuve de caer al suelo sobre una rodilla. Había visto cosas impactantes, incluidas dos masacres, pero jamás había visto a nadie dividida en dos como esa chica. Podía verle las entrañas. No parecían las entrañas de un ser humano. Y parecía que cada mitad hubiera sido cauterizada. Había muy pocos fluidos derramados.

—La han cortado con una espada de acero —dijo el señor Cataliades—. Una espada muy buena.

—¿Qué hacemos con sus restos? —pregunté—. Puedo sacar una manta vieja. —No me hizo falta preguntar para saber que no llamaríamos a la policía.

—Tenemos que quemarla —indicó el señor Cataliades—. Allí, en la grava de su aparcamiento, señorita Stackhouse, será lo más seguro. ¿Espera alguna visita?

—No —dije, conmocionada desde más de un punto de vista—. Disculpe, pero ¿por qué hay que… quemarla?

—Nadie se comerá a un demonio o, en este caso, a medio demonio, como Glad o Diantha —explicó, como si me estuviera contando que el sol sale por el este—. Ni siquiera los insectos, como puede ver. La tierra no la digerirá, como hace con los humanos.

—¿No se la quiere llevar a casa, con su gente?

—Diantha y yo somos su gente. No es costumbre nuestra llevar a los muertos de vuelta al lugar donde vivieron.

—Pero ¿qué la mató?

El señor Cataliades alzó una ceja.

—Hombre, ya sé que ha sido algo que la ha cortado por la mitad, ¡eso ya lo veo! Pero ¿quién empuñaba la hoja?

—¿Qué crees tú, Diantha? —preguntó el señor Cataliades, como si estuviera dando una clase.

—Algo muy, pero que muy fuerte y sigiloso —dijo Diantha—. Conocía bien a Gladiola, no era ninguna estúpida. No somos fáciles de matar.

—Tampoco he visto rastro de la carta que llevaba encima. —El señor Cataliades se inclinó para peinar el suelo con la mirada. Luego se puso tieso—. ¿Tiene usted leña para prender, señorita Stackhouse?

—Sí, señor. Tengo un montón de leños de roble en el cobertizo de las herramientas. —Jason había cortado algunos árboles que la última tormenta de hielo había echado a perder.

—¿Necesita hacer las maletas, querida?

—Sí —dije, casi demasiado impresionada como para responder—. ¿Para…, para qué?

—Para el viaje a Nueva Orleans. Puede ir ahora, ¿verdad?

—Yo…, supongo que sí. Tendré que consultarlo con mi jefe.

—En ese caso, Diantha y yo nos ocuparemos de esto mientras usted pide permiso para salir —dijo el señor Cataliades, y yo parpadeé.

—Está bien —dije. No era capaz de pensar con mucha claridad.

—Luego tendremos que marcharnos a Nueva Orleans —continuó—. Pensé que la encontraría lista. Pensé que Glad se había quedado para ayudarla.

Arranqué mi mirada del cuerpo para centrarla en el abogado.

—No acabo de entender todo esto —dije, pero recordé algo—. Mi amigo Bill se ofreció para acompañarme a Nueva Orleans cuando fuese a limpiar el apartamento de Hadley —añadí—. Si él pudiera…, si él pudiera, ¿habría algún problema?

—Quiere que Bill la acompañe —dijo con una sombra de sorpresa en la voz—. Bill goza del favor de la reina, así que no veo inconveniente en que vaya.

—Bien, me pondré en contacto con él en cuanto haya anochecido —dije—. Espero que esté en la ciudad.

Podría haber llamado a Sam por teléfono, pero me apetecía estar lejos del extraño funeral que tuvo lugar en mi camino privado. Cuando me marché, el señor Cataliades llevaba una de las mitades del cuerpo fuera del bosque. Era la mitad inferior.

Una silenciosa Diantha llenaba una carretilla con leña.

Capítulo
12

Sam —dije en voz baja—. Necesito unos días libres. —Cuando llamé a la puerta de su tráiler, me sorprendió comprobar que tenía invitados, a pesar de que no había ningún coche aparcado cerca de su camioneta. J.B. du Rone y Andy Bellefleur estaban acomodados en el sofá de Sam, con unas cervezas y unas patatas de bolsa dispuestas sobre la mesa de centro. Sam estaba metido en todo un ritual de ratificación de la hombría—. ¿Estabais viendo el partido? —añadí, tratando de no sonar demasiado sorprendida. Saludé a J.B. y a Andy por encima del hombro de Sam, y ellos me devolvieron el saludo; J.B. con entusiasmo y Andy un poco menos contento. Si se puede saludar a alguien de forma ambivalente, eso fue lo que yo hice.

—Eh, sí, el baloncesto. Juegan los LSU... oh, bueno. ¿Necesitas librar ahora mismo?

—Sí —dije—. Ha surgido una especie de emergencia.

—¿Me lo puedes contar?

—Tengo que ir a Nueva Orleans para limpiar el apartamento de Hadley —contesté.

—¿Y tiene que ser justo ahora? Ya sabes que Tanya aún es nueva en esto, y Charlsie acaba de dejarlo, esta vez dice que definitivamente. Arlene no es tan fiable como en otros tiempos, y Holly y Danielle aún están con el susto en el cuerpo después de lo de la escuela.

—Lo siento —dije—. Si quieres despedirme y coger a otra persona, no te lo echaré en cara. —Me rompió el corazón tener que decir eso, pero era lo más justo para Sam.

Sam cerró la puerta del tráiler tras de sí y dio un paso hacia el porche. Parecía dolido.

—Sookie —dijo, al cabo de un instante—. Eres la persona más fiable que he tenido en cinco años. Puede que hayas pedido tiempo para ti un total de dos o tres veces. No voy a despedirte porque necesites unos días.

—Oh, vale. Bien. —Pude sentir cómo me sonrojaba. No estaba acostumbrada a que me elogiasen—. Quizá la hija de Liz podría pasarse a ayudar.

—Recurriré a la lista —dijo con tranquilidad—. ¿Cómo vas a ir a Nueva Orleans?

—Me llevan.

—¿Quién? —preguntó con voz amable. No quería que me enfadara porque sintiera que se estaba metiendo en mis asuntos (era lo que le podría haber dicho).

—El abogado de la reina —contesté en voz aún más baja. Si bien tolerantes hacia los vampiros en general, los habitantes de Bon Temps podrían ponerse un poco nerviosos al saber que su Estado tiene una reina vampira, y que su Gobierno secreto les afecta en muchos aspectos. Por otro lado, dadas las disputas políticas en Luisiana, también podrían pensar que era lo mismo de siempre.

—¿Y vas a limpiar el apartamento de Hadley?

Ya le conté a Sam lo de la segunda y definitiva muerte de mi prima.

—Sí, y tengo que descubrir qué me ha dejado.

—Me parece muy precipitado. —Sam parecía preocupado. Se pasó una mano por sus ondas de pelo rojizo dorado hasta que éste destacó sobre su cabeza como un halo. Necesitaba un corte de pelo.

—Sí, a mí también. El señor Cataliades intentó avisarme con más tiempo, pero mataron a la mensajera.

Oí que Andy le gritaba al televisor ante alguna gran jugada. Qué curioso, jamás habría pensado que Andy o J.B. fueran aficionados a los deportes. Había perdido la cuenta de las veces que había oído pensar a los hombres en asistencias y canastas de tres puntos, mientras sus mujeres hablaban de la necesidad de nuevos paños de cocina o de que Rudy había sacado una matrícula en álgebra. Cuando lo pensaba, me preguntaba si los deportes no daban a los tíos una alternativa segura a asuntos más peliagudos.

—No deberías ir —dijo Sam al momento—. Me parece que podría ser peligroso.

Me encogí de hombros.

—No me queda otra —dije—. Hadley me lo dejó, y tengo que hacerlo. —No estaba ni mucho menos tan tranquila como quería aparentar, pero no creía que fuera a ayudar en nada ponerme de los nervios.

Sam iba a decir algo, luego se lo pensó, y finalmente dijo:

—¿Es por dinero, Sook? ¿Necesitas el dinero que te ha dejado?

—Sam, no sé si Hadley tenía un mísero penique a su nombre. Era mi prima y tengo que hacerlo por ella. Además… —Estuve a punto de decirle que mi viaje a Nueva Orleans debía de ser importante, dado que alguien estaba poniendo tanto empeño en que no fuese.

Pero Sam solía ser muy aprensivo, sobre todo en lo que se refería a mí, y no quería ponerle más en guardia, cuando nada de lo que pudiera decir me convencería de no ir. No me considero una persona testaruda, pero estaba convencida de que era el último favor que le podía hacer a mi prima.

—¿Y qué me dices de llevarte a Jason? —sugirió Sam, cogiéndome de la mano—. Él también era primo de Hadley.

—Salta a la vista que no eran precisamente íntimos —dije—. Por eso me legó sus cosas a mí. Además, Jason tiene muchas cosas entre manos ahora mismo.

—¿Algo más, aparte de mandar de acá para allá a Hoyt y tirarse a la primera que se esté quieta el tiempo suficiente?

Me lo quedé mirando. Sabía que no era precisamente fan de mi hermano, pero no tenía idea de que su desprecio fuese tan profundo.

—En realidad, sí —dije, con un tono de voz tan helado como una jarra de cerveza recién servida. No tenía intención de hablar del aborto de la novia de mi hermano en un porche, sobre todo en vista del antagonismo de Sam.

Sam apartó la mirada, agitando la cabeza con desagrado hacia sí mismo.

—Lo siento, Sookie, lo siento de veras. Sólo pienso que Jason debería prestar más atención a la única hermana que tiene. Tú eres tan leal hacia él.

—Bueno, él no dejaría que me ocurriese nada malo —dije, desconcertada—. Jason lucharía por mí.

Sam dijo:

—Por supuesto. —Pero antes detecté un destello de duda en su mente.

—Tengo que hacer las maletas —dije. Odiaba marcharme. Al margen de sus sentimientos hacia Jason, Sam era alguien importante para mí, y la idea de partir dejando esta sensación de tristeza entre los dos me trastocó un poco. Pero escuché a los hombres rugir ante alguna jugada en el interior del tráiler y supe que tenía que permitir que volviese con sus invitados y sus placeres del domingo por la tarde. Le di un beso en la mejilla.

—Llámame si me necesitas —dijo, con aspecto de callarse muchas más cosas. Asentí, me di la vuelta y descendí los peldaños hacia mi coche.

* * *

—Bill, ¿dijiste que querías acompañarme a Nueva Orleans cuando fuese a terminar con el asunto del apartamento de Hadley?

—Al fin había anochecido y pude llamar a Bill. Fue Selah Pumphrey quien cogió el teléfono y, con voz gélida, llamó a Bill para ponerse.

—Sí.

—El señor Cataliades está aquí, y quiere marcharse lo antes posible.

—Me lo podías haber dicho antes, cuando supiste que vendría. —Pero Bill no parecía realmente enfadado, ni siquiera sorprendido.

—Envió una mensajera, pero la mataron en el bosque, cerca de casa.

—¿Encontraste el cuerpo?

—No, lo encontró una chica que venía con él. Se llama Diantha.

—Entonces, es Gladiola quien ha muerto.

—Sí —dije, sorprendida—. ¿Cómo lo has sabido?

—Cuando vas a un Estado —explicó—, la cortesía dicta que hay que visitar al monarca si tienes planeado quedarte un tiempo. Vi a las chicas alguna que otra vez, ya que son las mensajeras de la reina.

Miré al teléfono que tenía en las manos con el mismo aire pensativo que si se hubiese tratado de la cara de Bill. No pude evitar pensar en todo aquello rápidamente. Bill solía pasear por los bosques cercanos a mi casa… Y allí había muerto Gladiola. La mataron sin producir el menor ruido, con precisión y eficacia, seguramente alguien bien versado en el conocimiento de lo sobrenatural, alguien capaz de usar una espada de acero y cercenar el cuerpo de Gladiola.

Eran las características de un vampiro, pero muchas criaturas sobrenaturales hubieran podido hacer lo mismo.

Para acercarse tanto como para blandir la espada, el asesino tuvo que ser extremadamente rápido o gozar de un aspecto bastante inocuo. Gladiola no llegó a sospechar que la iban a matar.

Quizá conocía a su asesino.

Y el modo en que dejaron su pequeño cuerpo, abandonado descuidadamente entre los arbustos... Al asesino no le importaba que hallaran el cuerpo o no, aunque no cabía duda que la no putrefacción demoníaca había desempeñado su papel en todo ello. El asesino sólo quería su silencio. ¿Por qué la habían matado? Si me iba a enterar de toda la historia de boca del pesado abogado, su mensaje no tenía más propósito que prepararme para el viaje a Nueva Orleans. Iría de todos modos, aunque no hubiera tenido la posibilidad de entregármelo. ¿Qué se había ganado al silenciarla? ¿Dos o tres días más sumida en el desconocimiento por mi parte? A mí no me parecía motivación suficiente.

Bill estaba esperando que pusiera fin a la larga pausa en nuestra conversación, una de las cosas que siempre me ha gustado de él. No sentía la necesidad de rellenar las pausas en las conversaciones.

—La han quemado en el camino privado —dije.

—Por supuesto, es la única forma de deshacerse de cualquier cosa con sangre de demonio —dijo Bill, ausente, como si estuviese dedicando sus pensamientos a otras cosas.

—¿Por supuesto? ¿Cómo iba yo a saber eso?

—Pues ya lo sabes. Los insectos no les hacen nada, sus cuerpos no se pudren, y el sexo con ellos es corrosivo.

—Diantha parece muy vivaz y obediente.

—Claro, cuando está con su tío.

—El señor Cataliades es su tío... —dije—. ¿También lo era de Glad?

—Oh, sí. Cataliades es casi un demonio, pero su hermanastro Nergal lo es al completo. Nergal ha tenido muchos hijos medio humanos. Todos de madres diferentes, claro está.

No estaba segura de por qué aquello debía estar tan claro, pero no se lo iba a preguntar.

—¿Estás dejando que Selah escuche todo esto?

—No, se está duchando.

Vale, sí, aún me siento celosa. Y envidiosa: Selah gozaba del lujo de la ignorancia, mientras que yo no. Qué bonito era el mundo cuando no conocías el lado sobrenatural de la vida.

Claro. Entonces sólo te tienes que preocupar por las hambrunas, las guerras, los asesinos en serie, el SIDA, los tsunamis, el envejecimiento y el virus del Ébola.

—Ya vale, Sookie —me dije a mí misma.

—¿Cómo dices? —dijo Bill.

Me sacudí.

—Escucha, Bill, si quieres venir con el abogado y conmigo a Nueva Orleans, pásate por aquí dentro de media hora. De lo contrario asumiré que tienes otras cosas que hacer. —Y colgué. Quedaba mucho camino por delante hasta el Big Easy para pensar en todo aquello—. Si viene, estará aquí dentro de media hora —le dije al abogado, que estaba en la puerta.

—Bueno es saberlo —repuso el señor Cataliades. Se encontraba junto a Diantha, mientras ésta limpiaba con la manguera el borrón negro que manchaba la grava.

Volví a mi habitación y guardé mi cepillo de dientes. Repasé mi lista mental. Había dejado un mensaje en el contestador de Jason, le había pedido a Tara que, si no le importaba, pasara a comprobar mi correo todos los días, había regado mis pocas plantas (mi abuela pensaba que las plantas, al igual que las aves y los perros, debían estar fuera. Irónicamente, me había hecho con algunas plantas de interior al morir ella, y me esforzaba por mantenerlas vivas).

¡Quinn!

No parecía tener el móvil cerca, o no quería contestar. Le dejé un mensaje. Apenas habíamos llegado a la segunda cita, y tenía que anularla.

Me costó bastante determinar cuánto decirle de todo aquello.

—Tengo que ir a Nueva Orleans a limpiar el apartamento de mi prima —dije—. Vivía en un piso de Chloe Street, y no sé si allí hay teléfono. Así que supongo que te llamaré cuando vuelva.

Siento mucho el cambio de planes. —Al menos esperaba que se diera cuenta de que realmente me sentía muy compungida por no poder cenar con él.

Bill llegó justo cuando llevaba mi maleta al coche. Traía una mochila, lo cual me pareció una graciosa sorpresa. Reprimí la sonrisa cuando le vi la cara. Incluso para los cánones vampíricos, Bill estaba muy pálido y consumido. Pasó de mí.

—Cataliades —dijo con un gesto de la cabeza—. Os acompañaré, si te parece bien. Lamento tu pérdida —expresó con otro gesto a Diantha, que alternaba largos y furibundos monólogos en un idioma que me resultaba imposible de comprender, y con una mirada helada que yo asociaba a una honda conmoción.

—Mi sobrina sufrió una muerte prematura —dijo Cataliades con esa forma suya de hablar tan particular—. No cejaremos hasta obtener venganza.

—Claro que no —afirmó Bill con su fría voz. Mientras Diantha abría el maletero, Bill se dirigió a la parte posterior del coche para meter su mochila. Cerré la puerta de casa con llave y recorrí a paso vivo los peldaños para poner mi maleta junto a sus cosas. Capté un atisbo de su cara antes de que se percatara de mi presencia, y ese atisbo me dejó helada.

Bill parecía desesperado.

Mientras nos dirigíamos hacia el sur, hubo momentos en los que me dieron ganas de compartir todos mis pensamientos con los demás. El señor Cataliades condujo un par de horas, al cabo de las cuales Diantha se hizo con el volante. Bill y el abogado no eran tipos de mucha conversación, y yo tenía demasiadas cosas en la cabeza como para socializar verbalmente, así que podía decirse que éramos un grupito bastante callado.

Me sentía tan cómoda como nunca había estado en un vehículo. Tenía el asiento que miraba hacia atrás entero para mí, mientras que Bill y el abogado iban sentados enfrente. La limusina era lo último en lujo sobre ruedas, al menos en mi opinión. Tapizada en cuero y acolchada hasta más allá de lo imaginable, en su interior había mucho espacio para las piernas, rincones donde colocar botellas de agua y de sangre sintética, así como un pequeño cesto con cosas para picar. El señor Cataliades era un gran aficionado a los Cheetos.

Cerré los ojos y me puse a pensar. La mente de Bill, como era de esperar, era un pozo de silencio, y la del señor Cataliades no se le alejaba mucho. Su cerebro emitía un zumbido de baja intensidad que casi resultaba reconfortante, mientras que las mismas emanaciones de la mente de Diantha vibraban de forma más aguda. Me encontraba paladeando un pensamiento cuando había hablado con Sam, y quería continuar persiguiéndolo mientras fuera capaz de seguirle la pista. Cuando fui capaz de darle forma, decidí compartirlo.

—Señor Cataliades —dije, y el gran hombre abrió los ojos. Bill ya me estaba mirando. Algo pasaba en su mente; algo extraño—. El miércoles, la noche en que su chica tenía que presentarse en mi casa, escuché algo en el bosque.

El abogado asintió. Bill también.

—Por lo que damos por sentado que la mataron esa noche.

De nuevo, ambos asintieron.

—Pero ¿por qué? Quienquiera que lo hiciera, debía saber que, tarde o temprano, usted se pondría en contacto conmigo, o que vendría directamente para ver qué había ocurrido. Incluso si el asesino no conocía el mensaje que portaba Gladiola, se imaginaría que alguien acabaría echándola en falta.

—Suena razonable —dijo el señor Cataliades.

—Pero la noche del viernes fui atacada en un aparcamiento de Shreveport.

Aquello sí que les sacó de su tranquilidad, creedme. Si les hubiera conectado a una máquina de electroshocks y les hubiese dado una sacudida, la reacción no habría sido tan dinámica.

—¿Por qué no me lo contaste? —inquirió Bill. Sus ojos brillaban de rabia y tenía los colmillos extendidos.

—¿Por qué debería hacerlo? Ya no salimos juntos. No nos vemos con regularidad.

—¿Así que éste es tu castigo por que salga con otra persona? ¿Ocultarme algo tan serio?

Ni siquiera en mis fantasías más alocadas (que habían incluido a Bill rompiendo con Selah en el Merlotte's, así como su subsiguiente confesión pública sobre que Selah nunca le había hecho sombra a mis encantos) me habría imaginado una reacción así. A pesar de la profunda oscuridad que reinaba en el interior del coche, creo que vi que el señor Cataliades ponía los ojos en blanco. Puede que él también creyese que aquello era una exageración.

—Bill, yo nunca he querido castigarte —dije. Al menos eso creía—. Sencillamente ya no compartimos todos los detalles de nuestras vidas. Lo cierto es que estaba saliendo con alguien cuando nos atacaron. Creo que me he acostumbrado a que no nos pasen las cosas juntos.

—¿Con quién salías?

—No es asunto tuyo, pero creo que es pertinente al resto de la historia. Salgo con Quinn. —Habíamos salido una vez y habíamos planeado quedar otra. Eso cuenta como «salir» con alguien, ¿no?

—Quinn, el tigre —dijo Bill, inexpresivamente.

—¡Enhorabuena, señorita! —dijo el señor Cataliades—. Es usted valiente y juiciosa.

—No lo hago buscando aprobación —expresé con toda la naturalidad posible—. Tampoco lo contrario, la verdad. —Agité la mano para indicar que no era eso lo que se discutía—. Lo que quiero que sepáis es que los agresores eran cachorros de licántropo.

—Licántropos —dijo el señor Cataliades. Mientras atravesábamos la noche, fui incapaz de descifrar la expresión de su voz—. ¿Qué tipo de licántropos?

Buena pregunta. El abogado estaba a lo que había que estar.

—Mordidos —contesté—. Y creo que también estaban drogados.

Eso les obligó a tomarse una pausa.

—¿Qué pasó durante el ataque y después? —dijo Bill, rompiendo un largo silencio.

Describí el ataque y sus postrimerías.

—Entonces Quinn te llevó al Pelo de perro —continuó Bill—. ¿Pensó que ésa era la respuesta adecuada?

Se notaba que Bill estaba furioso, pero, como de costumbre, no sabía por qué.

—Podría haber funcionado —dijo el señor Cataliades—. Piénselo. No le ha pasado nada a ella, por lo que la amenaza de Quinn surtió efecto.

Traté de no lanzar al aire un «¿Eh?» como una tonta, pero supongo que los ojos vampíricos de Bill me lo vieron en la cara.

—Los ha retado —dijo Bill, más frío incluso que de costumbre—. Les hizo ver que estabas bajo su protección, y que si te hacían daño se tendrían que atener a las consecuencias. Les acusó de estar detrás del ataque, pero a la vez les recordó que, aunque no estuvieran al corriente del mismo, eran los responsables de llevar ante la justicia a quienquiera que los planeara.

—De eso ya me di cuenta —dije pacientemente—. Y creo que Quinn les estaba advirtiendo, no retándolos. Hay una gran diferencia. Lo que no entendí fue que… No debería ocurrir nada en la manada sin que Patrick Furnan lo supiera, ¿verdad? Él es el gran pez gordo ahora. Entonces, ¿por qué no ir directamente a Patrick? ¿Por qué conformarse con una madriguera local?

—Qué pregunta más interesante —dijo Cataliades—. ¿Cuál podría ser la respuesta, Compton?

—Se me ocurre que… Es posible que Quinn esté al corriente de que se está fraguando una rebelión contra Furnan. Se ha limitado a echar más leña al fuego haciendo saber a los rebeldes que Furnan está intentando matar a una amiga de la manada.

No estábamos hablando de ejércitos. Puede que hubiera treinta y cinco miembros en la manada, quizá alguno más contando a la gente de la base aérea de Barksdale. Bastarían cinco para montar una rebelión.

—¿Por qué no acaban con él sin más? —pregunté. No me van mucho las sutilezas políticas, como bien habréis comprobado.

El señor Cataliades me sonrió. El interior del coche estaba oscuro, pero entonces lo supe.

—Qué directo y qué clásico —dijo—. Qué americano. Bien, señorita Stackhouse, las cosas son más o menos así. Los licántropos pueden ser unos salvajes, ¡claro que sí!, pero tienen reglas. El castigo por matar al líder de la manada, salvo en desafío abierto, es la muerte.

—Pero ¿quién, eh, ejecutaría esa pena si la manada mantuviera la muerte en secreto?

—A menos que la manada esté dispuesta a acabar con toda la familia Furnan, creo que ésta estaría encantada de informar a la jerarquía de los licántropos del asesinato de Patrick. Usted, que probablemente conozca a los licántropos de Shreveport mejor que nadie, ¿de verdad cree que entre ellos hay asesinos despiadados dispuestos a asesinar a la esposa y a los hijos de Furnan?

Pensé en Amanda, Alcide y María Estrella.

—Ya veo que son dos cosas muy distintas.

—Pero vampiros sí que habría muchos dispuestos a cometer ese tipo de traición —dijo el abogado—. ¿No cree, señor Compton?

Hubo un curioso silencio.

—Los vampiros tienen que pagar un precio si matan a otro de los suyos —contestó Bill con sequedad.

—Si están afiliados a un clan —matizó tranquilamente el señor Cataliades.

—No sabía que los vampiros tuvieran clanes —dije. Siempre aprendiendo algo nuevo, así era yo.

—Es un concepto bastante novedoso. Es un intento de regularizar el mundo vampírico para que resulte más comprensible para los humanos. Si se extiende el modelo estadounidense, el mundo de los vampiros se parecerá más a una gran multinacional que a una pandilla de chupasangres gobernados a la ligera.

—Se pierde algo del color y la tradición, pero se obtienen beneficios a cambio —murmuré—. Es como los Wal-Mart contra los Dad's Downtown Hardware —Cataliades se rió.

—Tiene razón, señorita Stackhouse. Exacto. Los hay en ambos bandos, y el tema ocupará gran parte de la agenda de la cumbre a la que asistiremos dentro de varias semanas.

—Volviendo de lo que va a pasar dentro de unas semanas a algo más mundano, ¿por qué querría matarme Patrick Furnan? No le gusto, y sabe que me pondría de parte de Alcide si hubiera que elegir entre ambos, pero ¿y qué? Yo no soy tan importante. ¿Por qué iba a planear todo eso? Encontrar a dos chicos que lo hicieran, convertirlos, enviarlos para matarnos a Quinn y a mí… ¿Por qué iba a hacerlo si no hubiera un gran beneficio en ello?

—Tiene usted una gran habilidad para hacer buenas preguntas, señorita Stackhouse. Ojalá pudiera yo darle respuestas igual de acertadas.

Bueno, también podría guardarme mis pensamientos si no esperase obtener una respuesta de mis acompañantes.

La única razón para matar a Gladiola, al menos la única que era capaz de ver esta humana, era retrasar el mensaje de que debía prepararme para acudir a Nueva Orleans. De haberlo conseguido, Gladiola habría hecho las veces de filtro entre yo y cualquier cosa que viniese a buscarme, o al menos ella habría estado más alerta ante un ataque.

Por lo que parece, ella yacía muerta en el bosque mientras yo salía con Quinn. Vaya. ¿Cómo habrían averiguado los lobeznos dónde encontrarme? Shreveport no es tan grande, pero no se puede vigilar cada carretera que accede a la ciudad por si aparezco yo. Por otra parte, si algún licántropo nos hubiera visto a Quinn o a mí yendo al teatro, habrían sabido que estaría allí por lo menos un par de horas, y eso les daba tiempo suficiente para planear algo.

Si este genio conspirador lo hubiera sabido incluso antes, la cosa habría sido más fácil si cabe… Si, digamos, alguien hubiera sabido de antemano que Quinn me había propuesto ir al teatro. ¿Quién sabía que tenía una cita con él? Para empezar, Tara: se lo dije cuando me compré la ropa. Y se lo comenté a Jason, pensé, cuando le llamé para informarme sobre Crystal. También le dije a Pam que tenía una cita, pero no recordaba haberle dicho dónde.

Y luego estaba el propio Quinn.

La idea me dolió tanto que tuve que reprimir las lágrimas. No lo conocía tan bien, y tampoco podía juzgarlo por el poco tiempo que había pasado con él... Durante los últimos meses, había aprendido que no se puede conocer a nadie de la noche a la mañana, que conocer el auténtico carácter de las personas puede llevar años. Aquello me había sacudido profundamente, pues estoy acostumbrada a conocer muy bien a las personas, muy rápidamente. Las conozco mejor de lo que nunca llegarían a sospechar. Pero cometer errores sobre el carácter de unos cuantos seres sobrenaturales me había cogido con el pie cambiado emocionalmente. Acostumbrada a la rápida evaluación que me permitía mi telepatía, fui ingenua y descuidada.

Ahora me encontraba rodeada por criaturas así.

Me encogí en mi rincón del amplio asiento y cerré los ojos. Necesitaba permanecer en mi propio mundo un momento, sola. Me quedé dormida en el oscuro coche con un semidemonio y un vampiro sentados frente a mí, y otro semidemonio al volante.

Cuando me desperté, mi cabeza reposaba sobre el regazo de Bill. Su mano me acariciaba el pelo con dulzura, y el familiar tacto de sus dedos me trajo paz y removió la sensualidad que Bill siempre había encendido en mí.

Me llevó un instante recordar dónde y qué estábamos haciendo. Me incorporé parpadeando, desgreñada. El señor Cataliades estaba bastante inmóvil en el asiento de enfrente, y pensé que se había dormido, pero era imposible asegurarlo. De haber sido humano, lo habría sabido.

—¿Dónde estamos? —pregunté.

—Casi hemos llegado —indicó Bill—. Sookie...

—¿Hmm? —Me estiré y bostecé, anhelando tener un cepillo de dientes a mano.

—Te ayudaré con lo del apartamento de Hadley si quieres.

Me dio la impresión de que había cambiado de idea sobre lo que me iba a decir.

—Sé dónde ir si necesito ayuda —repuse. Eso debía de ser lo suficientemente ambiguo. Empezaba a tener una pésima sensación acerca del apartamento de Hadley. Quizá su legado tuviese más de maldición que de algo positivo. Pero, aun así, había excluido a Jason explícitamente porque le había fallado cuando ella lo necesitó, por lo que se podía inferir que Hadley había considerado su legado como un obsequio. Por otra parte, Hadley era una vampira, ya no era humana, y eso debió de cambiarla. Oh, sí.

Mirando por la ventana pude ver las luces de las farolas y unos cuantos coches atravesando la oscuridad. Llovía, y eran las cuatro de la madrugada. Me pregunté si habría cerca algún International House Of Pancakes cerca. Una vez estuve en uno. Fue maravilloso. Ocurrió en el único viaje previo que hice a Nueva Orleans con el instituto. Visitamos el acuario, el museo de los esclavos y la Catedral de St. Louis, en Jackson Square. Me maravilló ver algo nuevo, imaginar la cantidad de gente que habría pasado por esos mismos lugares e imaginar el aspecto que debieron de tener con sus ropas de época. Por otra parte, lo normal es que una telépata con escasa habilidad para escudarse lo pasara mal con un puñado de adolescentes.

Ahora, quienes me acompañaban eran mucho más difíciles de leer, y bastante más peligrosos.

Nos encontrábamos en una tranquila calle residencial cuando la limusina se acercó al bordillo y se detuvo.

—El apartamento de su prima —dijo el señor Cataliades mientras Diantha abría la puerta. Ya estaba en la acera cuando el señor Cataliades maniobró hacia el asiento derecho para salir, con Bill atrapado tras él.

Me encontraba frente a un muro de dos metros, con un acceso que daba a un camino privado. Bajo la tenue luz de la calle, era difícil precisar lo que había dentro, pero parecía un pequeño patio con un camino para coches muy estrecho. En el centro del camino, toda una explosión de verdor, aunque fui incapaz de identificar las plantas. En la esquina frontal derecha había un cobertizo para herramientas. Y también un edificio de dos plantas en forma de L. Para aprovechar la profundidad de la parcela, el edificio estaba orientado de tal forma que la L quedaba invertida. Justo al lado había otra construcción similar, al menos hasta donde yo podía distinguir. El de Hadley estaba pintado de blanco, con contraventanas verde oscuro.

—¿Cuántos apartamentos hay aquí, y cuál es el de Hadley? —le pregunté al señor Cataliades, que estaba justo detrás de mí.

—Está el bajo, donde vive el propietario, y el piso superior, que es suyo hasta cuando lo quiera, señorita. La reina ha pagado el alquiler mientras se arreglaba el papeleo. No consideró justo que el dinero saliera del patrimonio de Hadley. —Hasta para el señor Cataliades aquello era un discurso demasiado formal.

Mi reacción quedó enmudecida por el agotamiento, y sólo pude decir:

—No entiendo por qué simplemente no guardó las cosas de Hadley. Podría haberlo hecho todo de una vez en uno de los pisos de alquiler.

—Se acostumbrará a la forma que tiene la reina de hacer las cosas —dijo.

Tampoco es que tuviera nada que decir al respecto.

—Por el momento, ¿le importaría decirme cómo llegar hasta su apartamento para deshacer la maleta y dormir un poco?

—Claro, por supuesto. Y se acerca el amanecer, por lo que el señor Compton tiene que ir a la sede de la reina para cobijarse durante el día.

Diantha ya había empezado a subir las escaleras, cosa que yo apenas si podía imitar. Giraban hacia arriba en el palo corto de la L, llevando a la parte de atrás de la finca.

—Aquí tiene su llave, señorita Stackhouse. En cuanto Diantha baje, la dejaremos sola. Podrá reunirse con el propietario mañana.

—Claro —dije, y subí pesadamente las escaleras, asiéndome a la barandilla de hierro forjado. Esto no era en absoluto lo que me había imaginado. Pensaba que Hadley tendría un apartamento como los de Kingfisher Arms, el único edificio de apartamentos de Bon Temps. Esto se parecía más a una pequeña mansión.

Diantha había dejado mi bolsa deportiva y mi maleta junto a una de las dos puertas del piso superior. Había una amplia galería cubierta que se extendía bajo las ventanas y las puertas del piso superior, y que proporcionaba buena sombra a quienes estuvieran en el inferior. La magia vibraba alrededor de todas esas puertas y ventanas francesas. Reconocí su olor y su tacto. El apartamento había sido sellado con algo más que cerrojos.

Titubeé, con las llaves en las manos.

—Te reconocerá —dijo el abogado desde el patio. Así que abrí el cerrojo con manos torpes y empujé la puerta. Me recibió un soplo de aire tibio. El apartamento llevaba semanas cerrado. Me preguntaba si alguien habría entrado para ventilarlo. En realidad, no olía mal, sólo a cerrado, y estaba claro que habían dejado encendida la calefacción. Busqué a tientas el interruptor de luz más cercano, el de una lámpara con base de mármol a la derecha de la puerta. Proyectó un chorro de luz dorada sobre los brillantes suelos de madera dura y algún mobiliario de diseño clásico (suponía que no eran verdaderas antigüedades). Di otro paso hacia el interior del apartamento, tratando de imaginar allí a Hadley, la que se pintó los labios de negro para la foto de la graduación y se compraba los zapatos en Payless.

—Sookie —dijo Bill a mis espaldas, para hacerme saber que estaba en el umbral. No le había dicho que podía pasar.

—Tengo que acostarme, Bill. Te veré mañana. ¿Tengo el número de teléfono de la reina?

—Cataliades te metió una tarjeta en el bolso mientras dormías.

—Oh, bien. Vale, buenas noches.

Y le cerré la puerta en las narices. Fui grosera, pero empezaba a ponerse pesado, y la verdad es que no estaba de humor para hablar con él. Me había chocado despertarme con la cabeza sobre su regazo; era como si aún estuviéramos juntos.

Al cabo de un momento, escuché sus pasos descendiendo la escalera. Nunca en mi vida me sentí más aliviada por quedarme sola. Por culpa de la breve cabezada y la noche que había pasado en el coche, me sentía desorientada, chafada, y con una desesperada necesidad de hacerme con un cepillo de dientes. Había llegado el momento de explorar el piso, poniendo el énfasis en el cuarto de baño.

Miré con cuidado. El segmento más corto de la L invertida era el salón, donde me encontraba. Su disposición abierta incluía la cocina, junto a la pared del fondo a la derecha. A mi izquierda, formando el segmento largo de la L, había un pasillo jalonado de ventanas francesas que daban directamente a la galería. La pared que formaba el otro lado del pasillo estaba salpicada de puertas.

Con mis bultos en las manos, inicié el recorrido del pasillo, echando un ojo por cada puerta abierta. No encontré el interruptor para iluminar el pasillo, aunque debía de haber uno a tenor de los huecos practicados en el techo a intervalos regulares.

Pero por las ventanas de las habitaciones se colaba suficiente luz de luna como para permitirme ver lo que necesitaba. La primera estancia era el cuarto de baño, a Dios gracias, aunque, al cabo de un momento, me di cuenta de que no era el de Hadley. Era muy pequeño y muy limpio, con una estrecha ducha, un retrete y un lavabo; dos toalleros y ni rastro de desorden personal. Pasé de largo y miré en la siguiente puerta. Daba a una habitación que seguramente fue pensada como dormitorio para invitados. Hadley había puesto una mesa de ordenador sobre la que descansaba un gran equipo informático, nada de lo cual era de interés para mí.

Además de un estrecho sofá cama, había una estantería atestada de cajas y libros, y me prometí que repasaría todo aquello al día siguiente. La puerta siguiente estaba cerrada, pero la abrí para mirar qué había dentro. Daba a un estrecho y profundo armario con baldas llenas de objetos que no me preocupé en identificar.

Para mi gran alivio, la siguiente puerta era la del cuarto de baño principal, la de la ducha y la bañera, el lavabo grande y el tocador incorporado. Los bordes estaban llenos de cosméticos y un rizador eléctrico, aún enchufado. En un estante había cinco o seis botellas de perfume alineadas, y en la cesta de ropa sucia había toallas arrugadas con manchas negras. Acerqué la cara y, a esa distancia, noté que despedían un tremendo hedor. No llegué a comprender por qué el olor no había invadido todo el apartamento. Cogí la cesta, abrí la ventana francesa del otro lado del pasillo, y la saqué. Dejé encendida la luz del cuarto de baño, porque tenía intención de volver en poco tiempo.

La última puerta estaba dispuesta en ángulo recto con respecto a todas las demás, culminaba el pasillo y daba al dormitorio de Hadley. Era bastante grande, aunque no tanto como el de mi casa. Contaba con otro gran armario, lleno de ropa. La cama estaba hecha, lo cual no iba mucho con Hadley. Me pregunté quién habría estado en el apartamento desde que la mataron. Alguien había entrado antes de que sellaran el lugar mágicamente. El dormitorio, por supuesto, estaba totalmente a oscuras. Las ventanas habían sido cubiertas con paneles de madera maravillosamente pintados, y había dos puertas que conducían a la habitación, entre las cuales había espacio apenas suficiente para una persona.

Dejé los bultos en el suelo, junto a la cómoda de Hadley, y rebusqué hasta encontrar mi bolsa de cosméticos y mis tampones. Volviendo a tientas al cuarto de baño, saqué el cepillo de dientes y la pasta de un pequeño bolso y disfruté mientras me los cepillaba y me lavaba la cara. Después de aquello me sentí un poco más humana, pero no demasiado. Apagué la luz del baño y retiré las mantas de la cama, que era demasiado baja y ancha. Las sábanas me sorprendieron tanto que me quedé allí, mirándolas con la boca crispada. Eran repugnantes, ¡de satén negro, por el amor de Dios! Y ni siquiera era satén auténtico, sino sintético. A mí que me den percal o algodón cien por cien. Aun así, no estaba dispuesta a salir a la caza de un nuevo conjunto de ropa de cama a esas horas de la mañana. Además, ¿y si eso era todo lo que tenía?

Me metí en la cama tamaño XXL (más bien me escurrí dentro) y, al cabo de un par de incómodas vueltas para acostumbrarme a ellas, conseguí dormir decentemente entre esas sábanas.

Capítulo
14

Alguien me estaba pellizcando el dedo gordo del pie mientras decía:

—¡Despierta! ¡Despierta!

Volví a la consciencia con un rugido de terror mientras abría los ojos en ese dormitorio que me era ajeno, ahora inundado por la luz del sol. Había una mujer que no conocía al pie de la cama.

—¿Quién demonios eres? —Estaba molesta, pero ya no tan asustada. No parecía peligrosa. Tendría mi edad, y era muy morena. Su pelo castaño era corto, sus ojos de un brillante azul, y vestía unos pantalones cortos caqui y una camisa blanca abierta sobre una camiseta coral. Se estaba adelantando un poco a la estación.

—Me llamo Amelia Broadway, soy la propietaria.

—¿Y qué haces aquí despertándome?

—Oí a Cataliades en el patio anoche e imaginé que te trajo para limpiar el apartamento de Hadley. Quería hablar contigo.

—¿Y no podías esperar a que me despertara yo sola? ¿Y has usado una llave para entrar, en vez de llamar al timbre? Pero ¿a ti qué te pasa?

Sin duda estaba desconcertada. Por primera vez, Amelia Broadway pareció darse cuenta de que podría haber manejado la situación mejor.

—Bueno, verás, estaba preocupada —dijo, algo apocada.

—¿Sí? Pues yo también —dije—. Bienvenida al club. Ahora mismo estoy bastante preocupada. Sal ahora mismo de aquí y espérame en el salón, ¿vale?

—Claro —asintió—. Eso puedo hacerlo.

Esperé a que el ritmo cardíaco me volviera a la normalidad antes de salir de la cama. A continuación la hice y saqué algo de ropa de mi maleta. Me metí rápidamente en el cuarto de baño, echando de paso una rápida ojeada a mi inesperada huésped. Estaba limpiando el polvo del salón con un paño que se parecía sospechosamente a una camisa de franela de hombre. Pues vaya.

Me duché tan rápidamente como pude, me puse algo de maquillaje y salí descalza, pero enfundada en unos vaqueros y una camiseta azul.

Amelia Broadway hizo un parón en sus labores domésticas y se me quedó mirando.

—No te pareces a Hadley en nada —dijo, y no supe por su tono si aquello era algo bueno o malo.

—No sabes lo poco que nos parecíamos —dije lisamente.

—Pues eso está bien. Hadley era bastante horrible —señaló Amelia inesperadamente—. Ay, lo siento, no estoy siendo muy sutil que digamos.

—¿Tú crees? —Traté de mantener un tono uniforme de voz, pero es posible que se me escapara un toque de sarcasmo—. Bueno, si sabes dónde está el café, ¿te importaría indicarme la dirección? —Estaba mirando la zona de la cocina, por primera vez a la luz del día. Tenía ladrillo y cobre a la vista, una encimera de acero inoxidable y una nevera a juego. La pila y el grifo debían de costar más que mi ropa. Pequeña, pero con mucho estilo, como el resto del lugar.

Y todo aquello para una vampira que no necesitaba cocina para nada.

—La cafetera de Hadley está justo ahí —dijo Amelia, y la divisé. Era oscura y se mimetizaba con el entorno. Hadley siempre había sido una loca del café, así que supuse que, incluso después de su conversión, mantendría un buen suministro de la que fue su bebida favorita. Abrí el armario que había encima de la cafetera y vi dos latas de Community Coffee y algunos filtros. El sello plateado estaba intacto en la primera que abrí, pero la segunda estaba abierta y medio llena. Inhalé el maravilloso aroma del café con placentera tranquilidad. Parecía asombrosamente fresco.

Tras preparar la cafetera y pulsar el botón para que empezara a hacerse el café, encontré dos tazas dispuestas a su lado. También había un azucarero, pero cuando lo abrí sólo encontré un residuo solidificado. Eché el contenido al cubo de la basura, que tenía bolsa, pero estaba vacío. Alguien lo había limpiado después de la muerte de Hadley. Puede que tuviera algo de crema para el café en la nevera. En el sur, la gente que no la usa mucho suele guardarla ahí.

Pero cuando abrí la reluciente nevera de acero inoxidable, no encontré nada más que cinco botellas de TrueBlood.

Nada podría haberme dejado más claro el hecho de que mi prima Hadley murió como vampira. Nunca había conocido a nadie que hubiera pasado por el antes y el después. Era chocante. Tenía tantos recuerdos de ella, algunos felices y otros desagradables, pero en todos ellos mi prima respiraba y su corazón latía. Permanecí con los labios rígidos, contemplando las botellas rojas, hasta que pude recuperarme lo suficiente y cerré la puerta muy despacio.

Después de una vana búsqueda de crema para el café por los armarios, le dije a Amelia que esperaba que lo tomara solo.

—Vale, no hay problema —dijo Amelia remilgadamente. Era evidente que trataba de mostrar su mejor cara, y yo sólo podía estarle agradecida por ello.

La casera de Hadley estaba sentada en una de las butacas. La tapicería era realmente bonita, hecha de un material sedoso amarillo estampado con tonos rojo oscuro y flores azules, pero me disgustaba el aspecto frágil del mueble. Me gustan las sillas que parecen aguantar bien a la gente corpulenta, pesada, sin crujir o lamentarse. Me gustan los muebles que no se van a echar a perder porque se te caiga un poco de Coca-Cola encima, o si el perro se sube para echarse una siesta. Traté de ponerme en el sofá de dos plazas que había enfrente. Bonito, sí. Cómodo, no. Sospecha confirmada.

—¿Y qué eres tú, Amelia?

—¿Perdona?

—Que qué eres.

—Oh, una bruja.

—Ya me lo imaginaba. —No capté el sentido sobrenatural que desprenden las criaturas cuyas células originales han sido cambiadas por la naturaleza de su nuevo ser. Amelia había adquirido su «distinción»—. ¿Lanzaste tú los conjuros para sellar el apartamento?

—Sí —contestó, orgullosa. Me lanzó una mirada de evidente evaluación. Notó que me di cuenta de que el apartamento estaba protegido por conjuros; que ella pertenecía al mundo sobrenatural, el mundo oculto. Quizá fuera una humana normal, pero sabía por dónde me movía. Leí todos esos pensamientos con la misma facilidad que si Amelia me los hubiera revelado de viva voz. Era una emisora excepcional, tan limpia y clara como su complexión—. La noche de la muerte de Hadley, el abogado de la reina me llamó. Estaba durmiendo, por supuesto. Me dijo que sellara este sitio, que Hadley no iba a volver, pero que la reina quería que se mantuviera intacto para su heredera. Al día siguiente, vine temprano para empezar a limpiar. —También llevó guantes de goma; lo podía ver en su imagen mental de aquella mañana, después de la muerte de Hadley.

—¿Vaciaste el cubo de la basura e hiciste la cama?

Parecía avergonzada.

—Así es. No me di cuenta de que por «intacto» quería decir «sin modificar nada». Cataliades vino y me lo dejó bien claro. Pero me alegro de haber sacado la basura. Es extraño, porque esa noche alguien registró el cubo de la basura antes de que la pudiera sacar.

—¿No sabrás si se llevaron algo?

Me miró con incredulidad.

—No suelo hacer inventarios de lo que hay en la basura —dijo, y añadió, reacia—: le habían lanzado un conjuro, pero no sé para qué.

Vale, no eran buenas noticias. Amelia ni siquiera se lo admitía a sí misma; no quería pensar que la casa pudiera ser el objetivo de un ataque sobrenatural. Amelia estaba orgullosa porque sus sellos habían aguantado, pero no pensó en proteger el cubo de la basura.

—Ah, me llevé todas sus macetas a mi piso para cuidar de las plantas, así que, si quieres llevártelas adondequiera que sea, son todas tuyas.

—Bon Temps —le corregí. Amelia bufó. Tenía ese desprecio por los pueblos de quien nace en la gran ciudad—. ¿Así que eres la propietaria del edificio y le alquilaste el apartamento a Hadley? ¿Cuándo?

—Hace un año, más o menos. Ya era una vampira —dijo Amelia—. También era la novia de la reina, desde hacía bastante tiempo. Así que pensé que era un buen seguro, ya me entiendes. Nadie va a atacar a la nena de la reina, ¿no? Y nadie va a irrumpir en su apartamento tampoco.

Quise preguntar cómo se podía permitir Amelia un lugar tan bueno, pero era algo demasiado grosero para enunciarlo en voz alta.

—¿Y vives del negocio de la brujería? —pregunté, tratando de sonar moderadamente interesada.

Se encogió de hombros, pero pareció alegrarse de que preguntara. A pesar de que su madre le había dejado mucho dinero, Amelia estaba encantada con poder mantenerse sola. Lo escuché con la misma claridad que si lo hubiera dicho.

—Sí, me da para vivir —dijo, intentando sin éxito que su tono reflejara modestia. Había trabajado duro para convertirse en bruja. Estaba orgullosa de su poder.

Era como leer un libro.

—Si las cosas se ponen difíciles, ayudo a una amiga que tiene una tienda de magia justo al lado de Jackson Square. Allí le leo la fortuna a la gente —admitió—. Y a veces hago un tour mágico por Nueva Orleans para los turistas. Puede ser divertido, y si les asusta lo suficiente, puedo ganar unas buenas propinas. Así que, entre unas cosas y otras, no me va mal.

—Realizas magia seria —dije, y ella asintió felizmente—. ¿Para quién? —pregunté—. El mundo normal no admite que sea posible.

—Los sobrenaturales pagan muy bien —dijo, sorprendida porque tuviera que preguntar. Lo cierto es que no tenía por qué, pero era más fácil dirigir sus pensamientos hacia la información adecuada si se lo preguntaba de viva voz—. Sobre todo los vampiros y los licántropos. Quiero decir, no les gustan las brujas, pero los vampiros están dispuestos a aprovechar cada pizca de ventaja que puedan obtener. Los demás no están tan organizados. —Desestimó a los más débiles del mundo sobrenatural con un elocuente gesto de la mano, como los hombres murciélago y demás cambiantes. Subestimaba el poder de los otros seres sobrenaturales, lo cual era un error.

—¿Y qué hay de las hadas? —pregunté con curiosidad.

—Ya tienen suficiente con su magia —dijo, encogiéndose de hombros—. No me necesitan. Sé que alguien como tú puede tener dificultades para aceptar que existen talentos invisibles y naturales, talentos que desafían todo lo que tu familia te ha enseñado.

Ahogué un bufido de incredulidad. Estaba claro que no sabía nada de mí. No tenía ni idea de lo que habría hablado con Hadley, pero seguro que no había sido sobre su familia. Cuando la idea se me pasó por la cabeza, se me encendió un piloto en el fondo de mi mente, algo que me decía que esa línea de pensamiento merecía ser explorada. Pero la puse a un lado para meditar acerca de ella más tarde. En ese momento tenía que lidiar con Amelia Broadway.

—Entonces, ¿dirías que tienes una fuerte habilidad sobrenatural? —pregunté.

Sentí cómo reprimía un acceso de orgullo.

—No se me da mal —dijo modestamente—. Por ejemplo, lancé un conjuro para que todo en este apartamento quedara estático cuando no pude terminar de limpiarlo. Y, aunque lleva meses cerrado, no has olido nada raro, ¿verdad?

Eso explicaba la ausencia de hedor procedente de las toallas sucias.

—Así que haces magia para los sobrenaturales, lees la fortuna en Jackson Square y a veces diriges tours mágicos por Nueva Orleans. No es precisamente un trabajo de oficina —dije.

—Eso es —asintió, feliz y contenta.

—Entonces, ¿me ayudarás a limpiar el apartamento? Estaré encantada de pagarte.

—Claro que te ayudaré. Cuanto antes saquemos sus cosas, antes podré alquilarlo otra vez. En cuanto al pago, ¿por qué no esperamos a ver cuánto tiempo le puedo dedicar? A veces recibo, esto…, llamadas de emergencia. —Amelia me dedicó una sonrisa digna de un anuncio de pasta de dientes.

—¿No había estado pagando la reina el alquiler desde la muerte de Hadley?

—Sí, claro. Pero me da escalofríos la idea de que las cosas de Hadley sigan aquí. Además, ha habido un par de intentos de allanamiento. El último fue apenas hace un par de días. —Se me pasó cualquier tentación de sonreír.

Amelia prosiguió:

—Al principio pensé que era uno de esos casos en los que, cuando muere alguien y aparece en los titulares de los periódicos, alguien intenta meterse en su casa durante el funeral. Por supuesto, no se publican necrológicas sobre vampiros, supongo que porque ya están muertos o porque los demás vampiros no se molestan en mandarlas a los periódicos... Sería interesante ver cómo llevarían eso. ¿Por qué no intentas enviar unas cuantas líneas sobre Hadley? Pero ya sabes cómo cotillean los vampiros, así que supongo que más de uno supo de su muerte definitiva, la segunda muerte. Sobre todo después de la desaparición de Waldo de la corte. Todo el mundo sabe que Hadley no le importaba. Y también está que no hay funerales para vampiros. Así que creo que el allanamiento no tenía nada que ver. Nueva Orleans tiene unos índices de criminalidad bastante altos.

—Oh, conocías a Waldo —dije para interrumpir su discurso. Waldo, antaño favorito de la reina (no en su cama, sino como lacayo, eso tenía entendido), se resintió por verse reemplazado por mi prima. Cuando resultó que Hadley siguió siendo la favorita de la reina durante un periodo de tiempo sin precedentes, Waldo la citó en el Cementerio Número Uno de Nueva Orleans con la excusa de que iban a invocar el espíritu de Marie Laveau, la famosa reina del vudú de Nueva Orleans. En vez de ello, mató a Hadley y culpó a la Hermandad del Sol. El señor Cataliades me puso en la buena dirección, hasta que descubrí la culpabilidad de Waldo, y la reina me dio la oportunidad de ejecutarlo en persona (ésa era la idea que tenía la reina de un gran favor). Decliné la oferta. Pero acabó definitivamente muerto, como Hadley. Me estremecí.

—Bueno, lo conozco mejor de lo que quisiera —dijo, con la franqueza que parecía ser la característica definitoria de Amelia Broadway—. Pero veo que has usado el pasado. ¿Puedo tener la esperanza de que Waldo haya conocido su destino final?

—Puedes —contesté—. Tener esa esperanza, digo.

—Fíjate —dijo felizmente—. Vaya, vaya, vaya.

Al menos le había alegrado el día a alguien. Pude ver en sus pensamientos cómo había despreciado al otro vampiro, y no pude culparla. Era aborrecible. Amelia era una mujer de ideas fijas, lo cual debía de hacer de ella una bruja formidable. Pero en ese momento no tenía que haber sopesado otras posibilidades relacionadas conmigo, y no lo estaba haciendo. Centrarse en un objetivo tiene sus inconvenientes.

—¿Y dices que quieres limpiar de una vez el apartamento porque crees que así esos ladrones que saben de la muerte de Hadley dejarán de intentar asaltarlo?

—Justamente —dijo, apurando el café—. Además, me gusta saber que hay alguien viviendo aquí. Tener el apartamento vacío me pone de los nervios. Al menos, los vampiros no dejan fantasmas.

—Eso no lo sabía —dije, aunque tampoco me había puesto a pensarlo.

—Nada de fantasmas vampiros —comentó Amelia despreocupadamente—. Ni uno. Hay que ser humano para dejar atrás un fantasma. Oye, ¿quieres que te lea la fortuna? Ya sé, ya sé, asusta un poco, ¡pero te prometo que se me da muy bien! —Ella pensaba que sería interesante poner un poco de emoción turística al asunto, ya que no pasaría mucho tiempo en Nueva Orleans; y también que, cuanto más agradable fuese conmigo, antes limpiaría yo el apartamento y antes lo recuperaría ella para su uso.

—Claro —dije lentamente—. Puedes leérmela ahora mismo, si quieres. —Aquello podría ser una buena medida de la calidad de Amelia como bruja. Lo cierto es que no guardaba ninguna similitud con el estereotipo de las brujas. Su aspecto parecía brillante y sano, como cualquier ama de casa de los suburbios con un Ford Explorer y un setter irlandés. En un abrir y cerrar de ojos, sacó su baraja de tarot de uno de los bolsillos de sus pantalones cortos, y se inclinó sobre la mesa de café para desplegar las cartas. Lo hizo de una forma rápida y profesional que no tenía el menor sentido para mí.

Tras cavilar sobre las figuras durante un instante, su mirada dejó de recorrer las cartas y se clavó en la mesa. Se sonrojó y cerró los ojos, como si se sintiese mortificada. Por supuesto que lo estaba.

—Vale —dijo al fin, con la voz tranquila y plana—. ¿Qué eres tú?

—Telépata.

—¡Siempre doy cosas por sentado! ¿Por qué no aprenderé?

—Nadie me considera temible —dije, tratando de sonar amable, y ella dio un respingo.

—Pues no volveré a cometer ese error —dijo—. Parecías saber más sobre los sobrenaturales que la gente corriente.

—Y cada día aprendo más. —Incluso a mí se me antojó sombría mi voz.

—Ahora le tendré que decir a mi consejera que la he fastidiado —dijo mi casera. Parecía tan triste como le era posible. No demasiado.

—¿Tienes una… mentora?

—Sí, una bruja mayor que sigue nuestros progresos durante los tres primeros años de profesión.

—¿Cuándo sabes que eres profesional?

—Bueno, hay que superar un examen —contestó Amelia levantándose y dirigiéndose hacia la pila. En un suspiro, lavó la cafetera y el aparato del filtro, los puso en el escurridor y enjuagó la pila.

—¿Empezamos a empaquetar mañana? —dije.

—¿Por qué no ahora mismo?

—Me gustaría repasar primero las cosas de Hadley por mí misma —dije, tratando de no sonar irritada.

—Oh, claro. —Quiso aparentar que ya se le había ocurrido—. Y supongo que esta noche tendrás que visitar a la reina, ¿no?

—No lo sé.

—Oh, apuesto a que te esperan. ¿Te acompañaba anoche un vampiro alto, moreno y guapo? Me sonaba mucho.

—Bill Compton —dije—. Sí, lleva años viviendo en Luisiana, y le ha hecho algún trabajo a la reina.

Me miró con sus ojos azules llenos de sorpresa.

—Ah, pensé que conocería a tu prima.

—No —dije—. Gracias por despertarme para poder ponerme con esto, y por ofrecerme tu ayuda.

Se alegró de marcharse, porque yo no había sido lo que esperaba y le apetecía pensar un poco en ello y hacer algunas llamadas a sus hermanas del arte en la zona de Bon Temps.

—Holly Cleary —dije—. A ella es a la que mejor conozco.

Amelia se quedó sin aliento y se despidió de un modo tembloroso. Se marchó de forma tan inesperada como había llegado.

De repente me sentí mayor. Me había pasado de exhibicionista, y había convertido a una bruja feliz y confiada en una mujer ansiosa en el espacio de una hora.

Pero, mientras sacaba un bloc y un lápiz (y los colocaba justo donde debían estar, en el cajón más cercano al teléfono) para esbozar mi plan de acción, me consolé con la idea de que Amelia necesitaba un azote mental. Si no hubiese sido yo, probablemente habría sido por parte de alguien que pretendiera hacerle daño.

Capítulo
15

Necesitaría cajas, eso estaba claro. Eso quería decir que también necesitaría cinta de embalar, un montón de cinta. Un rotulador también, y probablemente tijeras. Por último, necesitaría una furgoneta para llevar a Bon Temps lo que pudiera rescatar de allí. Podía pedirle a Jason que se encargara, o podía alquilar una, incluso podía preguntarle al señor Cataliades si sabía de alguna furgoneta que pudiera tomar prestada. Si resultaba haber muchas cosas que llevar, podía alquilar un coche con remolque. Nunca había hecho algo así, pero no creía que fuera tan complicado. Ahora mismo no tenía un medio de transporte, no había forma de llevar las cosas. Pero no sería mala idea empezar a clasificarlas. Cuanto antes acabara, antes podría volver al trabajo en Bon Temps y alejarme de los vampiros de Nueva Orleans. Una pequeña parte de mí se alegraba también de que Bill hubiese venido. Por muy enfadada que estuviese con él a veces, al menos era alguien familiar. Al fin y al cabo, era el primer vampiro al que había conocido, y aún me parecía casi milagroso cómo había ocurrido.

Vino al bar y yo quedé fascinada con el descubrimiento de que no era capaz de escuchar sus pensamientos. Más tarde, esa misma noche, lo rescaté de unos drenadores. Suspiré, pensando en lo bien que había ido todo hasta que fue convocado por su creadora, Lorena, que también estaba definitivamente muerta.

Me sacudí. No era el momento para emprender una excursión por los sinuosos caminos de la memoria. Era un momento para la acción y la determinación. Decidí empezar por la ropa.

Después de quince minutos, me di cuenta de que el apartado de la ropa sería fácil. La regalaría casi toda. No sólo es que mi gusto fuera radicalmente distinto al de mi prima, sino que sus caderas y pechos eran más pequeños y nos atraían colores muy distintos. A Hadley le gustaba la ropa oscura y dramática, mientras que yo era una persona que prefería pasar desapercibida. Tuve que decidirme sobre un par de blusas y faldas etéreas oscuras, pero cuando me las puse me parecía a una de esas fanáticas de los vampiros que se reúnen en el bar de Eric. Y a mí esa imagen no me iba. Sólo puse un puñado de camisetas ajustadas y dos pares de shorts en la pila de «conservar».

Encontré una gran caja de bolsas de basura y las usé para guardar la ropa. A medida que iba terminando con cada bolsa, la iba colocando en la galería para mantener el apartamento despejado de bultos.

Era casi mediodía cuando me puse manos a la obra, y las horas pasaron volando cuando descubrí cómo manejar el equipo de CD de Hadley. Gran parte de su música era de artistas que nunca habían estado muy arriba en mi lista de éxitos, no era muy sorprendente, pero resultó interesante de escuchar. Tenía un montón de CD: No Doubt, Nine Inch Nails, Eminem, Usher…

Me puse con los cajones del dormitorio cuando empezó a oscurecer. Hice una pausa en la galería a media tarde, contemplando cómo la ciudad se desperezaba para las horas de oscuridad que le aguardaban. Nueva Orleans era ahora una ciudad nocturna. Siempre había sido una ciudad de vida nocturna alborotada y descarada, pero ahora se reunían allí tantos no muertos que su carácter había cambiado por completo. Mucho del Jazz de Bourbon Street era tocado hoy en día por manos que hacía al menos décadas que no veían el sol. Pude percibir una leve salpicadura de notas en el aire, procedente de alguna juerga lejana. Me senté en una silla de la galería y me quedé un rato escuchando con la esperanza de tener la oportunidad de ver un poco la ciudad mientras estuviera allí. Nueva Orleans no se parece a ningún otro sitio de Estados Unidos, antes y después del influjo de los vampiros. Suspiré y me di cuenta de que tenía hambre. Evidentemente, Hadley no tenía nada de comer en el apartamento, y yo no estaba dispuesta a empezar a beber sangre. Detestaba la idea de pedirle otra cosa a Amelia. Esa noche, quizá quien viniera a buscarme para acudir a la audiencia con la reina me llevara antes a alguna tienda de alimentación. Puede que tuviera que ducharme y cambiarme.

Cuando me di la vuelta para regresar al apartamento, divisé las mohosas toallas que había sacado la noche anterior. Olían peor, lo cual me sorprendió. Pensaba que a esas alturas el olor habría remitido un poco. Por el contrario, al respirar sentí un nudo de asco en la garganta cuando cogí la cesta para meterla en el apartamento. Mi intención era lavarlas. En un rincón de la cocina había una lavadora, con la secadora en la parte superior. Era como una torre de la limpieza.

Traté de separar las toallas, pero se habían secado en una masa semisólida. Exasperada, tiré de uno de los bordes de toalla que sobresalían y, con algo de resistencia, las costras endurecidas cedieron, y la toalla azul del centro se extendió ante mis ojos.

—Oh, mierda —dije en voz alta en medio del silencioso apartamento—. Oh, no.

El fluido que se había fundido de las toallas era sangre.

—Oh, Hadley, pero ¿qué has hecho?

El hedor era horrible hasta la náusea. Me senté a la pequeña mesa de cocina. Pegotes de sangre reseca habían aterrizado en el suelo y se me habían adherido a los brazos. No podía leer los pensamientos de una toalla, por el amor de Dios. Mi don no me sería de ninguna utilidad en esa circunstancia. Necesitaba… a una bruja. Como aquella a la que había reprobado y echado. Sí, justo como ésa.

Pero primero tenía que comprobar todo el apartamento para ver si contenía más sorpresas.

Y tanto que las había.

El cuerpo estaba en el armario grande del pasillo. No olía a nada, si bien el cadáver, de un hombre joven, probablemente llevara allí desde la muerte de mi prima. ¿Y si ese joven hubiera sido un demonio? Aunque no se parecía en nada a Diantha, Gladiola o al propio señor Cataliades. Si las toallas habían empezado a oler, entonces… Oh, vaya, a lo mejor sencillamente había tenido suerte. Aquello era algo cuya respuesta tendría que buscar, y sospechaba que la hallaría en el piso de abajo.

Llamé a la puerta de Amelia. La abrió inmediatamente y, por encima de su hombro, pude ver que su apartamento, aun dispuesto exactamente como el de Hadley, estaba repleto de colores suaves y energía. Le gustaban el amarillo, el crema, el coral y el verde. Su mobiliario era moderno y muy acolchado, y sus partes de madera estaban pulidas hasta la saciedad. Como sospechaba, el apartamento de Amelia estaba impoluto.

—¿Sí? —preguntó con un tono algo sometido.

—Vale —dije, como si le entregara una rama de olivo—. Tengo un problema, y sospecho que tú también.

—¿Por qué me dices eso? —preguntó. Su expresión abierta se cerró, como si al mantenerse inexpresiva fuera a impedir que entrase en su mente.

—Lanzaste un conjuro para dejar el apartamento estático, ¿no es así? Lo hiciste para mantener las cosas como estaban. ¿Antes lo habías asegurado contra intrusos?

—Sí —dijo con cautela—. Ya te lo he dicho.

—¿Nadie ha entrado en él desde la noche que murió Hadley?

—No puedo poner la mano sobre el fuego, siempre es posible que una bruja o brujo muy bueno pudiera romper el conjuro —dijo—. Pero, hasta donde yo sé, nadie ha puesto el pie en ese apartamento.

—¿Entonces no sabes que sellaste un cadáver dentro?

No sé qué reacción esperaba realmente, pero Amelia se mostró bastante fría al respecto.

—Vale —dijo con tranquilidad. Quizá tragó algo de saliva—. Vale, ¿quién es? —Sus pestañas se agitaron rápidamente unas cuantas veces.

Quizá no era tan fría como quería aparentar.

—No lo sé —dije con cuidado—. Tendrás que venir a verlo. Mientras subíamos las escaleras, continué:

—Lo mataron dentro, y limpiaron la sangre con toallas. Estaban en la cesta de la ropa sucia. —Le hablé del estado de las toallas.

—Holly Cleary me ha dicho que le salvaste la vida a su hijo —dijo Amelia.

Aquello hizo que me diera la vuelta. También me hizo sentir torpe.

—La policía lo habría encontrado —dije—. Simplemente aceleré el proceso.

—El médico le dijo a Holly que si no hubiera llevado al crío al hospital cuando lo hizo, puede que no hubieran podido detener a tiempo la hemorragia cerebral —explicó Amelia.

—Es una buena noticia —dije, muy incómoda—. ¿Cómo está Cody?

—Bien —dijo la bruja—. Se pondrá bien.

—Pero, mientras, tenemos un problema aquí —le recordé.

—Bien, veamos ese cadáver. —Amelia se esforzó por mantener su voz equilibrada.

Me empezaba a caer bien esa bruja.

La llevé hasta el armario. Había dejado la puerta abierta. Se metió sin hacer un solo ruido. Volvió a salir con una tez ligeramente verde en su brillante piel y se inclinó contra la pared.

—Es un licántropo —dijo al cabo de un momento. El conjuro que había lanzado sobre el apartamento lo había mantenido todo fresco. La sangre ya había empezado a oler un poco antes de

184

lanzarlo, y cuando yo entré en el apartamento, el conjuro quedó roto. Ahora, las toallas apestaban a podrido. El cuerpo aún no había empezado a oler, lo cual me sorprendió un poco, pero supuse que empezaría en cualquier momento. Era seguro que el cuerpo se descompondría rápidamente, ahora que había sido liberado de la magia de Amelia, y ella se esforzaba por no recalcar lo bien que había funcionado.

—¿Lo conoces?

—Sí —admitió—. La comunidad sobrenatural, incluso en Nueva Orleans, no es tan grande. Es Jake Purifoy. Se encargó de la seguridad en la boda de la reina.

Tuve que sentarme. Salí del armario ropero y me deslicé por la pared hasta que me senté con la espalda apoyada en ella, encarando a Amelia. Ella hizo lo mismo en la pared opuesta. No sabía por dónde empezar a preguntar.

—¿Te refieres a cuando se casó con el rey de Arkansas? —Recordé lo que Felicia me había dicho, y la foto que vi en el álbum de Al Cumberland. ¿Sería la reina la que llevaba el elaborado tocado? Cuando Quinn mencionó los preparativos de una boda en Nueva Orleans, ¿se referiría a ésta?

—Según Hadley, la reina es bisexual —me dijo Amelia—. Y sí, se casó con el tipo. Ahora son aliados.

—No pueden tener descendencia —dije. Sabía que era algo obvio, pero no acababa de pillar lo de la alianza.

—No, pero a menos que alguien les clave una estaca, vivirán para siempre, por lo que la herencia no es un asunto tan importante —comentó Amelia—. Suele llevar meses, incluso años, elaborar las condiciones para una boda como ésa. El contrato puede ser larguísimo. Y luego ambos tienen que firmarlo. Es una gran ceremonia que tiene lugar justo antes de la boda. No tienen por qué pasarse la vida juntos, ya sabes, pero al menos deben hacerse un par de visitas al año. Visitas conyugales.

Por muy fascinante que resultase, no era momento de pensar en ello.

—Entonces el tipo del armario formaba parte del equipo de seguridad —¿Trabajaría para Quinn? ¿No dijo Quinn que uno de sus empleados había desaparecido en Nueva Orleans?

—Sí. Obviamente no me invitaron a la boda, pero ayudé a Hadley con su vestido. Vino a recogerla.

—Jake Purifoy vino a recoger a Hadley para ir a la boda.

—Eso es. Vino hecho un pincel esa noche.

—La noche de la boda.

—Sí, la noche anterior a que muriese Hadley.

—¿Viste cómo se marchaban?

—No, yo sólo… No. Oí el coche. Miré por la ventana y vi que se acercaba Jake. Ya lo conocía de antes, por pura casualidad. Una amiga mía salía con él. Volví a mis cosas, creo que estaba viendo la tele. Y al cabo de un rato oí que el coche se alejaba.

—Así que cabe la posibilidad de que no se fuese.

Me miró con ojos bien abiertos.

—Es posible —dijo al fin, y sonó como si tuviese la boca seca.

—Hadley estaba sola cuando vino a buscarla…, ¿verdad?

—Cuando la dejé en su apartamento, estaba sola.

—Sólo he venido —dije, mirándome los pies— a limpiar el apartamento de mi prima. Tampoco es que me cayese muy bien. Y ahora me encuentro con un muerto a cuestas. La última vez que me deshice de un cadáver —proseguí— tenía a alguien fuerte para ayudarme, y lo envolvimos en una cortina de ducha.

—¿En serio? —dijo Amelia con un hilo de voz. No parecía alegrarse demasiado de que compartiese esa información con ella.

—Sí —asentí—. No lo matamos nosotros. Sólo tuvimos que deshacernos del cuerpo. Pensábamos que nos culparían de la muerte, y estoy segura de que así habría sido. —Seguí mirando el esmalte de uñas de mi dedo gordo. No estuvo mal en su momento, un bonito rosa claro, pero ya iba necesitando un nuevo repaso o quitármelo del todo. Dejé de intentar pensar en otras cosas y reanudé mis sombrías disquisiciones acerca del cuerpo. Estaba en el armario ropero, extendido en el suelo, bajo la estantería más baja. Lo habían tapado con una manta. Jake Purifoy había sido un hombre guapo, sospeché. Tenía el pelo marrón oscuro y era de complexión muscular fuerte. Tenía mucho vello corporal. A pesar de ir vestido para una boda formal, y que Amelia dijo que iba muy guapo, ahora estaba desnudo. Una pregunta sin importancia: ¿dónde estaba su ropa?

—Podríamos llamar a la reina —dijo Amelia—. Después de todo, el cuerpo está aquí. O Hadley lo mató, o lo escondió. No pudo morir la noche que Hadley se reunió con Waldo en el cementerio.

«¿Por qué no?», tuve un repentino y funesto pensamiento.

—¿Tienes un teléfono móvil? —pregunté mientras me ponía en pie. Amelia asintió—. Llama a la sede de la reina, diles que envíen a alguien ahora mismo.

—¿Qué? —saltó, con mirada confusa, incluso mientras pulsaba los números del teléfono.

Mirando al armario, vi que los dedos del cadáver se crispaban.

—Se está levantando —dije en voz baja.

Apenas le llevó un segundo entenderlo.

—¡Soy Amelia Broadway, de Chloe Street! Enviad a un vampiro antiguo aquí ahora mismo —gritó al aparato—. ¡Se está despertando un vampiro neonato! —Ya estaba de pie y corría hacia la puerta.

No llegamos a tiempo.

Jake Purifoy salió detrás de nosotras, y estaba hambriento.

Como Amelia iba detrás de mí (le llevaba una ventaja de una cabeza), se lanzó para agarrarla del tobillo. Ella trastabilló y cayó al suelo. Me giré para ayudarla. No me lo pensé, pues, de hacerlo, habría seguido corriendo hacia la puerta. Los dedos del vampiro neonato se aferraban al tobillo desnudo de Amelia, y tiraba de él sobre el suelo de suaves láminas de madera. Ella se arrastraba como podía sirviéndose de las manos, tratando de encontrar algo que se interpusiera entre ella y la boca del vampiro, que ya estaba muy abierta, con los colmillos extendidos en su máxima longitud, ¡oh, Dios! Le cogí de las muñecas y empecé a tirar. No había conocido a Jake Purifoy en vida, así que no sabía cómo era. Y ya no quedaba ningún rastro de humanidad en su cara, nada a lo que pudiera recurrir.

—¡Jake! —grité—. ¡Jake Purifoy! ¡Despierta! —Por supuesto, eso no sirvió para nada. Jake se había transformado en algo que no era una pesadilla, sino una macabra y permanente rareza, y no había forma de sacarle de ella. Era lo que era. No paraba de emitir una serie de sonidos de famélica ansiedad, lo más frenético que había escuchado jamás, y luego hundió sus colmillos en la pantorrilla de Amelia. Ella lanzó un alarido.

Era como si un tiburón la hubiese atrapado entre sus mandíbulas. Si tiraba un poco más de ella, podría llevarse el trozo de carne que tenía entre los dientes. Empezó a succionar la sangre de la herida, y yo le di una patada en la cabeza con el talón, maldiciéndome por no llevar zapatos puestos. Puse todas mis fuerzas en ello, pero no afectó al nuevo vampiro en lo más mínimo. Emitió un sonido de protesta, pero siguió succionando, mientras la bruja se estremecía entre el dolor y la conmoción. Había un candelabro en una mesa, detrás de uno de los sillones de dos plazas, un largo candelabro de cristal que parecía muy pesado. Quité la vela, lo cogí con ambas manos y lo descargué con todas mis fuerzas sobre la cabeza de Jake Purifoy. La sangre empezó a manar de la herida de forma muy perezosa; así es como sangran los vampiros. El candelabro se partió con el golpe, y me quedé con las manos vacías ante un vampiro furioso. Alzó su ensangrentada cara para taladrarme con la mirada, y espero no volver a ser objeto de una mirada así en lo que me queda de vida. Su expresión esgrimía la ciega furia de un perro enloquecido.

Pero soltó la pierna de Amelia, y empezó a apartarse como podía. Era evidente que estaba malherida, y sus movimientos eran lentos, pero hizo el esfuerzo. Las lágrimas anegaban sus mejillas y respiraba agitadamente, rompiendo brutalmente el silencio de la noche. Oí una sirena acercarse, y rogué por que se dirigiera al apartamento. Aunque sería demasiado tarde. El vampiro se abalanzó desde el suelo para derribarme, y no me dio tiempo para pensar en nada.

Me mordió en el brazo y creí que los colmillos penetrarían el hueso. Si no hubiese alzado los brazos, el mordisco hubiera acabado en mi cuello y habría sido fatal. Puede que el brazo hubiese sido preferible, pero el dolor era tan intenso que estuve al borde del desmayo, y más me valía no perder la consciencia. El cuerpo de Jake Purifoy caía sobre el mío y sus manos apretaban mi brazo libre contra el suelo. Sus piernas hacían lo propio con las mías. Otra forma de hambre se despertaba en el nuevo vampiro, y pude sentir la prueba presionándome el muslo. Soltó una mano para tratar de agarrarme los pantalones.

Oh, no…, era una situación desesperada. Iba a morir en los siguientes minutos en Nueva Orleans, en el apartamento de mi prima, lejos de mi casa y mis amigos.

El nuevo vampiro tenía la cara y las manos llenas de sangre.

Amelia se arrastró como pudo hacia nosotros, dejando un rastro de sangre tras de sí. Debió de haber salido corriendo, ya que no podía salvarme. Ya no quedaban candelabros. Pero Amelia tenía otra arma, y extendió una mano temblorosa para tocar al vampiro.

—¡*Utinam hic sanguis in ignem commutet!* —gritó.

El vampiro se echó hacia atrás, gritando y arañándose la cara, que, de repente, se vio cubierta de pequeñas llamas azules.

Y la policía entró por la puerta.

También eran vampiros.

Por un interesante instante, los agentes pensaron que nosotras habíamos atacado a Jake Purifoy. Amelia y yo, llorando y sangrando, estábamos arrinconadas junto a una pared. Pero, mientras tanto, el conjuro que Amelia había lanzado sobre el nuevo vampiro perdió su eficacia y éste se abalanzó sobre el policía más cercano, que resultó ser una mujer negra de espalda erguida y una nariz de puente alto. La agente sacó su porra y la empleó sin la menor de las contemplaciones contra los dientes del vampiro neonato. Su compañero, un hombre muy bajo con la piel del color del caramelo, se sacó la botella de TrueBlood que llevaba en el cinturón como si fuese otra herramienta. Arrancó el tapón de un mordisco y metió el cuello en la boca abierta de Jake Purifoy. De repente se hizo el silencio, mientras el neonato tragaba el contenido de la botella. Nosotras dos permanecimos jadeando y llorando.

—Ahora se calmará —dijo la mujer, delatando por la cadencia de su voz que tenía más de africana que de americana—. Creo que lo hemos sometido.

Amelia y yo nos dejamos caer al suelo después de que el compañero de uniforme nos hiciera saber con un gesto que ya no había peligro.

—Lamento la confusión sobre quién era el agresor —dijo con una voz tan cálida como la mantequilla derretida—. ¿Están bien, señoritas? —Menos mal que su voz era tranquilizadora, porque tenía los colmillos extendidos. Supongo que el frenesí de la acción y la sangre habían suscitado esa reacción, pero no dejaba de resultar desconcertante en un agente de la ley.

—Creo que no —dije—. Amelia está sangrando mucho, y creo que yo también. —La mordedura no dolía tanto como lo haría más tarde. La saliva de los vampiros segrega una leve cantidad de anestésico, junto con el agente curativo. Pero su función era curar las heridas de los colmillos, no enormes heridas de carne casi arrancada—. Vamos a necesitar un médico. —Conocí a un vampiro en Misisipi capaz de curar heridas así de graves, pero era un talento poco frecuente.

—¿Ambas sois humanas? —preguntó el agente. Su compañera cantaba dulcemente al neonato en un idioma extranjero. No estaba segura de si el antiguo licántropo, Jake Purifoy, comprendía el idioma, pero reconoció la seguridad cuando la vio. Las quemaduras de su cara se curaron poco a poco.

—Sí —dije.

Mientras esperábamos a la ambulancia, Amelia y yo permanecimos acurrucadas una junto a otra sin decir nada. ¿Era ése el segundo cadáver que encontraba en un armario, o el tercero? Me pregunté por qué seguía abriendo puertas de armarios.

—Debimos haberlo imaginado —dijo Amelia, fatigosamente—. Debimos imaginarlo cuando no olimos a podredumbre.

—Lo cierto es que se me pasó por la cabeza, pero como fue unos treinta segundos antes de que se despertara, de nada nos ha servido —dije. Mi voz era tan débil como la suya.

Hubo mucha confusión después de eso. Pensé que aquél era el mejor momento para desmayarme, si es que iba a hacerlo, ya que no me apetecía nada estar presente en ese proceso, pero sencillamente no podía. Los técnicos sanitarios eran dos muchachos muy agradables que parecían pensar que habíamos montado una fiesta con un vampiro y se nos fue de las manos. No pensaba que ninguno de ellos fuese a llamarnos a Amelia o a mí para salir por ahí a corto plazo.

—Más vale que no juegues con vampiros, *cherie* —dijo el hombre que me estaba tratando. En su placa identificadora ponía DELAGARDIE—. Se supone que son muy atractivos para las mujeres, pero ni te imaginarías la cantidad de pobres chicas a las que hemos tenido que remendar. Y tuvieron suerte —continuó Delagardie con amabilidad—. ¿Cómo te llamas, señorita?

—Sookie —dije—. Sookie Stackhouse.

—Encantado de conocerte, señorita Sookie. Tu amiga y tú parecéis buenas chicas. Tenéis que frecuentar mejores personas, personas vivas. Ahora esta ciudad está atestada de muertos. La verdad es que se estaba mejor cuando todo el mundo respiraba. Y ahora al hospital, a poner unos puntos. Te estrecharía la mano si no estuvieras empapada en sangre —dijo. Me dedicó una rápida y encantadora sonrisa, de blancos dientes—. El consejo es gratis, guapa.

Sonreí, aunque sería la última vez que lo haría en un tiempo. Empezaba a sentir el dolor. Rápidamente me preocupó si podría aguantarlo.

Amelia era toda una guerrera. Tuvo que apretar los dientes para mantenerse de una pieza, pero lo consiguió hasta el hospital. La sala de urgencias estaba hasta arriba. Gracias a la sangre, el hecho de ir acompañadas de dos oficiales de policía y las buenas palabras del simpático Delagardie y su compañero, conseguimos que nos pusieran a Amelia y a mí en cubículos individuales inmediatamente. No estábamos en cubículos adyacentes, pero sí en lista para ver al médico. Me sentí aliviada. Sabía que no tardaría al ser una sala de urgencias de ciudad.

Mientras escuchaba el bullicio que me rodeaba, traté de no blasfemar por culpa del dolor de mi brazo. En los momentos que no me palpitaba demasiado, encontré tiempo para preguntarme qué habría sido de Jake Purifoy. ¿Lo habrían metido los policías vampiros en una celda, o estaría todo perdonado por tratarse de un neonato sin guía? Se había aprobado una ley al respecto, pero no conseguía recordar sus estipulaciones. Me costaba concentrarme. Sabía que el joven era víctima de su nuevo estado; que el vampiro que lo convirtió debía haber estado allí para guiarle en su primer despertar y su hambre. Seguramente, a quien había que culpar por ello era a mi prima, pero ella probablemente no esperaba ser asesinada. Lo único que había impedido que Jake se despertara meses atrás fue el conjuro estático de Amelia. Era una situación extraña, probablemente sin precedentes en los anales vampíricos. ¡Y un licántropo convertido en vampiro! Nunca había oído hablar de algo así. ¿Seguiría siendo capaz de transformarse?

Tuve un buen rato para pensar en eso y algunas cosas más, ya que Amelia estaba demasiado lejos como para mantener una conversación, aunque hubiese estado dispuesta a ello. Al cabo de unos veinte minutos, durante los cuales sólo me interrumpió una enfermera que vino a anotar alguna información, me sorprendió ver a Eric asomar por la cortina.

—¿Se puede? —preguntó secamente. Tenía los ojos bien abiertos y hablaba con mucho cuidado. Me di cuenta de que, para un vampiro, el olor a sangre de la sala de urgencias debía de ser seductor y penetrante. Vi sus colmillos fugazmente.

—Sí. —respondí, asombrada por la presencia de Eric en Nueva Orleans. No me encontraba precisamente de humor para ver a Eric, pero no tenía sentido decirle al antiguo vikingo que no podía estar en la zona de los cubículos. Era un edificio público y mis palabras no le obligaban a nada. En todo caso, podía permanecer sencillamente al otro lado de la cortina y hablar a través de ella hasta averiguar lo que fuera que vino a descubrir. Eric era muy persistente—. ¿Qué demonios haces en la ciudad, Eric?

—He venido a negociar con la reina por tus servicios en la cumbre. Su Majestad y yo tenemos que negociar también el número de gente que puedo traer. —Me sonrió. El efecto fue desconcertante a la vista de los colmillos desplegados—. Casi hemos llegado a un acuerdo. Puedo llevar a tres, pero quiero subir a cuatro.

—Oh, por el amor de Dios, Eric —salté—. Es la excusa más pobre que he escuchado jamás. ¿Has oído hablar de un invento moderno al que llaman teléfono? —Me removí inquieta en la estrecha cama. No lograba encontrar una postura cómoda. Cada nervio de mi cuerpo chirriaba en las postrimerías del horror por el encuentro con Jake Purifoy, nuevo chiquillo de la noche. Albergaba la esperanza de que el médico me recetara un buen analgésico—. Déjame en paz, ¿quieres? No tienes derecho a reclamarme nada, ni eres responsable de mí.

—Pero lo reclamo. —Tuvo los redaños de aparentar sorpresa—. Tenemos un vínculo. Te di mi sangre cuando necesitaste la fuerza para liberar a Bill en Jackson. Y, según tus palabras, hemos hecho el amor a menudo.

—Me obligaste a decírtelo —protesté. Puede que sonara un poco lastimero, pero, qué demonios, creo que tenía derecho a llorar un poco. Eric accedió a salvar a una amiga mía del peligro si le decía toda la verdad. ¿Es eso chantaje? Yo creo que sí.

Pero no había forma de volver atrás. Suspiré.

—¿Cómo has llegado hasta aquí?

—La reina sigue muy de cerca todo lo que les pasa a los vampiros de su ciudad. Pensé que podría acercarme a darte mi apoyo moral. Y, por supuesto, si necesitas que te limpie la sangre... —Sus ojos titilaron mientras repasaban mi brazo—. Estaría encantado de poder ayudar.

Casi sonreí, aunque muy reacia. No se rendía nunca.

—Eric —dijo la fría voz de Bill, y se deslizó por la cortina para colocarse junto a mi cama, junto a Eric.

—¿Por qué no me sorprende encontrarte aquí? —dijo Eric con una voz que dejaba claro que no estaba contento.

La ira de Eric no era algo que Bill pudiera pasar por alto. Eric le superaba en rango, y lo miró condescendiente desde la prominencia de su nariz. Bill tenía alrededor de ciento treinta y cinco años; Eric rondaba los mil (una vez le pregunté cuántos, pero, honestamente, no parecía saberlo). Eric tenía una personalidad para el liderazgo. Bill prefería la soledad. Lo único que tenían en común es que ambos habían hecho el amor conmigo; y en ese preciso instante los dos eran una molestia en mi trasero.

—Escuché por la radio de la policía desde la sede de la reina que habían llamado a una patrulla para someter a un vampiro neonato, y reconocí la dirección —explicó Bill—. Averigüé adónde habían traído a Sookie y he venido tan rápido como he podido.

Cerré los ojos.

—Eric, la estás cansando —dijo Bill, en un tono de voz más frío que de costumbre—. Deberías dejarla en paz.

Hubo un largo momento de silencio. Estaba cargado de emociones intensas. Abrí los ojos y mi mirada pasó de una cara a otra. Por una vez, deseé poder leer la mente de los vampiros.

Por lo que pude ver en su expresión, Bill lamentaba profundamente sus palabras, pero ¿por qué? Eric miraba a Bill con una compleja expresión compuesta de determinación y algo menos definible; arrepentimiento, quizá.

—Entiendo que quieras mantener aislada a Sookie mientras esté en Nueva Orleans —insinuó Eric, pronunciando con más intensidad las erres, como solía pasar cuando se enfadaba.

Bill apartó la mirada.

A pesar del dolor que palpitaba en mi brazo, a pesar de mi exasperación general con ambos, algo en mi interior se despertó y tomó nota. Había una indiscutible significancia en el tono de Eric. La falta de respuesta de Bill resultaba curiosa… y funesta.

—¿Qué? —dije, pasando mi mirada de uno a otro. Traté de apoyarme sobre los codos. Había logrado aposentar uno cuando, al intentar hacer lo mismo con el otro, un calambre de dolor me recorrió el brazo mordido. Pulsé el botón para elevar la cabecera de la cama—. ¿De qué van todas estas insinuaciones, Eric? ¿Bill?

—Eric no debería venir a molestarte cuando ya tienes bastantes problemas —dijo Bill, al fin. Aunque no era conocido por su expresividad, su cara era lo que mi abuela hubiera descrito como «más tensa que un tambor».

Eric cruzó los brazos sobre el pecho y se nos quedó mirando.

—¿Bill? —dije.

—Pregúntale por qué volvió a Bon Temps, Sookie —dijo Eric muy suavemente.

—Bueno, al morir el viejo señor Compton, él quiso reclamar su… —No era capaz de describir la expresión de Bill. El corazón empezó a latirme más deprisa. El miedo se convirtió en un nudo en el estómago—. ¿Bill?

Eric dejó de mirarme, pero no antes de que captara una pizca de lástima en su cara. Nada me podría haber asustado más. Puede que no fuera capaz de leer la mente de los vampiros, pero su lenguaje corporal lo decía todo. Eric se dio la vuelta porque no quería presenciar cómo me clavaban el puñal.

—Sookie, lo habrías descubierto cuando vieras a la reina… Puede que debiera habértelo ocultado, porque no lo comprenderás… Pero Eric ya se ha encargado de evitarlo. —Bill miró a la espalda de Eric de un modo que podría haberle hecho un agujero en el corazón—. Cuando tu prima se convirtió en la favorita de la reina…

Y, de repente, lo vi todo claro. Supe lo que iba a decir, y me incorporé en la cama del hospital con la boca abierta y una mano en el pecho, pues sentía que el corazón se me quebraba. Pero la voz de Bill siguió, a pesar de que yo agitaba la cabeza con violencia.

—Al parecer, Hadley hablaba mucho de ti y de tu don para impresionar a la reina y mantener su interés. Y la reina sabía que yo era oriundo de Bon Temps. Algunas noches me pregunto si no enviaría a alguien para matar al viejo Compton y acelerar las cosas. Pero puede que de veras muriera de viejo.

Bill tenía la mirada clavada al suelo y no vio mi mano derecha extendida en un gesto de «alto».

—Me ordenó regresar a mi antiguo hogar, ponerme en tu camino, seducirte si era necesario…

No podía respirar. Por mucho que me apretara el pecho con la mano, no podía ralentizar el ritmo de mi corazón mientras la hoja del puñal se hundía cada vez más en mi carne.

—Quería emplear tu don en provecho propio —dijo, y abrió la boca para decir algo más. Mis ojos estaban tan llenos de lágrimas que no podía ver bien, no podía ver la expresión de su cara, y me importaba un bledo. Pero no podía llorar mientras estuviese cerca. No lo haría.

—Sal de aquí —dije con un terrible esfuerzo. Pasase lo que pasase, no podía soportar que viese el dolor que me había provocado.

Trató de mirarme directamente a los ojos, pero los tenía anegados. Fuese lo que fuese lo que quisiera decirme, me lo perdí.

—Por favor, deja que termine —suplicó.

—No quiero volver a verte, jamás en la vida —susurré—. Jamás.

No dijo nada. Sus labios se movieron, como si intentara formar palabras, pero meneé la cabeza.

—Sal de aquí —dije con una voz tan ahogada en angustia que no parecía la mía. Bill se volvió y atravesó la cortina para salir de la sala de urgencias. Eric no se giró para mirarme a la cara, gracias a Dios. Extendió el brazo para darme unas palmadas en la pierna y se marchó también.

Quería gritar. Quería matar a alguien con mis propias manos.

Necesitaba estar sola. No podía permitir que nadie viese mi sufrimiento. El dolor físico estaba sofocado por una rabia tan honda como nunca la había sentido. Estaba enferma de furia y dolor. El mordisco de Jake Purifoy no era nada en comparación con aquello.

No podía quedarme quieta. Me levanté de la cama, no sin cierta dificultad. Aún estaba descalza, claro, y con una extraña porción desprendida de mi mente me di cuenta de que tenía los pies muy sucios. Me arrastré fuera de la zona de clasificación de urgencias, localicé las puertas de la sala de espera y emprendí la marcha en esa dirección. Caminar ya era un problema de por sí.

Una enfermera acudió a mí a la carrera con un portapapeles en la mano.

—Señorita Stackhouse, un médico la atenderá en un momento. Sé que ha tenido que esperar, y lo lamento, pero…

Me volví para mirarla y se sobresaltó, dando un paso hacia atrás. Seguí mi camino hacia las puertas con paso incierto pero determinación inquebrantable. Quería salir de allí. Después, no sabía. Alcancé las puertas y las empujé. Me arrastré por una sala de espera atestada de gente. Me fundí a la perfección en esa mezcla de pacientes y familiares que esperaban ver a un médico. Algunos estaban más sucios y ensangrentados que yo, y los había más jóvenes y más viejos. Me apoyé con una mano contra la pared y seguí moviéndome hacia las puertas de salida.

Lo conseguí.

Todo estaba más tranquilo fuera, y el aire era tibio. Soplaba algo de brisa. Estaba descalza, sin un centavo, de pie bajo las brillantes luces de la entrada. No sabía dónde me encontraba en relación con la casa y no tenía ni idea de hacia dónde me dirigiría, pero ya no estaba en el hospital.

Un mendigo se puso delante de mí.

—¿Tienes cambio, colega? —preguntó—. A mí también me ha mirado mal la suerte.

—¿Acaso tengo aspecto de tener algo? —le pregunté con voz razonable.

Se quedó tan perplejo como la enfermera de antes.

—Lo siento —dijo, y se dispuso a marcharse. Di un paso en pos de él.

Grité.

—¡No tengo nada! —Y luego, con una voz completamente tranquila, añadí—. Nunca he tenido nada.

Farfulló y se estremeció, pero lo ignoré. Empecé a caminar. La ambulancia había girado a la derecha al llegar, así que yo lo hice a la izquierda. No recordaba cuánto había durado el paseo. Había estado hablando con Delagardie. Entonces era una persona diferente. Caminé y caminé. Pasé bajo unas palmeras, oí el rico ritmo de la música, me deslicé junto a las contraventanas desconchadas de las casas que bordeaban la acera.

De una calle donde se daban cita varios bares, salió un grupo de jóvenes justo cuando pasaba, y uno de ellos me cogió del brazo. Me volví hacia él con un grito, y con un esfuerzo sobrehumano lo empujé contra la pared. Allí se quedó, perplejo y rozando la cabeza, hasta que sus amigos se lo llevaron.

—Está loca —dijo uno de ellos en voz baja—. Déjala. —Y se perdieron en otra dirección.

Al cabo de un rato, me recuperé lo suficiente como para preguntarme por qué estaba haciendo eso. Pero la respuesta era vaga. Cuando me caí por un desnivel de la acera y me rocé la rodilla hasta hacerla sangrar, el nuevo dolor físico me hizo volver en sí, por poco que fuese.

—¿Y haces esto para que lamenten haberte hecho daño? —Me pregunté a mí misma en voz alta—. ¡Oh, Dios mío, pobre Sookie! ¡Se fue del hospital por su propio pie, enloquecida por el dolor, y vagó sola por las peligrosas calles del Big Easy sólo porque Bill la ha hecho enfadar!

No quería que los labios de Bill pronunciasen mi nombre nunca más. Cuando volví a ser yo misma (apenas un poco), la intensidad de mi reacción me sorprendió. Si aún hubiéramos estado juntos cuando se me dijo todo, lo habría matado; lo tenía más claro que el agua. Pero la razón por la que había tenido que salir corriendo del hospital era igualmente diáfana; en ese momento no me sentía capaz de tratar con nadie. Había recibido un golpe a traición con lo que más me podía doler: el primer hombre que había dicho quererme nunca lo había hecho de verdad.

Su pasión había sido artificial.

Su cortejo había sido coreografiado.

Debí de haberle parecido una presa tan fácil, tan manejable, tan acogedora para el primer hombre que invirtiera un poco de tiempo y esfuerzo para ganarme. ¡Ganarme! La misma frase hacía que el dolor se intensificara. Jamás había pensado en mí como un premio.

Hasta que el andamiaje fuera derribado en un solo instante, no me había dado cuenta de hasta qué punto mi vida se había cimentado en el falso amor y aprecio de Bill.

—Le salvé la vida —dije, asombrada—. Fui a Jackson y arriesgué mi vida por la suya, porque me quería. —Una parte de mi mente sabía que eso no era del todo correcto. En parte lo hice porque yo lo quería a él. Y también me asombró darme cuenta de que la atracción de su creadora, Lorena, había sido incluso más fuerte que el de su reina. Pero no estaba de humor para hacer distingos emocionales. Cuando pensé en Lorena, otra toma de conciencia me dio de lleno en la boca del estómago—. Maté a alguien por él —dije, dejando que mis palabras flotaran en la oscura densidad de la noche—. Oh, Dios mío, he matado a alguien por él.

Estaba cubierta de heridas, magulladuras y suciedad cuando alcé la vista y vi un cartel que ponía CHLOE STREET. Allí se encontraba el apartamento de Hadley, me di cuenta lentamente. Giré a la derecha y reanudé la marcha.

Ambos pisos de la casa estaban a oscuras. Puede que Amelia siguiera en el hospital. No tenía la menor idea de qué hora era, ni de cuánto tiempo llevaba caminando.

El apartamento de Hadley estaba cerrado con llave. Bajé y cogí una de las macetas que Amelia había puesto cerca de su puerta. La llevé hasta arriba y rompí uno de los paneles de cristal de la puerta. Metí el brazo, quité el pestillo y entré. No saltó ninguna alarma. Estaba convencida de que la policía no conocía el código para activarla cuando se marcharon de allí.

Recorrí el apartamento, que seguía completamente desordenado por nuestro enfrentamiento con Jake Purifoy. Tendría que hacer limpieza extra a la mañana siguiente, o cuando fuese… Cuando pudiera reanudar mi vida. Me dirigí al cuarto de baño y me quité la ropa como pude. Sostuve las prendas y me quedé mirándolas un momento. Luego salí al pasillo, abrí la ventana francesa más cercana y tiré la ropa por la barandilla de la galería. Ojalá fuese tan fácil deshacerse de los problemas, pero al mismo tiempo mi auténtica personalidad se empezaba a desperezar, se me había activado el sentimiento de culpa al ensuciar algo que luego otra persona tendría que limpiar. No eran formas para una Stackhouse. Pero el sentimiento de culpa no era tan poderoso como para hacerme bajar y retirar la ropa destrozada. En ese momento, no.

Tras apalancar una silla bajo la puerta que había roto y activar la alarma con los números que me había indicado Amelia, me metí en la ducha. El agua mordió mis numerosos cortes y rozaduras, y el profundo mordisco del brazo volvió a sangrar. Mierda. Mi prima, la vampira, no necesitaba botiquines, por supuesto. Encontré unas almohadillas de algodón que probablemente empleaba para desmaquillarse y hurgué en una de las bolsas de ropa hasta que encontré un pañuelo con llamativos motivos de leopardo. Puse las almohadillas sobre el mordisco con torpeza y las apreté con el pañuelo.

Al menos, ensuciar aquellas odiosas sábanas era la última de mis preocupaciones. Me puse el camisón y me metí en la cama, rogando por poder olvidar.

Capítulo
16

Me desperté agotada, con la horrible sensación de que en cualquier momento algo malo asaltaría mi memoria. La sensación dio de lleno en la diana.

Pero los malos recuerdos tendrían que esperar, porque el día empezó con sorpresa. Claudine estaba tumbada a mi lado, en la cama, apoyada sobre un codo, mirándome compasivamente. Y Amelia se encontraba a los pies de la cama, sentada en una butaca, con la pierna vendada apoyada sobre una otomana. Estaba leyendo.

—¿Qué hacéis aquí? —le pregunté a Claudine. Tras ver a Bill y a Eric la noche anterior, me preguntaba si alguno más de mis conocidos me habría seguido. Quizá Sam apareciera por la puerta de un momento a otro.

—Ya te dije que soy tu hada madrina —dijo Claudine. Era el hada más feliz que conocía. Claudine una mujer tan encantadora como lo era su gemelo Claude, en versión masculina, puede que incluso un poco más, porque la alegre personalidad de ella se proyectaba desde su mirada. Compartían el mismo tono, tanto en el negro del cabello como en el blanco de la piel. Hoy llevaba unos pantalones frescos, azul pálido, y una túnica azul y negra a juego. Tenía un aspecto etéreamente encantador, o al menos tan etéreo como podía aparentarse con unos pantalones así.

—Me lo puedes explicar en cuanto vuelva del baño —dije, recordando toda el agua que había bebido en la pila la noche anterior. Tanto paseo me había dado sed. Claudine se bajó grácilmente de la cama y la seguí con torpeza.

—Con cuidado —aconsejó Amelia cuando traté de incorporarme con demasiada rapidez.

—¿Cómo está tu pierna? —le pregunté cuando el mundo se puso derecho. Claudine me agarraba del brazo, por si acaso. Me reconfortó encontrármela allí, y me alegré sorprendentemente de ver a Amelia, cojeando y todo.

—Muy dolorida —dijo—. Pero, a diferencia de ti, me quedé en el hospital para que me trataran la herida como es debido. —Cerró el libro y lo depositó sobre una mesa que había cerca de la butaca. Tenía mejor aspecto del que sospechaba que yo presentaba, pero aún estaba lejos de la alegre y radiante bruja que había conocido el día anterior.

—Nos han dado toda una lección, ¿no crees? —dije, y se me cortó la respiración cuando recordé cuánto había aprendido.

Claudine me ayudó a llegar al cuarto de baño, y sólo me dejó sola cuando le aseguré que podría arreglármelas por mi cuenta. Hice mis necesidades y salí sintiéndome mejor, casi humana. Ella había sacado algunas prendas de mi bolsa de deportes, y en la mesilla había una taza humeante. Me senté cuidadosamente sobre la cama, apoyándome contra el cabecero, las piernas cruzadas, y me acerqué la taza a la cara para saborear su aroma.

—Explícame eso del hada madrina —pedí. No me apetecía hablar de nada más apremiante, aún no.

—Las hadas son tu ser sobrenatural básico —explicó Claudine—. De nosotras surgen los elfos, los duendes, los ángeles y los demonios. Los duendes del agua, los hombres verdes, todos los espíritus naturales… Todos proceden de las hadas.

—Entonces, ¿tú qué eres? —preguntó Amelia. No pensó en marcharse, lo que no pareció importarle a Claudine.

—Intento convertirme en un ángel —dijo Claudine con suavidad. Sus grandes ojos marrones parecieron iluminarse—. Tras años de ser…, lo que podríamos llamar «una buena ciudadana», tengo a alguien a quien custodiar. A Sook, aquí presente. Y la verdad es que me ha mantenido muy ocupada. —Claudine parecía orgullosa y contenta.

—¿Y no entra en tus funciones evitar el dolor? —pregunté. Si así era, Claudine estaba haciendo un trabajo pésimo.

—No. Ojalá pudiera. —La expresión de su rostro ovalado se abatió ligeramente—. Pero puedo ayudarte a que te recuperes de los desastres y, a veces, puedo impedirlos.

—¿Las cosas podrían ser todavía peores si no te tuviera cerca?

Asintió vigorosamente.

—Te tomaré la palabra —dije—. ¿Cómo es que he conseguido que me asignen un hada madrina?

—No te lo puedo decir —dijo Claudine, y Amelia puso los ojos en blanco.

—No nos estamos enterando de muchas cosas, que digamos —dijo—. Y, en vista de los problemas que tuvimos anoche, a lo mejor no eres el hada madrina más competente del mercado, ¿eh?

—Oh, claro, señorita He-sellado-el-apartamento-para-que-todo-siguiera-fresco —repuse con ironía, indignada ante las dudas sobre la competencia de mi hada madrina.

Amelia saltó de la butaca, con el rostro enrojecido de la rabia.

—¡Pues sí que lo sellé! ¡Él se hubiera despertado del mismo modo cuando le tocara! ¡Yo no hice más que ralentizar el proceso!

—¡Habría sido de ayuda saber que estaba aquí dentro!

—¡Habría sido de más ayuda que tu prima no lo hubiera matado en un principio!

Ambas chillamos hasta alcanzar un parón en el diálogo.

—¿Estás segura de que eso fue lo que ocurrió? —pregunté—. ¿Claudine?

—No lo sé —dijo con voz plácida—. No soy ni omnipotente, ni omnisciente. Tan sólo aparezco para intervenir cuando puedo. ¿Recuerdas aquella vez que te quedaste dormida al volante y llegué justo a tiempo para salvarte?

Y, de paso, también me provocó un ataque al corazón del susto, apareciendo en el asiento del copiloto en un abrir y cerrar de ojos.

—Sí —dije, tratando de sonar humilde y agradecida—. Lo recuerdo.

—Es muy, muy difícil llegar a alguna parte tan deprisa —continuó ella—. Sólo puedo hacer cosas así en verdaderos casos de emergencia. Me refiero a una cuestión de vida o muerte. Afortunadamente, tuve algo más de tiempo cuando se incendió tu casa…

Claudine no nos diría cuáles eran las reglas, ni nos explicaría la naturaleza de quien las dictaba. Lo único que podría hacer era creerla sin más, algo que me había ayudado en buena parte de mi vida. Bien pensado, si me equivocaba, no quería saberlo.

—Interesante —dijo Amelia—. Pero hay algunas cosas nuevas de las que hablar.

A lo mejor se mostraba tan desdeñosa porque ella no tenía un hada madrina.

—¿De qué quieres hablar primero? —pregunté.

—¿Por qué abandonaste el hospital anoche? —Su expresión estaba llena de resentimiento—. Debiste habérmelo dicho. Me arrastré por esas escaleras anoche para buscarte, y mira dónde estabas. Y habías bloqueado la puerta. Así que tuve que bajar otra vez por las malditas escaleras a por mis llaves, acceder por una de las ventanas francesas y apresurarme, sobre esta pierna, para desactivar el sistema de alarma. Y me encuentro a esta loca sentada al pie de la cama, que bien podría haberme abierto sin más.

—¿No podrías haber abierto las ventanas con magia? —pregunté.

—Estaba demasiado cansada —dijo, llena de dignidad—. Tenía que recargar mis baterías mágicas, por así decirlo.

—Por así decirlo —dije con voz áspera—. Pues anoche descubrí… —y me quedé muda. Sencillamente era incapaz de hablar de ello.

—¿Descubriste el qué? —Amelia estaba exasperada, y no me extraña.

—Bill, su primer amante, fue enviado a Bon Temps para seducirla y ganarse su confianza —dijo Claudine—. Anoche lo admitió ante ella y su único otro amante, otro vampiro.

Como resumen, era perfecto.

—Pues… vaya mierda —dijo Amelia en voz baja.

—Sí —dije—. Y tanto.

—Ay.

—Sí.

—No puedo matarlo por ti —dijo Claudine—. Tendría que retroceder muchos pasos.

—No pasa nada —le dije—. No merece la pena perder *duendepuntos* por él.

—Oh, no soy un duende —explicó amablemente—. Pensaba que lo habías comprendido. Soy un hada de pura cepa.

Amelia estaba intentando no reírse. Le clavé la mirada.

—Venga, suéltalo ya, bruja —le dije.

—Vale, telépata.

—¿Y ahora qué? —pregunté al aire. No pensaba seguir hablando de mi corazón roto y mi destrozada autoestima.

—Tenemos que averiguar qué es lo que pasó —dijo la bruja.

—¿Cómo? ¿Llamamos al CSI?

Claudine parecía confusa, por lo que deduje que las hadas no veían mucho la tele.

—No —dijo Amelia con elaborada paciencia—. Haremos una reconstrucción ectoplásmica.

Estaba segura de que ahora mi expresión era clavada a la de Claudine.

—Vale, os lo explicaré —dijo Amelia con una amplia sonrisa—. Esto es lo que haremos.

Amelia, en el séptimo cielo del exhibicionismo de sus maravillosos poderes de bruja, nos contó a placer cómo se realizaba el procedimiento. Dijo que consumiría tiempo y energía, razón por la cual no se realizaba más a menudo. Y había que reunir al menos a cuatro brujas, según sus cálculos, para cubrir los metros cuadrados implicados en el asesinato de Jake.

—Y necesitaré brujas auténticas —dijo Amelia—. Gente que trabaje con calidad, no cualquier wiccana de tres al cuarto. —Amelia la emprendió contra las wiccanas durante un buen rato. Las despreciaba (injustamente) como advenedizas y trepas, según se desprendía, sin ninguna duda, de sus pensamientos. Lamenté sus prejuicios, puesto que había tenido ocasión de conocer a algunas wiccanas impresionantes.

Claudine me miró con expresión dubitativa.

—No estoy segura de que debamos presenciar esto —dijo.

—Puedes marcharte, Claudine. —Estaba dispuesta a experimentar cualquier cosa, con tal de olvidarme del boquete que tenía en el corazón—. Me quedaré a mirar. Tengo que saber qué ocurrió aquí. Ahora mismo hay demasiados misterios en mi vida.

—Pero tienes que visitar a la reina esta noche —me recordó Claudine—. Ya te perdiste anoche la oportunidad de hacerlo en un evento formal. Tengo que llevarte de compras, no voy a dejar que te presentes con la ropa de tu prima.

—No conseguiría meter el culo en ninguna prenda —dije.

—No querría meterse tampoco —respondió ella con la misma hosquedad—. Deja de comportarte como una cría, Sookie Stackhouse.

Me quedé mirándola, permitiendo que contemplara el dolor que llevaba dentro.

—Vale, lo pillo —dijo, dándome unas amables palmadas en la mejilla—. Es una mierda como una casa, pero tienes que superarlo. No es más que un tío.

Había sido el primer tío.

—Mi abuela llegó a servirle limonada —dije, y aquello volvió a invocar mis lágrimas.

—Eh —dijo Amelia—. Que le den, ¿vale?

Miré a la joven bruja. Era guapa, dura y una chiflada de cuidado, pensé. Tenía razón.

—Sí —dije—. ¿Cuándo puedes empezar con la ecto como se llame?

—Tengo que hacer algunas llamadas —contestó— y ver a quién puedo reunir. La noche siempre es más propicia para la magia, por supuesto. ¿Cuándo llamarás a la reina?

Me lo pensé.

—Cuando haya anochecido del todo —respondí—. Puede que a las siete.

—Debería llevar un par de horas —dijo Amelia, y Claudine asintió—. Vale, les diré que estén aquí a las diez, para dejar un margen de tiempo. Bueno, y estaría genial que la reina costease todo esto.

—¿Cuánto quieres cobrarle?

—Realmente no quiero nada; lo hago por la experiencia y para poder decir que he hecho una —dijo Amelia con franqueza—, pero las demás querrán unos emolumentos. Unos trescientos por cabeza, más el material.

—¿Y dices que necesitarás a otras tres brujas?

—Me gustaría que fuesen otras tres, pero con las que consiga reunir en tan poco tiempo… haré lo que pueda. Dos podrían bastar. Y el material debería costar… —Hizo unos rápidos cálculos mentales—. Alrededor de los sesenta dólares.

—¿Qué tendré que hacer yo?

—Observar. Yo haré el trabajo pesado.

—Se lo diré a la reina —respiré hondo—. Si no paga ella, lo haré yo.

—Está bien. Entonces estamos listas. —Se fue cojeando de la habitación felizmente, contando las cosas pendientes con los dedos. Oí cómo bajaba las escaleras.

—Tengo que curarte el brazo —dijo Claudine—. Y luego tenemos que buscarte algo de ropa.

—No me apetece gastar dinero en una visita de cortesía a la reina. —Especialmente si cabía la posibilidad de que tuviera que pagar a las brujas de mi bolsillo.

—No tienes por qué. Te lo regalo.

—Puede que seas mi hada madrina, pero no tienes por qué gastarte el dinero conmigo. —Tuve una repentina revelación—. Fuiste tú quien pagó la factura del hospital en Clarice.

Claudine se encogió de hombros.

—Qué más da, el dinero sale de mi club de *striptease,* no de mi trabajo normal. —Claudine era copropietaria de un club en Ruston, junto con Claude, que se encargaba del día a día del establecimiento. Claudine también trabajaba en el departamento de atención al cliente en unos grandes almacenes. La gente solía olvidarse de sus quejas ante la sonrisa de Claudine.

La verdad es que no me importaba tanto gastar el dinero del club como hacerlo con los ahorros personales de Claudine. No era muy lógico, pero era la verdad.

Claudine había aparcado su coche en la vía circular del patio, y ya estaba sentada dentro cuando bajé las escaleras. Había sacado un botiquín y me vendó el brazo. Luego me ayudó a ponerme algo de ropa. El brazo me dolía, pero no parecía estar infectado. Me sentía débil, como si hubiese tenido alguna enfermedad que provocase mucha fiebre y la pérdida de muchos líquidos. Así que me movía muy despacio.

Llevaba unos pantalones vaqueros con sandalias y una camiseta porque no tenía otra cosa.

—Está claro que no puedes ver a la reina de esa guisa —dijo ella, de forma amable pero determinada. Ya fuese porque estaba familiarizada con Nueva Orleans, o porque tuviera un buen karma para las compras, Claudine condujo directamente hasta una tienda de ropa en Garden District. Era la típica tienda que yo solía descartar cuando iba sola, por considerar que era para mujeres más sofisticadas y con mucho más dinero del que yo disponía. Claudine llevó el coche directamente al aparcamiento, y al cabo de cuarenta y cinco minutos ya teníamos un vestido. Era de gasa y tenía las mangas cortas. Tenía infinidad de colores: turquesa, cobre, marrón, marfil. Las sandalias de tira que llevaba con el vestido eran marrones.

Sólo me faltaba ser socia del club de campo.

Claudine se guardó la etiqueta del precio.

—Déjate el pelo suelto —me aconsejó—. No necesitas un peinado especial para lucir el vestido.

—Sí, ya es llamativo de por sí —dije—. ¿Quién es Diane von Furstenburg? ¿No es muy caro? ¿No es un poco descubierto para esta época?

—Puede que tengas un poco de frío si te lo pones en marzo —concedió Claudine—. Pero podrás ponértelo cada verano, durante años. Tienes un aspecto estupendo. Y la reina sabrá que te tomaste tu tiempo para ponerte algo adecuado para ir a verla.

—¿No puedes acompañarme? —pregunté, un poco triste—. No, claro que no puedes. —Los vampiros zumban alrededor de las hadas igual que los colibríes alrededor del agua dulce.

—Puede que no sobreviviera —dijo, consiguiendo sonar avergonzada por que aquello le impidiera permanecer a mi lado.

—No te preocupes. Después de todo, lo peor ya ha pasado, ¿no? —Extendí las manos—. Solían amenazarme, ¿sabes? Si no hacía lo que querían, solían amenazar con represalias hacia Bill. Eh, ¿sabes qué? Ya no me importa.

—Piensa antes de hablar —me aconsejó Claudine—. No puedes ser impertinente con la reina. Ni siquiera un trasgo lo sería.

—Lo prometo —dije—. Agradezco de veras que hayas venido hasta aquí, Claudine.

Me fundí con ella en un gran abrazo. Claudine era tan alta y delgada, que era como abrazar un árbol de corteza suave.

—Ojalá no hubiese sido necesario —dijo.

Capítulo

17

La reina era propietaria de un bloque de edificios en el centro de Nueva Orleans, puede que a tres manzanas del barrio francés. Eso da una buena pista del dinero que maneja. Cenamos temprano (de repente me di cuenta del hambre que tenía), y luego Claudine me dejó a un par de manzanas, porque cerca de la sede de la reina había demasiado tráfico y estaba todo atestado de turistas. Si bien el gran público no sabía que Sophie-Anne Leclerq era una reina, sí estaba al tanto de que era una vampira muy adinerada con un montón de propiedades inmobiliarias y que se gastaba ingentes cantidades de dinero en la comunidad. Además, sus guardaespaldas eran de procedencia muy variada y habían recibido un permiso especial para llevar armas dentro de los límites de la ciudad. Eso quería decir que sus propiedades, oficinas y viviendas estaban en la lista turística de lugares que debían visitarse, sobre todo de noche.

Aunque el tráfico rodeaba el edificio de día, por la noche, las calles de la zona sólo estaban abiertas para los peatones. Los autobuses paraban a una manzana, y los guías turísticos conducían a los forasteros por el edificio reformado. Grupos organizados y turistas independientes incluían lo que los guías llamaban «Sede vampírica» en sus planos.

La seguridad saltaba a la vista. Todo el edificio podría ser perfectamente un objetivo potencial de la Hermandad del Sol.

Algunos negocios de vampiros habían sido atacados en otras zonas del país, y la reina no estaba dispuesta a perder su no vida de esa manera.

Los vigilantes de servicio eran vampiros, y ponían los pelos de punta al más pintado. La reina tenía su propio SWAT vampírico. Aunque estas criaturas eran letales por sí mismas, la reina se había dado cuenta de que los humanos prestaban más atención si veían siluetas reconocibles. Así que no sólo los hacía ir fuertemente armados, sino que lucían chalecos antibalas negros sobre uniformes del mismo color. Eran unos asesinos letales de lo más chic.

Claudine me había preparado para todo eso durante la cena, por lo que me sentí muy bien informada cuando me dejó. También me dio la impresión de acudir a una fiesta en el jardín de la reina de Inglaterra con mi nueva ropa. Al menos no tenía que llevar sombrero. Pero mis tacones marrones corrían peligro sobre el tosco suelo.

—Contemplen la sede de la vampira más famosa y prominente de Nueva Orleans, Sophie-Anne Leclerq —le estaba diciendo un guía a su grupo. Vestía un llamativo atuendo de estilo colonial: sombrero de tricornio, calzones hasta las rodillas, medias y zapatos abotonados. Dios mío de mi vida. Cuando me paré a escuchar, sus ojos repararon en mí, repasaron mi atuendo, y se agudizaron con interés—. Quienquiera que acuda a una recepción de Sophie-Anne, no puede hacerlo con ropa de diario. —Mantuvo allí al grupo y me dedicó unos gestos—. Esta joven señorita lleva una ropa más que adecuada para una entrevista con la vampira…, una de las vampiras más ilustres de Estados Unidos. —Sonrió al grupo, invitándoles a compartir con él la referencia.

Había otros cincuenta vampiros tan prominentes como ella. Puede que no tan coloridos u orientados a las relaciones públicas como Sophie-Anne Leclerq, pero la gente no tenía ni idea.

En vez de rodearlo del típico aire mortal y exótico, el «castillo» de la reina se parecía más a una Disneylandia macabra, gracias a los vendedores ambulantes de recuerdos, los guías turísticos y los tímidos curiosos. Había incluso un fotógrafo. En cuanto me acerqué al primer anillo de seguridad, un hombre se puso delante de mí de un salto y me sacó una foto. El flash me dejó petrificada y lo miré (al menos miré hacia donde creía que se encontraba) mientras los ojos se me volvían a acostumbrar a la oscuridad. Cuando por fin pude verlo bien, descubrí que era un hombre pequeño y mugriento con una gran cámara y expresión decidida. Se apartó de inmediato hacia lo que supuse que era su posición habitual, una esquina del lado opuesto de la calle. No se ofreció a venderme la foto o a darme una explicación sobre dónde podría comprarla. Sencillamente no dijo nada.

Tuve una mala sensación acerca del incidente. Cuando hablé con uno de los guardias, mis sospechas se confirmaron.

—Es un espía de la Hermandad —dijo el vampiro, señalando con la cabeza en dirección al hombrecillo. Comprobó que mi nombre estaba en una lista sujeta con un clip. El guardia era un hombre corpulento, de piel marrón y una nariz curvada como el arco iris. Nació humano en alguna parte de Oriente Medio, hace no se sabe cuánto. El parche adherido con velcro a su casco ponía «Rasul»—. Tenemos prohibido matarlo —continuó Rasul, como si estuviese explicando una costumbre local algo embarazosa. Me sonrió, lo cual resultó también desconcertante. El casco le cubría buena parte de la cara, y la correa de seguridad era de las que redondean la barbilla, por lo que apenas podía ver nada de ella. Entre lo poco que se percibía estaban, por el momento, sus blancos y afilados dientes—. La Hermandad fotografía a cualquiera que entre o salga del edificio, y no parece que haya nada que podamos hacer, ya que queremos mantener la buena voluntad de los humanos.

Rasul asumió correctamente que yo era una aliada de los vampiros, al estar en la lista de invitados. Me trató con una camaradería que hallé relajante.

—Sería maravilloso que le pasase algo a su cámara —sugerí—. Yo ya estoy en la lista negra de la Hermandad.

Aunque me sentía culpable por pedirle a un vampiro que arreglase un accidente contra otro ser humano, estaba demasiado apegada a mi vida como para no querer que pasara.

Sus ojos centellearon cuando pasamos bajo una farola. La luz incidió en ello de tal modo que, por un momento, lanzaron un tenue destello rojo, como la gente normal a veces, cuando les sacan una foto con flash.

—Por extraño que parezca, ya le han pasado algunas cosas a su cámara —dijo Rasul—. De hecho, dos de ellas quedaron machacadas sin posibilidad de reparación. ¿Qué más da un accidente más? No doy nada por hecho, pero haremos todo lo que esté en nuestra mano, adorable señorita.

—Muchas gracias —dije—. Te agradecería cualquier cosa que pudieras hacer. Más tarde, es posible que hable con una bruja que quizá podría encargarse del problema por vosotros. Quizá podía hacer que todas las fotos saliesen veladas, o algo así. Deberíais llamarla.

—Es una idea excelente. Ésta es Melanie —dijo, cuando llegamos a las puertas principales—. La dejo con ella y vuelvo a mi puesto. ¿Qué le parece si nos vemos a la salida y me da el teléfono y la dirección de la bruja?

—Claro —convine.

—¿Le ha dicho alguien alguna vez que desprende un maravilloso olor a hada? —dijo Rasul.

—Oh, es que acabo de estar con mi hada madrina. —expliqué—. Me llevó de compras.

—Y el resultado es maravilloso —dijo gentilmente.

—Eres un adulador. —No pude evitar corresponder con una sonrisa. Mi ego había recibido un golpe en el plexo solar la noche anterior (pero ya no estaba pensando en ello, claro), y algo como la humilde admiración del guardia era justo lo que necesitaba, aunque hubiese sido el olor de Claudine lo que la había provocado.

Melanie era una mujer delicada, a pesar del uniforme SWAT.

—Qué rico, huele a hada —dijo, y consultó su propia lista—. ¿Es usted Stackhouse? La reina la esperaba anoche.

—Me hice daño. —Extendí el brazo, mostrando el vendaje. Gracias a un montón de Advil, el dolor se había reducido a un leve palpitar.

—Sí, algo me han contado. El neonato se lo está pasando en grande esta noche. Ha recibido instrucciones, tiene mentor y disfruta de un donante voluntario. Cuando vuelva más en sí, podrá decirnos cómo lo convirtieron.

—¿Oh? —Noté que la voz me fallaba cuando me di cuenta de que estaba hablando de Jake Purifoy—. ¿Podría no recordarlo?

—Si fue un ataque por sorpresa, es posible que no recuerde nada durante un tiempo —respondió, encogiéndose de hombros—. Pero la memoria siempre vuelve, tarde o temprano. Mientras tanto, disfrutará de barra libre. —Se rió ante mi mirada inquisitiva—. Se apuntan por tener el privilegio, ya sabe. Estúpidos humanos. —Volvió a encogerse de hombros—. Cuando has pasado por la emoción de alimentarte, eso ya no tiene ningún secreto. La verdadera diversión estriba en la caza.

Melanie no estaba de acuerdo con la nueva política vampírica de alimentarse sólo de humanos voluntarios o de sangre sintética. Echaba de menos la antigua dieta.

Traté de parecer educadamente interesada.

—Cuando la presa se presta a ello tomando la iniciativa, no es lo mismo —gruñó—. Estas modernidades… —Agitó su pequeña cabeza en grave exasperación. Como era tan pequeña y su casco casi le comía toda la cabeza, no pude evitar una sonrisa.

—Entonces, ¿se despierta y le dais al voluntario? ¿Como si soltarais un ratón en el terrario de una serpiente? —Hice un esfuerzo por mantener la expresión seria. No quería que Melanie pensara que me reía de ella.

Tras un momento de suspicacia, Melanie habló:

—Más o menos. Se le forma primero. Hay más vampiros presentes.

—¿Y el voluntario sobrevive?

—Firman una exculpación de antemano —dijo Melanie con cuidado.

Me estremecí.

Rasul me había escoltado desde el otro lado de la calle hasta la entrada principal a la sede de la reina. Era un edificio de oficinas de dos plantas, quizá de la década de los cincuenta, y ocupaba toda una manzana. En otros lugares, el sótano habría hecho las veces de refugio para los vampiros, pero Nueva Orleans está por debajo del nivel del mar y eso era imposible. Todas las ventanas habían sido tratadas a tal efecto. Los paneles que las cubrían estaban decorados con motivos del *Mardi Gras*[*], de modo que el edificio, de ladrillo visto, estaba salpicado de diseños rosas, púrpuras y verdes con fondo blanco o negro. También había parches iridiscentes en las contraventanas, como los adornos del propio *Mardi Gras*. El efecto resultaba desconcertante.

—¿Qué hace cuando monta una fiesta? —pregunté. Aparte de las contraventanas, el aspecto prosaicamente cuadrado de las oficinas era de todo menos festivo.

—Oh, es dueña de un antiguo monasterio —dijo Melanie—. Puede llevarse un folleto antes de marcharse. Allí es donde se celebran todas las ceremonias de Estado. Algunos de los más antiguos no pueden entrar en la vieja capilla, pero aparte de eso… Está rodeado por un muro alto, por lo que es fácil de vigilar, y la decoración es muy bonita. La reina tiene apartamentos allí, pero es demasiado peligroso para vivir todo el año.

No se me ocurrió nada que decir. Dudaba mucho de que pudiera ver la residencia de Estado de la reina. Pero Melanie parecía aburrida e inclinada a la charla.

—Tengo entendido que es la prima de Hadley —sondeó.

—Así es.

---

[*] *Mardi Gras* es el nombre que recibe el Carnaval que se celebra en Nueva Orleáns.

—Es extraño pensar en familiares vivos. —Apartó la mirada por un momento, con toda la melancolía que podía permitirse un vampiro. Luego pareció sacudirse mentalmente—. Hadley no estaba mal para ser una chiquilla. Pero pareció dar por sentado que como vampira viviría eternamente. —Melanie agitó la cabeza—. Nunca debió cruzarse en el camino de alguien tan antiguo y astuto como Waldo.

—Y que lo digas.

—Chester —llamó Melanie. Chester era el siguiente guardia de la fila, y se encontraba junto a una figura ataviada con lo que empezaba a resultarme ya familiar: el uniforme SWAT.

—¡Bubba! —exclamé, en cuanto el vampiro dijo: «¡Señorita Sookie!».

Bubba y yo nos abrazamos, para diversión de los vampiros. Ellos no suelen estrecharse la mano en circunstancias normales, y un abrazo es, como mínimo, igual de estrafalario en su cultura.

Me alegró ver que no le habían dejado llevar un arma, sino sólo los accesorios de la vestimenta. La ropa militar no le sentaba mal, y eso le dije.

—El negro te queda muy bien con el pelo —le dije, y Bubba esbozó su célebre sonrisa.

—Es usted supermaja por decirme eso —dijo—. Muchas gracias.

En otro tiempo, el planeta entero habría reconocido la cara y la sonrisa de Bubba. Cuando lo llevaron a una morgue de Phoenix, un empleado vampiro detectó en él un diminuto atisbo de vida. Y como era un gran fan suyo, se echó a la espalda la responsabilidad de traer de vuelta al famoso cantante, y así nació la leyenda. Por desgracia, el cuerpo de Bubba estaba tan saturado de drogas y daños físicos, que la conversión no salió del todo bien, y el mundo vampírico se fue turnando para cuidar de Bubba; era una auténtica pesadilla para las relaciones públicas.

—¿Cuánto llevas aquí, Bubba? —pregunté.

—Oh, un par de semanas, pero me gusta mucho —respondió—. Hay muchos gatos callejeros.

—Qué bien —dije, tratando de no pensar en ello de forma demasiado gráfica. Me encantan los gatos, al igual que a Bubba, pero no nos gustan en el mismo sentido.

—Los humanos que le ven creen que es un imitador —dijo Chester en voz baja. Melanie había vuelto a su puesto, y Chester, que había sido un muchacho de pelo rubio, procedente de algún lugar remoto, con una dentadura defectuosa cuando fue convertido, era quien ahora estaba a mi cargo—. Eso no da ningún problema la mayoría de las veces. Pero, de vez en cuando, alguno le llama por el que solía ser su nombre. O le piden que cante.

En esos días, Bubba cantaba ya muy raras veces, aunque de vez en cuando se podía conseguir que entonara una o dos canciones. Solían ser ocasiones memorables. Aun así, la mayor parte de las veces, negaba que pudiera cantar una sola nota, y solía ponerse muy nervioso cuando lo llamaban por su verdadero nombre.

Nos fue siguiendo, mientras Chester me guiaba más allá, edificio adentro. Giramos y ascendimos un piso, encontrándonos con cada vez más vampiros (y algún que otro humano), yendo de acá para allá con aire determinado. Era como cualquier edificio de oficinas, cualquier día de la semana, salvo que los trabajadores eran vampiros y que el cielo estaba más oscuro del que nunca se había visto en Nueva Orleans. A medida que avanzábamos, me di cuenta de que algunos vampiros parecían más tranquilos que otros. Caí en que los que estaban más agitados tenían los mismos broches prendidos al cuello, broches con la forma del Estado de Arkansas. Debían de formar parte del séquito del marido de la reina, Peter Threadgill. Cuando uno de los vampiros de Luisiana se topó con uno de los de Arkansas, el segundo lanzó un gruñido, y por un momento pensé que se produciría una pelea en un pasillo por culpa de un silencioso incidente.

Ay, cómo me hubiese gustado salir de allí. La atmósfera estaba muy tensa.

Chester se detuvo ante una puerta que no parecía muy diferente a las otras que estaban cerradas, de no ser por los dos enormes vampiros que había a ambos lados. Ambos debieron de ser considerados como gigantes en su tiempo. Medirían casi dos metros. Parecían hermanos, pero puede que sólo se pareciesen en el tamaño y las caras, así como en el color castaño del pelo, y que eso desencadenase la comparación: hombros anchos, barba, coleta que llegaba a la espalda, ambos con pinta de ser carne para el circuito de lucha libre. Uno de ellos lucía una enorme cicatriz que le cruzaba la cara, sufrida antes de la muerte, por supuesto. El otro debió de sufrir alguna enfermedad de la piel en su vida original. No eran meros objetos decorativos; eran absolutamente letales.

Por cierto, un promotor tuvo la idea de organizar un circuito de lucha libre para vampiros un par de años atrás, pero no cuajó. En el primer combate, un vampiro arrancó el brazo del otro mientras se retransmitía en directo por la televisión. Los vampiros no acaban de pillar el concepto de lucha de exhibición.

Esos dos tenían una buena colección de cuchillos, y cada uno llevaba un hacha en el cinturón. Supongo que pensaban que si alguien llegaba tan lejos, las armas de fuego no serían ya de demasiada utilidad. Además, sus propios cuerpos eran ya arma suficiente.

—Bert, Bert —dijo Chester, haciendo sendos gestos a los vampiros—. Ella es la señorita Stackhouse; la reina quiere verla.

Se dio la vuelta y se marchó, dejándome con los guardaespaldas de la reina.

Gritar no parecía la mejor idea, así que dije:

—No me puedo creer que los dos tengáis el mismo nombre. Se ha equivocado, ¿verdad?

Dos pares de ojos marrones se clavaron en mí atentamente.

—Yo soy Sigebert —dijo el de la cicatriz con un fuerte acento que no fui capaz de identificar. Pronunció su nombre tal que así: «Si-ya-bairt». Chester había usado una versión muy americanizada de lo que debía de ser un nombre muy antiguo—. Ésste ess mi herrmano Wybert.

«¿Éste es mi hermano *Way-bairt*?».

—Hola —dije, procurando no dar un respingo—. Yo soy Sookie Stackhouse.

No parecían muy impresionados. Justo en ese momento, una de las vampiras con broche pasó rozando, lanzando una mirada de velado menosprecio a los hermanos, y la atmósfera del pasillo se volvió letal. Sigebert y Wybert miraron fijamente a la vampira, una mujer alta en traje de ejecutiva, hasta que dobló una esquina. Luego, su atención volvió a posarse en mí.

—La rreina esstá… ocuppadda —dijo Wybert—. Cuando quiera que entres en su estancia, la luz se encenderá. —Indicó una luz redonda adosada a la pared, a la derecha de la puerta.

Así que estaría allí varada durante un plazo indefinido; hasta que la luz se encendiera.

—¿Vuestros nombres significan algo? Intuyo que son… ¿inglés antiguo? —oí que decía mi voz.

—Somos sajones. Nuesstrro paddrre viajó de Alemmannia a Inglaterra, como ahorra la llamáis —dijo Wybert—. Mi nombre siggnificca Batalla Reluciente.

—Y el mío Victorria Reluciente —añadió Sigebert.

Recordé un programa que vi en el Canal de Historia. Los sajones acabaron convirtiéndose en los anglosajones, y luego fueron sometidos por los normandos.

—Entonces, os han criado como guerreros —dije, tratando de parecer inteligente.

Intercambiaron miradas.

—No había otra cossa —dijo Sigebert. El extremo de su cicatriz se contoneaba cada vez que hablaba, y yo procuraba no mirarla demasiado—. Somoss hijoss de un Caudillo.

Se me ocurrieron cien preguntas que hacerles sobre sus vidas humanas, pero hacerlo en medio de un pasillo de un edificio de oficinas en plena noche no me pareció el mejor momento.

—¿Y cómo os convertisteis en vampiros? —pregunté—. Quizá es una cuestión muy sensible. Si lo es, olvidadla. No quiero remover heridas.

De hecho, Sigebert se miró levemente, como si buscase las heridas de las que hablaba, así que llegué a la conclusión de que el idioma coloquial no era su punto fuerte.

—Esta mujer… muy bella… vino a nosotrross la noche antes de la batalla —dijo Wybert a tropezones—. Dijo… nosotros somos máss fuerrtess si ella… nos posee.

Me miraron inquisitivamente, así que asentí para dar a entender que comprendía que Wybert decía que una vampira había mostrado su interés en acostarse con ellos. ¿O lo habían entendido ellos así? No sabría decirlo. Pensé que la vampira era muy ambiciosa al tomar a esos dos humanos a la vez.

—Ella no dijo que lucharríamos sólo de noche despuéss de esso —dijo Sigebert encogiéndose de hombros, como para decir que algo se les había escapado—. No hicimos muchas prreguntass. ¡Demassiado ansiososs! —Y sonrió. Vale, no hay nada tan temible como un vampiro al que sólo le quedan los colmillos. Puede que Sigebert tuviera más dientes en el fondo de la boca, unos que no era capaz de divisar desde mi altura, pero los dientes completos, aunque podridos, de Chester se me antojaron perfectos en comparación.

—Eso debió de ocurrir hace mucho tiempo —dije, incapaz de pensar en otra cosa—. ¿Cuánto tiempo lleváis trabajando para la reina?

Sigebert y Wybert se miraron el uno al otro.

—Dessde essa noche —dijo Wybert, asombrado por que no le hubiera comprendido—. Somoss suyoss.

Mi respeto por la reina, y puede que mi miedo, eclosionó en ese momento. Sophie-Anne, si es que ése era su nombre, había sido valiente, estratégica y ambiciosa en su carrera como líder vampírica. Los había convertido y los había mantenido junto a ella mediante un vínculo (cuyo nombre no iba a repetirme ni siquiera a mí misma) que, según me había explicado, era más poderoso que cualquier otra ligazón emocional para un vampiro.

Para mi alivio, la luz verde se encendió en la pared.

—Entrra ahorra —dijo Sigebert, y abrió la pesada puerta. Él y su hermano se despidieron de mí con un gesto de la cabeza mientras atravesaba el umbral de una sala que se parecía al despacho de cualquier ejecutivo. Sophie-Anne Leclerq, reina de Luisiana, y otro vampiro, estaban sentados ante una mesa redonda atestada de papeles. Ya había visto a la reina antes, cuando vino a mi casa para hablarme de la muerte de mi prima. Entonces no me di cuenta de lo joven que debía ser cuando murió, puede que no tuviera más de quince años. Era una mujer elegante, frisando por poco, quizá, el metro setenta, y estaba acicalada hasta la última pestaña. Maquillaje, vestido, pelo, medias, joyería. Toda la carne al asador.

El vampiro que estaba a su lado era su equivalente masculino. Llevaba un traje que debía de costar lo que mi factura de la televisión por cable de un año. Estaba afeitado, le habían hecho la manicura y olía de tal manera que ya no parecía un hombre. En el bosque donde vivo, rara vez veo hombres tan acicalados. Di por hecho que estaba ante el nuevo rey. Me pregunté si murió tal como lo veía ahora; de hecho, me pregunté si la funeraria lo habría acicalado así, inconsciente de que su descenso bajo tierra sólo iba a ser temporal. De ser ése el caso, era más joven que su reina. Puede que la edad no fuese un requisito cuando uno aspira a la realeza.

Había otras dos personas en la sala. Un hombre, de apenas un metro, detrás de la silla de la reina, con las piernas separadas y las manos sujetas por delante. Tenía el pelo muy corto, de un rubio casi blanco, y unos ojos brillantes y azules. Su rostro carecía de madurez; parecía un niño grande, pero con los hombros de un hombre. Iba trajeado, y estaba armado con un sable y una pistola.

Detrás del hombre de la mesa había una mujer, una vampira, vestida de rojo: pantalones amplios, camiseta y zapatillas Converse. Su elección no era muy afortunada. No le sentaba bien el rojo. Era asiática, y pensé que podría ser de Vietnam (país que, probablemente, en su momento se llamaría de una forma bien distinta). Tenía unas uñas muy cortas y sin pintar, y una aterradora espada enfundada a la espalda. Cualquiera diría que le habían cortado el pelo a la altura de la barbilla con unas tijeras herrumbrosas. Tenía la cara poco agraciada que Dios le había dado.

Dado que nadie me había informado sobre cuál era el protocolo adecuado, incliné mi cabeza hacia la reina y dije:

—Me alegro de volver a verla, señora. —Y traté de agradar al rey repitiendo el gesto de la cabeza. Los dos de atrás, que debían de ser asistentes o guardaespaldas, recibieron inclinaciones menores. Me sentí como una idiota, pero no quería pasarlos por alto. Aun así, ellos no tuvieron ningún problema en ignorarme a mí, después de lanzarme unas miradas exhaustivas y amenazadoras.

—Has vivido algunas aventuras en Nueva Orleans —dijo la reina a modo de cauta introducción. No sonreía, pero tampoco parecía hacerlo a menudo.

—Así es, señora.

—Sookie, te presento a mi marido, Peter Threadgill, rey de Arkansas. —No mostró el menor rastro de afecto en su cara. Bien podría haber estado presentándome a su mascota, *Copito de Nieve*.

—Hola, ¿qué tal? —dije, y repetí el gesto de la cabeza, añadiendo rápidamente «señor». Vale, ya estaba cansada del jueguecito.

—Señorita Stackhouse —dijo, antes de devolver su atención a los papeles que tenía delante. La mesa redonda era amplia, y estaba cubierta de cartas, impresiones de ordenador y un surtido de papeles (¿documentos bancarios?).

Mientras me sentía aliviada por no ser objeto del interés del rey, empecé a preguntarme qué hacía yo allí. Me hice una idea cuando la reina empezó a preguntarme por la noche anterior. Le conté con todo el detalle posible lo ocurrido.

Parecía muy seria mientras le contaba lo del conjuro estático de Amelia, y sus efectos sobre el cuerpo.

—¿No crees que la bruja sabía de la presencia del cuerpo cuando lanzó el conjuro? —preguntó la reina. Me di cuenta de que, si bien los ojos del rey estaban clavados en sus papeles, no los había movido desde que empecé a hablar. Claro que quizá era una persona de lectura lenta.

—No, señora. Sé que Amelia no tenía ni idea de que hubiera un cuerpo.

—¿Lo sabes por tu habilidad telepática?

—Sí, señora.

Peter Threadgill me miró entonces, y vi que sus ojos eran de un gris glacial algo inusual. Su cara era muy angulosa: nariz como una hoja afilada, labios finos y rectos, pómulos altos.

Los monarcas eran atractivos, pero no de una forma que me impresionara especialmente. Tuve la sensación de que el sentimiento era mutuo. A Dios gracias.

—Tú eres la telépata que mi querida Sophie quiere llevar a la conferencia —dijo Peter Threadgill.

Como me estaba diciendo algo que ya sabía, no sentí la necesidad de responder. Pero la discreción le ganó la mano a la llana irritación.

—Así es.

—Stan tiene uno —explicó la reina a su marido, como si los vampiros coleccionasen telépatas del mismo modo que los entusiastas de los perros springer spaniels.

El único Stan al que conocía era el líder de los vampiros de Dallas, y el único telépata al que había conocido vivía allí. Por las palabras de la reina, deduje que la vida de Barry el botones había cambiado mucho desde que nos vimos. Al parecer, ahora trabajaba para Stan Davis. No sabía si Stan era el sheriff o el rey, porque por aquel entonces no sabía que los vampiros tuvieran cosas parecidas.

—¿Eso quiere decir que deseas igualar tu séquito al de Stan? —le preguntó Peter Threadgill a su esposa de un modo claramente poco afectivo. A tenor de las pistas que me habían lanzado, saltaba a la vista que no era una relación romántica. Si tuviese que decidir de qué se trataba, diría que no llegaba tan siquiera a una relación lujuriosa. Sabía que la reina se había aficionado a mi prima Hadley carnalmente, y los dos hermanos de la puerta me dieron a entender que les daba marcha. Peter Threadgill no se acercaba a ninguno de esos casos en el espectro. Pero puede que eso tan sólo demostrase que la reina era omnisexual, si es que la palabra existe. Tendría que consultar el término cuando volviese a casa. Si alguna vez volvía.

—Si Stan ve una ventaja emplear a una persona así, no puedo por menos que tenerlo en consideración, especialmente dado que tenemos una tan fácilmente disponible.

Así que yo era una mercancía.

El rey se encogió de hombros. No me había hecho tampoco muchas expectativas, pero esperaba que el rey de un estado tan agradable, pobre y pintoresco como Arkansas fuese menos sofisticado y tuviese más sentido del humor. Puede que Peter Threadgill fuera un aventurero de Nueva York. Los acentos de los vampiros solían abarcar todo el mapa (literalmente), y era imposible reconocer el suyo.

—¿Y qué crees que pasó en el apartamento de Hadley? —me preguntó la reina, volviendo al tema original.

—No sé quién atacó a Jake Purifoy —dije—, pero la noche que Hadley fue al cementerio con Waldo, el cuerpo exangüe de Jake acabó en su armario. No sabría decir cómo llegó allí. Por eso Amelia va a hacer una ecto no sé qué esta noche.

La expresión de la reina cambió; de hecho, parecía interesada.

—¿Va a realizar una reconstrucción ectoplásmica? Había oído hablar de ellas, pero nunca había visto una.

El rey parecía más que interesado. Durante una fracción de segundo, pareció extremadamente enfadado.

Me obligué a centrarme en la reina.

—Amelia se preguntaba si usted no tendría inconveniente en… financiarla. —Me pregunté si sería apropiado añadir «mi señora», pero no fui capaz de hacerlo.

—No sería mala inversión, habida cuenta de que nuestro nuevo vampiro podría habernos metido en un buen lío. Si se hubiese perdido entre la población… Estaré encantada de pagar.

Lancé un suspiro de puro alivio.

—Creo que yo también miraré —añadió la reina antes de que pudiera exhalar.

Me pareció la peor idea del mundo. Pensé que la presencia de la reina halagaría tanto a Amelia que la dejaría seca de magia. No obstante, no tenía la menor intención de decirle a Su Majestad que no era bienvenida.

Peter Threadgill alzó la mirada de golpe cuando la reina anunció que observaría la reconstrucción.

—No creo que debas hacerlo —dijo con voz suave y autoritaria—. A los gemelos y a Andre les costará protegerte en un barrio como ése.

Me pregunté si el rey de Arkansas tenía la menor idea de cómo era el barrio de Hadley. Lo cierto es que era una zona tranquila de clase media, sobre todo si la comparábamos con el zoo que era la sede central de los vampiros, con el constante flujo de turistas, piquetes y fanáticos con cámaras.

Sophie-Anne ya se disponía a salir. Su preparación consistió en mirarse en un espejo para asegurarse de que su aspecto impecable seguía impecable y deslizarse en sus zapatos de tacón alto, que estaban bajo la mesa. Había estado sentada, descalza. El detalle me dibujó una Sophie-Anne Leclerq más real. Había una personalidad detrás de esa brillante apariencia.

—Supongo que querrás que Bill nos acompañe —me dijo la reina.

—No —solté. Vale, eso sí que era personalidad, y era desagradable y cruel.

La reina pareció genuinamente sorprendida. Su marido se mostró ultrajado ante mi grosería, alzando de repente la cabeza y taladrándome con esos ojos grises refulgentes de ira. La reina simplemente dio marcha atrás ante mi reacción.

—Pensaba que erais pareja —dijo con una voz perfectamente equilibrada.

Me mordí la lengua para cortar mi primera respuesta. Traté de recordar con quién estaba hablando y, casi en un susurro, expliqué:

—Ya no lo somos —respiré hondo e hice un gran esfuerzo—. Lamento haber sido tan brusca. Perdóneme, se lo ruego.

La reina se limitó a mirarme durante unos segundos más, y ni así obtuve la menor pista sobre sus pensamientos, emociones o intenciones. Era como mirar a una antigua bandeja de plata: superficie brillante, con motivos elaborados, y áspera al tacto. Hadley había sido toda una osada al acostarse con una mujer tan alejada de mi comprensión.

—Estás perdonada —dijo, finalmente.

—Eres demasiado indulgente —señaló su marido, mostrando al fin algo de sí mismo. Sus labios se torcieron en algo parecido a una mueca de refunfuño, y descubrí que no quería ser el centro de esa luminosa mirada durante un segundo más. Tampoco me gustaba la forma en que la asiática de rojo me miraba. Cada vez que me fijaba en su corte de pelo, se me ponía el mío de punta. Dios, si hasta la señora mayor que le hacía la permanente a mi abuela tres veces al año habría hecho un mejor trabajo que el Peluquero Diabólico.

—Regresaré dentro de una o dos horas, Peter —dijo Sophie-Anne, con mucha precisión y en un tono que podría haber partido un diamante. El hombre bajito, con su rostro aniñado e inexpresivo, se colocó a su lado en un segundo, extendiendo el brazo para ayudarla a levantarse. Supuse que se trataba de Andre.

La atmósfera podía cortarse a cuchillo. Qué ganas tenía de estar en otra parte.

—Me quedaría más tranquilo si supiese que Flor de Jade te acompaña —dijo el rey. Hizo un gesto hacia la mujer de rojo. Flor de Jade, y una mierda; más bien parecía Asesina de Piedra. La expresión de la asiática no varió un ápice ante la oferta del rey.

—Pero eso te dejaría solo —dijo la reina.

—No es verdad. El edificio está lleno de guardias y vampiros leales —contestó Peter Threadgill.

Vale, hasta yo pillé ésa. Los guardias, que servían a la reina, estaban separados de los vampiros leales, que eran los que suponía que Peter había traído consigo.

—En ese caso, será un orgullo contar con una luchadora como Flor de Jade a mi lado.

Puaj. No sabía si la reina hablaba en serio o simplemente trataba de aplacar a su marido, aceptando la oferta. A lo mejor se reía delante de su cara ante la triste estrategia del rey por asegurarse de que su espía estuviese presente durante la reconstrucción ectoplásmica. La reina utilizó el intercomunicador para llamar a la habitación segura de abajo (o arriba, a saber), donde tenían a Jake Purifoy y lo estaban educando en la forma de vida vampírica.

—Doblen la guardia de Purifoy —ordenó—. Y que me informen en cuanto recuerde algo. —Una voz servil le hizo saber a Sophie-Anne que sería la primera en enterarse.

Me pregunté por qué Jake necesitaría que le redoblaran la guardia. Me costó preocuparme genuinamente por su bienestar, pero estaba claro que la reina sí lo estaba.

Y allá nos fuimos, la reina, Flor de Jade, Andre, Sigebert, Wybert y yo. Supongo que no era la primera vez que estaba en una compañía pintoresca, pero me costó saber cuándo me había visto en una parecida. Después de dar muchas vueltas por los pasillos, accedimos a un garaje custodiado y nos metimos en una limusina alargada. Andre hizo un gesto con el dedo gordo a uno de los guardias, indicando que le tocaba conducir. Aún no había escuchado al vampiro con cara de niño decir una sola palabra. Para mi regocijo, el conductor resultó ser Rasul, que ya me parecía un viejo amigo en comparación con los demás.

Sigebert y Wybert se sentían incómodos en el coche. Eran los vampiros más inflexibles que jamás había conocido, y me pregunté si su íntima asociación con la reina no habría sido la causa de su decadencia. No habían tenido la necesidad de cambiar, y cambiar con el paso del tiempo era el método de supervivencia vampírico por excelencia, antes de la Gran Revelación. Y así había sido durante los siglos en los que no se había aceptado la existencia de los vampiros con la tolerancia que había mostrado actualmente Estados Unidos. Los dos vampiros habrían sido felices llevando puestas unas pieles y prendas tejidas a mano, y se habrían sentido como en casa, metidos en unas botas de cuero igualmente confeccionadas, y llevando consigo sus escudos y sus espadas.

—Eric, tu sheriff, vino a hablar conmigo anoche —me contó la reina.

—Lo vi en el hospital —dije, esperando sonar igual de despreocupada.

—Comprendes que el nuevo vampiro, el que antes era licántropo… no tuvo elección. Lo comprendes, ¿verdad?

—Suele pasar mucho con los vampiros —dije, recordando las veces en las que Bill se había excusado diciendo que no había podido evitarlo. Entonces lo había creído, pero ya no estaba tan segura. De hecho, me sentía tan profundamente cansada y miserable que ya no encontraba las fuerzas para seguir limpiando el apartamento y las cosas de Hadley. Me di cuenta de que si volvía a Bon Temps dejando atrás esos asuntos inconclusos, me quedaría mirando al vacío sin complejo alguno.

Lo sabía, pero en ese momento era algo difícil de afrontar.

Era momento de una de mis conversaciones de autoayuda. Me dije con determinación que ya había disfrutado de uno o dos momentos de aquéllos cada noche, y que seguiría disfrutando de algunos segundos de cada día hasta que volviese a mi antiguo estado de autocomplacencia. Siempre había disfrutado de la vida, y sabía que volvería a hacerlo. Pero tendría que sudar tinta en el camino para conseguirlo.

No creo que nunca haya sido una persona de demasiadas ilusiones. Si eres capaz de leer la mente, no suelen quedarte demasiadas dudas acerca de lo malas que pueden ser hasta las mejores personas.

Pero estaba claro que ésta no la había visto venir.

Me horrorizó sentir que las lágrimas empezaban a recorrer mi cara. Metí la mano en mi pequeño bolso y saqué un pañuelo. Me sequé las mejillas mientras los vampiros me observaban. Flor de Jade tenía la expresión más identificable que le había visto hasta ahora: desprecio.

—¿Algo te duele? —preguntó la reina, señalando mi brazo.

No creía que le importase de verdad; estaba convencida de que se había educado durante tanto tiempo para emitir la respuesta humana adecuada que para ella no era más que un acto reflejo.

—Dolor en el corazón —dije, y me pude haber mordido la lengua.

—Oh —dijo—. ¿Bill?

—Sí —repuse, y tragué saliva, haciendo un esfuerzo por detener ese despliegue de emociones.

—Guardé luto por Hadley —dijo inesperadamente.

—Es bueno que tuviera a alguien a quien le importara. —Al cabo de un momento, añadí—: Me hubiera gustado saber que estaba muerta antes de lo que lo supe. —Que era la forma más cauta que se me ocurrió de exponerlo. No descubrí que mi prima había muerto hasta semanas después de los hechos.

—Hay razones por las que tuve que esperar antes de enviar a Cataliades —respondió Sophie-Anne. Su terso rostro y sus ojos claros eran tan impenetrables como un muro de hielo, pero tuve la clara sensación de que deseó que no hubiera sacado el tema. Miré a la reina, tratando de encontrar alguna pista, y noté que esbozaba un imperceptible gesto del ojo hacia Flor de Jade, que se sentaba a su derecha. No me explicaba como la de rojo podía estar sentada tan cómodamente con la larga espada enfundada a la espalda. Pero estaba segura de que, tras su impertérrita expresión y ojos insípidos, escuchaba cada una de las palabras que se estaban diciendo.

Para no salirme de terreno seguro, decidí no hablar más, y el resto del viaje transcurrió en silencio.

Rasul no quiso meter la limusina en el patio, y me acordé también de que Diantha había aparcado en la calle. Rasul se apeó para abrir la puerta a la reina y Andre salió primero, miró alrededor durante un buen rato, e hizo un gesto con la cabeza para indicar que era seguro que la reina saliera. Rasul permaneció preparado, fusil en mano, barriendo la zona con la vista en busca de potenciales atacantes. Andre estaba igual de atento.

Flor de Jade se deslizó fuera del asiento trasero y sumó sus ojos a los que ya vigilaban. Protegiendo a la reina con sus cuerpos, avanzaron hacia el patio. Sigebert fue el siguiente en salir, hacha en mano, y me esperó. Cuando me reuní con él en la acera, él y Wybert me escoltaron por la verja abierta con menos pompa de la que los demás habían empleado con la reina.

Había visto a la reina en mi propia casa, sin más protección que la de Cataliades. La había visto en su propio despacho, protegida por una persona. Supongo que, hasta ese momento, no me había dado cuenta de lo importante que era la seguridad para Sophie-Anne, lo precaria que debía de ser su situación en el poder. Me hubiera gustado saber contra quién le estaban protegiendo esos guardias. ¿Quién iba a querer matar a la reina de Luisiana? Puede que todos los gobernantes vampíricos compartieran el mismo peligro, o quizá Sophie-Anne era la única. De repente, la conferencia de otoño me pareció una propuesta más escalofriante de lo que pensé en un primer momento.

El patio estaba bien iluminado, y Amelia se encontraba en la vía circular con sus amigos. Para que conste: ninguno de ellos llevaba sombrero de cucurucho y escoba. Uno de ellos era un crío con aspecto de misionero mormón: pantalones negros, camisa blanca, corbata oscura y zapatos pulidos negros. Había una bici apoyada contra el árbol que presidía el centro del patio. Puede que, después de todo, sí que fuese un misionero mormón. Parecía tan joven que pensé que aún estaría en edad de crecimiento. La mujer alta que estaba a su lado rondaba los sesenta años, pero tenía cuerpo de gimnasio. Vestía una camiseta ajustada, pantalones de tela, sandalias y unos grandes pendientes de aro. La tercera bruja rondaba mi edad, unos veintitantos, y era hispana. Era mofletuda, de labios muy rojos y pelo negro ondulado. Era de baja estatura y tenía más curvas que una S. Llamó la atención de Sigebert (era evidente por sus miradas), pero ella omitió a todos los vampiros como si no los viera.

Puede que Amelia se sintiera intimidada por los vampiros presentes, pero hizo las presentaciones con aplomo. Evidentemente, la reina ya se había identificado antes de que me acercara.

—Su Majestad —estaba diciendo Amelia—. Le presento a mis colegas —señaló, haciendo un gesto con la mano, como si estuviese mostrando un coche a unos posibles compradores—. Bob Jessup, Patsy Sellers y Terencia Rodríguez, aunque la llamamos Terry.

Las brujas y el brujo se intercambiaron breves miradas antes de saludar a la reina con la cabeza. Resultaba difícil saber cómo se estaba tomando esa falta de deferencia, pues su expresión no mostraba el más mínimo atisbo de emoción, aunque devolvió el gesto y la atmósfera siguió siendo tolerable.

—Nos estábamos preparando para la reconstrucción —continuó Amelia. Parecía muy confiada, pero me di cuenta de que le temblaban las manos. Sus pensamientos no eran tan seguros como su voz. Amelia estaba repasando mentalmente los preparativos, haciendo un frenético recuento del material mágico que habían reunido y reevaluando ansiosamente a sus compañeros para convencerse de que estaban a la altura del ritual. Me di cuenta tardíamente de que Amelia era una perfeccionista.

Me preguntaba dónde estaría Claudine. Quizá había visto a los vampiros y había optado por una prudente huida hacia algún rincón oscuro. Mientras la buscaba con la vista, el dolor de cabeza que había estado reprimiendo me tendió una emboscada. Era como esos momentos que tuve después de la muerte de mi abuela, cuando hacía algo tan familiar como cepillarme los dientes y, de repente, la negrura me asaltaba. Me permití un instante para reponerme y volver a la superficie.

Duraría un rato, así que no me quedaba más remedio que apretar los dientes y soportarlo.

Me obligué a tomar nota de los que me rodeaban. Los brujos habían tomado sus posiciones. Bob se sentó en una tumbona del patio y le observé con un destello de interés mientras sacaba unos polvos de una bolsita de plástico sellable. Amelia subió las escaleras hacia el apartamento mientras Terry se quedaba a medio camino, en el piso de abajo, y Patsy, la bruja alta y mayor, ya estaba en la galería, mirando hacia nosotros.

—Si queréis mirar, probablemente sea mejor desde aquí arriba —dijo Amelia, y la reina y yo subimos. Los guardias formaron una piña en la entrada, de modo que estuvieran tan lejos de la magia como fuera posible. Incluso Flor de Jade parecía respetuosa con el poder que estaba a punto de emplearse, a pesar de que no respetara a las brujas como personas.

Andre siguió a la reina escalera arriba sin rechistar, pero percibí una postura poco entusiasta en sus hombros.

Me alegraba de centrarme en algo nuevo, en vez de seguir medrando en mis particulares miserias, y escuché con interés a Amelia, que parecía como si estuviera a punto de jugar un partido de vóley playa, mientras nos impartía las instrucciones sobre el conjuro que estaba a punto de lanzar.

—Hemos establecido el tiempo en dos horas antes de que viera llegar a Jake —dijo—, así que es posible que presenciemos muchas cosas aburridas. Si la cosa se pone pesada, puedo intentar acelerar la reconstrucción.

De repente, tuve un pensamiento que me cegó por el puro e inesperado hallazgo que suponía. Le pediría a Amelia que regresara conmigo a Bon Temps y que repitiera allí el mismo proceso en mi jardín; así podría averiguar lo que le pasó a la pobre Gladiola. Ahora que había tenido la idea, me sentía mucho mejor, y me animé a prestar atención al aquí y al ahora.

—¡Empecemos! —gritó Amelia, y empezó a recitar unas palabras, supongo que en latín. Escuché un leve eco procedente del patio y de la escalera a medida que sus compañeros se unían en la letanía.

No sabíamos qué esperar, y al cabo de un par de minutos escuchando el mismo cántico empezamos a aburrirnos. Me pregunté qué sería de mí si la reina se aburría demasiado.

Entonces mi prima Hadley entró en el salón.

Estaba tan sorprendida que casi me puse a hablar con ella. Cuando centré la vista unos segundos más, supe que no era ella. Tenía su aspecto y se movía como ella, pero no era más que un descolorido simulacro. Su pelo no era tan oscuro. Parecía agua teñida en movimiento. Se podía ver el brillo de la superficie. Había pasado tanto tiempo desde la última vez que nos vimos. Por eso Hadley parecía mayor. También parecía más dura, con una expresión sardónica en los labios y una mirada escéptica en los ojos.

Ajena a la presencia de los demás en la habitación, la reconstrucción se sentó en el sofá de dos plazas, cogió un mando a distancia fantasma y encendió el televisor. Miré a la pantalla por si se veía algo, pero, como era de esperar, no se veía nada.

Sentí un movimiento a mi lado y miré a la reina. Si yo estaba conmocionada, podría decirse que ella estaba electrizada. Nunca hubiera creído que la reina quisiera de verdad a Hadley, pero entonces pude ver que así era, tanto como era posible.

Contemplamos cómo Hadley veía la tele mientras se pintaba las uñas de los pies, se bebía un vaso fantasma de sangre y hacía una llamada telefónica. No podíamos oírla, sólo verla, y a cierta distancia. Los objetos aparecían al segundo de tocarlos ella, pero no antes, de tal forma que sólo podíamos estar seguros de lo que tenía en la mano cuando empezaba a usarlo. Cuando se inclinó hacia delante para volver a dejar el vaso de sangre sobre la mesa, pudimos ver el vaso, la mesa y algunos de los objetos que había posados junto a Hadley, todo a la vez, y todo con esa pátina brillante. La mesa fantasma se impuso a la real, que seguía casi en el mismo espacio que la noche reconstruida, para hacerlo todo más extraño. Cuando Hadley soltó el vaso, vaso y mesa se desintegraron sin más.

Contemplamos un par de minutos más de rutina hasta que fue evidente que Hadley escuchó que alguien llamaba a la puerta (volvió la cabeza hacia la puerta, sorprendida). Se levantó (el sofá de dos plazas, a apenas centímetros del real, se esfumó) y trotó sobre el suelo. Atravesó mis zapatillas, que seguían junto al sofá real.

Vale, sí que es extraño. Todo eso era de lo más raro, pero fascinante.

Era de esperar que quienes seguían en el patio hubieran visto a quien llamaba, pues pude oír un largo juramento por parte de uno de los Bert; Wybert, creo. Cuando Hadley abrió la puerta fantasma, Patsy, que estaba en la galería, abrió la de verdad para que pudiéramos ver desde dentro. Por la expresión avergonzada de Amelia, supe que aquel detalle se le había escapado, como a mí.

En la puerta se encontraba el fantasma de Waldo, un vampiro que había estado años con la reina. Había sufrido mucho castigo durante los años previos a su muerte, y aquello le había dejado una piel llena de arrugas. Como Waldo fue un albino extremadamente delgado antes de su castigo, se me antojó horrible la única noche que tuve la oportunidad de verlo. Su reflejo acuoso tenía mejor aspecto, la verdad.

Hadley pareció sorprendida de verlo. Su expresión era lo bastante poderosa como para percibirse sin dificultad. Luego pareció asqueada, pero dio un paso atrás para dejarle pasar.

Cuando volvió a la mesa para retomar su vaso, Waldo miró a su alrededor, como si comprobara si había alguien más en casa. La tentación de advertir a Hadley era tan poderosa que casi resultó irresistible.

Después de una conversación que, por supuesto, no pudimos escuchar, Hadley se encogió de hombros y pareció estar de acuerdo con algún plan. Al parecer, se trataba de la idea de la que Waldo me habló la noche que confesó que había matado a mi prima. Dijo que la idea de ir al cementerio de St. Louis para invocar el fantasma de Marie Laveau fue suya, pero las imágenes sugerían lo contrario.

—¿Qué lleva en la mano? —dijo Amelia, tan bajo como pudo, y Patsy accedió desde la galería para comprobarlo.

—Un folleto —le respondió a Amelia, tratando de emplear el mismo tono—. Sobre Marie Laveau.

Hadley miró su reloj de pulsera y le dijo algo a Waldo. Era algo poco amable, a juzgar por su expresión y el gesto de su cabeza, mientras le indicaba la salida. Decía «No» con una claridad diáfana.

Y aun así, la siguiente noche lo acompañó. ¿Qué había pasado para que cambiase de opinión?

Hadley regresó a su dormitorio y la seguimos. Mirando hacia atrás, vimos que Waldo abandonaba el apartamento, dejando el folleto en la mesa junto a la puerta.

Me sentí como una extraña *voyeur* al quedarme delante de la puerta del dormitorio de Hadley junto a Amelia, la reina y Andre, viendo cómo se quitaba la bata y se ponía un vestido muy elegante.

—Se lo puso para la fiesta que celebramos antes de la boda —dijo la reina en voz baja. Era un vestido ajustado y corto, de color rojo, salpicado de lentejuelas de un tono rojo más oscuro, que llevaba junto a unos magníficos zapatos de piel de lagarto. Estaba claro que quería que la reina echase de menos lo que estaba a punto de perder.

Vimos cómo Hadley se contemplaba en el espejo, se peinaba el pelo con dos estilos distintos y se lo pensaba largo y tendido antes de escoger un pintalabios. La novedad se estaba perdiendo en el proceso y me dieron ganas de acelerar la acción, pero la reina disfrutaba de cada instante de poder volver a ver a su amada. No pensaba protestar, máxime cuando la reina firmaría la factura.

Hadley no paraba de dar vueltas sobre sí misma ante el espejo de cuerpo entero, al parecer satisfecha con lo que veía. Pero, de improviso, estalló en un mar de lágrimas.

—Oh, Dios mío —dijo la reina en un susurro—. Lo siento tanto.

Sabía exactamente lo que quería decir, y por vez primera sentí el parentesco con mi prima que se había diluido tras tantos años de separación. Era la reconstrucción de la noche anterior a la boda de la reina, y Hadley tendría que acudir a una fiesta para ver a su reina y a su novio formar una pareja. Y al día siguiente tendría que presenciar su boda; o eso pensaba ella. No sabía que, para entonces, estaría muerta; definitivamente muerta.

—Alguien está subiendo —dijo Bob el brujo. Su voz se coló por las ventanas francesas hasta la galería. En el mundo fantasmagórico, debió de sonar el timbre, porque Hadley se quedó tiesa, echó una última mirada al espejo (justo hacia nosotros, porque estábamos enfrente) y se dio ánimos. Cuando bajó al pasillo, lo hizo con un familiar meneo de caderas y media sonrisa congelada en el rostro.

Abrió la puerta. Como Patsy había dejado la puerta abierta tras la «llegada» de Waldo, pudimos ver lo que ocurrió. Jake Purifoy vestía formalmente y tenía muy buen aspecto, tal como Amelia había dicho. Miré a Amelia cuando él pasó al apartamento. Miraba al fantasma con pesar.

No le importaba que lo hubieran enviado a recoger a la querida de la reina, eso saltaba a la vista, pero era demasiado político y cortés como para sacárselo a colación a Hadley. Aguardó pacientemente mientras ella cogía un diminuto bolso y se daba un último retoque al pelo. Al poco, los dos estaban en la puerta.

—Bajan por aquí —dijo Bob, y salimos por la puerta a la galería para mirar desde la barandilla. Los dos fantasmas se subieron en un brillante coche y salieron del patio. Ahí terminaba la zona afectada por el conjuro. En cuanto el coche atravesó la puerta de acceso, se desvaneció delante del grupo de vampiros que estaban allí apiñados. Sigebert y Wybert mantenían los ojos muy abiertos y una actitud muy solemne. Flor de Jade parecía descontenta, y Rasul ligeramente divertido, como si pensase en las buenas anécdotas que contaría al resto de sus camaradas.

—Hora de acelerar —gritó Amelia. Tenía pinta de cansada, y me pregunté cuánta energía requeriría coordinar ese ritual de brujería.

Patsy, Terry, Bob y Amelia empezaron a recitar otro conjuro al unísono. Si había un eslabón débil en el equipo, ése era Terry. La pequeña bruja de cara redonda sudaba profusamente y temblaba por el esfuerzo de mantener su parte de magia. Empecé a preocuparme por ella cuando vi el esfuerzo en su cara.

—Despacio, ¡despacio! —exhortó Amelia a su equipo tras darse cuenta de los mismos síntomas. Entonces todos reanudaron el cántico, y Terry pareció llevarlo mejor; ya no parecía tan desesperada—. Despacio... —insistió Amelia—. Id... parando. —Y el cántico fue disminuyendo el ritmo.

El coche volvió a aparecer en la verja, esta vez atravesando de pleno a Sigebert, que había dado un paso al frente para ver mejor a Terry, pensé yo. Se detuvo bruscamente, quedando la mitad dentro y la otra fuera del acceso.

Hadley salió del coche. Estaba llorando, y por el aspecto de su cara llevaba haciéndolo un buen rato. Jake Purifoy emergió por su lado y se quedó allí, con las manos posadas sobre la parte superior de la puerta mientras le decía algo a Hadley a través del techo del coche.

Por primera vez, el guardaespaldas personal de la reina habló:

—Hadley, tienes que acabar con esto —dijo—. La gente se dará cuenta, y el nuevo rey hará algo al respecto. Es celoso, ¿sabes? No le importa... —Ahí, Andre perdió el hilo y meneó la cabeza—. Le importa mantener la fachada.

Todos nos quedamos mirándolo. ¿Estaba leyendo los labios?

El guardaespaldas de la reina pasó a mirar a la Hadley ectoplásmica y prosiguió:

—Pero, Jake, no puedo aguantarlo. Sé que tiene que hacerlo por la política, ¡pero me está echando de su lado! No puedo soportarlo.

Definitivamente Andre podía leer los labios. Incluso los ectoplásmicos. Siguió hablando.

—Hadley, sube y duerme un poco. No puedes ir a la boda si vas a montar una escena. Sabes que eso avergonzaría a la reina y arruinaría la ceremonia. Mi jefe me matará si eso ocurre. Es el mayor acontecimiento que jamás hemos organizado.

Me di cuenta de que estaba hablando de Quinn. Jake Purifoy sí que era el empleado que había desaparecido.

—No puedo soportarlo —repitió Hadley. Estaba chillando. Lo sabía por la forma de moverse de su boca, pero afortunadamente Andre no vio la necesidad de imitar la intensidad. Ya era suficientemente escalofriante escuchar las palabras manar de su boca—. ¡He hecho algo terrible! —Aquellas melodramáticas palabras sonaban muy extrañas en la monótona voz de Andre.

Hadley se apresuró a subir las escaleras y Terry se apartó automáticamente del camino para dejarla pasar. Hadley abrió la (ya abierta) puerta e irrumpió en el apartamento. Nos volvimos para mirar a Jake. Éste suspiró, se irguió y se alejó del coche, que se desvaneció. Se sacó un teléfono móvil y marcó un número. Habló durante menos de un minuto sin hacer ninguna pausa para una respuesta, por lo que dedujimos que estaba dejando un mensaje.

Andre dijo:

—Jefe, tengo que decirte que puede que tengamos problemas. La amiga no va a poder controlarse el gran día.

«Oh, Dios, ¡que Quinn no haya mandado matar a Hadley!», pensé, sintiéndome absolutamente enferma ante la mera ocurrencia. Mientras se formaba la idea en mi mente, Jake volvía a acercarse al coche, que reaparecía en escena, y lo recorría. Pasó su mano delicadamente por la línea del maletero, acercándose cada vez más a la zona más allá de la verja. De repente, una mano lo agarró. La zona del conjuro no se extendía más allá de los muros, por lo que el resto del cuerpo estaba ausente, y la escena de una mano materializándose de la nada y agarrando a un licántropo resultaba digna de la mejor película de terror.

Era como uno de esos sueños en los que ves acercarse el peligro, pero no dices nada. Ninguna advertencia por nuestra parte podría alterar lo que ya había pasado. Pero todos estábamos conmocionados. Los hermanos Bert gritaron, Flor de Jade desenvainó su espada antes siquiera de que la viera moverse, y la reina se quedó boquiabierta.

Sólo veíamos los pies de Jake pugnando. Y luego, se quedaron quietos.

Todos nos quedamos mirándonos los unos a los otros, incluso los brujos, cuya concentración vacilaba hasta llenar el patio de una neblina.

—¡Vamos! —gritó Amelia—. ¡A seguir trabajando! —Y, al momento, todo se volvió a aclarar. Los pies de Jake seguían quietos, y su contorno cada vez era más difuso; se estaba desvaneciendo al igual que los demás objetos inanimados. Sin embargo, a los pocos segundos, mi prima apareció en la galería, mirando hacia abajo. Su expresión era de cauta preocupación. Había oído algo. Registramos el momento que vio el cuerpo y bajó las escaleras con velocidad vampírica. Saltó la verja y la perdimos de vista, pero al momento estaba de vuelta, arrastrando el cuerpo por los pies. Mientras lo tocaba, el cuerpo resultaba visible, como lo habría estado una mesa o una silla. Luego se inclinó sobre él y pudimos ver que Jake tenía una gran herida en el cuello. La herida era escalofriante, aunque he de decir que los vampiros no parecían sobrecogidos, sino maravillados.

La Hadley ectoplásmica miró a su alrededor, rogando por una ayuda que no llegaba. Parecía desesperadamente insegura. Sus dedos nunca abandonaron el cuello de Jake en busca de su pulso.

Al final, se volvió a inclinar sobre él y le dijo algo.

—Es la única forma —tradujo Andre—. Puede que me odies, pero es la única forma.

Contemplamos cómo Hadley se mordió su propia muñeca y puso la herida sangrante sobre la boca de Jake, observando cómo la sangre goteaba en su interior y lo revivía lo suficiente como para que la agarrara con los brazos y se la acercara. Cuando Hadley se soltó, parecía exhausta, y él daba la impresión de estar sufriendo convulsiones.

—Los licántrroposs no son buenos vampirross —comentó Sigebert en un susurro—. Nunca había vissto a un licántropo trraído de vuelta.

Sin duda fue duro para el pobre Jake Purifoy. Empecé a perdonarle por el horror de la noche anterior al ver su sufrimiento. Mi prima se lo echó encima y lo subió por las escaleras, deteniéndose de vez en cuando para mirar a su alrededor. La volví a seguir hacia arriba, llevando a la reina justo detrás de mí. Vimos cómo Hadley le quitaba la ropa a Jake, le ponía una toalla en el cuello hasta que dejó de sangrar y cerró la puerta para que el sol de la mañana no quemara al nuevo vampiro, que tendría que permanecer en la oscuridad durante tres días. Hadley metió la toalla ensangrentada en la cesta de la ropa sucia. Luego cubrió el hueco inferior de la puerta con otra toalla para que Jake estuviera más seguro.

Después se quedó sentada en el pasillo y pensó. Sacó su móvil y marcó un número.

—Pregunta por Waldo —dijo Andre. Cuando los labios de Hadley volvieron a moverse, Andre prosiguió—: Acuerda la cita para la noche siguiente. Dice que tiene que hablar con el fantasma de Marie Laveau, pregunta si el fantasma acudirá de verdad. Dice que necesita consejo. —Tras un poco más de conversación, Hadley cerró el móvil y se incorporó. Hizo un bulto con la ropa ensangrentada del licántropo y la selló en una bolsa.

—Deberías coger la toalla también —aconsejé con un susurro, pero mi prima la dejó en la cesta para que la encontrara yo al llegar. Hadley se sacó las llaves del coche del bolsillo del pantalón, y cuando bajó las escaleras se metió en el coche y se fue con la bolsa de basura.

Capítulo
18

Majestad, tenemos que parar —dijo Amelia, y la reina
hizo un gesto imperceptible con la mano que podría
haber indicado su anuencia.

Terry estaba tan cansada que se apoyaba pesadamente sobre
la barandilla de las escaleras, y Patsy presentaba el mismo aspecto
macilento en la galería. El raro de Bob no parecía muy alterado,
pero se sentó pesadamente en una silla. A la muda señal de Amelia, empezaron a deshacer el conjuro y, poco a poco, la espectral
atmósfera fue disipándose. Nos convertimos más en una extraña
variedad de personas en un patio de Nueva Orleans que en impo-
tentes testigos de una reconstrucción mágica.

Amelia se dirigió al pequeño cobertizo de la esquina y sacó
unas sillas plegables. Sigebert y Wybert no comprendían su mecanismo, así que Amelia y Bob las desplegaron.

Cuando la reina y los brujos se sentaron, quedaba una silla
libre y la cogí yo, después de un silencioso titubeo con el resto de
los vampiros.

—Ya sabemos lo que pasó la noche siguiente —dije, agotada. Me sentía un poco tonta con mi vestido elegante y las sandalias
de tacón alto. Estaba deseando ponerme mi ropa normal.

—Eh, disculpa, puede que tú sí, pero los demás no, y nos
gustaría saberlo —dijo Bob. Se olvidaba del hecho de que debería

comportarse como un ser tembloroso y despavorido ante la presencia de la reina.

Había algo divertido en el extraño brujo. Y los cuatro habían trabajado muy duro; si querían conocer el resto de la historia, no había razón para lo contrario. La reina no mostró ninguna objeción. Incluso Flor de Jade, que había vuelto a envainar su espada, pareció finalmente interesada.

—La noche siguiente, Waldo engañó a Hadley para que acudiera al cementerio con la historia de la tumba de Marie Laveau y la tradición vampírica de que los muertos pueden levantar a los muertos; en este caso, la sacerdotisa vudú Marie Laveau. Hadley quería que Marie respondiera a algunas preguntas a las que Waldo aseguró que podría arrojar luz si se seguía el ritual adecuado. Aunque Waldo me dio una razón por la que Hadley accedió a ir al cementerio cuando lo conocí, ahora sé que mentía. Pero se me ocurren otras razones por las que hubiera consentido acompañar a Waldo al cementerio de St. Louis —dije. La reina asintió en silencio—. Creo que quería averiguar qué sería Jake cuando se levantase de nuevo —proseguí—, quería saber qué hacer con él. No lo podía dejar morir, ya lo habéis visto, pero no quería admitir que había creado a un vampiro, especialmente uno que había sido un licántropo.

Tenía una audiencia numerosa. Sigebert y Wybert se pusieron a ambos lados de la reina, y estaban embelesados con la historia. Debía de ser como ir al cine para ellos. Los brujos estaban interesados en escuchar el trasfondo de la historia, cuyos acontecimientos acababan de presenciar. Flor de Jade no me quitaba la vista de encima. El único que parecía inmune era Andre, ocupado en sus labores de guardaespaldas, observando constantemente el patio y el cielo ante posibles ataques.

—También puede ser que Hadley creyera que el fantasma le aconsejaría sobre cómo recuperar el afecto de la reina. Sin ánimo de ofender, mi señora —añadí, recordando demasiado tarde que la reina estaba a un metro de mí, sentada en una silla plegable de la que aún colgaba la etiqueta del precio del Wal-Mart.

La reina agitó la mano en un gesto negligente. Estaba tan sumida en sus pensamientos que no sabía si realmente me estaba escuchando.

—No fue Waldo quien drenó a Jake Purifoy —dijo la reina, para sorpresa mía—. Waldo no podía imaginarse que cuando consiguiera matar a Hadley y me informase de ello, echándole las culpas a la Hermandad del Sol, esta brillante bruja obedecería la orden de sellar el apartamento al pie de la letra, incluido el conjuro estático. Waldo ya tenía un plan. Quienquiera que matara a Jake tenía el suyo propio; quizá culpar a Hadley de la muerte y resurrección de Jake…, lo que la condenaría a una celda para vampiros. Quizá el asesino pensó que Jake mataría a Hadley cuando se levantara al cabo de tres días… y puede que así hubiera sido.

Amelia trató de parecer modesta, pero era una batalla perdida. No tenía por qué ser tan difícil, ya que la única razón por la que lanzó el conjuro era para que el apartamento no oliera a basura cuando se reabriera. Lo sabía tan bien como yo. Pero acababa de montar un buen número, y no sería yo quien le reventara la burbuja.

Amelia se las arregló sola para hacerlo.

—O quizá —dijo alegremente— alguien pagó a Waldo para liquidar a Hadley de una u otra manera.

Tuve que subir los escudos de golpe, porque todos sus colegas empezaron a emitir unas señales de pánico tan poderosas que resultaba intolerable permanecer cerca. Sabían que lo que Amelia acababa de decir molestaría a la reina, y cuando la reina de Luisiana se molestaba, los que tenía alrededor solían acabar mucho peor.

La reina saltó de su silla y todos nos pusimos de pie rápida y torpemente. Amelia acababa de doblar las piernas por debajo de sí, por lo que su movimiento resultó especialmente torpe (no le estaba mal empleado). Flor de Jade se separó unos pasos del resto de vampiros, puede que quisiera más espacio en caso de tener que sacar la espada. Andre pareció ser el único en darse cuenta, aparte de mí. No retiró su vista de la guardaespaldas del rey.

No sé qué habría pasado a continuación si Quinn no hubiera aparecido por la verja.

Salió de un gran coche negro, ignoró la tensa estampa, como si no existiera, y avanzó por la grava hacia mí. Me pasó el brazo sobre los hombros y se inclinó para darme un leve beso. No sabría comparar un beso con otro. Los hombres besan de formas diferentes, ¿no? Y eso dice algo del carácter. Quinn me besó como si estuviésemos manteniendo una conversación.

—Cariño —dijo cuando acabé de decir mi última «palabra»—, ¿llego en buen momento? ¿Qué te ha pasado en el brazo?

La atmósfera se relajó un poco. Lo presenté a las personas que había en el patio. Conocía a todos los vampiros, pero no a los brujos. Se alejó de mí para saludarlos. Patsy y Amelia habían oído hablar de él y trataron de no parecer demasiado impresionadas.

Necesitaba sacarme del pecho el resto de vivencias.

—Me mordieron en el brazo, Quinn —comencé. Él aguardó, mirándome fijamente—. Me mordió un… Me temo que sabemos lo que le pasó a tu empleado. Se llamaba Jake Purifoy, ¿verdad? —dije.

—¿Qué?

Bajo la clara luz del patio, vi que se le velaba la expresión. Sabía lo que iba a continuación; claro que, ante el grupo allí reunido, cualquiera podría darse cuenta.

—Lo drenaron y lo dejaron en el patio. Para salvarle, Hadley lo convirtió. Ahora es un vampiro.

A Quinn le costó asimilarlo durante unos segundos. Lo observé mientras se iba haciendo a la idea y comprendía la enormidad de lo que le había pasado a Jake Purifoy. Su expresión se volvió pétrea. Esperaba que nunca me mirase a mí de esa manera.

—El cambio se produjo sin el consentimiento del licántropo —explicó la reina—. Por supuesto que un licántropo nunca consentiría en convertirse en uno de nosotros. —No me sorprendió que sonara un poco molesta. Los vampiros y los licántropos se miraban mutuamente con un desprecio apenas disimulado, y su unión frente al mundo normal era lo que impedía que ese desprecio derivara hacia una guerra abierta.

—Pasé por tu casa —me dijo Quinn inesperadamente—. Quería saber si habías vuelto de Nueva Orleans antes de venir aquí a buscar a Jake. ¿Quién ha quemado a un demonio en tu camino privado?

—Alguien mató a Gladiola, la mensajera de la reina, cuando vino a entregarme un mensaje —dije. Los vampiros que me rodeaban se crisparon. La reina sabía de la muerte de Gladiola; seguro que el señor Cataliades le había informado. Pero los demás no sabían nada.

—Está muriendo mucha gente en tu jardín, cielo —me dijo Quinn, aunque su tono era ausente, y no le culpaba por dejarlo en segundo plano.

—Sólo dos —contesté, a la defensiva, después de un rápido recuento mental—. Yo no diría que eso es mucha gente. —Claro que si se sumaba la gente que había muerto dentro de la casa… Atajé rápidamente esa línea de pensamiento.

—¿Sabéis qué? —dijo Amelia con un tono artificialmente alto y sociable—. Creo que los brujos daremos un paseo por la calle hasta esa pizzería de la esquina de las calles Chloe y Justine. Si nos necesitáis, allí estaremos, ¿vale, muchachos? —Bob, Patsy y Terry se movieron más rápido de lo que era capaz de imaginar hacia la entrada, y cuando los vampiros vieron que su reina no les hacía ningún gesto al respecto, dejaron que se marcharan. Amelia ni siquiera se había acordado de llevarse el bolso, esperaba que llevase dinero y sus llaves en los bolsillos. Anda que…

Casi deseé haberme ido con ellos. Un momento, ¿y por qué no? Miré la puerta con anhelo, pero Flor de Jade se interpuso, mirándome fijamente con esos dos pozos negros que tenía por ojos en su redonda cara. A esa mujer no le caía nada bien. A Andre y los hermanos Bert les traía sin cuidado, y puede que Rasul pensara que no sería una mala compañía para pasar un par de horas en la ciudad. Pero Flor de Jade disfrutaría cortándome la cabeza con su espada, de eso estaba segura. No podía leer la mente de los vampiros (salvo algunos destellos de vez en cuando, lo cual mantenía celosamente en secreto), pero sí podía leer el lenguaje corporal y la expresión de sus ojos.

No conocía la razón de su animadversión, y, a esas alturas, pensaba que poco importaba.

La reina había estado pensando.

—Rasul, no tardaremos en volver a casa —dijo. Él hizo una reverencia y se dirigió hacia el coche—. Señorita Stackhouse —prosiguió, volviendo su mirada hacia mí. Brillaban como oscuros luceros. Me cogió de la mano y subimos al apartamento de Hadley, seguidas de cerca por Andre, que parecía atado a la pierna de su reina con una correa. Tuve el necio impulso de librarme de su mano, que, por supuesto, era fría, seca y fuerte, a pesar de esforzarse por no apretar. Estar tan cerca de una vampira tan antigua me hizo vibrar como la cuerda de un violín. No lograba imaginar cómo lo soportaba Hadley.

Me condujo al interior del apartamento y cerró la puerta detrás de ambas. Ahora estaba convencida de que ni el agudo oído de los vampiros de abajo podría escuchar nuestra conversación. Ése había sido su objetivo, porque lo primero que dijo fue:

—No le digas a nadie lo que te voy a decir.

Negué con la cabeza en muda aprehensión.

—Empecé a vivir en lo que hoy es el norte de Francia, hace… mil cien años.

Tragué saliva.

—No sabía dónde estaba, por supuesto, pero creo que era en Lotaringia. En el último siglo, he tratado de encontrar el lugar donde pasé mis primeros doce años, pero no he sido capaz, y eso que mi vida llegó a depender de ello. —Remató la frase con una amplia carcajada—. Mi madre era la esposa del hombre más rico de la aldea, lo que venía a significar que tenía dos cerdos más que los demás. Entonces me llamaba Judith.

Hice lo que pude para no aparentar asombro, sino sólo interés, pero lo mío me costó.

—A la edad de diez o doce años, creo, llegó a la aldea un buhonero. Hacía seis meses que no veíamos una cara nueva. Estábamos emocionados. —Pero ella no sonrió o se mostró como si recordara algo emocionante. Sus hombros se alzaron y cayeron una vez—. Portaba consigo una enfermedad que nunca habíamos conocido antes. Creo ahora que era algún tipo de fiebre. Al cabo de dos semanas de estancia en nuestra aldea, todos habían muerto, menos yo y un muchacho algo mayor.

Hubo un momento de silencio en el que ambas pensamos en ello. Al menos yo lo hice, y supongo que la reina estaba recordando. Andre bien podría haber estado pensando en el precio de los plátanos de Guatemala.

—A Clovis yo no le gustaba —continuó la reina—. He olvidado el porqué. Nuestros padres… No lo recuerdo. Las cosas habrían podido ser distintas si se hubiera preocupado por mí. Así las cosas, me violó y me llevó a una aldea cercana, donde empezó a ofrecer mi carne. Por dinero, claro, o comida. A pesar de que la fiebre recorrió toda nuestra región, no enfermamos.

Traté de mirar hacia cualquier parte, menos a ella.

—¿Por qué rehúyes mis ojos? —inquirió. Su cadencia y su acento cambiaron mientras hablaba, como si acabara de aprender inglés.

—Me siento mal por usted.

Hizo un extraño sonido que consistía en poner sus dientes superiores sobre el labio inferior y esforzarse por inhalar aire y luego expulsarlo. Sonaba algo así como «¡ffffft!».

—No te preocupes —dijo la reina—, porque lo que pasó a continuación fue que acampamos en el bosque, y un vampiro acabó con él. —Parecía alegrarse del recuerdo. Menudo viaje por la memoria—. El vampiro estaba hambriento y empezó por Clovis, porque era más grande. Pero cuando acabó con él, tuvo tiempo de echar una mirada antes de seguir conmigo, y se le ocurrió que

249

sería interesante contar con una compañera. Se llamaba Alain. Viajé con él durante tres o más años. Por aquel entonces, los vampiros vivían en secreto, por supuesto. Sus historias sólo las contaban las ancianas delante de las hogueras. Y a Alain se le daba bien que así siguiera siendo. Había sido sacerdote, y gustaba de sorprender a sus antiguos colegas en el lecho. —Sonrió evocadoramente.

Sentí que mi simpatía disminuía.

—Alain me prometió una y otra vez que me convertiría, porque, lógicamente, quería ser como él. Quería su fuerza. —Sus ojos parpadearon y se posaron en mí.

Asentí de corazón. Podía comprenderlo.

—Pero cuando necesitaba dinero para comprarme ropa y comida, hacía lo mismo que Clovis, venderme por dinero. Sabía que los hombres se percatarían de que algo no era normal si me notaban la piel helada, y que acabaría por morderles si me convertía. Acabé cansándome de que no cumpliera nunca su promesa.

Asentí para mostrarle que prestaba atención. Y así era, pero en el fondo de mi mente me estaba preguntando adónde demonios estaba conduciendo ese monólogo, y por qué era yo la receptora de una información tan fascinante como deprimente.

—Y una noche llegamos a una aldea donde el cacique ya sabía lo que hacía Alain. ¡El muy idiota se había olvidado que ya había pasado por allí y que había drenado a la mujer del cacique! Así que los lugareños lo ataron con cadenas de plata, algo excepcional de encontrar en una aldea tan pequeña, te lo aseguro… y lo arrojaron a una cabaña, con la idea de mantenerlo allí cautivo hasta que regresara el párroco local, que había salido de viaje. Luego pensaron en dejarlo al sol con alguna ceremonia eclesiástica. Era una aldea pobre, pero apilaron sobre él cada pizca de plata y todo el ajo que poseían, en un esfuerzo por mantenerlo sometido.

—La reina lanzó una risa ahogada—. Sabían que yo era humana, y que había abusado de mí —dijo—. Así que no me ataron. La familia del cacique debatió si adoptarme como esclava, ya que habían perdido una mujer a manos del vampiro. Sabía lo que me esperaría.

La expresión de su cara era descorazonadora y absolutamente gélida. Me quedé muy quieta.

—Aquella noche, arranqué unos tablones sueltos de la parte de atrás de la cabaña y me metí a rastras. Le dije a Alain que si me convertía, podría liberarlo. Negociamos durante un buen rato, y al final accedió. Excavé un agujero en el suelo, lo suficientemente amplio como para que cupiera mi cuerpo. Planeamos que Alain me drenaría y me dejaría enterrada bajo el jergón sobre el que se acostaba, dejando la tierra que me cubriera lo más suelta posible. Podía moverse lo suficiente para ello. A la tercera noche, me alzaría. Rompería la cadena y apartaría el ajo, aunque me quemase las manos. Huiríamos hacia la oscuridad. —Volvió a soltar una carcajada—. Pero el sacerdote regresó antes del tercer día. Para cuando emergí de la tierra, Alain no era más que aire y cenizas negras. Habían metido a Alain en la cabaña del sacerdote. Fue el anciano quien me dijo lo que había pasado.

Tuve la sensación de conocer la moraleja de la historia.

—Vale —señalé rápidamente—. Supongo que el sacerdote fue su primer almuerzo —dije con una amplia sonrisa.

—Oh, no —contestó Sophie-Anne, anteriormente conocida como Judith—. Le dije que era el ángel de la muerte y que le perdonaba porque había sido virtuoso.

Viendo el estado en el que se levantó Jake Purifoy, pude entender el enorme esfuerzo que debió de suponer aquello para la nueva vampira.

—¿Qué hizo a continuación? —pregunté.

—Al cabo de unos años, encontré a un huérfano como yo —dijo, y se volvió para mirar a su guardaespaldas—. Hemos estado juntos desde entonces.

Y al fin vi una expresión en el monótono rostro de Andre: infinita devoción.

—Abusaban de él, como de mí —dijo con dulzura—. Y lo solucioné.

Sentí un escalofrío recorrer mi columna. No habría podido decir nada, aunque me hubieran pagado.

—La razón por la que te he aburrido con mi vieja historia —explicó la reina, sacudiéndose y sentándose incluso más erguida— es para decirte que tomé a Hadley bajo mi protección. Su tío abuelo abusaba de ella. ¿Abusó de ti también?

Asentí. No sabía qué le había hecho a Hadley con detalle. En mi caso, no llegó a la penetración tan sólo porque mis padres murieron y me fui a vivir con mi abuela. Mis padres no me creyeron, pero convencí a mi abuela de que decía la verdad para el momento en que él pensó que estaba madura, a los nueve años. Claro que Hadley era mayor que yo. Teníamos más en común de lo que jamás habría pensado.

—Lo siento, no lo sabía —dije—. Gracias por compartirlo conmigo.

—Hadley hablaba de ti a menudo —dijo la reina.

Sí, gracias Hadley, gracias por ponerme en la picota… No, un momento, era injusto. Averiguar el engaño de Bill no era lo peor que me había pasado. Pero tampoco se alejaba demasiado de los primeros puestos en mi lista personal.

—Eso me han dicho —indiqué con voz fría y áspera.

—Estás enfadada porque envié a Bill para que te investigara y descubriera si podrías serme de utilidad —dijo la reina.

Respiré hondo y me obligué a aflojar los dientes.

—No, no estoy enfadada con usted. No puede evitar ser como es. Y ni siquiera me conocía. —Otra bocanada de aire—. Estoy enfadada con Bill, quien sí me conocía y siguió adelante con todo el programa de forma muy calculada y exhaustiva. —Tenía que deshacerme del dolor—. Pero ¿a usted qué le podría importar yo? —Mi tono frisaba la insolencia, lo cual no es lo más aconsejable cuando se tiene delante a una vampira tan poderosa como ella. Me había dado en un punto muy susceptible.

—Porque le eras querida a Hadley —dijo Sophie-Anne de forma inesperada.

—No lo habrá averiguado por la forma que tenía de tratarme cuando entró en la adolescencia —añadí, habiendo decidido, al parecer, que la honestidad irreflexiva era el curso a seguir.

—Siempre lo lamentó —afirmó la reina—. Sobre todo cuando se convirtió en vampira y descubrió lo que se siente al ser una minoría. Incluso aquí, en Nueva Orleans, hay prejuicios. Solíamos hablar mucho de su vida, cuando estábamos a solas.

No sabía qué me incomodaba más, si la idea de que mi prima y la reina se acostaran o que tuvieran conversaciones de alcoba después del acto.

No me importa que dos adultas consientan en tener relaciones sexuales, sean de la naturaleza que sean, siempre que ambas partes lo acuerden de antemano. Pero tampoco sentía la necesidad de escuchar los detalles. Cualquier interés que hubiera podido tener se había visto anegado por los años de absorber las imágenes mentales de la gente que acudía al bar.

Estaba resultando una larga conversación. Tenía ganas de que la reina fuese al grano.

—Lo que quiero decir —dijo la reina— es que te estoy agradecida, y a los brujos también, porque me hayáis dado una idea mejor de cómo murió Hadley. También me habéis revelado que hay una conspiración mayor contra mí, más allá de los celos de Waldo.

¿Eso había hecho?

—Así que estoy en deuda contigo. Dime qué puedo hacer por ti.

—Eh, ¿mandar muchas cajas para que pueda empaquetar las cosas de Hadley y volver a Bon Temps? ¿Qué alguien se encargue de llevar a la beneficencia las cosas que no quiera?

La reina bajó la mirada, y juraría que esbozó una sonrisa.

—Sí, creo que podré hacer eso —dijo—. Enviaré a algunos humanos mañana para que se encarguen de eso.

—Si alguien pudiera empaquetar las cosas que quiero y llevarlas en una furgoneta a Bon Temps, sería estupendo —dije—. A lo mejor yo podría ir en la parte de atrás.

—Hecho —dijo ella.

Y ahora, el gran favor.

—¿Es realmente necesario que la acompañe a esa gran conferencia? —pregunté, a sabiendas de que ya estaba estirando un poco la cosa.

—Sí —dijo.

Vale, un callejón sin salida.

—Pero te pagaré generosamente —añadió.

Se me iluminaron los ojos. Parte del dinero que había recibido como pago de mis anteriores servicios a los vampiros seguía en mi cuenta de ahorros, y tuve un respiro económico cuando Tara me «vendió» su coche por un dólar, pero estaba tan acostumbrada a vivir al límite con el dinero, que cualquier colchón era siempre bienvenido. Siempre tenía el miedo de romperme una pierna, que mi coche perdiese un tornillo o que se me quemara la casa… Un momento, todo eso ya me había pasado… Bueno, que ocurriese cualquier desastre, como que una racha fuerte de aire se llevara el estúpido tejado que había puesto mi abuela, o algo parecido.

—¿Quería usted quedarse con algo de Hadley? —pregunté, después de desviar mis pensamientos del dinero—. Ya sabe, algún recuerdo.

Algo se encendió en su mirada, algo que me sorprendió.

—Me has quitado las palabras de la boca —respondió la reina, con un adorable rastro de acento francés.

Ay, ay. Ese encantador cambio no podía suponer nada bueno.

—Le pedí a Hadley que me escondiera algo —dijo. Mi medidor de marrones estaba sonando como la alarma de un reloj—. Si lo encontraras en tus paquetes, me gustaría recuperarlo.

—¿Qué es?

—Es una joya —contestó—. Mi marido me la regaló por nuestro compromiso. La dejé aquí antes de casarme.

—Es usted libre de mirar en el joyero de Hadley —dije de inmediato—. Si le pertenece, por supuesto que tiene que recuperarlo.

—Eres muy amable —dijo, recuperando el aire impertérrito—. Es un diamante, un gran diamante, y está engarzado a un brazalete de platino.

No recordaba haber visto nada parecido entre las cosas de Hadley, pero tampoco había mirado con cuidado. Había pensado llevarme el joyero tal cual, y mirar lo que tenía en mi tiempo libre, en Bon Temps.

—Mire ahora —sugerí—. Sé que sería toda una metedura de pata perder un regalo de su marido.

—Oh —dijo amablemente—, ni te lo imaginas. —Sophie-Anne cerró los ojos durante un segundo, como si estuviese demasiado ansiosa para usar palabras—. Andre —llamó, y bastó para que éste se dirigiese al dormitorio. Me di cuenta de que no requirió de más instrucciones. Durante su ausencia, la reina pareció extrañamente incompleta. Me sorprendía que no la hubiera acompañado a Bon Temps y, en un impulso, se lo pregunté.

Ella me miró, con sus cristalinos ojos amplios y vacíos.

—Se suponía que no podía ir —dijo—. Sabía que si Andre se dejaba ver por Nueva Orleans, todo el mundo daría por sentado que yo también estaba en la ciudad. —Me preguntaba si al revés sería lo mismo. De estar la reina aquí, si todo el mundo asumiría que Andre también. Y aquello me produjo un pensamiento que se desvaneció antes de que pudiera agarrarlo.

Andre regresó en ese momento, indicando a la reina con un gesto mínimo de la cabeza que no había encontrado lo que fue a buscar. Por un instante, Sophie-Anne no pareció muy contenta.

—Hadley lo hizo en un momento de ira —dijo, pensando que hablaba para sí misma—, pero podría acabar conmigo desde el otro lado del velo. —Y su rostro se relajó a su habitual neutralidad.

—Estaré atenta por si aparece el brazalete —dije. Sospechaba que el valor del brazalete nada tenía que ver con su tasación—. ¿Lo dejó aquí la noche antes de la boda? —pregunté con cautela.

Supuse que mi prima robó el brazalete de la reina por puro resentimiento ante su boda. Era algo muy típico de ella. De haberlo sabido, habría pedido a los brujos que echaran el reloj atrás en la reconstrucción ectoplásmica. Quizá habríamos visto a Hadley escondiendo el objeto.

La reina hizo un breve gesto con la cabeza.

—Tengo que recuperarlo —explicó—. Entiendes que lo que me preocupa no es el valor del diamante, ¿verdad? Entiendes que el matrimonio entre dos gobernantes vampiros no es cuestión de amor, en la que ambos vayan a perdonarse deslices, ¿verdad? Perder el obsequio de un esposo es una ofensa muy grave. Y el baile de primavera está previsto para dentro de dos noches. El rey espera que lleve puestos sus regalos. Si no... —Su voz se apagó, e incluso Andre pareció preocupado.

—Entiendo lo que quiere decir —dije. Ya había notado la tensión rondar por los pasillos de la sede de Sophie. Habría mucho que resarcir, y Sophie-Anne sería la que tendría que pagar—. Si está aquí, lo recuperará, ¿de acuerdo? —Extendí mis manos, como preguntando si me creía.

—Está bien —respondió ella—. Andre, ya no puedo permanecer más tiempo aquí. Flor de Jade informará de que he subido aquí con Sookie. Sookie, tenemos que fingir que hemos mantenido sexo.

—Lo siento, pero cualquiera que me conozca, sabe que lo mío no son las mujeres. No sé a quién se imagina que informará Flor de Jade... —Claro que lo sabía. Informaría al rey. Pero no me parecía de mucho tacto decir «Sé lo que os lleváis entre manos» en ese preciso momento—. Pero si han hecho sus deberes, ésa es la verdad sobre mí.

—Entonces, quizá lo hiciste con Andre —dijo con calma—. Y me dejaste mirar.

Se me ocurrieron numerosas preguntas, siendo la primera de todas ellas: «¿Siempre haces eso?», seguida de «¿No está bien perder brazaletes, pero sí menear la pelvis con un desconocido?», pero mantuve la boca cerrada. Si alguien me hubiese puesto una pistola en la sien, habría preferido acostarme con la reina antes que con Andre, al margen de mis preferencias de género, porque Andre me ponía los pelos como escarpias. Pero si sólo era fingir…

De un modo muy sobrio, Andre se quitó la corbata, la dobló, se la guardó en el bolsillo y se desabrochó unos cuantos botones de la camisa. Me hizo unas señas con los dedos. Me acerqué a él con cautela. Me rodeó con los brazos, me mantuvo cerca, apretada contra él, e inclinó la cabeza sobre mi cuello. Por un momento pensé que me iba a morder, y tuve un estallido de pánico, pero sin embargo sólo inhaló. Para un vampiro, ése es un acto deliberado, no necesitan hacerlo.

—Pon tu boca en mi cuello —dijo, después de otro largo olfateo sobre mí—. Tu pintalabios se transferirá.

Hice lo que me dijo. Estaba frío como el hielo. Era como… Bueno, era raro. Recordé la sesión fotográfica con Claude; últimamente me pasaba demasiado tiempo fingiendo que mantenía relaciones sexuales.

—Me encanta el olor de hada. ¿Crees que sabe que tiene sangre de hada? —le preguntó a Sophie-Anne mientras yo me encontraba en pleno proceso de transferencia de pintalabios.

Retiré la cabeza de golpe. Lo miré directamente a los ojos, y él me devolvió la mirada. Aún me sostenía, y comprendí que se estaba asegurando de que oliera como él y viceversa, como si de verdad nos hubiésemos acostado. Era evidente que no estaba por la labor de hacerlo de verdad. Menudo alivio.

—¿Que yo qué? —No le había escuchado correctamente, estaba segura—. ¿Que tengo qué?

—Tiene buen olfato para estas cosas —dijo la reina—. Mi Andre. —Parecía ligeramente orgullosa.

—Hoy he estado con mi amiga Claudine —dije—. Ella es un hada. De ahí viene el olor. —Estaba claro que necesitaba darme una ducha.

—¿Me permites? —preguntó Andre y, sin esperar una respuesta, me pasó una uña por el brazo herido, justo por encima del vendaje.

—¡Ay! —protesté.

Se impregnó el dedo con un poco de sangre y se lo llevó a la boca. Se lo pasó por toda la boca, como si paladeara un sorbo de vino, y al fin dijo:

—No, el olor a hada no es por asociación. Está en tu sangre —Andre me miró de tal forma que sus palabras no admitían debate alguno—. Tienes un ligero aroma de hada. ¿Alguno de tus abuelos era medio faérico?

—No sé nada al respecto —dije, a sabiendas de que sonaba a estúpida, aunque no hubiera sabido qué otra cosa responder—. Si alguno de mis abuelos era algo más que humano, no me lo dijeron.

—Claro que no —apuntó la reina, como si fuese lo más obvio—. La mayoría de los humanos de ascendencia faérica lo ocultan porque realmente no se lo creen. Prefieren pensar que sus padres estaban locos. —Se encogió de hombros. ¡Inexplicable!—. Pero esa sangre explicaría por qué tienes tantos pretendientes sobrenaturales y ningún admirador humano.

—No tengo admiradores humanos porque no los quiero —dije, francamente molesta—. Puedo leer sus mentes, y eso los espanta, si es que no les repele de antemano mi reputación de tía rara —añadí, insistiendo en mi tono ya pasado de honestidad.

—Es muy triste que un humano que puede leer la mente admita que ninguno de sus congéneres le resulta tolerable —dijo la reina.

Supongo que ésa era la última palabra sobre el valor de la habilidad para leer la mente. Decidí que lo mejor sería acabar ahí con la conversación. Tenía muchas cosas en las que pensar.

Bajamos las escaleras, Andre por delante, seguido por la reina y yo cerrando la fila. Andre insistió en que me quitara los zapatos y los pendientes para que se entendiera mejor que me había desnudado y que me acababa de vestir de nuevo.

Los demás vampiros aguardaban obedientes en el patio, y llamamos su atención cuando empezamos a bajar. La cara de Flor de Jade no cambió un ápice cuando leyó las pistas de lo que había pasado en la última media hora, pero al menos no parecía escéptica. Los hermanos Bert parecían saberlo, aunque no mostraban ningún interés, como si la escena de Sophie-Anne mirando a su guardaespaldas tener relaciones sexuales (con una virtual desconocida) fuese algo rutinario.

Mientras permanecía en la entrada a la espera de nuevas instrucciones, Rasul desprendía desde su rostro un leve pesar, como si lamentara que no lo hubieran incluido en la fiesta. Quinn, por su parte, tenía los labios apretados en una línea tan fina, que no se le podría haber metido en la boca ni el papel más fino. Había una cerca que remendar.

Pero, mientras salíamos del apartamento de Hadley, la reina me dijo muy específicamente que no compartiese su historia con nadie, con énfasis en el «nadie». Tendría que idear una forma para que Quinn se enterara de las cosas, sin que las supiera realmente.

Sin más discusión o charla social, los vampiros se metieron en su coche. Mi mente estaba tan atestada de ideas y conjeturas, que me sentí como ebria. Quería llamar a mi hermano Jason, y decirle que, después de todo, no era tan irresistible, sino que era la sangre que tenía, sólo para ver qué decía. No, un momento, Andre había dicho que los humanos no se veían afectados por la cercanía de un hada igual que los vampiros. O sea, que los humanos no querían consumir hadas, aunque las encontraran sexualmente atractivas (pensé en la cantidad de gente que siempre rodeaba a Claudine en el Merlotte's). Y Andre había dicho que la sangre de hada también atraía a otros seres sobrenaturales, aunque no de los que se las comen, como los vampiros. ¿Acaso no se sentiría Eric aliviado? ¡Se alegraría de saber que en realidad no me quería! ¡Todo era por la sangre de hada!

Observé cómo se alejaba la limusina real. Mientras luchaba contra una oleada compuesta de media docena de emociones, Quinn hacía lo propio con una sola.

Estaba justo delante de mí, con gesto enfadado.

—¿Cómo te ha convencido ella, Sookie? —inquirió—. Si hubieras gritado, habría subido en un segundo. ¿O es que querías hacerlo? Habría jurado que no eras de ese tipo.

—No me he acostado con nadie esta noche —dije, mirándole directamente a los ojos. Después de todo, eso no revelaba nada de lo que la reina me había comentado. Simplemente… corregía el error—. Está bien que los demás lo piensen —expliqué con tranquilidad—, pero tú no.

Se me quedó mirando un largo instante, sus ojos interrogando a los míos, como si llevaran algo escrito tras los globos oculares.

—¿Y te gustaría acostarte con alguien esta noche? —preguntó. Me besó. Me besó durante un buen, buen rato, de pie, los dos pegados en el patio. Los brujos no volvieron; los vampiros se habían marchado. Sólo el ocasional gato cruzando la calle o una lejana sirena nos recordó que estábamos en medio de una ciudad. Aquello era muy diferente a cómo imaginaba que habría sido estar con Andre. Quinn era cálido y podía sentir sus músculos bajo la piel. Podía escuchar su respiración y sus latidos. Podía sentir la agitación de sus pensamientos, que ahora estaban centrados en la cama que sabía que habría en alguna parte, arriba, en el apartamento. Le encantaba mi olor, mi tacto, la sensación que le transmitían mis labios…, y una buena parte de Quinn atestiguaba tal hecho. Esa gran parte estaba apretada entre los dos en ese preciso momento.

Me había acostado con otros dos hombres, y ninguna de las dos veces salió muy bien. No les conocía demasiado. Actuaba impulsivamente. Hay que aprender de los errores. Por un instante, no me sentí especialmente lista.

Afortunadamente para mi habilidad de toma de decisiones, el teléfono de Quinn escogió ese momento para sonar. Dios lo bendiga. Estuve a nada de tirar todo mi buen juicio por la ventana porque me había sentido sola y asustada durante la noche, y Quinn se me antojaba muy familiar y me anhelaba con todo su ser.

Quinn, sin embargo, no seguía el mismo derrotero de mis pensamientos (ni por asomo), y maldijo cuando el teléfono sonó por segunda vez.

—Perdona —dijo, furioso, y cogió la llamada—. Está bien —contestó, después de escuchar durante un rato la voz del otro lado de la línea—. Está bien, allí estaré. —Cerró el diminuto móvil—. Jake pregunta por mí.

Estaba tan perdida entre la lujuria y el alivio, que me llevó un momento atar los cabos. Jake Purifoy, el empleado de Quinn, pasaba su segunda noche como vampiro. Tras alimentarse de un voluntario, había vuelto en sí y quería hablar con Quinn. Había pasado semanas en un armario, en suspensión animada, y había mucho sobre lo que ponerse al día.

—Entonces, te tienes que ir —dije, orgullosa de que mi voz saliera prácticamente llana—. Quizá recuerde quién le atacó. Mañana te diré lo que he visto aquí esta noche.

—¿Habrías accedido? —preguntó—. ¿Si no nos hubieran molestado?

Lo medité.

—De haber sido así, me habría arrepentido —respondí—. No porque no me gustes. Me gustas. Pero llevo un par de días sin dormir. Sé que soy bastante fácil de engatusar. —Traté de que lo que decía sonara obvio, sin autocompasión. A nadie le gusta una llorica, y menos a mí—. No me apetece hacer nada con alguien sólo porque está cachondo en ese momento. Nunca me he considerado una mujer de una noche. Si tengo sexo contigo, quiero estar segura de que es porque quieres estar conmigo y porque te gusto por quien soy, no por lo que soy.

Puede que un millón de mujeres hubieran dado el mismo discurso. Yo lo sentía con la misma sinceridad que ese millón.

Y Quinn me dio la respuesta perfecta:

—¿Y quién querría una sola noche contigo? —dijo, antes de marcharse.

Dormí el sueño de los muertos. Bueno, probablemente no, pero estuve tan cerca como cualquier humano podría estarlo nunca. En sueños, escuché a los brujos volver de su juerga al patio. Aún se estaban dando la enhorabuena bajo los efectos del alcohol. Pude encontrar auténticas sábanas de algodón entre la ropa blanca, así que metí las negras en la lavadora, por lo que no me costó nada dormir.

Me desperté pasadas las diez de la mañana. Alguien llamaba a la puerta. Me tambaleé por el pasillo para abrirla tras ponerme unas mallas de ejercicio de Hadley y una camiseta rosa. Vi cajas por la mirilla, y abrí la puerta muy contenta.

—¿Señorita Stackhouse? —dijo un joven negro que sostenía la pila de cajas de cartón aplastadas. Cuando asentí, contestó—: He recibido órdenes de traerle cuantas cajas necesite. ¿Bastará con treinta para empezar?

—Oh, sí —dije—. Eso será perfecto.

—También tengo instrucciones —dijo con precisión— de llevarle cualquier cosa que desee transportar. Aquí traigo cinta de embalar, cinta adhesiva protectora, algunos rotuladores, tijeras y etiquetas adhesivas.

La reina me había enviado un *shopper* personal.

—¿Necesita puntos de colores? A algunas personas les gusta poner las cosas del salón en cajas con un punto naranja, las del dormitorio con un punto verde, y así sucesivamente.

Nunca me había mudado, salvo que contáramos como tal llevar un par de bolsas de ropa y toallas al dúplex amueblado de Sam tras el incendio de mi cocina, así que no sabía muy bien cómo proceder. Tuve una visión embriagante de filas de cajas perfectas con puntos de colores a cada lado, para que no hubiera errores desde ningún ángulo, pero enseguida volví a la realidad. No pensaba llevarme tantas cosas a Bon Temps. Era difícil hacer un pronóstico, ya que me encontraba en terreno desconocido, pero estaba segura de que no quería tantos muebles.

—No creo que necesite los puntos, pero gracias de todos modos —contesté—. Empezaré a trabajar con estas cajas y le llamaré si necesito más, ¿de acuerdo?

—Las montaré para usted —dijo. Tenía el pelo muy corto y las pestañas más pronunciadas que nunca había visto en una persona. Las vacas presentaban algunas veces pestañas igual de bonitas. Lucía un polo y unos impolutos pantalones con cinturón, junto con unas zapatillas deportivas altas.

—Lo siento, pero no me he quedado con tu nombre —dije, mientras sacaba un rollo de cinta adhesiva de una abultada bolsa de compra. Se puso a trabajar.

—Oh, disculpe —dijo, y fue la primera vez que sonó natural—. Me llamo Everett O'Dell Smith.

—Encantada de conocerte —dije, e hizo un parón en su tarea para estrecharme la mano—. ¿Cómo has llegado a esto?

—Oh, estoy en la Escuela de Negocios Tulane, y uno de mis profesores recibió una llamada del señor Cataliades, que viene a ser el abogado más famoso en asuntos de vampiros. Mi profesor está especializado en la misma rama. El señor Cataliades le dijo que necesitaba a alguien; bueno, él puede salir de día, pero pedía un recadero. —Ya llevaba tres cajas montadas.

—¿Y qué recibes a cambio?

—A cambio, consigo poder estar presente en un tribunal con él, en los próximos cinco casos, y de paso ganar un dinero que necesito como agua de mayo.

—¿Crees que tendrás tiempo esta tarde de llevarme al banco de mi prima?

—Claro que sí.

—No estarás perdiendo horas de clase, ¿verdad?

—Oh, no, tengo un par de horas libres antes de la siguiente clase.

Ya había ido a clase y había acumulado todos esos objetos antes siquiera de que yo me levantase. Bueno, en realidad, él no se había pasado la noche despierto, viendo deambular a mi prima muerta por aquí.

—Puedes llevar estas bolsas de basura con ropa a la agencia benéfica más cercana, o a la tienda del Ejército de Salvación.

—Aquello despejaría la galería y me haría sentir útil. Había repasado la ropa cuidadosamente para asegurarme de que Hadley no había escondido nada, y me pregunté qué haría con ella el Ejército de Salvación. A Hadley le gustaba el estilo ceñido y escaso, por decirlo de una forma agradable.

—Sí, señorita —dijo, sacándose una libreta y escribiendo algo en ella. Después, aguardó cortésmente—. ¿Alguna cosa más? —solicitó.

—Sí, no hay comida en la casa. Cuando vuelvas esta tarde, ¿podrías traer algo de comer? —Podía beber agua del grifo, pero no podía inventarme la comida.

En ese momento, una llamada desde el patio hizo que mirara por la barandilla. Quinn estaba abajo, con una bolsa llena de algo grasiento. Se me hizo la boca agua.

—Parece que el apartado de la comida está cubierto —le dije a Everett, invitando a Quinn a subir con un gesto.

—¿Qué puedo hacer para ayudar? —preguntó Quinn—. Pensé que tu prima no tendría café ni comida, así que he comprado unos buñuelos y un café tan fuerte que te hará crecer pelo en el pecho.

No era la primera vez que oía eso, pero seguía haciéndome reír.

—Oh, es justo lo que quiero —dije—. Vamos. La verdad es que sí había café, pero no he tenido oportunidad de hacerlo porque este Everett es muy diligente.

Everett sonrió cuando iba ya por la décima caja.

—Sabe que no es verdad, pero uno se alegra de escucharlo —dijo.

Hice las presentaciones, y cuando Quinn me pasó mi bolsa, echó una mano a Everett montando cajas. Me senté a la mesa de cristal del comedor y me comí hasta la última miga de buñuelo, y me bebí hasta la última gota de café. Me puse perdida de azúcar en polvo, pero no me importó lo más mínimo. Quinn se pasó a ver cómo andaba y no pudo reprimir una sonrisa.

—Llevas el desayuno puesto, cielo —dijo.

Me miré la camiseta.

—Pero no veo que me haya crecido el pelo —dije.

—¿Puedo comprobarlo? —preguntó.

Me reí y fui al baño para cepillarme los dientes y el pelo, cosas que consideraba esenciales. Comprobé la ropa de Hadley que había usado. Las mallas de deporte de *spandex* me llegaban a la mitad del muslo. Probablemente Hadley nunca se las pusiera, porque le hubieran quedado demasiado grandes para su gusto. Yo las notaba muy ajustadas, pero no como le gustaban a Hadley, de esas que se pudiera notar… Bueno, da igual. La camiseta rosa dejaba ver los tirantes de mi sujetador rosa claro, por no hablar de los centímetros de escote que dejaba al descubierto, aunque gracias a los rayos *Tan-a-lot* de Peck (que estaba en el *Bunch-o-Flicks* de Peck, un videoclub de Bon Temps) tenía el escote bien moreno. Hadley se habría puesto una pieza de joyería en el ombligo. Me miré en el espejo, tratando de imaginarme con un *piercing* dorado o algo así. Bah. Me puse unas sandalias decoradas con cuentas de cristal y me sentí bastante glamurosa durante unos treinta segundos.

Empecé a hablar con Quinn sobre los planes que tenía para ese día. Antes que hacerlo a gritos, preferí salir del dormitorio al pasillo, con el cepillo y mi goma del pelo. Me incliné hacia delante, bajando la cabeza, me alisé el pelo un rato en esa posición, y me lo recogí en una coleta alta. Sabía que estaba perfectamente centrada, después de tantos años de práctica. La coleta cayó de forma natural entre mis omóplatos. A continuación pasé la goma del pelo y la sujeté, de modo que me quedara entre los hombros. Quinn y Everett habían dejado su tarea para observarme. Cuando les devolví la mirada, ambos hombres reanudaron a toda prisa lo que estaban haciendo.

Vale, no me había dado cuenta de que estaba haciendo algo tan interesante, pero ése parecía ser el caso. Me metí en el cuarto de baño principal para ponerme algo de maquillaje. Tras una segunda mirada en el espejo, pensé que, con esa ropa, cualquier cosa que me hiciera sería interesante, al menos para un chico completamente funcional.

Cuando salí, Everett se había ido, y Quinn me pasó un trozo de papel con el número de Everett apuntado.

—Dice que le llames cuando necesites más cajas —dijo Quinn—. Se ha llevado toda la ropa empaquetada. Por lo que se ve, no me necesitas para nada.

—No compares —dije, sonriendo—. Everett no me ha traído bollos y cafeína esta mañana, pero tú sí.

—Bueno, ¿cuál es el plan, y cómo puedo ayudar?

—Vale, el plan es… —La verdad es que no tenía un plan específico—. Sacar las cosas y clasificarlas. —Y Quinn no podía hacerlo por mí—. ¿Qué te parece esto? —pregunté—. Saca todo lo que haya en los armarios de la cocina y déjalo donde pueda verlo para decidir qué tiro y con qué me quedo. Puedes guardar en cajas lo que quiera conservar y dejar en la galería lo que no. Espero que no llueva. —La mañana soleada se nublaba rápidamente—. Mientras trabajamos, te iré contando lo que pasó anoche.

A pesar de la amenaza de mal tiempo, trabajamos toda la mañana, pedimos una pizza para comer y seguimos trabajando por la tarde. Las cosas que no quería acabaron en bolsas de basura, y Quinn desarrolló sus ya portentosos músculos llevándolas al patio y depositándolas en el pequeño cobertizo donde estaban guardadas las sillas plegables, que aún estaban abiertas sobre el césped. Trataba de admirar sus músculos sólo cuando no miraba, y creo que tuve éxito. Quinn estaba muy interesado en saber cómo fue la reconstrucción ectoplásmica, y hablamos sobre lo que todo aquello podía significar sin llegar a ninguna conclusión definitiva. Jake no tenía enemigos entre los vampiros, que Quinn supiera, y éste pensó que mataron a Jake por el bochorno que causaría a Hadley, más que por algo que hubiera hecho él.

Nada supe de Amelia, y me pregunté si se habría ido a casa con Bob el mormón. O quizá él se había quedado en la de ella, y se lo estaban pasando en grande en su apartamento. A lo mejor, debajo de la camisa blanca y esos pantalones negros se ocultaba un hombre de lo más fogoso. Miré hacia el patio. Sí, la bicicleta de Bob seguía apoyada contra la pared de ladrillos. Visto que el cielo no hacía sino encapotarse, metí la bici también en el cobertizo.

Pasar todo el día con Quinn avivó cada vez más mi llama. Llevaba una camiseta de tirantes y unos vaqueros, y me sorprendí preguntándome el aspecto que tendría sin esas prendas. Y no creo que fuese la única persona haciéndose conjeturas sobre el aspecto de la gente desnuda. De vez en cuando captaba algún pensamiento suyo, mientras bajaba una bolsa por las escaleras o empaquetaba cazos y sartenes en una caja, y dichos pensamientos nada tenían que ver con abrir el correo o hacer la colada.

Aún me quedó suficiente serenidad como para encender una lámpara cuando escuché el primer trueno en la distancia. El Big Easy estaba a punto de recibir un chaparrón.

Luego volví a flirtear con Quinn sin pronunciar palabra alguna (asegurándome de que tuviera una buena perspectiva cuando me estirara para coger un vaso de los armarios, o cuando me doblaba para envolver dicho vaso). Puede que una cuarta parte de mí se sintiera algo avergonzada, pero el resto se estaba divirtiendo. La diversión no había formado gran parte de mi vida últimamente, bueno, casi nunca, y me dediqué a disfrutar de mis pinitos en mi lado más salvaje.

Sentí que el cerebro de Amelia se activaba en el piso de abajo, después de una buena movida. Conocía la sensación por trabajar en un bar: Amelia tenía resaca. Sonreí mientras la bruja pensaba en Bob, que aún estaba dormido a su lado. Aparte de un básico «¿Cómo he podido?», el pensamiento más coherente de Amelia era que necesitaba un café. Lo necesitaba urgentemente. Ni siquiera era capaz de encender una luz del apartamento, que se oscurecía progresivamente a medida que avanzaba la tormenta. Una luz le molestaría demasiado a los ojos.

Me volví con una sonrisa en los labios, dispuesta a contarle a Quinn que puede que pronto supiéramos algo de Amelia, para descubrir que estaba justo detrás de mí, mirándome con una expresión inconfundible. Estaba listo para algo completamente diferente.

—Dime que no quieres besarme, y me apartaré —dijo, y me besó.

No dije una palabra.

Cuando la diferencia de alturas se hizo notar, Quinn se limitó a levantarme en brazos y colocarme sobre el borde de la encimera. Sonó un trueno en la lejanía mientras separaba las rodillas para permitirle que se acercara a mí todo lo posible. Lo rodeé con las piernas. Me quitó la goma del pelo, proceso que no fue muy limpio y carente de cierto dolor, y deslizó sus dedos por los enredos. Me tiró del pelo con una mano e inhaló profundamente, como si extrajera el perfume de una flor.

—¿Te parece bien? —ronroneó, mientras sus dedos descubrían el final de mi camiseta y se metían por dentro. Examinó mi sujetador con el tacto y dio con una forma de desabrocharlo en tiempo récord.

—¿Bien? —dije, aturdida. No sabía si quería decir «Bien, demonios, ¡date prisa!» o «¿Qué parte de bien quieres que te cuente primero?», pero Quinn se lo tomó como una luz verde. Su mano apartó el sujetador y con los pulgares empezó a frotarme los pezones, que ya estaban duros. Estaba a punto de estallar, y sólo la certeza de los momentos mejores que estaban por venir impidió que perdiera el control allí mismo. Me retorcí, ganando unos centímetros sobre la encimera de la cocina, de modo que el bulto que asomaba por los vaqueros de Quinn se apretara más aún contra mí. Resultaba maravilloso lo bien que encajábamos. Se apretó, se alejó y se volvió a apretar, golpeándome con el promontorio que formaba su pene bajo los pantalones en el sitio adecuado, tan accesible a través de la delgada y elástica capa de *spandex*. Una vez más, y grité, agarrándome a él durante el ciego instante del orgasmo, durante el cual podría jurar que fui catapultada hacia otro universo. Mi respiración tenía más de jadeo, y me enrollé a su alrededor, como si fuese mi héroe. En ese instante, ciertamente lo era.

Su respiración aún estaba entrecortada, y seguía moviéndose contra mí en busca de su propio desahogo, ya que yo había tenido el mío de forma tan altisonante. Le lamí el cuello mientras mi mano bajó entre los dos, y lo masturbé sobre sus pantalones. De repente, lanzó un grito, tan entrecortado como había sido el mío, y sus brazos se estrecharon a mi alrededor convulsivamente.

—Oh, Dios —dijo—. Oh, Dios.

Con los ojos cerrados merced al alivio, me besó en el cuello, la mejilla y los labios, una y otra vez.

Cuando nuestras respiraciones se tranquilizaron un poco, confesó:

—Cielo, no me corría tan bien desde los diecisiete años, en el asiento trasero del coche de mi padre con Ellie Hopper.

—Eso es bueno —murmuré.

—Y tanto —dijo.

Permanecimos enganchados durante un rato, y me di cuenta de que la lluvia golpeaba las ventanas y las puertas mientras los truenos estallaban. Mi mente estaba pensando en cerrar y echarnos una pequeña siesta, apenas consciente de que la mente de Quinn también llevaba esa deriva mientras volvía a abrocharme el sujetador. Abajo, Amelia se estaba haciendo un café en su oscura cocina y Bob el brujo se despertaba al maravilloso aroma, preguntándose dónde habría dejado los pantalones. Y, en el patio, unos enemigos se deslizaban silenciosamente por la escalera.

—¡Quinn! —exclamé, justo en el momento en que su agudo oído captaba el sonido de unos pasos. Quinn activó su modo de combate. Dado que no estaba en casa para consultar los símbolos del calendario, se me había olvidado que casi era luna llena. A Quinn le habían crecido garras en las manos, unas garras de diez centímetros en vez de dedos. Sus ojos adoptaron una forma almendrada y se volvieron dorados, con pupilas negras dilatadas. Los cambios en la estructura ósea de su cara lo volvieron casi alienígena. Acababa de hacer algo parecido al amor con ese hombre hacía menos de tres minutos, y ahora apenas lo habría reconocido si me hubiese cruzado con él en la calle.

Pero sólo había tiempo para pensar en nuestra defensa. Yo era el eslabón débil, y más me valía optar por una táctica sorpresa. Salté de la encimera, pasé a su lado a toda prisa en dirección a la puerta, y cogí la lámpara de su pedestal. Cuando el primer licántropo atravesó la puerta, le golpeé de lleno en la cabeza y lo dejé aturdido. El que iba justo detrás, tropezó con el primero, y Quinn estaba más que preparado para enfrentarse al tercero.

Por desgracia, había otros seis.

Capítulo
20

Sólo hicieron falta dos de ellos para someterme. Yo no paraba de gritar, patear, morder y golpear con cada átomo de energía de mi cuerpo. Fueron necesarios cuatro para reducir a Quinn, y lo consiguieron únicamente porque emplearon una pistola paralizante. De lo contrario, estoy segura de que hubiera podido con los seis, o con ocho, en vez de los tres con los que pudo antes de que lo tumbaran.

Sabía que me superarían y que me podría ahorrar unas cuantas magulladuras, y puede que algunos huesos rotos, si dejaba que me cogieran. Pero una tiene su orgullo. Pragmática de mí, lo que quería era que Amelia oyese todo el jaleo del piso de arriba. Ella haría algo. No sabía el qué, pero estaba segura de que actuaría.

Me llevaron en volandas escaleras abajo, sin que mis pies casi tocaran el suelo, dos hombres fornidos a los que nunca había visto antes. También me ataron las muñecas con cinta aislante. Hice lo que pude para que se dejaran algún descuido, pero tuve que admitir que hicieron bien su trabajo.

—Mmm, huele a sexo —dijo el más bajo mientras me daba una palmada en el trasero. Pasé por alto su mirada lasciva y abundé en la satisfacción de la herida que le había hecho en el pómulo con el puño, el cual, por cierto, me dolía y me escocía en los nudillos. No se puede golpear a alguien sin pagar un precio.

Tuvieron que arrastrar a Quinn, y no fueron cuidadosos. Se fue golpeando con los peldaños y luego lo soltaron. Era un tipo grande. Y, ahora, era un tipo grande que sangraba, ya que uno de los golpes le había cortado la piel sobre su ojo izquierdo. Recibió el mismo tratamiento de cinta aislante que yo, y me pregunté cómo reaccionaría su pelaje al contacto del pegamento.

Nos mantuvieron brevemente en el patio, uno al lado del otro, y Quinn me miró como si quisiera decirme algo desesperadamente. La sangre avanzaba por su mejilla, procedente de la herida sobre el ojo, y aún parecía aturdido. Sus manos estaban volviendo a la forma normal. Me incliné hacia él, pero los licántropos nos obligaron a separarnos.

Dos furgonetas accedieron a la vía circular. A los lados, llevaban unos letreros que ponían: «Servicios eléctricos Big Easy». Eran blancas, largas y no tenían ventanas en la parte de atrás. Habían tapado el logotipo lateral con barro, lo cual resultaba muy sospechoso. El conductor de cada una de las furgonetas saltó de la cabina, y el primero abrió las puertas traseras.

Mientras nuestros captores conducían a Quinn a empujones hacia el vehículo, el resto de los asaltantes bajaba las escaleras. Me alegré de comprobar que los hombres que Quinn había conseguido tumbar estaban mucho peor que él. Las garras pueden hacer un daño increíble, sobre todo si se manejan con la fuerza que un tigre puede desplegar. El tipo al que había golpeado con la lámpara estaba inconsciente, y el que había llegado primero a Quinn, probablemente muerto. Lo cierto es que estaba cubierto de sangre y que se le veían, expuestas a la luz, cosas que deberían haber estado bien metidas en su estómago.

Sonreía, satisfecha, cuando los hombres que me custodiaban me empujaron hacia la furgoneta, cuyo interior descubrí que estaba lleno de porquería y apestaba. Se trataba de una operación de alto nivel. Una malla metálica separaba los dos asientos frontales de la parte posterior del vehículo, y habían vaciado los estantes posteriores, supongo que para que cupiésemos nosotros.

Me apiñaron en el estrecho espacio entre los estantes, y a Quinn lo metieron detrás de mí. Tuvieron que trabajar duro, porque aún estaba muy aturdido. Mis dos escoltas cerraron de un portazo el vehículo, mientras otros cargaban a los licántropos fuera de combate en la otra furgoneta. Pensé que las habían aparcado fuera brevemente para que no pudiéramos escuchar el sonido de los vehículos acercarse por el camino privado. Sólo cuando estuvieron listos para cargarnos, metieron las furgonetas en el patio. Incluso en una ciudad tan populosa como Nueva Orleans, alguien se daría cuenta de que estaban metiendo dos cuerpos apaleados en una furgoneta... bajo la densa lluvia.

Rogué por que los licántropos no pensaran en apresar a Amelia y a Bob, y aposté por que ella obraría con inteligencia y se escondería, lejos de lanzarse a cometer alguna gesta de bruja. Sé que es una contradicción, ¿vale? Rogar por una cosa (es decir, pedirle algo a Dios), mientras deseas que tus enemigos acaben muertos. Tengo la sensación de que los cristianos llevan haciendo eso desde el principio de los tiempos; al menos los cristianos malos, como yo.

—Vamos, vamos, vamos —gritó el más bajo, que se había subido delante. El conductor arrancó con un innecesario derrape y salimos del patio, como si acabaran de disparar al presidente y tuviéramos que llevarlo al Walter Reed[*].

Quinn se repuso mientras girábamos por Chloe Street en dirección a nuestro destino final, estuviese donde estuviese. Tenía las manos atadas por detrás. Le dolían, y aún no había dejado de sangrar por la cabeza. Había esperado que permaneciera atontado y conmocionado, pero cuando sus ojos se centraron en mi cara dijo:

—No debo de tener muy buen aspecto.

—Sí, bueno, bienvenido al club —dije. Sabía que el conductor y su compañero podían escucharnos, pero me importaba un bledo.

---

[*] Centro médico del Ejército de los Estados Unidos. (*N. del T.*)

—Menudo defensor que soy —dijo, con un sombrío intento de sonrisa.

Para los licántropos, yo no debía de ser muy peligrosa, porque me ataron las manos por delante. Me retorcí hasta que pude aplicar algo de presión en la herida de Quinn. Aquello debió de dolerle incluso más, pero no emitió protesta alguna. Los movimientos de la furgoneta, los efectos de la paliza, los cambios constantes y el hedor a basura se aliaron para hacer de los siguientes minutos un infierno. Si hubiese sido muy lista, habría sabido en qué dirección nos estábamos moviendo, pero no me sentía especialmente inteligente en ese momento. Me maravilló que, en una ciudad tan llena de buenos restaurantes como era Nueva Orleans, la furgoneta estuviese atestada de envoltorios del Burger King y vasos del Taco Bell. Si tuviese la oportunidad de hurgar entre los desechos, quizá encontrase algo de utilidad.

—Siempre que estamos juntos, nos atacan licántropos —dijo Quinn.

—Es culpa mía —dije—. Soy famosa por estar rodeada de colgados.

Estábamos tumbados cara a cara, y Quinn me dio un leve rodillazo. Trataba de decirme algo, pero no lo pillaba.

Luego, los dos hombres de delante se pusieron a hablar entre ellos sobre una chica bonita que estaba cruzando en el semáforo. Casi bastaba con oír la conversación para odiar a los hombres, pero al menos no nos estaban escuchando.

—¿Recuerdas cuando hablamos de mi habilidad mental? —pregunté lentamente— ¿Recuerdas lo que te dije?

Le llevó un momento, porque le dolía todo, pero lo pilló. Su cara se tensó, como si fuese a partir unas tablas por la mitad, o cualquier otra cosa que requiriese de toda su concentración, y luego sus pensamientos fluyeron por mi mente. «Teléfono en mi bolsillo», me dijo. El problema era que el teléfono estaba en su bolsillo derecho. No tenía apenas espacio para darse la vuelta.

Aquello requirió de mucha maniobra, y no quería que nuestros captores nos viesen. Pero, finalmente, logré meter los dedos en el bolsillo de Quinn, y tomé nota mental para comentarle que, dadas las circunstancias, sus vaqueros estaban demasiado ajustados (en otras, no habría puesto reparo alguno). Pero sacar el teléfono mientras la furgoneta no paraba de zarandearse y nuestros agresores miraban de vez en cuando, eso sí que era difícil.

«Sede de la reina, en marcación rápida», me dijo cuando sintió que el teléfono salía de su bolsillo. Pero eso me superaba. No sabía cómo acceder a la marcación rápida. Me llevó unos minutos hacérselo entender, y aún no estoy segura de cómo lo conseguí, pero finalmente pensó el número hacia mí. Lo pulsé torpemente y luego pulsé el botón de llamada. Puede que no lo planeásemos a la perfección, porque cuando la vocecita repuso al otro lado de la línea, los licántropos la oyeron.

—¿No lo registraste? —le preguntó el conductor al pasajero, incrédulo.

—Joder, no. Tenía prisa por meterlo y cubrirme de la lluvia —repuso con la misma agresividad el hombre que me había atacado—. ¡Para ahí, maldita sea!

«¿Alguien ha tomado tu sangre?», preguntó Quinn silenciosamente, a pesar de haber podido hablar. Un segundo después, mi mente iluminó un nombre. «Eric», dije mientras los otros dos salían por sus puertas y se dirigían a la parte posterior de la furgoneta.

—Quinn y Sookie han sido secuestrados por unos licántropos —dijo Quinn al teléfono que yo sostenía junto a su boca—. Eric Northman puede rastrearla.

Ojalá Eric siguiera en Nueva Orleans. Y ojalá quienquiera que hubiera contestado desde la sede de la reina fuese avispado. Pero los dos licántropos ya estaban abriendo la puerta trasera de la furgoneta y arrastrándonos hacia atrás. Uno de ellos me dio un puñetazo, mientras el otro golpeaba a Quinn en la tripa. Me arrancaron el teléfono de mis dedos doloridos y lo arrojaron a unos setos que crecían junto a la carretera. El conductor había aparcado en un solar vacío, pero la carretera estaba jalonada por viviendas separadas entre sí, rodeadas de amplios espacios de césped. El cielo estaba demasiado encapotado para poder deducir qué dirección llevábamos, pero estaba segura de que nos dirigíamos al sur, hacia los pantanos. Conseguí mirar el reloj de nuestro captor y ver, con sorpresa, que eran pasadas las tres de la tarde.

—¡Eres un jodido inútil, Clete! ¿A quién estaba llamando? —gritó una voz desde la segunda furgoneta, que también había hecho una parada junto a la carretera. Nuestros dos captores intercambiaron miradas con idénticas expresiones de consternación. Me hubiera partido de la risa de no sentir dolores por todas partes. Era como si hubieran practicado para parecer imbéciles.

Esta vez registraron a Quinn exhaustivamente, y a mí también, a pesar de no tener ningún bolsillo en el que esconder nada, a menos que quisieran realizar espeleología corporal. Pensé que Clete, don Tocaculos, iba a hacerlo, cuando hincó sus dedos en el *spandex*. Quinn lo pensó también. Lancé un terrible sonido, un jadeo ahogado de miedo, pero lo que salió de boca de Quinn iba más allá del rugido. Era un sonido profundo, gutural y áspero que prometía amenaza.

—Deja a la chica en paz, Clete, y volvamos a la carretera —dijo el conductor alto, con un tono que proyectaba un «Ya estoy hasta las narices de ti»—. No sé quién es este tipo, pero no creo que se transforme en nutria.

Me pregunté si Quinn los amenazaría con su identidad (la mayoría de los licántropos lo conocían o habían oído hablar de él), pero ya que no sacó a relucir su nombre, yo me quedé callada.

Clete volvió a meterme en la furgoneta mientras gruñía frases como «¿Quién ha muerto y te ha nombrado Dios? No eres mi jefe». Era evidente que el alto era el jefe de Clete, lo cual resultaba algo tranquilizador. Quería a alguien con cerebro y un atisbo de decencia entre mí y los dedos de Clete.

Tuvieron que sudar para volver a meter a Quinn en la furgoneta. No se iba a dejar, y finalmente dos hombres de la otra, muy reacios ellos, tuvieron que echar una mano a Clete y al conductor. Ataron las piernas de Quinn con una de esas cosas de plástico con mecanismo corredero. Usamos una parecida el año pasado, en Acción de gracias, para cerrar la bolsa del pavo. La que emplearon con Quinn era negra y de plástico, y lo cierto es que se cerraba con lo que parecían unas llaves de esposas.

A mí no me ataron las piernas.

Me resultó halagador que Quinn se enfureciera ante el trato que me estaban propinando, tanto como para intentar liberarse, pero el resultado final fue que mis piernas estaban libres y las suyas no (porque yo seguía sin suponer una amenaza para ellos, al menos en su escala de convicciones).

Probablemente tuvieran razón. No se me ocurría nada para evitar que nos llevaran adondequiera que estuviésemos yendo. No tenía ningún arma, y aunque me molestaba la cinta aislante que me apresaba las muñecas, mis dientes no parecían lo suficientemente fuertes como para aliviar la situación. Me relajé un momento, cerrando los ojos con preocupación. El último golpe me había provocado un corte en la mejilla. Una gran lengua me raspó la cara ensangrentada. Otra vez.

—No llores —dijo una voz extraña y gutural, y abrí los ojos para comprobar que procedía de Quinn.

Tenía tanto poder que era capaz de detener la transformación una vez había comenzado. Sospeché que también era capaz de provocarla, aunque ya sabía que una pelea causaría la mutación en cualquier cambiante. Contó con sus garras en el apartamento de Hadley, y casi decantan la balanza a nuestro favor. El episodio de Clete en el borde de la carretera lo había enfurecido tanto que su nariz se había aplanado y ensanchado. Pude ver de cerca sus dientes, que se habían transformado en diminutas dagas.

—¿Por qué no te has transformado por completo? —pregunté en un susurro.

«Porque no habría espacio suficiente para ti en este lugar, cielo. Cuando me transformo, mido más de dos metros y peso más de doscientos kilos».

Eso basta para que una chica trague saliva. Sólo podía estar agradecida porque lo hubiese pensado. Lo miré un instante más.

«¿No te da asco?».

Clete y el conductor estaban intercambiando recriminaciones acerca del incidente con el teléfono.

—Válgame Dios, qué dientes más grandes tienes —susurré. Los caninos superiores e inferiores eran tan largos y afilados que daban auténtico miedo (los llamo caninos, pero puede que para los felinos eso sea un insulto).

Afilados… Estaban afilados. Conseguí poner mis manos cerca de su boca y le rogué con los ojos que comprendiera. Hasta donde yo podía advertir en su rostro alterado, Quinn parecía preocupado. Mientras que la situación avivaba sus instintos defensivos, la idea que trataba de transmitirle empezó a excitarle otros instintos. «Te haré heridas en las manos», me advirtió con un tremendo esfuerzo. Ahora era prácticamente un animal, y los procesos mentales de los animales no tienen por qué ir por los mismos derroteros que los de los humanos.

Me mordí el labio inferior para reprimir un grito mientras los dientes de Quinn mordían la cinta. Tuvo que ejercer mucha presión para que sus caninos de ocho centímetros la atravesaran, y eso significaba que los incisivos, más cortos, atravesarían mi piel, por mucho cuidado que le pusiera. Las lágrimas empezaron a rodar por mi cara en un infinito torrente, y noté cómo titubeaba. Agité mis manos atadas para insistir en que siguiera y, reacio, volvió a ponerse dientes a la obra.

—Eh, George, la está mordiendo —dijo Clete desde el asiento del copiloto—. Puedo ver cómo se le mueve la mandíbula.

Pero estábamos tan pegados y la iluminación era tan escasa, que no pudo ver que lo que mordía Quinn eran mis ataduras. Menos mal. Me esforzaba por aferrarme a lo positivo de las cosas,

279

porque en ese momento todo apuntaba a que las cosas estaban muy negras, allí tumbada, bajo la lluvia, en una furgoneta por una carretera desconocida en dirección al sur de Luisiana.

Estaba enfadada, sanguinolenta, dolorida y tumbada sobre mi brazo izquierdo ya herido. Lo que quería, lo que sería ideal, era estar limpia, en una cómoda cama con las heridas vendadas y enfundada en un camisón limpio. Y con Quinn a mi lado, en su forma humana, limpio y vendado también. Y él estaría descansado, y no llevaría nada puesto. Pero el dolor de mis brazos heridos y sangrantes era demasiado exigente como para seguir omitiéndolo, y ya no me podía concentrar para permanecer en mi sueño con los ojos abiertos. Justo cuando estaba a punto de empezar a sollozar (o quizá sólo ponerme a gritar), sentí que se me separaban las muñecas.

Me quedé un rato quieta mientras jadeaba, tratando de controlar mi reacción al dolor. Por desgracia, Quinn no podía morderse las ataduras de sus propias manos, ya que las tenía atadas por detrás. Finalmente logró darse la vuelta para que pudiera ver sus muñecas.

—¿Qué están haciendo? —dijo George.

Clete nos echó una ojeada, pero yo mantuve las manos juntas. Dada la oscuridad, no pudo vernos con demasiada claridad.

—No hacen nada. Ha dejado de morderla —respondió Clete, decepcionado.

Quinn logró clavar una garra en la cinta aislante plateada. No las tenía afiladas a lo largo de su recorrido, como las cimitarras, sino que su ventaja consistía en la capacidad de penetración, merced a la potencia del tigre. Pero en ese momento Quinn no se podía permitir el despliegue de esa potencia, así que eso llevaría su tiempo, y sospeché que la cinta haría ruido al resquebrajarse.

No nos quedaba demasiado tiempo. En cualquier momento, incluso un idiota como Clete se daría cuenta de que las cosas no iban bien.

Inicié la difícil maniobra de bajar las manos hasta los pies de Quinn, tratando de no delatar el hecho de que ya no estaban atados. Clete miró hacia atrás cuando percibió mi movimiento, y tiré de golpe los estantes vacíos, con las manos juntas en el regazo. Traté de parecer desesperada, lo cual no me costó en absoluto. Al momento, Clete se mostró más interesado en encenderse un cigarrillo, dándome la oportunidad de examinar la tira de plástico que apresaba los tobillos de Quinn. A pesar de recordarme al cierre de la bolsa que empleamos en el último día de Acción de gracias, este plástico era negro, denso y muy resistente, y no tenía un cuchillo para cortarlo o la llave para quitarlo. Pensé que Clete había cometido un error colocándola, y me apresuré para aprovecharlo. Quinn aún llevaba los zapatos puestos, claro. Se los desabroché y se los quité. Luego le coloqué un pie de puntilla y empezó a deslizarse fuera de la cinta de plástico. Como sospechaba, los zapatos habían mantenido una separación entre los pies que ya no existía.

A pesar de que mis manos y muñecas estaban sangrando sobre los calcetines de Quinn (que no retiré para evitar que el plástico le lastimara), me las estaba arreglando bastante bien. Él se mostraba de lo más estoico ante los exigentes movimientos de sus pies. Finalmente oí que sus huesos protestaban ante la forzada posición de su pie, pero consiguió salirse de la cinta. Oh, gracias a Dios.

Me había llevado más tiempo pensar en ello que hacerlo. Parecían haber pasado horas.

Tiré hacia abajo de la tira y la arrojé a los desperdicios. Miré a Quinn. Él asintió. Su garra, clavada en la cinta aislante, acabó de rasgarla. Apareció un agujero. El sonido no fue tan alto. Yo me tumbé junto a Quinn para camuflar la actividad.

Metí los pulgares en el agujero de la cinta aislante y tiré con fuerza. El resultado no fue el esperado. Por alguna razón la cinta aislante es tan popular. Es un producto fiable.

Teníamos que salir de esa furgoneta antes de que llegase a su destino, y teníamos que escapar antes de que la segunda nos pudiera seguir. Hurgué a ciegas por todos los envoltorios y papeles tirados y, en una pequeña hendidura del suelo, encontré un destornillador Phillips. Era largo y delgado.

Lo miré y respiré hondo. Sabía lo que tenía que hacer. Las manos de Quinn estaban atadas y él no podía hacerlo. Las lágrimas seguían surcando mi cara. Estaba siendo una llorona, pero no podía evitarlo. Miré a Quinn un momento. Sus rasgos estaban acerados. Sabía tan bien como yo lo que había que hacer.

Justo entonces, la furgoneta redujo y se metió por una carretera, secundaria razonablemente bien pavimentada, hacia lo que parecía un camino de grava que atravesaba el bosque. Era un camino privado, estaba segura de ello. Estábamos cerca de nuestro destino. Era la mejor oportunidad, puede que la última, que tendríamos.

—Separa las muñecas —murmuré, y clavé la cabeza del destornillador en el agujero de la cinta. Se hizo más grande. Volví a hacerlo. Los dos hombres, sintiendo mis movimientos frenéticos, se empezaron a volver cuando clavé el destornillador en la cinta por última vez. Mientras Quinn tiraba para romper las perforadas ataduras, yo me puse de rodillas, agarrando la reja que nos separaba de la cabina con la mano izquierda, y grité:

—¡Clete!

Se volvió y se inclinó entre los asientos, acercándose a la reja para ver mejor. Respiré hondo, y con mi mano derecha empujé el destornillador a través de la reja. Se le clavó directamente en la mejilla. Gritó, ensangrentado, y George apenas pudo girarse a tiempo. Con un rugido, Quinn separó las manos. A continuación, se movió como el relámpago. En cuanto la furgoneta se detuvo, ambos nos encontramos corriendo por el bosque. Gracias a Dios que estaba justo bordeando el camino.

Unas sandalias de correa con cuentas de cristal no son lo ideal para correr por el bosque, que quede claro, y Quinn sólo llevaba puestos los calcetines. Pero conseguimos recorrer cierta distancia, y, para cuando el desconcertado conductor de la segunda furgoneta pudo parar, y los pasajeros saltaron en nuestra persecución, ya estábamos fuera de su vista. Seguimos corriendo porque eran licántropos y podían rastrearnos. Había arrancado el destornillador de la mejilla de Clete y lo llevaba en la mano, y recordé lo peligroso que puede ser correr con un objeto puntiagudo. Recordé el dedo de Clete presionándome entre las piernas, y no me sentí tan mal por lo que había hecho. En los instantes que siguieron, mientras saltaba sobre un árbol caído rodeado de unas plantas trepadoras espinosas, el destornillador se me cayó de la mano y no tuve tiempo de recogerlo.

Tras correr durante cierto tiempo, llegamos al pantano. Los pantanos y los brazos de río abundan en Luisiana, y son ricos en vida animal. Pueden ser preciosos de contemplar, y puede que de recorrer en canoa o algo parecido, pero cuando tienes que meterte mientras llueve a cántaros, resultan repugnantes.

Quizá fuese una bendición para despistar a los que nos pisaban los talones, porque en el agua no dejaríamos olor alguno. Sin embargo, desde mi punto de vista personal, el pantano era asqueroso, porque estaba sucio, había serpientes, caimanes y sólo Dios sabe qué más.

Tuve que hacer un verdadero esfuerzo para atravesarlo detrás de Quinn. El agua estaba helada y oscura, pues aún era primavera. En verano, sería como vadear sopa caliente. En un día tan lluvioso, una vez nos halláramos bajo los árboles que colgaban desde lo alto, seríamos prácticamente invisibles a ojos de nuestros perseguidores, lo cual era muy bueno; pero las mismas condiciones implicaban también que cualquier criatura al acecho sólo sería visible cuando le pusiéramos un pie encima, o cuando nos mordiese. Y eso no era tan bueno.

Quinn sonreía ampliamente, y recordé que muchos tigres disfrutan de los pantanos en sus hábitats naturales. Al menos uno de los dos estaba contento.

El pantano se hizo cada vez más profundo, y pronto nos encontramos nadando. Quinn lo hacía con brazadas muy amplias que no hacían sino desanimarme. Trataba con todas mis fuerzas de permanecer en silencio y ser sigilosa. Por un instante, estuve tan helada y asustada que pensé que… No, no sería mejor seguir en la furgoneta…, pero casi. Sólo durante un instante.

Estaba agotada. Me temblaban los músculos después del estallido de adrenalina de la huida, la carrera por el bosque, por no hablar de la anterior lucha en el apartamento, y antes que eso… Oh, Dios, había hecho el amor con Quinn. Más o menos. Era sexo, sin duda. Más o menos.

No habíamos dicho una palabra desde que salimos de la furgoneta, y de repente recordé que había visto su brazo sangrando cuando escapamos. Lo había apuñalado con el destornillador mientras trataba de liberarlo, al menos una vez.

Y allí me encontraba yo, sollozando.

—Quinn —dije—. Deja que te ayude.

—¿Ayudarme? —preguntó. No pude captar su tono, y dado que estaba nadando delante de mí, tampoco pude verle la cara. Pero su mente, ah, ésa sí que estaba llena de excitada confusión y rabia por no poder cebarse con nadie—. ¿Acaso te he ayudado yo? ¿Te he protegido de los putos licántropos? No, dejé que ese hijo de puta te metiera el dedo y miré, sin poder hacer nada.

Ay, el orgullo masculino.

—Me liberaste las manos —señalé—. Y ahora puedes ayudarme.

—¿Cómo? —Se volvió hacia mí, profundamente exasperado. Me di cuenta de que era un tipo que se tomaba muy en serio eso de ser protector. Era uno de esos desequilibrios misteriosos de Dios, lo de que los hombres fueran más fuertes que las mujeres. Mi abuela me decía que era su forma de equilibrar la balanza, dado que las mujeres eran más duras y resistentes. No estoy segura de que eso sea cierto, pero sabía que Quinn, quizá por ser tan grande y formidable, o por ser capaz de transformarse en aquella letal y maravillosa criatura, estaba profundamente frustrado por no haber podido acabar con todos los atacantes y salvarme de ser mancillada por sus dedos.

Yo también hubiera preferido de lejos ese escenario, sobre todo teniendo en consideración nuestra actual situación, pero las cosas habían salido como habían salido.

—Quinn —dije, con una voz tan agotada como el resto de mi cuerpo—. Debían de dirigirse a alguna parte de por aquí, cerca de este pantano.

—Por eso giramos —convino. Vi una serpiente enrollada en una rama de árbol que colgaba sobre el agua, justo detrás de él, y mi expresión debió de parecer tan conmocionada como mi ser, porque Quinn se volvió más deprisa de lo que pude captar y se hizo con la serpiente en la mano, la golpeó una y dos veces, y la dejó flotando en el agua oscura. Estaba muerta. Pareció sentirse mucho mejor después de eso—. No sabemos hacia dónde nos dirigimos, pero está claro que es lejos de ellos, ¿verdad? —preguntó.

—No detecto ninguna actividad mental en las cercanías —contesté, después de una rápida comprobación—. Pero nunca he tenido muy claro cuál es mi alcance. Es todo lo que te puedo decir. Tratemos de salir un poco del agua mientras pensamos, ¿vale? —Ya empezaba a temblar.

Quinn avanzó con dificultad por el agua y me cogió.

—Pasa tus brazos por mi cuello —dijo.

Por mí bien, si quería hacerse el hombre, yo encantada. Le rodeé el cuello con los brazos y empezó a avanzar por el agua.

—¿No sería esto más fácil si te convirtieras en tigre? —pregunté.

—Puede que lo necesite más tarde, y ya me he transformado parcialmente dos veces en lo que va de día. Mejor ahorro fuerzas.

—¿Qué tipo de tigre eres?

—De Bengala —dijo, y, justo entonces, el tableteo de la lluvia sobre el agua se detuvo.

Empezamos a oír voces, y nos quedamos quietos en el agua, ambos con las caras vueltas hacia el origen de las voces. Mientras permanecíamos allí quietos y callados, noté que algo grande se deslizaba en el agua a nuestra derecha. Volví la mirada en esa dirección, aterrada ante la anticipación de lo que podría ver, pero el agua estaba casi tranquila, como si algo acabase de pasar. Sabía que se organizaban tours por los brazos de río del sur de Nueva Orleans, y sabía que los lugareños se sacaban su buen dinero llevando a los turistas a esos parajes y enseñándoles los caimanes. Lo bueno de eso es que sacaban una ganancia, y los forasteros veían algo que, de otro modo, les sería imposible. Lo malo era que los lugareños a veces lanzaban cebos para atraer a los caimanes. Supuse que los lagartos asociaban a los humanos con la comida.

Posé mi cabeza sobre el hombro de Quinn y cerré los ojos. Pero las voces no se acercaron más, no oímos aullidos de lobos y nada me mordió la pierna o trató de arrastrarme agua adentro.

—Eso es lo que hacen los caimanes, ¿sabes? —le dije a Quinn—. Tiran de ti hacia abajo, te ahogan y te clavan a algo para que puedas servirles de tentempié.

—Cielo, hoy no nos van a comer ni los lobos, ni los caimanes. —Se rió con un profundo y quedo murmullo desde su pecho. Cómo me alegré de escuchar ese sonido. Tras un instante, reanudamos nuestro avance por el agua. Los árboles y las porciones de tierra se arracimaban, los brazos de río cada vez eran más estrechos, y finalmente llegamos a una porción de tierra firme lo bastante amplia como para albergar una cabaña.

Quinn me llevaba parcialmente en brazos cuando emergimos del agua.

Como refugio, la cabaña no era gran cosa. Puede que la estructura fuese en su día un campamento de caza venido a más, tres paredes y un tejado, poco más. Ahora era una ruina semiderruida. La madera se había podrido, y el tejado de metal se había doblado y roto. Me acerqué y la registré con cuidado, pero no encontré nada que nos pudiera servir como arma.

Quinn estaba ocupado deshaciéndose de los restos de cinta aislante de sus muñecas, sin siquiera pestañear cuando algunas veces se llevaba algo de piel en el proceso. Yo hice lo mismo, pero con más delicadeza. Al final, quedé rendida.

Me dejé caer al suelo de forma deprimente, deslizando la espalda por un roble lleno de matojos. La corteza me fue dejando marcas en la espalda. Pensé en todos los gérmenes del agua, gérmenes que, sin duda, se apresuraban a invadir mi organismo en cuanto accedieron por mis heridas. El mordisco aún no curado, todavía cubierto con un repugnante vendaje, seguramente también recibió su parte de partículas nocivas. La cara se me empezaba a hinchar por la paliza que había recibido. Me acordé cuando me miré en el espejo el día anterior y vi que las marcas de mordisco de los licántropos convertidos de Shreveport finalmente se habían desvanecido casi por completo. Y ahora, de qué me había servido.

—Amelia ya debería haber hecho algo —dije, tratando de ser optimista—. Probablemente haya llamado a la sede de los vampiros. Aunque nuestra llamada no haya llegado a nadie que pueda hacer algo, es posible que alguien nos esté buscando a estas horas.

—Tendrán que enviar empleados humanos. Aún es técnicamente de día, aunque el cielo esté tan nublado.

—Bueno, al menos ha parado de llover —dije, y en ese momento se puso a llover de nuevo.

Me sentí tentada de tirar una piedra del enfado que tenía, pero, sinceramente, no merecía la pena el gasto de energía. Y además no serviría para nada. Seguiría lloviendo por muchas piedras que lanzara.

—Lamento que te hayas visto envuelto en esto —añadí, sintiendo que había mucho de lo que disculparse.

—Sookie, no sé si de verdad eres tú quien debe pedirme a mí las disculpas —dijo Quinn, poniendo el énfasis en los pronombres—. Todo ha pasado estando juntos.

Eso era verdad, y traté de creer que todo aquello no era culpa mía. Pero estaba convencida de que, de alguna manera, lo era.

Y, de forma espontánea, Quinn dijo:

—¿Qué relación tienes con Alcide Herveaux? Lo vimos en el bar la semana pasada con esa otra chica. Pero el poli, el de Shreveport, dijo que estabais prometidos.

—Y una mierda —contesté, sentada hasta arriba de barro. Allí me encontraba, en lo profundo de un pantano de Luisiana, bajo una lluvia de justicia...

Eh, un momento. Miré la boca de Quinn, que se movía, y me di cuenta de que me estaba diciendo algo. Esperé a que la proyección del pensamiento me dijera algo. De haber tenido una bombilla sobre la cabeza, se habría encendido.

—Dios Cristo santísimo, pastor de Judea —dije reverentemente—. ¡Él es quien está detrás de todo esto!

Quinn se puso de cuclillas delante de mí.

—¿Que está haciendo qué? Pero ¿cuántos enemigos tienes?

—Al menos sé quién envió a los licántropos convertidos y a quién nos ha querido secuestrar —dije, rechazando el cambio de tema. Mientras los dos estábamos acuclillados bajo la lluvia como dos hombres de las cavernas, Quinn escuchó mientras yo hablaba.

Luego discutimos sobre las posibilidades.

Y después, trazamos un plan.

Capítulo
21

En cuanto supimos lo que íbamos a hacer, Quinn se mostró implacable. Como nuestra situación no podía ser más lamentable de lo que ya era, decidió que no sería mala idea empezar a moverse. Mientras yo me limitaba a seguirle y a permanecer fuera de su camino, él empezó a explorar la zona con el olfato. Al final, se cansó de ir agachado y dijo:

—Voy a transformarme. —Se desnudó rápida y eficazmente, enrollando la ropa en un bulto compacto, aunque empapado, que me entregó. Me alegré de comprobar que todas las suposiciones que me había hecho sobre el cuerpo de Quinn eran correctas. Empezó a quitarse la ropa sin el menor titubeo, pero cuando se percató de que le estaba mirando, se quedó quieto para que me despachara a gusto. A pesar de la oscuridad y la intensa lluvia, merecía la pena. El cuerpo de Quinn era una obra de arte, aunque llena de cicatrices. Era un gran bloque de músculos, del tobillo al cuello.

—¿Te gusta lo que ves? —preguntó.

—Madre de Dios —dije—. Tienes mejor pinta que un *Happy Meal* para un crío de tres años.

Quinn me lanzó una amplia y satisfecha sonrisa. Se inclinó para echarse al suelo. Supe lo que vendría a continuación. El aire alrededor de Quinn empezó a brillar y a temblar, y, rodeado de esa atmósfera, comenzó a cambiar. Los músculos se desgranaron, se estiraron y se transformaron, los huesos cambiaron y el pelaje emergió de su interior, aunque sabía que eso no era posible, que era una ilusión. El sonido que lo acompañó todo era terrible. Era como si alguien chapoteara en fluidos densos, pero con huesos sólidos en la mezcla, como si alguien removiera un cuenco lleno de pegamento, piedras y huesos.

Cuando terminó, tuve delante a un tigre.

Si Quinn era un hombre de indecible atractivo cuando estaba desnudo, era un tigre igualmente impresionante y bello. Su pelaje era de un intenso naranja salpicado de rayas negras, con toques de blanco en la panza y la cara. Tenía los ojos sesgados y dorados. Mediría más de dos metros de largo y casi uno de alto en la cruz. Me maravillaba lo grande que era. Tenía las zarpas completamente desplegadas y eran tan grandes como platos. Sus orejas redondeadas eran sencillamente monísimas. Caminó hacia mí silenciosamente, con una gracia atípica de esas dimensiones. Frotó su enorme cabeza contra mí, logrando casi tirarme al suelo, y ronroneó. Parecía un contador Geiger en pleno yacimiento radiactivo.

Su denso pelaje resultaba aceitoso al tacto, así que imaginé que estaría bien protegido contra la humedad. Lanzó un bufido, y el pantano se sumió en el silencio. Nadie diría que la vida animal de Luisiana reconocería el sonido de un tigre, ¿verdad? Pero así fue, y todo bicho se calló y se escondió.

No solemos tener los mismos requisitos de espacio con los animales que tenemos con los humanos. Me arrodillé junto al tigre que había sido Quinn, le rodeé el cuello con los brazos y lo abracé. Resultaba un poco perturbador que oliese tanto a tigre de verdad, así que me obligué a aceptarlo, a pensar que Quinn estaba dentro de ese tigre. Y nos dispusimos a salir del pantano.

Era asombroso ver cómo el tigre marcaba su nuevo territorio (no es algo que una espere ver hacer a su novio), pero concluí que sería ridículo molestarse por ello. Además, ya tenía bastante en lo que pensar con seguir el paso del tigre. Mientras él buscaba rastros de olor, cubrimos mucho terreno. Cada vez estaba más cansada. Mi sentido del asombro se fue desvaneciendo, para quedarme la única certeza de que estaba sencillamente mojada, helada, hambrienta y cabreada. Si hubiese tenido a alguien meditando justo a mis pies, no sé si mi mente habría captado los pensamientos.

Entonces, el tigre se quedó quieto como una estatua, husmeando el aire. Su cabeza se movió, sus orejas se crisparon, palpando en una dirección concreta. Se volvió para mirarme. Aunque los tigres no pueden sonreír, percibí una oleada de triunfo desde el gran felino. El tigre volvió la cabeza hacia el este, volvió a mirarme, y, de nuevo, encaró el este. Era un «sígueme» más claro que el agua.

—Vale —dije, y le puse la mano en el lomo.

Nos pusimos en marcha. El viaje por el pantano duró una eternidad, aunque más tarde calculé que «eternidad», en este caso, resultó ser alrededor de media hora. Poco a poco, el terreno se fue haciendo más sólido. Por fin nos encontrábamos en un bosque, y no en un cenagal.

Supuse que habíamos llegado cerca de donde querían ir los secuestradores cuando la furgoneta cogió el camino a la derecha. No me equivocaba. Cuando llegamos al linde del claro que rodeaba la pequeña casa, nos encontrábamos al este de ésta, que estaba orientada hacia el norte. Podíamos ver los jardines delantero y trasero. La furgoneta donde nos habían llevado estaba aparcada en la parte de atrás. En el pequeño claro había un coche, un sedán GMC.

La propia casa era como cualquier otra de la América rural. Era cuadrada, de madera, pintada en tono oscuro, con contraventanas verdes y columnas del mismo color para soportar el tejado sobre el diminuto porche. Los dos de la furgoneta, Clete y George, estaban apiñados en el exiguo cobijo, por inadecuado que fuera.

La estructura homóloga de la parte trasera era una pequeña plataforma que salía de la puerta de atrás, lo suficientemente grande como para albergar una parrilla de gas y una fregona. Estaba a merced de los elementos, elementos que, por cierto, se dirigían a la ciudad.

Coloqué la ropa y los zapatos de Quinn junto a una mimosa. El tigre retrajo los labios cuando olió a Clete. Sus largos dientes eran tan aterradores como los de un tiburón.

La tarde lluviosa había hecho bajar las temperaturas. George y Clete temblaban en la fría humedad de la noche. Ambos estaban fumando. Los dos licántropos, en forma humana y fumando, no habrían tenido mejor sentido del olfato que un humano corriente. No mostraron señal alguna de percatarse de la presencia de Quinn. Pensé que reaccionarían de forma bastante dramática si captasen el olor de un tigre al sur de Luisiana.

Avancé entre los árboles hasta el claro, muy cerca de la furgoneta. Me deslicé rodeándola y repté hasta el lado del copiloto. Estaba abierta, y pude ver la pistola paralizante. Ése era mi objetivo. Respiré hondo y abrí la puerta, con la esperanza de que la luz que se encendió en el vehículo no atrajese la atención de nadie que mirase por la ventana trasera de la casa. Cogí la pistola de entre un montón de cosas que había entre los dos asientos delanteros. Cerré la puerta de la furgoneta con todo el silencio que fue posible. Afortunadamente, la lluvia pareció amortiguar el ruido. Lancé un tembloroso suspiro de alivio al ver que no pasaba nada. Después, volví a arrastrarme hacia el linde del claro y me arrodillé junto a Quinn.

Me lamió la mejilla. Agradecí el afecto del gesto, a pesar del aliento de tigre, y le rasqué la cabeza (por alguna razón, besarle el pelaje no me atraía demasiado). Hecho eso, señalé la ventana de la izquierda que daba al oeste, que debía ser la del salón. Quinn no asintió o me hizo chocar los cinco, lo cual habría sido un gesto de lo más atípico para un tigre, pero supongo que esperaba que me diese algún tipo de luz verde por su parte. Simplemente se me quedó mirando.

Con paso cauto, salí al claro, me dirigí hacia la casa y me acerqué a la ventana de la que salía luz. No me apetecía que nadie me viera aparecer como si saliera de una caja de sorpresas, así que me pegué a uno de los lados y me deslicé hasta poder asomarme por una esquina de la ventana. Los Pelt estaban sentados en un viejo sofá de dos plazas que sería de los sesenta, y su lenguaje corporal delataba su descontento. Su hija Sandra deambulaba de un lado a otro delante de ellos, aunque tampoco es que hubiese tanto espacio para esa exhibición. Era un salón muy pequeño, un sitio que sólo sería cómodo para un par de personas. Los Pelt iban vestidos como si fueran a ir a un una sesión fotográfica de Lands' End, mientras que Sandra iba más aventurera, con sus pantalones ajustados y un llamativo suéter a rayas y mangas cortas. Iba más bien uniformada para salir a la caza de chicos monos al centro comercial que para torturar a un par de personas. Pero, sin duda, la tortura era algo que había planeado. En un rincón había una silla de espalda recta llena de correas y esposas. También había un rollo de cinta aislante cerca, lo cual me resultó de lo más familiar.

Había estado muy tranquila hasta que lo vi.

No sabía si los tigres pueden contar, pero levanté tres dedos, por si Quinn estaba mirando. Lenta y cuidadosamente, me agaché y cogí dirección sur hasta que estuve debajo de la segunda ventana. Empezaba a sentirme bastante orgullosa de mis habilidades de infiltración, que debían avisarme antes de un potencial desastre. Pero el orgullo es la madre del desastre.

Aunque la ventana estaba a oscuras, cuando me incorporé me topé con unos ojos mirando desde el otro lado del cristal. Pertenecían a un hombre moreno con perilla. Estaba sentado a una mesa, justo delante de la ventana, y sostenía una taza de café. Con la sorpresa, la dejó caer sobre la mesa, y el líquido caliente le salpicó las manos, el pecho y la barbilla.

Lanzó un grito, aunque no estaba segura de si pronunció palabras coherentes. Oí un tumulto en la puerta delantera y la estancia adyacente.

Bueno… ufff.

Doblé la esquina de la casa en dirección a la pequeña plataforma antes de poder decir «pies, para qué os quiero». Abrí de golpe la puerta de mosquitera y empujé la de madera, para entrar en la cocina con la pistola paralizante en la mano. El hombrecillo aún se estaba frotando la cara con un paño cuando le alcancé de un disparo. Cayó al suelo como un saco de patatas. ¡Caramba!

Pero no había forma de recargar la pistola, según pude descubrir cuando Sandra Pelt, que tenía la ventaja de estar ya de pie, cargó hacia la cocina con los dientes por delante. La pistola no surtió ningún efecto en ella, y se me echó encima como…, bueno, como una loba enfurecida.

Aun así, todavía estaba en su forma humana, mientras yo me sentía desesperada e iracunda.

He presenciado al menos dos docenas de peleas de bar, desde escaramuzas de medio pelo hasta luchas de morder el polvo, y sé cómo defenderme. En ese momento, estaba dispuesta a hacer lo que fuera necesario. Sandra era una arpía, pero era más ligera que yo y tenía menos experiencia. Después de algún que otro forcejeo, puñetazo y tirón de los pelos que se sucedieron en un abrir y cerrar de ojos, me encontré sobre ella, bloqueándola contra el suelo. Aulló y se agitó, pero no pudo alcanzarme el cuello, y yo estaba lista para propinarle un golpe de cabeza en caso necesario.

—¡Déjame entrar! —gritó una voz desde atrás—. ¡Déjame entrar! —Y di por sentado que era Quinn, que se encontraba detrás de alguna puerta.

—¡Entra ya! —dije—. ¡Necesito ayuda!

Ella no paraba de retorcerse debajo de mí, y yo no me atrevía a aflojar la presa.

—Escucha, Sandra —jadeé—. ¡Quédate quieta, maldita sea!

—Que te jodan —gruñó, redoblando sus esfuerzos.

—Esto es bastante excitante —dijo una voz familiar, y vi a Eric mirándonos desde sus amplios ojos azules. Tenía un aspecto inmaculado, impecable en sus pantalones vaqueros y su camisa de vestir almidonada, con rayas azules y blancas. Su melena rubia refulgía limpia (ésa era la parte más envidiable) y seca. Lo odié a muerte. Me sentí infinitamente fastidiada.

—No me vendría mal algo de ayuda —espeté.

—Claro, Sookie —repuso él—, aunque estoy disfrutando del numerito. Suelta a la chica y levántate.

—Sólo si estás listo para la acción —dije, con el aliento entrecortado por el esfuerzo de mantener a Sandra.

—Yo siempre estoy listo para la acción —contestó Eric con una brillante sonrisa—. Sandra, mírame.

Era demasiado lista para caer en eso. Sandra cerró los ojos con fuerza y pugnó con más fuerza si cabe. Al instante siguiente, liberó una de sus manos y la echó hacia atrás para ganar impulso y lanzar un puñetazo. Pero Eric se puso de rodillas y la interceptó antes de que me alcanzara en la cabeza.

—Ya basta —dijo con un tono completamente distinto, y sus ojos se abrieron de repente, sorprendidos. Aunque aún no podía establecer contacto visual, di por sentado que se encargaría de ella. Me aparté de la licántropo y me quedé tumbada de espaldas en lo poco que quedaba de suelo libre en la cocina. El señor pequeño y moreno (además de quemado y aturdido), que intuí era el dueño de la casa, yacía junto a la mesa.

Eric, que casi estaba teniendo los mismos problemas que yo con Sandra, usaba gran parte del espacio disponible. Exasperado con la licántropo, adoptó una solución sencilla: retorció el puño que había interceptado y la hizo gritar. Y así la calló e hizo que dejara de forcejear.

—Eso no es justo —dije, luchando contra una oleada de agotamiento y dolor.

—Todo vale —dijo tranquilamente.

No me gustó cómo sonaba aquello.

—¿De qué estás hablando? —pregunté. Meneó la cabeza. Volví a intentarlo—. ¿Dónde está Quinn?

—El tigre se ha encargado de los dos secuestradores —respondió Eric, con una desagradable sonrisa—. ¿Te gustaría ir a ver?

—No especialmente —dije, y volví a cerrar los ojos—. Están muertos, ¿verdad?

—Estoy seguro de que desearían estarlo —dijo Eric—. ¿Qué le has hecho al hombrecillo del suelo?

—No me creerías aunque te lo contase —añadí.

—Inténtalo.

—Le he dado tal susto que se ha tirado el café encima. Luego le he disparado con una pistola paralizante que encontré en la furgoneta.

—Oh. —Hizo una especie de sonido respiratorio, y abrí los ojos para ver que Eric se reía entre dientes.

—¿Y los Pelt? —pregunté.

—Rasul se encarga de ellos —dijo Eric—. Parece que tienes otro fan.

—Oh, es por la sangre de hada —expresé, irritada—. Ya sabes, no es justo. A los tíos humanos no les gusto. Me sé de un par de centenares que no saldrían conmigo aunque fuese con una camioneta Chevy de serie. Pero como a los sobrenaturales les atrae tanto la sangre de hada, me acusan de ser un imán para los tíos. ¡Qué mal!

—Tienes sangre de hada —dijo Eric, como si se le hubiera encendido su propia bombilla—. Eso explica muchas cosas.

Aquello hirió mis sentimientos.

—Oh, no, claro, cómo iba a gustarte sin más… —dije, cansada y dolorida más allá de toda coherencia—. Oh, no, Dios, tenía que haber una razón. Y, claro, no va a ser mi arrolladora personalidad, ¡oh, no! Va a resultar que es mi sangre, porque es especial. Yo no, porque no lo soy…

Y habría seguido así, si Quinn no hubiese intervenido:

—A mí las hadas me importan un comino. —El poco espacio que quedaba en la cocina quedó en mero recuerdo.

Me puse de pie como pude.

—¿Estás bien? —pregunté con voz temblorosa.

—Sí —dijo con el más profundo de sus murmullos. Volvía a ser plenamente humano, y estaba como Dios lo había traído al mundo. Me habría lanzado a sus brazos, pero me avergonzaba hacerlo tal como iba, delante de Eric.

—Dejé tu ropa en el bosque —dije—. Iré a por ella.

—Puedo hacerlo yo.

—No. Sé donde está, y ya no me puedo mojar más. —Además, no soy tan sofisticada como para sentirme cómoda en una habitación con un tío desnudo, otro inconsciente, una tipa horrible y otro que había sido mi amante.

—Que te jodan, zorra. —Me dijo la encantadora Sandra y volvió a agitarse, mientras Eric le dejaba claro que las palabras le resbalaban.

—Enseguida vuelvo —susurré, y volví a salir bajo la lluvia.

Oh, claro, seguía lloviendo.

Seguía dándole vueltas a lo de la sangre de hada cuando divisé el montón empapado de la ropa de Quinn. Me hubiese resultado muy sencillo dejarme llevar por la depresión pensando en que la única razón por la que había gustado jamás a nadie era por mi sangre de hada. Luego también estaba el extraño vampiro que había recibido la orden de seducirme... Estaba segura de que la sangre de hada no había sido más que una bonificación... No, no, no. No pensaba seguir por ahí.

Pensando con lógica, la sangre formaba tanta parte de mí como el color de mis ojos o la densidad de mi pelo. De nada le habían servido los genes de medio hada a mi abuela, suponiendo que la herencia me viniera de ella y no de mis otros abuelos. Se había casado con un humano que no la trató de forma diferente que si su sangre hubiese sido simple y llanamente humana del tipo A. Y había muerto a manos de un humano que no tenía la menor idea de cómo era su sangre, más allá del color. Siguiendo el mismo razonamiento, la sangre de hada no había supuesto diferencia alguna para mi padre. Nunca en la vida se encontró con un solo vampiro interesado en él por su sangre, y si fue así, lo mantuvo muy en secreto. No parecía muy probable. Y su sangre no le salvó de la súbita inundación que se llevó por delante la furgoneta de mis padres desde el puente. Si la sangre me hubiese venido por parte de mi madre, bueno, ella también murió en la furgoneta. Y Linda, la hermana de mi madre, murió de cáncer en la mitad de su cuarentena, por mucha herencia que tuviese.

Tampoco pensaba que esa maravillosa sangre de hada me hubiese influido a mí tampoco. Puede que unos cuantos vampiros se hubieran mostrado algo más interesados y amistosos conmigo de lo que hubieran sido en otro caso, pero tampoco podía decir que hubiera supuesto una ventaja.

De hecho, mucha gente diría que la atención vampírica había sido un gran factor negativo en mi vida. Puede que yo fuese una de ellas. Sobre todo, habida cuenta de que me encontraba bajo una lluvia bestial sosteniendo la ropa mojada de otra persona preguntándome qué demonios hacer con ella.

Tras completar el círculo, me arrastré de vuelta a la casa. Se escuchaban muchos quejidos lastimeros procedentes del jardín delantero: probablemente se trataba de Clete y George. Debí haberme pasado a mirar, pero no tenía energía suficiente para hacerlo.

De vuelta a la diminuta cocina, el hombrecillo moreno empezaba a moverse, abriendo y cerrando los ojos con una mueca dibujada en los labios. Llevaba las manos atadas a la espalda. Sandra estaba atada con cinta aislante, lo cual me animó bastante. Parecía toda una expresión de justicia poética. Incluso tenía una perfecta mordaza del mismo material en la boca, lo cual supuse que era obra de Eric. Quinn había encontrado una toalla para trabarla por la cintura, y eso le confería un aspecto de lo más… pijo.

—Gracias, pequeña —me dijo, y tomó sus ropas y empezó a retorcerlas para quitarles el exceso de agua. Yo no paraba de gotear sobre el suelo—. Me pregunto si habrá un secador por ahí.

—Abrí una puerta, que daba a una especie de despensa/almacén con estantes en una pared, mientras que en la otra había un calentador de agua y una lavadora secadora.

—Dame eso —dije, y Quinn se acercó con su ropa.

—Tú también deberías meter ahí la tuya, pequeña —dijo, y me di cuenta de que sonaba tan cansado como yo me sentía. Transformarse tantas veces sin la ayuda de la luna llena, en tan escaso espacio de tiempo, debió de costarle un mundo.

—¿Puedes encontrarme una toalla? —pregunté mientras me sacaba los pantalones empapados con gran esfuerzo. Sin la menor sombra de chiste, fue a ver qué encontraba. Regresó con algo de ropa, que di por sentado que procedía del dormitorio del hombrecillo: una camiseta, unos shorts y unos calcetines—. Es lo mejor que he podido encontrar.

—Es más de lo que esperaba —agradecí. Tras usar la toalla y ponerme la ropa seca y limpia, casi lloré de agradecimiento. Abracé a Quinn y luego fui a ver qué haríamos con nuestros rehenes.

Los Pelt estaban sentados en el suelo del salón, con las manos bien atadas, vigilados de cerca por Rasul. Barbara y Gordon parecían tan inofensivos cuando vinieron al Merlotte's para verme en el despacho de Sam. Ya no era así. Ira y malicia asomaban en sus caras de barrio residencial.

Eric trajo también a Sandra y la arrojó junto a sus padres. Se quedó delante de una puerta, mientras Quinn hacía lo propio en otra (que, en un vistazo, supe que daba a un pequeño y oscuro dormitorio). Rasul, pistola en mano, relajó un poco su vigilancia al notarse asistido con tamaños refuerzos.

—¿Dónde está el hombrecillo? —preguntó—. Sookie, me alegro de verla en buena forma, aunque el conjunto desmerece su habitual atractivo.

Los shorts me quedaban grandes, igual que la camiseta, y los calcetines blancos no hacían sino rematar el atuendo.

—Tú sí que sabes hacer sentir bien a una chica, Rasul —dije, esbozando si acaso media sonrisa. Me senté en la silla de espalda recta y le hice una pregunta a Barbara Pelt.

—¿Qué ibais a hacer conmigo?

—Torturarte hasta que nos dijeras la verdad, y Sandra estaba encantada —respondió—. Nuestra familia no se quedaría tranquila hasta saber la verdad. Y la verdad la conoces tú. De eso estoy segura.

Estaba preocupada. Bueno, más que eso. Como no sabía qué decirle en ese momento, miré a Eric y a Rasul.

—¿Los dos solos?

—El día que dos vampiros no puedan con un puñado de licántropos, me volveré humano de nuevo —dijo Rasul con una expresión tan esnob que me sentí tentada de reírme, pero tenía toda la razón (si bien les había ayudado un tigre). Quinn estaba apoyado en la puerta con aspecto pintoresco, aunque en ese momento su gran extensión de suave piel no me interesaba en absoluto.

—Eric —dije—, ¿qué debería hacer?

Creo que nunca le he pedido un consejo a Eric. Se sorprendió, pero el secreto no era sólo mío.

Al cabo de un momento, asintió.

—Os diré lo que le pasó a Debbie. —Me dirigí a los Pelt. No pedí a Rasul o a Quinn que salieran del salón. Pensaba deshacerme de eso ahí mismo, tanto del peso de la culpa, como de la presión que ejercía Eric sobre mí.

Había pensado en esa tarde tantas veces, que las palabras me salieron solas. No lloré, pues ya vertí todas mis lágrimas meses atrás, a solas.

Cuando terminé de contar la historia, los Pelt se me quedaron mirando, y yo les devolví la mirada.

—Eso suena creíble en nuestra Debbie —dijo Barbara Pelt—. Parece cierto.

—Sí que tenía una pistola —admitió Gordon Pelt—. Se la regalé en Navidad hace dos años. —Los dos cambiantes se miraron.

—Ella era... precipitada —añadió Barbara al cabo de un momento. Se volvió hacia Sandra—. ¿Recuerdas cuando tuvimos que ir a los tribunales cuando aún estaba en el instituto, porque le puso pegamento ultrafuerte al cepillo de esa animadora? ¿La que salía con su ex novio? Es muy típico de Debbie, ¿no?

Sandra asintió, pero la mordaza no le permitió decir nada. Las lágrimas recorrían sus mejillas.

—¿Sigues sin recordar dónde la dejaste? —le preguntó Gordon a Eric.

—Os lo diría si así fuera —dijo Eric, aunque su tono implicaba que tampoco era algo que le quitara el sueño.

—Vosotros contratasteis a los críos que nos atacaron en Shreveport —dijo Quinn.

—Fue Sandra —admitió Gordon—. No supimos nada hasta que Sandra los mordió. Ella les prometió... —Agitó la cabeza—. Ella los envió a Shreveport para encargarse del trabajo, pero iban a volver a casa a buscar su recompensa. Nuestra manada de Jackson los habría matado. En Misisipi no se permiten licántropos convertidos. Los hubieran matado en cuanto les hubieran visto el pelo. Ellos habrían delatado a Sandra como quien los mordió. La manada la habría repudiado. Barbara entiende algo de brujería, pero nada que hubiera servido para sellar sus bocas. Contratamos a un licántropo de otro estado para buscarlos en cuanto lo supimos. No pudo detenerlos, ni impedir su arresto, así que debió de hacerse arrestar también para resolver el problema desde dentro. —Nos miró y agitó la cabeza con sequedad—. Sobornó a Cal Myers para que lo pusieran en la misma celda que a ellos. Por supuesto, castigamos a Sandra por ello.

—Oh, claro, ¿le quitasteis el móvil durante una semana? —Si sonaba sarcástica, creo que tenía derecho a ello. A pesar de mostrarse cooperantes, los Pelt eran bastante horribles—. Nos hirieron a ambos —dije, haciendo un gesto de cabeza hacia Quinn—, y esos dos chicos ahora están muertos. Por culpa de Sandra.

—Es nuestra hija —dijo Barbara—. Y estaba convencida de que estaba vengando a su hermana asesinada.

—Y entonces contratasteis a todos los licántropos que estaban en la segunda furgoneta y a los dos que hay en el jardín. ¿Van a morir, Quinn?

—Si los Pelt no los llevan a un médico de licántropos, es posible que sí. Lo que es seguro es que no pueden ir a ningún hospital humano.

Las garras de Quinn habrían dejado unas marcas inconfundibles.

—¿Lo haréis? —pregunté, escéptica—. ¿Llevaréis a Clete y a George a un médico de licántropos?

Los Pelt intercambiaron miradas y se encogieron de hombros.

—Pensamos que nos ibais a matar —admitió Gordon—. ¿Vais a dejar que nos vayamos libres? ¿Con qué condiciones?

Nunca había conocido a nadie como los Pelt, y cada vez resultaba más evidente de dónde había sacado Debbie su encantadora personalidad, fuese adoptada o no.

—Con la condición de que no vuelva a oír hablar de esto nunca más —dije—. Ni yo, ni Eric.

Quinn y Rasul habían estado escuchando en silencio.

—Sookie es amiga de la manada de Shreveport —dijo Quinn—. Están enfadados porque fue atacada en su propia ciudad, y ahora sabemos que vosotros estáis detrás del ataque.

—Habíamos oído que no era del agrado del nuevo líder de la manada. —La voz de Barbara albergaba un rastro de desprecio. Volvía a aflorar su verdadera personalidad, ya que el temor a la muerte había desaparecido. Me caían mejor cuando estaban asustados.

—Puede que no sea líder por mucho tiempo —amenazó Quinn con voz queda—. Y aunque permanezca en el cargo, no puede rescindir la protección de la manada, ya que le fue concedida por su antecesor. El honor de la manada quedaría mancillado.

—Acudiremos a la manada de Shreveport —dijo Gordon, cansado.

—¿Enviasteis a Tanya a Bon Temps? —pregunté.

Barbara parecía orgullosa de sí misma.

—Sí, yo la envié. ¿Sabías que nuestra Debbie era adoptada? Era una mujer zorro.

Asentí. Eric parecía curioso; creo que no llegó a conocer a Tanya.

—Tanya es miembro de la familia natural de Debbie, y quiso hacer algo para ayudar. Pensó que si iba a Bon Temps y empezaba a trabajar para ti, quizá se te escapase algo. Dijo que eras demasiado suspicaz como para tragarte su oferta de amistad. Supongo que podría quedarse en Bon Temps. Entiendo que descubrir que el propietario del bar es tan atractivo es un plus.

En cierto modo era gratificante descubrir que Tanya era tan digna de desconfianza como pensé en un primer momento. Me pregunté si tendría el derecho a contarle toda la historia a Sam, a modo de advertencia. Tendría que darle vueltas más tarde.

—¿Y el propietario de esta casa? —Podía oír cómo gemía lastimeramente desde la cocina.

—Es un antiguo compañero del instituto de Debbie —dijo Gordon—. Le pedimos que nos prestara la casa para la tarde. Y le pagamos. No hablará cuando nos marchemos.

—¿Y qué hay de Gladiola? —pregunté, recordando las dos porciones de cuerpo calcinado en mi camino privado. Recordé también la cara del señor Cataliades y el dolor de Diantha.

Todos se me quedaron mirando sorprendidos.

—¿Gladiola? ¿La flor? —dijo Barbara, genuinamente perpleja—. Ni siquiera es la temporada de las gladiolas.

Un callejón sin salida.

—¿Estáis de acuerdo con que estamos en paz con esto? —dije lisamente—. Yo os he hecho daño y vosotros me lo habéis devuelto. Tablas.

Sandra agitó la cabeza de lado a lado, pero sus padres la ignoraron. Gracias a Dios que había cinta aislante. Gordon y Barbara asintieron mutuamente.

—Mataste a Debbie —dijo Gordon—, pero creemos que lo hiciste en defensa propia. Y nuestra otra hija adoptó unos métodos extremos y horribles para atacarte… No es digno de mí decir esto, pero creo que tenemos que aceptar dejarte en paz a partir de hoy.

Sandra emitió un montón de sonidos extraños.

—Con estas condiciones. —Su rostro se tornó de repente duro como la piedra. El *yuppie* dejó salir al licántropo—. No irás a por Sandra. Y no volverás a Misisipi.

—Hecho —dije al instante—. ¿Seréis capaces de controlar a Sandra como para mantener el acuerdo? —Era una pregunta ruda, pero válida. Sandra los tenía cuadrados, y dudaba mucho de que sus padres jamás hubieran ejercido un control real sobre sus hijas.

—Sandra —interpeló Gordon a su hija. Sus ojos se clavaron en él con muda ferocidad—. Sandra, esto es ley. Vamos a dar nuestra palabra a esta mujer, y nuestra palabra te vincula. Si me desafías, te retaré durante la próxima luna llena. Acabaré contigo delante de la manada.

La madre y la hija se quedaron perplejas, Sandra más que nadie. Sus ojos se estrecharon, y al cabo de un momento asintió.

Esperaba que Gordon viviera una larga vida y disfrutase de buena salud mientras durara. Si enfermaba o moría, Sandra no se sentiría vinculada a ningún acuerdo. Estaba bastante segura de ello. Pero, mientras salía de la pequeña casa, pensé que tendría una razonable probabilidad de no volver a cruzarme con los Pelt en mi vida. Así que, por mí, no había ningún problema.

Capítulo
22

Amelia rebuscaba en su armario ropero. Apenas comenzaba a anochecer el día siguiente. De repente, las perchas dejaron de deslizarse por la barra al fondo del armario.

—Creo que tengo uno —dijo, sorprendida. Esperé a que saliera, sentada en el borde de su cama. Había dormido por lo menos diez horas, me había duchado tranquilamente, me habían tratado las heridas y me sentía cien veces mejor. Amelia relucía de orgullo y alegría. No sólo Bob el mormón se había portado estupendamente en la cama, sino que se habían levantado a tiempo para ver nuestro secuestro y tener la brillante idea de llamar a la mansión de la reina en vez de a la policía. Aún no le había dicho que Quinn y yo habíamos hecho nuestra propia llamada, porque no sabía cuál de las dos había sido la que dio en la diana y disfrutaba de ver a Amelia tan contenta.

No quise acudir a la celebración de la reina hasta resolver mi pequeño viaje al banco con el señor Cataliades. Cuando regresé al apartamento de Hadley, reanudé la tarea de empaquetar las cosas de mi prima y escuché un extraño sonido cuando puse el café en una caja. Ahora, si quería evitar el desastre, tendría que acudir a la fiesta de primavera de la reina, el acontecimiento sobrenatural del año. Traté de ponerme en contacto con Andre en la sede, pero una voz me dijo que no se le podía molestar. Me pregunté quién respondía al teléfono en la sede vampírica ese día. ¿Sería alguno de los vampiros de Peter Threadgill?

—¡Sí que lo tengo! —exclamó Amelia—. Ah, es un poco atrevido. Fui dama de honor en una boda un poco extrema. —Salió del armario con el pelo desgreñado y la mirada encendida de triunfo. Giró la percha para que pudiera ver el efecto completo. Tuvo que enganchar el vestido a la percha, porque había muy poco que colgar.

—Uy —dije, incómoda. En su mayoría de gasa verde lima, tenía un pronunciado corte en V hasta la cintura. Se cogía al cuello mediante una estrecha tira.

—Era la boda de una estrella del cine —explicó Amelia, como si tuviese muchos recuerdos de la ceremonia. Como el vestido carecía de espalda, me preguntaba cómo se las arreglaban esas mujeres de Hollywood para taparse los pechos. ¿Cinta adhesiva de doble cara? ¿Algún tipo de pegamento? Como no había vuelto a ver a Claudine desde que desapareciera del patio, antes de la reconstrucción ectoplásmica, di por hecho que había vuelto a su trabajo y a su vida en Monroe. En ese momento no me habrían venido nada mal sus servicios especiales. Tenía que haber un conjuro de hada que consiguiera que el vestido se te quedase quieto.

—Al menos no necesitas ponerte un sujetador especial —dijo Amelia, servicialmente. Y era verdad. Era del todo imposible ponerse un sujetador—. Y tengo los zapatos, si te vale un treinta y siete y medio.

—Me vendrá de maravilla —dije, tratando de sonar satisfecha y agradecida—. No se te dará bien peinar, ¿verdad?

—Qué va. —Hizo un gesto con la mano—. Puedo lavarlo, cepillarlo y poco más. Pero puedo llamar a Bob. —Sus ojos centellearon de alegría—. Es peluquero.

Traté de no parecer pasmada. «¿En una funeraria?», pensé, pero fui lo bastante lista como para guardármelo. Bob no se parecía a ningún peluquero que hubiera conocido.

Al cabo de un par de horas, me había hecho más o menos con el vestido, y estaba completamente maquillada.

Bob hizo un buen trabajo con mi pelo, a pesar de tener que recordarme más de una y dos veces que me quedara quieta de un modo que no hizo sino ponerme más nerviosa.

Y Quinn apareció a tiempo en su coche. Cuando Eric y Rasul me dejaron en casa a eso de las dos de la mañana, Quinn se metió en su coche y se dirigió a dondequiera que pernoctase, no sin antes plantarme un dulce beso en la frente antes de que subiera las escaleras. Amelia había salido del apartamento, feliz de verme de vuelta. También tuve que devolver una llamada al señor Cataliades, que se interesó por saber si me encontraba bien y quería acompañarme al banco para finiquitar los asuntos económicos de Hadley. Dado que había perdido mi oportunidad de hacerlo con Everett, me sentí agradecida.

Pero, al regresar al apartamento de Hadley después de estar en el banco, había un mensaje en el contestador diciendo que la reina esperaba que acudiera a la fiesta de esa noche en el viejo monasterio. «No quiero que dejes la ciudad sin que volvamos a vernos», la citó su secretaria humana, antes de informarme que sería un acontecimiento de vestimenta formal. Tras la sorpresa, cuando supe que tendría que ir a una fiesta, fui corriendo al apartamento de Amelia, sumida en el pánico.

El vestido me provocó otro tipo de pánico. Estaba mejor dotada que Amelia, aunque era más baja, y tenía que estar muy recta.

—El suspense me está matando —dijo Quinn, contemplando mi pecho. Él tenía un aspecto fabuloso con su traje de chaqueta. Los vendajes de mis muñecas destacaban sobre mi piel como si de extraños brazaletes se tratara; de hecho, uno de ellos era de lo más incómodo y no veía la hora de quitármelo. Pero, a diferencia del mordisco de mi brazo izquierdo, las muñecas tendrían que permanecer cubiertas un tiempo. Quizá mis pechos consiguieran distraer a los asistentes respecto al hecho de que tenía la cara hinchada y descolorida por un lado.

Quinn, por supuesto, parecía como si nada le hubiese pasado. No sólo tenía una carne que se curaba muy deprisa, como la mayoría de los cambiantes, sino que un traje de hombre puede cubrir muchas más heridas.

—No me hagas sentir más en evidencia de lo que ya me siento —dije—. Estoy a esto de volver a meterme en la cama para dormir una semana sin parar.

—Me apunto, aunque reduciría el tiempo de dormir —dijo Quinn, sinceramente—. Pero, en aras de nuestra paz mental, creo que será mejor que hagamos esto primero. Por cierto, mi suspense estaba relacionado con el viaje al banco, no tanto con tu vestido. Supongo que, en el caso del vestido, es una situación que beneficia a ambas partes. Si te lo dejas puesto, bien; si te lo quitas, incluso mejor.

Aparté la mirada, tratando de controlar mi sonrisa involuntaria.

—El viaje al banco. —Parecía un asunto más inofensivo—. Bueno, la cuenta no es que estuviese a rebosar, lo cual no me sorprendió del todo. Hadley no tenía mucho sentido del dinero. Bueno, no tenía mucho sentido, y punto. Pero la caja de depósitos…

Allí encontré el certificado de nacimiento de Hadley, una licencia de boda y un decreto de divorcio fechado hacía más de tres años (me alegré de ver que ambos relacionados con el mismo hombre) y una copia apergaminada de la nota necrológica de mi tía. Hadley sabía cuándo había muerto su madre, y le importó lo suficiente como para conservar un recorte. También había fotos de nuestra infancia compartida: mi madre y su hermana; mi madre y Jason, Hadley y yo; mi abuela y su marido. Había un bonito collar con zafiros y diamantes (que el señor Cataliades dijo que había sido un regalo de la reina), así como un par de pendientes a juego. Había un par de cosas más sobre las que quería pensar.

Pero el brazalete de la reina no estaba. Ésa era la razón por la que el señor Cataliades quiso acompañarme, creo yo; tenía la esperanza de encontrarlo allí, y parecía bastante nervioso cuando le pasé la caja para que comprobara personalmente su contenido.

—Terminé de empaquetar las cosas de la cocina esta tarde, cuando Cataliades me trajo de vuelta al apartamento —le dije a Quinn y observé su reacción. Nunca volvería a dar por sentado el desinterés de mis compañeros. Me convencí de que Quinn no me había estado ayudando el día anterior con los paquetes para encontrar algo, cuando comprobé que su reacción era absolutamente tranquila.

—Eso está bien —afirmó—. Lamento no haber podido venir a ayudarte hoy. Estaba ultimando los acuerdos de Jake con Special Events. Tuve que llamar a mis socios para informarles. También tuve que llamar a su novia. Todavía no está lo bastante estabilizado como para verla, por mucho que ella quisiera verle. No le gustan los vampiros, por decirlo suavemente.

En ese momento, a mí tampoco me gustaban. No era capaz de vislumbrar la verdadera razón por la que la reina quería que acudiera a la fiesta, pero sí que había encontrado otra para verla. Quinn me sonrió, y yo le devolví la sonrisa, esperanzada en sacar algo positivo de la noche. Tenía que admitir que sentía cierta curiosidad por conocer el local de fiestas de la reina, por así llamarlo, y me alegraba de volver a estar bien vestida y sentirme guapa después de todo lo pasado en el pantano.

Mientras nos acercábamos en el coche, casi inicié una conversación con Quinn en tres ocasiones, pero, en cada una de ellas, decidía cerrar la boca llegado el punto.

—Ya estamos cerca —me dijo cuando llegamos a uno de los barrios más antiguos de Nueva Orleans, el Garden District. Las casas, afincadas en unos terrenos preciosos, costarían a buen seguro muchas veces lo que valía la mansión Bellefleur. En medio de esas maravillosas casas, llegamos a un alto muro que rodeaba toda una manzana. Era el monasterio reformado que la reina usaba para sus fiestas.

Puede que hubiera más entradas por el resto del perímetro de la finca, pero esa noche todo el tráfico accedía por la entrada principal. Estaba muy protegida por los guardias más eficientes del mundo: los vampiros. Me pregunté si Sophie-Anne Leclerq era paranoica, lista o si sencillamente no se sentía querida (o segura) en su ciudad de adopción. Estaba convencida de que la reina contaba con los típicos artículos de seguridad complementarios: cámaras, detectores de movimiento de infrarrojos, alambres de espino e incluso perros guardianes. El lugar estaba férreamente vigilado en un lugar donde la élite vampírica de vez en cuando hacía fiestas con la humana. Aunque esta noche sólo había seres sobrenaturales; la primera gran fiesta que los recién casados daban desde su matrimonio.

En la puerta estaban tres de los vampiros de la reina, junto con otros tres de Arkansas. Todos los fieles de Peter Threadgill iban de uniforme, aunque supongo que el rey los llamaría libreas. Los chupasangres de Arkansas, tanto hombres como mujeres, vestían trajes blancos con camisas azules y chalecos rojos. No sabía si el rey era un ultrapatriota, o si los colores habían sido escogidos por ser los de la bandera de Arkansas o la de Estados Unidos. Fuese como fuese, eran todo un desafío a la vista y carne de un salón de la fama estilístico. ¡Y Threadgill se había vestido de un conservador…! ¿Sería ésa alguna tradición de la que nunca había oído hablar? Dios, si hasta yo me vestía con más gusto, y eso que compraba casi toda mi ropa en el Wal-Mart.

Quinn llevaba la tarjeta de la reina para enseñársela a los guardias en la entrada, pero aun así llamaron a la casa para comprobarlo. Quinn parecía incómodo, y esperaba que estuviese tan preocupado como yo por la seguridad extrema y por el hecho de que los vampiros de Threadgill se esforzaran tanto por distinguirse de los partidarios de la reina. Pensé mucho en la necesidad que tuvo la reina de ofrecer a los vampiros del rey una razón por haber subido conmigo al apartamento de Hadley. Pensé en la ansiedad de que hizo gala cuando le pregunté por el brazalete. Pensé en la presencia de ambos bandos vampíricos en la puerta principal. Ninguno de los monarcas confiaba en su esposo para encargarse de la seguridad.

Me pareció que pasaba una eternidad antes de que nos dieran luz verde para seguir. Quinn se mantuvo tan callado como yo mientras esperábamos.

Los terrenos parecían maravillosamente cuidados y conservados, y se encontraban muy bien iluminados.

—Quinn, esto huele mal —dije—. ¿Qué está pasando aquí? ¿Crees que dejarán que nos marchemos?

Por desgracia, parecía que todas mis sospechas eran ciertas.

Quinn no parecía más contento que yo.

—No nos dejarán salir —dijo—. Ahora ya tendremos que quedarnos. —Cogí con fuerza mi pequeño bolso de noche, deseando que hubiera dentro algo más letal que un compacto y un lápiz de labios. Quinn condujo con cuidado por el sinuoso camino que ascendía hasta el monasterio—. ¿Qué has hecho hoy, aparte de trabajar en tu atuendo? —preguntó Quinn.

—He hecho muchas llamadas telefónicas —dije— Y una de ellas ha merecido la pena.

—¿Llamadas? ¿A quién?

—A las gasolineras que hay en el camino entre Nueva Orleans y Bon Temps.

Se volvió para mirarme, y yo le hice un gesto justo a tiempo para que pisara el freno.

Un león cruzó el camino.

—Vale, ¿qué es eso? ¿Un animal o un cambiante? —Estaba cada vez más nerviosa.

—Un animal —dijo Quinn.

La idea de tener perros sueltos por la finca parecía haberse quedado obsoleta. Sólo esperaba que los muros fuesen lo suficientemente altos como para mantener a un león dentro.

Aparcamos delante del antiguo monasterio, que era un gran edificio de dos plantas. No había sido construido por motivos estéticos, sino de utilidad, por lo que podía decirse que era una estructura prácticamente sin características reseñables. Había una pequeña puerta en medio de la fachada, así como pequeñas ventanas situadas a intervalos regulares. Una vez más, un lugar fácil de defender.

Junto a la puerta había otros seis vampiros, tres con ropas elegantes aunque no idénticas (seguramente chupasangres de Luisiana), y otros tres de Arkansas, con sus uniformes llamativos y chillones.

—Es sencillamente feísimo —dije.

—Pero fácil de ver, incluso en la oscuridad —reflexionó Quinn, como sumido en pensamientos muy profundos.

—Vaya, genio —dije—. Eso salta a la vista. Así no tendrán problemas para…, oh. —Medité al respecto—. Sí —añadí—. Nadie se pondría nada parecido, ni aposta, ni por casualidad. Bajo ninguna circunstancia. A menos que sea esencial resultar identificable.

—Es posible que Peter Threadgill no sea muy devoto de Sophie-Anne.

Lancé una carcajada ahogada justo cuando dos vampiros de Luisiana abrieron las puertas del coche de forma tan coordinada que debía de estar ensayada. Melanie, la guardia vampira a la que conocí en la sede del centro de la reina, me cogió una mano para ayudarme a salir y me sonrió. Tenía mucho mejor aspecto que con el agobiante uniforme SWAT. Lucía un bonito vestido amarillo con zapato de tacón bajo. Ahora que no llevaba casco, pude ver que tenía el pelo corto, intensamente rizado y marrón claro.

Dio un largo y dramático suspiro cuando pasé junto a ella y luego puso cara de extasiada.

—¡Ay, ese olor a hada! —exclamó—. ¡Me desboca el corazón!

Le di una palmada cariñosa. Decir que me sorprendió hubiera sido quedarse corta. Los vampiros en general no son famosos por su sentido del humor.

—Bonito vestido —dijo Rasul—. Un poco atrevido, ¿eh?

—Nunca es demasiado atrevido para mí —dijo Chester—. Tiene una pinta de lo más sabrosa.

Pensé que no podía ser una coincidencia que los tres vampiros a los que conocí en la entrada de la sede la otra noche fuesen los mismos que estaban en la puerta durante la fiesta. Pero no alcanzaba a imaginar el significado. Los tres vampiros de Arkansas estaban callados, contemplando nuestras interacciones verbales con ojos gélidos. No estaban del mismo humor sonriente y relajado que sus compañeros.

Definitivamente, algo no encajaba. Pero con tanto oído agudo vampírico alrededor, no había nada que decir al respecto.

Quinn me cogió del brazo. Accedimos a un largo pasillo que parecía medir tanto como el edificio. Había una vampira de Threadgill en la entrada de lo que parecía la sala de recepción.

—¿Le gustaría consignar el bolso? —preguntó, evidentemente poco motivada al ser relegada a mera encargada de guardarropía.

—No, gracias —dije, temiendo que fuera a arrancármelo de debajo del brazo.

—¿Le importa que lo registre? —preguntó—. Escaneamos en busca de armas.

—Sookie —dijo Quinn, tratando de no sonar alarmado—. Tienes que dejarla que te registre el bolso. Es el procedimiento.

Lo atravesé con la mirada.

—Podrías habérmelo dicho —dije con sequedad.

La guardia de la puerta, que era una joven esbelta cuyas formas desafiaban el corte de sus pantalones blancos, me cogió el bolso con aire triunfal. Volcó su contenido sobre una bandeja y los escasos objetos chasquearon contra la superficie metálica: un compacto, un lápiz de labios, un diminuto tubo de pegamento, un pañuelo, un billete de diez dólares y un tampón dentro de un aplicador rígido, completamente recubierto de plástico.

Quinn no era tan poco sofisticado como para ponerse rojo, pero apartó la mirada discretamente. La vampira, que había muerto mucho tiempo antes de que las mujeres usaran esos objetos, me preguntó por su utilidad y luego asintió ante la explicación. Recompuso mi pequeño bolso de noche y me lo devolvió, indicando con un gesto de la mano que podíamos avanzar por el pasillo. Se volvió hacia los que venían detrás, una pareja de licántropos sesentones, antes de que saliéramos de la sala.

—¿En qué estás pensando? —preguntó Quinn con la más discreta de las voces mientras avanzábamos por el pasillo.

—¿Tenemos que pasar más filtros de seguridad? —pregunté con voz igual de agazapada.

—No lo sé. No veo ninguno por delante.

—Tengo que hacer algo —dije—. Espérame mientras encuentro el aseo para señoras más cercano. —Traté de decirle con la mirada y la presión de mi mano en su hombro que en unos minutos todo volvería a la normalidad, y eso deseaba yo sinceramente. Quinn no pareció muy contento con la idea, pero aguardó en la puerta del «aseo de señoras» (a saber lo que fue cuando el edificio aún era un monasterio) mientras yo me metía en uno de los apartados y hacía algunos ajustes. Antes de salir, remendado el vendaje de una de las muñecas, eché el envoltorio del tampón en una papelera. Mi bolso pesaba un poco más.

La puerta del final del pasillo daba a una sala muy amplia que fue en su día el refectorio de los monjes. Si bien la estancia aún tenía paredes de piedra y presentaba amplias columnas que sostenían la techumbre, tres a cada lado, el resto de la decoración era ahora bien distinto. El centro de la sala estaba despejado a modo de pista de baile, y el suelo era de madera. Había un estrado para los músicos, cerca de la mesa de los refrescos, y otro en el extremo opuesto de la sala para la realeza.

A los lados de la sala había sillas dispuestas en agrupaciones. Toda la estancia estaba decorada en blanco y azul, los colores de Luisiana. Una de las paredes tenía unos murales que representaban escenas del Estado: la escena de un pantano, que me dio escalofríos; una composición de Bourbon Street; un campo donde se cortaban árboles y se labraba la tierra y un pescador que tiraba de una red en la costa del Golfo. Pensé que todas las escenas mostraban a humanos, y me pregunté qué significado habría detrás. Luego me volví para mirar la pared que rodeaba la puerta por la que acababa de entrar, y vi el lado vampírico de la vida en Luisiana: un grupo de felices vampiros con violines bajo la barbilla, tocando sus notas; un oficial de policía vampiro patrullando el Barrio Francés; un guía vampiro conduciendo a los turistas por una de las ciudades de los no muertos. Me di cuenta de que no había vampiros acechando a los humanos, no había vampiros bebiendo nada. Era toda una declaración de relaciones públicas. Me pregunté si de verdad engañaría a alguien. Sólo había que sentarse a cenar a la misma mesa que unos vampiros para recordar lo diferentes que eran.

Pero eso no era lo que había venido a hacer. Miré en derredor buscando a la reina, y finalmente la vi, de pie junto a su marido. Llevaba puesto un vestido largo naranja de mangas largas que le confería un aspecto fabuloso. Puede que las mangas largas desentonaran un poco en la temperatura de la noche, pero los vampiros no notaban esas cosas. Peter Threadgill iba trajeado, y estaba igual de impresionante. Flor de Jade estaba justo detrás de él, con la espada enfundada a la espalda a pesar de llevar puesto un vestido rojo de lentejuelas (que, por cierto, le sentaba fatal). Andre, también armado, estaba en su puesto, detrás de la reina. Los hermanos Bert no podían andar muy lejos. Los localicé a ambos lados de una puerta que supuse que conducía a los aposentos privados de la reina. Ambos vampiros parecían muy incómodos en sus trajes; era como ver osos a los que hubieran obligado a ponerse zapatos.

Bill también estaba allí. Lo vi en una esquina lejana, alejado de la reina, y me estremecí de odio.

—Tienes demasiados secretos —se quejó Quinn, siguiendo la dirección de mi mirada.

—Estaré encantada de compartirlos contigo muy pronto —prometí, y nos unimos a la cola de recepción—. Cuando lleguemos a la pareja, adelántate a mí. Mientras hablo con la reina, distrae al rey, ¿vale? Luego, te lo contaré todo.

Primero llegamos al señor Cataliades. Supongo que ejercía de ministro de la reina. O quizá fiscal general fuese más apropiado.

—Me alegro de volver a verle, señor Cataliades —dije con mi tono social más correcto—. Tengo una sorpresa para usted —añadí.

—Quizá tenga que quedársela —dijo, con una cordialidad algo rígida—. La reina está a punto de celebrar su primer baile con el rey. Y todos estamos deseando ver el regalo que éste le ha hecho.

Miré alrededor y no vi a Diantha.

—¿Cómo está su sobrina? —pregunté.

—Mi sobrina superviviente —dijo, sombríamente— está en casa, con su madre.

—Es una lástima —respondí—. Debería estar aquí esta noche.

Se me quedó mirando, y el interés pareció aflorar en su mirada.

—Ciertamente —dijo.

—Me han dicho que alguien de por aquí paró a repostar gasolina el miércoles de la semana pasada, de camino a Bon Temps —expliqué—. Alguien con una espada larga. Tenga, deje que le meta esto en el bolsillo. Ya no lo necesito.

Cuando me aparté de él para encarar a la reina, me eché una mano a una muñeca herida. El vendaje había desaparecido.

Extendí mi mano derecha, y la reina se vio obligada a cogerla por su cuenta. Contaba con que la reina seguiría la costumbre humana de estrechar la mano, y sentí un hondo alivio cuando lo hizo. Quinn había pasado de la reina al rey, diciendo:

—Majestad, estoy seguro de que me recuerda. Fui el coordinador de su boda. ¿Resultaron las flores de su agrado?

No sin cierta sorpresa, Peter Threadgill volvió sus grandes ojos hacia Quinn. Flor de Jade puso los suyos donde iban los de su rey.

Tratando con todas mis fuerzas de que mis movimientos fuesen rápidos, pero no bruscos, presioné mi mano izquierda y lo que había en ella sobre la muñeca de la reina. Ella no se sobresaltó, pero creo que se lo pensó. Miró discretamente su muñeca para ver qué le había puesto, y sus ojos se cerraron, aliviados.

—Sí, querida, nuestra visita fue maravillosa —dijo, por decir—. Andre disfrutó tanto como yo. —Miró por encima de su hombro. Andre captó la señal y me hizo una leve reverencia, en honor a mis presuntos talentos como saqueadora. Me alegré tanto de acabar con ese viacrucis que le dediqué una sonrisa radiante, a lo que él pareció responder con una fugaz sombra de diversión. La reina alzó el brazo para indicarle que se acercara más, y él obedeció. De repente, Andre sonreía tan ampliamente como yo.

Flor de Jade se dejó distraer por el avance de Andre y su mirada siguió a la de él. Sus ojos se abrieron como platos y su expresión se resumió en una mueca en las antípodas de la sonrisa. De hecho, estaba furiosa. El señor Cataliades miraba la espada que reposaba a su espalda con rostro inexpresivo.

Seguidamente, Quinn fue despedido por el rey y me llegó el turno de rendirle homenaje a Peter Threadgill, monarca de Arkansas.

—Me han dicho que ayer tuviste una aventura en los pantanos —dijo, con voz fría e indiferente.

—Así es, señor. Pero creo que todo acabó bien —respondí.

—Me alegro de que hayas venido —dijo él—. Ahora que has terminado con los asuntos del apartamento de tu prima, presumo que regresarás a tu hogar.

—Oh, sí, lo antes posible —añadí. Era la pura verdad. Regresaría a casa, siempre que sobreviviera a la noche, a pesar de que en ese momento las probabilidades no pintasen muy bien. Había contado lo mejor que había podido, a pesar de la cantidad de gente presente, y había al menos veinte vampiros en la sala uniformados con los llamativos atavíos de Arkansas, y puede que un número similar de vampiros locales.

Me aparté, y la pareja de licántropos que habían entrado detrás de Quinn y de mí tomaron mi lugar. Pensé que era el vicegobernador de Luisiana, y esperé que tuviera un buen seguro de vida.

—¿Qué? —inquirió Quinn.

Lo arrastré a un rincón y lo acorralé suavemente contra la pared. Lo hacía para esconderme de cualquiera que pudiera leer los labios en la sala.

—¿Sabías que el brazalete de la reina había desaparecido? —pregunté.

Meneó la cabeza.

—¿Uno de los brazaletes de diamantes que le regaló el rey en su boda? —preguntó, con la cabeza gacha para impedir que nadie le leyera los labios.

—Sí, desaparecido —dije—, desde la muerte de Hadley.

—Si el rey supiera que el brazalete había desaparecido y pudiera obligar a la reina a confesar que se lo había regalado a su amante, tendría una base sólida para exigir el divorcio.

—¿Y qué sacaría de eso?

—¡Qué no sacaría…! Es un matrimonio de Estado vampírico y no hay vínculo más potente que ése. Creo que el contrato de matrimonio tenía treinta páginas.

Entonces lo comprendí mucho mejor.

Una vampira impecablemente ataviada con un vestido de noche verde y gris, adornado con brillantes flores plateadas levantó un brazo para llamar la atención del gentío. Poco a poco, todo el mundo quedó en silencio.

—Sophie-Anne y Peter les dan la bienvenida a su primera celebración conjunta —dijo la vampira con una voz tan musical y dulce que hubiera estado dispuesta a escucharla durante horas. Tenían que ficharla para presentar los Oscar. O quizá para el desfile de Miss América—. Sophie-Anne y Peter les invitan a que disfruten de la noche con el baile, la comida y la bebida. Nuestros anfitriones inaugurarán el baile con un vals.

A pesar de la reluciente apariencia, pensé que Peter se sentiría más cómodo con un baile menos formal, pero con una esposa como Sophie-Anne, era un vals o nada. Avanzó hacia ella, los brazos listos para recibirla, y, con su imponente voz de vampiro, dijo:

—Cariño, enséñales los brazaletes.

Sophie-Anne repartió entre los espectadores una sonrisa y levantó los brazos para que las mangas cayeran hacia atrás, y los dos enormes diamantes de los brazaletes gemelos arrancaron brillos a la luz de los candelabros y deslumbraron a los presentes.

Por un momento, Peter Threadgill se quedó quieto como una estatua, como si alguien le hubiese disparado con una pistola paralizante. Alteró su porte cuando avanzó hacia ella y le cogió una de las manos entre las suyas. Miró fijamente el brazalete, y a continuación soltó la mano para examinar el otro. Ése también superó su escrutinio visual.

—Maravilloso. —Y a tenor de sus colmillos extendidos, cualquiera hubiera dicho que estaba excitado ante su preciosa esposa—. Llevas los dos.

—Por supuesto —dijo Sophie-Anne—, querido. —Su sonrisa era tan sincera como la de él.

Y se pusieron a bailar, aunque por la forma de zarandearla, supe que su malhumor le estaba conquistando. Tenía un gran plan, y yo se lo había arruinado… Pero, gracias a Dios, no sabía de mi participación. Sólo sabía que, de alguna manera, Sophie-Anne había conseguido recuperar su brazalete y salvar la cara, y que él ya no tenía nada con lo que justificar cualesquiera que fuesen sus planes. Tendría que echarse atrás. Después de aquello, probablemente se pusiera a buscar otra forma de derrocar a su reina, pero al menos yo estaría fuera de la refriega.

Quinn y yo nos acercamos a la mesa de los refrescos, situada en el extremo sur de la amplia sala, junto a una de las anchas columnas. Allí había camareros dispuestos con cuchillos para cortar jamón o carne asada. La carne estaba apilada en recios hierros.

Olía de maravilla, pero yo estaba demasiado nerviosa como para pensar en comer. Quinn me trajo un vaso de *ginger ale* del bar. Observé a la pareja mientras bailaba, y esperé a que el cielo se nos cayese encima.

—¿No hacen una pareja maravillosa? —dijo una mujer de elegante vestido y pelo canoso. Me di cuenta de que era la que venía detrás de nosotros.

—Sí, es verdad —convine.

—Soy Genevieve Thrash —dijo—. Éste es mi marido, David.

—Es un placer —saludé yo—. Soy Sookie Stackhouse, y éste es mi amigo, John Quinn. —Quinn pareció sorprendido. Me preguntaba si de verdad sería su nombre de pila.

Los dos hombres, tigre y licántropo, se estrecharon la mano mientras Genevieve y yo seguimos mirando el baile.

—Su vestido es precioso —dijo Genevieve, dando toda la sensación de que hablaba con sinceridad—. Hace falta un cuerpo joven y bonito para llevarlo.

—Gracias por el cumplido —contesté—. Exhibo más de ese joven cuerpo de lo que me gustaría, pero ha conseguido usted que me sienta mejor.

—Sé que su compañero lo aprecia —dijo—, igual que ese joven de allí. —Hizo un sutil gesto con la cabeza y miré en la dirección que indicaba. Era Bill. Estaba muy elegante con su traje, pero el mero hecho de que estuviésemos en la misma habitación provocaba que algo en mi interior se retorciese de dolor.

—Intuyo que su marido es el vicegobernador —dije.

—No se equivoca.

—¿Y cómo es eso de ser la señora del vicegobernador? —pregunté.

Me contó unas cuantas anécdotas divertidas de la gente a la que había conocido siguiendo la carrera política de su marido.

—¿Y a qué se dedica su joven acompañante? —preguntó, con ese entusiasmado interés que a buen seguro había ayudado a su marido a ascender en los peldaños de la política.

—Es coordinador de eventos —dije, tras un instante de titubeo.

—Qué interesante —dijo Genevieve—. ¿Y usted trabaja?

—Oh, sí —respondí—. Soy camarera.

Aquello resultó un poco desconcertante para la mujer del político, pero no evitó que sonriera.

—Es usted la primera a la que conozco —dijo, alegre.

—Y usted es la primera esposa de vicegobernador que conozco —dije yo. Maldita sea, ahora que había entablado conversación, me caía bien, y me sentía responsable de ella. Quinn y David seguían charlando, y creo que la pesca era el tema estrella—. Señora Thrash —añadí—. Sé que es usted una licántropo, y que eso quiere decir que es muy dura, pero le voy a dar un consejo.

Me miró interrogativamente.

—Vale su peso en oro —dije.

Arqueó las cejas.

—Está bien —dijo lentamente—. Le escucho.

—En la siguiente hora, aquí va a pasar algo muy malo. Tanto, que mucha gente podría morir. Puede quedarse y pasárselo bien hasta entonces si quiere, pero cuando pase, se preguntará por qué demonios no me hizo caso. Por otro lado, puede marcharse, aduciendo que se encuentra indispuesta, y se puede ahorrar un mal momento.

Me miraba concienzudamente. Pude escucharla debatiendo interiormente si tomarme en serio o no. Yo no tenía pinta de ser una rara desquiciada. Tenía aspecto de una joven atractiva normal con un acompañante cañón.

—¿Me está amenazando? —inquirió.

—No, señora. Trato de salvarle el culo.

—Bailaremos primero —decidió Genevieve Thrash—. David, cariño, bailemos un poco y luego marchémonos. Tengo el peor dolor de cabeza que recuerdo. —David se sintió obligado a dar por finalizada su conversación con Quinn para llevar a su mujer a la pista y empezar a bailar junto a la regia pareja vampírica, que pareció aliviarse ante la compañía.

Empezaba a relajar mi postura de nuevo, pero una mirada de Quinn me recordó que tenía que estar muy recta.

—Me encanta el vestido —dijo—. ¿Bailamos?

—¿Te atreves con un vals? —Esperaba que no se me hubiese caído la mandíbula al suelo.

—Claro —contestó. No me preguntó si yo sabía bailarlo, aunque lo cierto es que me estuve fijando mucho en los pasos de la reina. Sé bailar. Cantar no, pero la pista de baile me encanta. Nunca me había enfrentado a un vals, pero pensé que podría hacerlo.

Era maravilloso sentir el brazo de Quinn rodeándome mientras me movía grácilmente por la pista. Por un momento, simplemente me olvidé de todo y disfruté mientras no le despegaba la mirada de encima, sintiéndome como suelen hacerlo las chicas mientras bailan con el hombre con quien saben que harán el amor, tarde o temprano. Los dedos de Quinn en contacto con mi espalda desnuda me provocaban hormigueos por todo el cuerpo.

—Tarde o temprano —dijo—, estaremos en una habitación con una cama, sin teléfonos, y la puerta estará cerrada con llave.

Le sonreí, y vi por el rabillo del ojo que los Thrash salían por la puerta discretamente. Crucé los dedos por que les hubieran llevado el coche a la entrada. Y ése fue el último pensamiento normal que tuve en un tiempo.

Una cabeza voló junto al hombro de Quinn. Iba demasiado deprisa para darme cuenta de quién era, pero me sonaba de algo. La cabeza fue dejando una estela de sangre tras su avance por el aire.

Emití un sonido que pudo interpretarse como un aborto de grito.

Quinn se paró en seco, aunque la música siguió sonando durante un buen rato. Miró en todas direcciones, tratando de establecer lo que estaba pasando y cómo podríamos salir de ello de una pieza. Había pensado que un baile no estaría mal, pero debimos habernos marchado con la pareja de licántropos. Quinn empezó a tirar de mí hacia un extremo del salón de baile, mientras decía:

—Espaldas contra la pared.

Así sabríamos de qué dirección venía el peligro; buena idea. Pero alguien pasó por el medio y separó nuestras manos.

Hubo muchos gritos y movimiento. Los gritos procedían de los licántropos y otros seres sobrenaturales que habían sido invitados a la fiesta, y el movimiento era monopolio casi exclusivo de los vampiros, que buscaban a sus respectivos aliados en medio del caos. Ahí fue donde la horrible ropa de los seguidores del rey surtió su utilidad. Con una simple mirada bastaba para identificar a los seguidores del rey. Claro que aquello los convirtió también en objetivos fáciles, si es que no te caían bien el rey y sus secuaces.

Un vampiro delgado y negro con trenzas se había sacado de la nada una espada de hoja curva. La hoja estaba ensangrentada, y pensé que Trenzas era el decapitador. Lucía uno de esos trajes horribles, así que lo clasifiqué como alguien con quien no quería toparme. Si podía contar con aliados allí, ninguno trabajaba para Peter Threadgill. Me escondí detrás de una de las columnas del extremo occidental del refectorio, y estaba tratando de idear la forma más segura de salir de la estancia cuando mi pie golpeó algo que rodó. Era la cabeza de Wybert. Durante una fracción de segundo, me pregunté si aún podría moverse o hablar, pero las decapitaciones suelen ser bastante definitivas, seas de la especie que seas.

—Oh —sollocé, y decidí que más me valía mover el trasero, o acabaría como Wybert, al menos en un aspecto esencial.

Las peleas se habían extendido por toda la sala. No había visto el incidente que las provocó, pero algún pretexto le había servido al vampiro negro para sacar su espada y cortarle la cabeza a Wybert. Dado que Wybert era uno de los guardaespaldas personales de la reina, y que Trenzas formaba parte del séquito del rey, la decapitación podía considerarse como un acto muy decisivo.

La reina y Andre se encontraban espalda con espalda en el centro de la pista. Andre sostenía una pistola en una mano y un cuchillo largo en la otra, mientras que la reina se había hecho también con un cuchillo de trinchar del bufé. Les rodeaba un círculo de trajes blancos, y cada vez que uno caía, otro venía a sustituirlo. Era como la última batalla de Custer, encarnado éste en esta ocasión por la propia reina. Sigebert también estaba recibiendo su ración de acoso, y los miembros de la orquesta, en parte licántropos o cambiantes, y en parte vampiros, se habían dispersado. Algunos se sumaban al combate, mientras que otros trataban de huir. Estos últimos empezaban a atascar la puerta que conducía al largo pasillo. El tapón estaba servido.

El rey se defendía del ataque de mis tres amigos, Rasul, Chester y Melanie. Estaba segura de que encontraría a Flor de Jade a su espalda, pero me alegró ver que ella lidiaba con sus propios problemas. El señor Cataliades hacía todo lo que podía para… bueno, básicamente tocarla. Ella no dejaba de atajar sus intentos con su enorme espada, la misma que había cortado a Gladiola en dos, pero ninguno de los dos parecía que iba a dar su brazo a torcer a corto plazo.

Justo entonces, caí redonda al suelo y me quedé sin aliento durante un instante. Traté de incorporarme, pero noté que me apresaban la mano. Estaba atorada bajo un cuerpo.

—Te tengo —dijo Eric.

—¿Qué demonios estás haciendo?

—Protegiéndote —dijo. Sonreía con el frenesí de la batalla, y sus ojos azules relucían como zafiros. A Eric siempre le encantaba una buena pelea.

—No veo que nadie me haya atacado —dije—. Diría que la reina te necesita más que yo, pero gracias de todos modos.

Entusiasmado por la oleada de excitación, Eric me propinó un prolongado beso y cogió la cabeza inerte de Wybert.

—Vampíbolos —dijo alegremente, y lanzó el repugnante objeto contra la espalda del vampiro negro con tal precisión y fuerza que consiguió tirarle la espada de la mano. Eric saltó sobre el arma con un poderoso salto, y, con un movimiento dotado de la misma fuerza, la esgrimió contra su propietario con mortal eficacia. Con un grito de guerra que no se escuchaba desde hacía mil años, Eric arremetió contra el círculo que rodeaba a la reina y a Andre con un salvajismo y un abandono que casi resultaban bellos, a su manera.

Un cambiante que buscaba otra forma de salir de la sala se tropezó conmigo con la fuerza suficiente como para desplazarme de mi posición, relativamente segura. De repente, hubo demasiadas personas entre la columna y yo, y el camino para volver estaba bloqueado. ¡Maldición! Podía ver la puerta que Wybert y su hermano habían estado custodiando. Se encontraba al otro lado de la sala, pero era el único paso libre. Cualquier forma de salir de ese sitio era buena. Empecé a deslizarme por las paredes para alcanzarla, tratando de evitar el peligro de los espacios abiertos.

Uno de los de los trajes blancos saltó para interponerse en mi camino.

—¡Tienes que venirte con nosotros! —aulló. Era un vampiro joven, incluso en un momento así se desprendía esa idea. Había conocido las comodidades de la vida moderna. Mostraba todas las señales de ello: dientes muy rectos alineados por aparato odontológico, un porte fornido derivado de la nutrición moderna, huesos recios y buena altura.

—¡Mira! —dije, y me aparté un lado del sostén. Miró, a Dios gracias, y le di una patada en los testículos con tal fuerza, que temí que se le fueran a salir por la boca. Eso debería tumbar a un hombre hecho y derecho, fuera cual fuera su naturaleza. El vampiro no fue ninguna excepción. Lo rodeé rápidamente para alcanzar la pared oriental, donde se encontraba la puerta.

Estaba aproximadamente a un metro, cuando alguien me agarró del pie y me tiró al suelo. Me escurrí en un charco de sangre y aterricé en él de rodillas. Por el color, supe que era sangre de vampiro.

—Puta —dijo Flor de Jade—. Zorra. —Creo que nunca la había oído hablar antes. La verdad es que podría haber vivido sin haberlo hecho. Empezó a tirar de mí, mano sobre mano, para acercarme a sus colmillos extendidos. No se levantaría para matarme, porque le faltaba una de las piernas. Casi vomité, pero me centré más en zafarme de su presa. Arañé la puerta con las manos y traté de apoyarme con las rodillas para apartarme de la vampira. No sabía si Flor de Jade podría morir de una herida tan grave como ésa. Los vampiros pueden sobrevivir a un montón de cosas que matarían a un ser humano, lo cual formaba gran parte de la atracción… «¡Echa el resto, Sookie!», me dije con fiereza.

El shock debió de darme fuerzas.

Extendí la mano y conseguí aferrar el marco de la puerta. Tiré con todas mis fuerzas, pero no había manera de librarse de la mano de Flor de Jade. Sus dedos empezaban a atravesar la piel de mi tobillo. No tardaría en romperme los huesos, y entonces sí que no sería capaz de caminar.

Con la pierna libre, empecé a patear la cara de la pequeña mujer asiática. Lo hice una y otra vez. Su nariz y sus labios sangraban profusamente, pero no me soltaba. Creo que ni siquiera notaba los golpes.

Entonces Bill saltó sobre su espalda, aterrizando con una fuerza suficiente como para romperle la columna. Relajó la mano que apresaba mi tobillo. Me aparté a rastras mientras él blandía un cuchillo de trinchar, muy parecido al que la reina sostenía, y lo hundió en el cuello de Flor de Jade, de lado a lado. Su cabeza se desprendió del cuerpo y se me quedó mirando.

Bill no dijo nada. Se limitó a darme esa prolongada y oscura mirada. Desapareció. Yo tenía que hacer lo mismo.

Los aposentos de la reina estaban a oscuras. Eso no era nada bueno. Más allá de donde llegaba la luz de la sala de baile, a saber lo que rondaba por allí.

Tenía que haber una salida al exterior desde allí. La reina no dejaría que la acorralaran así como así. Tenía que haber una forma de salir. Si mal no recordaba la orientación del edificio, tenía que alcanzar la pared opuesta.

Acumulé fuerzas y me decidí a atravesar la estancia directamente. Ya estaba bien de arrastrarse por las paredes. Al infierno con ello.

Y, para mi sorpresa, funcionó, hasta cierto punto. Atravesé una estancia (un salón, supuse) antes de llegar a lo que debía de ser el dormitorio de la reina. El susurro de un movimiento volvió a activar mis temores, y me precipité hacia la pared para encender el interruptor de la luz. Al hacerlo, descubrí que me encontraba en la habitación con Peter Threadgill. Estaba encarado hacia Andre y había una cama entre los dos. Sobre la cama, estaba la reina, que había sido herida de gravedad. Andre ya no tenía su espada, pero Peter Threadgill tampoco. Lo que sí tenía Andre era una pistola, y cuando encendí la luz le disparó al rey en la cara. Dos veces.

Había una puerta detrás del cuerpo de Peter Threadgill. Tenía que ser la que conducía al exterior. Empecé a deslizarme por la habitación, apretando la espalda contra la pared. Nadie me prestó la mínima atención.

—Andre, si lo matas —dijo la reina con bastante calma—, tendré que pagar una gran multa. —Se estaba presionando un costado con la mano, su maravilloso vestido naranja ahora era negro y estaba humedecido por la sangre.

—Pero ¿acaso no merecería la pena, mi señora?

La reina meditó en silencio durante un momento, mientras yo desbloqueaba seis cerrojos.

—En líneas generales, sí —dijo la reina—. A fin de cuentas, el dinero no lo es todo.

—Oh, bien —respondió Andre, feliz, y alzó la pistola. Tenía una estaca en la otra mano. No me quedé a ver cómo Andre terminaba el trabajo.

Atravesé el césped con mis zapatos de noche verdes. Por increíble que pareciera, los zapatos seguían intactos. De hecho, estaban en mejor forma que mi tobillo, que había resultado bastante lastimado a manos de Flor de Jade. Tras dar diez pasos, me vi cojeando.

—Cuidado con el león —gritó la reina, y me di la vuelta para ver que Andre la llevaba a cuestas fuera del edificio. Me pregunté de qué lado estaría el león.

Entonces, el enorme felino apareció justo delante de mí. Un minuto antes, mi ruta de escape había estado despejada, y ahora tenía delante a todo un león. Las luces de seguridad exteriores estaban apagadas, y bajo la luz de la luna la bestia parecía tan bella y mortal que mis pulmones impregnaron el aire con miedo.

El león emitió un sonido grave y gutural.

—Vete —dije. No tenía nada con lo que enfrentarme a un león, y estaba al límite de mis fuerzas—. ¡Vete! —grité—. ¡Lárgate de aquí!

Y se coló entre los arbustos.

No creo que sea el comportamiento típico de un león. Puede que hubiera olido al tigre acercarse, porque, uno o dos segundos más tarde, apareció Quinn, moviéndose como una enorme y silenciosa ensoñación sobre el césped. Quinn frotó su enorme cabeza contra mí, y los dos nos dirigimos hacia el muro. Andre depositó en el suelo a su reina y saltó hacia el muro con grácil facilidad. Arrancó con las manos una porción de alambre de espino, con la magra protección de su abrigo retorcido. Luego, volvió a bajar y cogió en brazos a la reina con sumo cuidado. Se encogió y, de un salto, sorteó el muro.

—Bueno, eso no puedo hacerlo yo —dije, e incluso a mí me pareció un tono gruñón—. ¿Puedo subirme a tu lomo? Me quitaré los tacones. —Quinn se quedó junto al muro y yo deslicé el dedo por las tiras de las sandalias. No quería dañar al tigre poniendo demasiado peso en su lomo, pero también deseaba salir de allí más que nada en el mundo. Así que, tratando de pensar de forma optimista, cogí impulso desde el lomo del tigre y finalmente conseguí agarrarme al tope del muro. Miré hacia abajo. Parecía que había una buena distancia hasta la acera.

Pensando en cómo había ido la noche, me pareció un poco tonto preocuparse por una caída de unos metros. Pero me senté sobre el muro, repitiéndome en varias ocasiones y durante un largo momento que era una estúpida. Luego, conseguí girarme sobre el estómago y me colgué todo lo que pude, diciendo:

—¡Uno, dos, tres! —Y me dejé caer.

Me quedé allí tirada durante un par de minutos, pasmada ante el desenlace de la velada.

Allí me encontraba, tirada sobre una acera del casco viejo de Nueva Orleans, con los pechos colgando fuera del vestido, el pelo alborotado, las sandalias al hombro y un enorme tigre lamiéndome la cara. Quinn había conseguido saltar con relativa facilidad.

—¿Qué crees que sería mejor, ir por ahí como un tigre o como un hombre desnudo? —le pregunté—. Porque, de cualquiera de las formas, es muy probable que atraigas la atención. Yo, personalmente, creo que tendrás más probabilidades de que te peguen un tiro con forma de tigre.

—Eso no será necesario —dijo una voz, y Andre se asomó por encima de mí—. La reina y yo tenemos un coche, y os llevaremos adondequiera que os venga bien.

—Es todo un detallazo —respondí, mientras Quinn volvía a transformarse.

—Su Majestad se siente en deuda con vosotros —dijo Andre.

—Yo no lo veo así —dije. ¿Por qué me había dado por ser tan honesta? ¿Es que no podía mantener mi boquita cerrada?—. Después de todo, si no hubiera encontrado el brazalete y no se lo hubiera devuelto, el rey habría…

—Habría iniciado una guerra esta noche de todas formas —añadió Andre, ayudándome a ponerme en pie. Extendió una mano, y, de forma bastante impersonal, volvió a meter mi pecho derecho en el exiguo tejido verde lima del vestido—. Habría acusado a la reina de romper su parte del contrato, que dice que los regalos deben mantenerse como símbolos de honor del matrimonio. Habría iniciado una causa contra la reina, y ella lo habría perdido casi todo y habría quedado deshonrada. Él estaba dispuesto de uno u otro modo, pero al ver que la reina llevaba el segundo brazalete, tuvo que optar por la violencia. Ra Shawn la inició al decapitar a Wybert por haberse tropezado con él. —Di por sentado que Ra Shawn era el verdadero nombre de Trenzas.

No estaba segura de haberlo comprendido todo, pero lo que tenía claro era que Quinn me lo podría explicar mejor cuando tuviese más neuronas disponibles.

—¡Estaba tan decepcionado cuando vio que llevaba los dos brazaletes! ¡Y era el de verdad! —dijo Andre, felizmente. Se estaba convirtiendo en un torrente de parloteo. Me ayudó a llegar al coche.

—¿Dónde estaba? —preguntó la reina, que estaba estirada sobre uno de los asientos. Había dejado de sangrar, y sólo la tensión de los labios indicaba que el dolor seguía ahí.

—Estaba en la lata de café que parecía sellada —dije—. Hadley era muy buena con las manualidades. Abrió la lata con sumo cuidado, metió el brazalete y la volvió a sellar con una pistola de pegamento. —Había mucho más que explicar, sobre el señor Cataliades, Gladiola y Flor de Jade, pero estaba demasiado cansada para ello.

—¿Cómo burlaste los registros? —preguntó la reina—. Estoy segura de que los guardias lo buscaban.

—Llevaba el brazalete puesto, debajo del vendaje —dije—. El diamante destacaba demasiado, así que lo quité y lo metí en una funda de tampón. La vampira que me registró no pensó en abrir el tampón, y tampoco tenía mucha idea del aspecto que debía tener, ya que hará siglos que no tiene la regla.

—Pero me lo pusiste entero —dijo la reina.

—Oh, fui al aseo una vez que ya me habían registrado el bolso. También llevaba un pequeño tubo de pegamento rápido.

La reina no parecía saber qué decir.

—Gracias —dijo, al cabo de una larga pausa. Quinn se había subido con nosotros en la parte de atrás, desnudo. Me apoyé contra él. Andre se subió en el asiento del conductor y salimos de allí.

Nos dejó en la entrada del patio. Amelia estaba sentada en su tumbona con una copa de vino en la mano.

Cuando aparecimos, dejó el vaso muy lentamente y nos miró de arriba abajo.

—Vale, no sé cómo reaccionar —dijo finalmente. El coche maniobró para salir. Andre se llevaba a la reina a lugar seguro. No pregunté adónde, porque no quería saberlo.

—Te lo contaré mañana —dije—. El camión de la mudanza estará aquí mañana por la tarde, y la reina me ha prometido que habría gente para cargarlo y conducirlo. Tengo que volver a Bon Temps.

La perspectiva de volver a casa era tan dulce, que casi pude paladearla.

—¿Tienes muchas cosas que hacer en casa? —preguntó Amelia mientras Quinn y yo enfilábamos la escalera. Pensé que Quinn podría dormir en la misma cama que yo. Estábamos demasiado cansados para pensar en otra cosa; no era la mejor noche para empezar una relación, si no la había empezado ya. Puede que así fuera.

—Bueno, tengo que asistir a un montón de bodas —contesté—. Y tengo que volver al trabajo.

—¿Tienes cuarto de invitados libre?

Me detuve a medio camino.

—Es posible. ¿Lo necesitarías?

Era difícil de precisar en la penumbra, pero Amelia parecía algo avergonzada.

—He intentado algo nuevo con Bob —dijo—, y la verdad es que no ha funcionado como esperaba.

—¿Dónde está? —pregunté—. ¿En el hospital?

—No, está aquí —dijo, señalando al gnomo del jardín.

—Dime que estás bromeando —dije.

—Estoy bromeando —dijo—. Ése es Bob. —Y cogió a un gran gato negro con el pecho blanco que había estado enrollado en una maceta vacía. Ni siquiera me había dado cuenta de su presencia—. ¿No es mono?

—Claro, que se venga, siempre me han gustado los gatos.

—Pequeña —dijo Quinn—. Me alegro de que digas eso. Estaba demasiado cansado como para transformarme por completo.

Por primera vez, miré de verdad a Quinn.

Ahora tenía cola.

—Definitivamente duermes en el suelo —dije.

—Ah, pequeña.

—No es broma. Mañana volverás a ser humano del todo, ¿verdad?

—Claro. Me he transformado demasiadas veces últimamente. Sólo necesito descanso.

Amelia miraba la cola con los ojos redondos como platos.

—Hasta mañana, Sookie —dijo—. Mañana tendremos un viajecito por carretera, ¡y me quedaré contigo un tiempo!

—Nos lo pasaremos muy bien —respondí, terminando de subir la escalera como pude y profundamente feliz por haber guardado las llaves del apartamento en mi ropa interior. Quinn estaba demasiado cansado como para mirarme mientras las sacaba. Dejé que partes del vestido se me cayeran mientras abría la puerta.

—Qué divertido.

Más tarde, después de que Quinn y yo hubiéramos pasado por la ducha, uno después del otro, oí que llamaban insistentemente a la puerta. Estaba presentable con mis pantalones de dormir y mi camiseta de tirantes. A pesar de que lo que más me apetecía era ignorar la llamada, abrí la puerta.

Bill tenía muy buen aspecto para alguien que ha luchado en una guerra. No podría volver a ponerse el traje, pero no estaba sangrando, y si había sufrido cortes, ya se habían curado.

—Tengo que hablar contigo —dijo, y su voz era tan tranquila y relajada que no pude por menos que dar un paso fuera del apartamento. Me senté en el suelo de la galería, y él se sentó conmigo—. Tienes que dejar que te diga esto una vez —añadió—. Te amé. Te amo.

Alcé un mano en protesta, pero siguió hablando:

—No, déjame terminar —dijo—. Ella me envió, es verdad. Pero cuando te conocí, cuando supe cómo eras, te…, te quise de verdad.

¿Cuánto tiempo pasaría, desde que me llevó a la cama por primera vez, hasta que surgió ese amor? ¿Cómo iba a creerle después de haberme mentido de forma tan convincente, incluso desde el primer momento que nos vimos, desempeñando el papel de desinteresado mientras leía mi fascinación por el primer vampiro que conocía?

—He arriesgado la vida por ti —dije, notando cómo las palabras me salían en una secuencia irregular—. Le he dado a Eric un poder eterno sobre mí, por tu bien, cuando tomé su sangre. He matado por ti. No son cosas que yo suela dar por sentado, aunque a ti sí te pase…, aunque eso suponga el día a día de tu existencia. Para mí no es así. No sé si algún día podré dejar de odiarte.

Me levanté lentamente. Supuso un alivio el que no intentara ayudarme.

—Es posible que me hayas salvado la vida esta noche —le dije, mirando hacia abajo—, y te estoy agradecida por ello. Pero no vuelvas al Merlotte's, no merodees por mi bosque y no hagas nada más por mí. No quiero volver a verte.

—Te quiero —dijo, tozudo, como si se tratase de un hecho tan asombroso, de una verdad tan innegable, que tuviera que creérmelo. Bueno, lo hice en su momento, y mirad dónde me ha llevado.

—Esas palabras no son como una fórmula mágica —dije—. No te abrirán mi corazón.

Bill tenía más de ciento treinta años, pero en ese momento no me sentí menos que él. Me arrastré al interior, cerré la puerta y eché el pestillo. Recorrí el pasillo hasta el dormitorio.

Quinn se estaba secando y se volvió para mostrarme su musculoso trasero.

—Sin rastro de pelaje —dijo—. ¿Puedo compartir la cama contigo?

—Sí —respondí, y me metí. Él hizo lo propio por el otro lado y se quedó dormido al cabo de medio minuto. Al cabo de uno o dos, me deslicé junto a él y posé la cabeza sobre su pecho.

Y escuché el latido de su corazón.

Capítulo
23

Qué le pasó a esa Flor de Jade? —preguntó Amelia al día siguiente. Everett conducía el camión y Amelia y yo íbamos detrás en su pequeño utilitario. Quinn se había marchado cuando me desperté, pero me dejó una nota diciendo que me llamaría después de contratar a alguien para sustituir a Jake Purifoy y terminar su siguiente trabajo, que sería en Huntsville, Alabama. Dijo que era un Rito de Ascensión, aunque yo no tenía la menor idea de lo que era eso. Concluyó la nota con un comentario muy personal sobre el vestido verde lima que no repetiré aquí.

Amelia tenía sus bultos hechos para cuando estuve vestida, y Everett dirigía a dos tipos corpulentos para cargar las cajas que me quería llevar a Bon Temps. Cuando volviera, se llevaría los muebles. No quería dárselos a la beneficencia. Se los ofrecí a él, pero cuando vio las falsas antigüedades me dijo educadamente que no eran de su estilo. Metí mis cosas en el maletero de Amelia y emprendimos la marcha. Bob el gato estaba en su propia jaula, en el asiento trasero. Le habíamos puesto sobre unas toallas, y le habíamos dejado un cuenco con agua y comida, y lo puso todo perdido. La caja de arena estaba en el suelo.

—Mi mentora supo lo que yo había hecho —dijo Amelia, lóbregamente—. Está muy enfadada conmigo.

No me sorprendía, pero no me parecía delicado decírselo, sobre todo después de que Amelia me hubiese ayudado tanto.

—Echa de menos su vida —señalé con toda la suavidad que pude.

—Es verdad, pero a cambio está teniendo toda una experiencia —dijo ella, con una voz determinada a ver el aspecto positivo de las cosas—. Le compensaré, de alguna manera.

No estaba segura de que aquello fuese algo que pudiera compensarse.

—Estoy segura de que pronto podrás devolverlo a su forma —dije, tratando de trasmitirle confianza—. Hay muy buenas brujas en Shreveport que podrían ayudarte. —Si Amelia era capaz de superar sus prejuicios contra las wiccanas.

—Genial —contestó la bruja, algo más alegre—. Mientras, ¿me puedes decir qué demonios pasó anoche? Quiero todos los detalles.

Supuse que toda la comunidad sobrenatural estaría al tanto, así que pensé que no pasaría nada si se lo contaba. Le detallé a Amelia toda la historia.

—¿Y cómo supo Cataliades que Flor de Jade había matado a Gladiola? —preguntó Amelia.

—Eh, yo se lo dije —respondí con la boca pequeña.

—¿Y cómo lo supiste tú?

—Cuando los Pelt me dijeron que no habían contratado a nadie para vigilar mi casa, deduje que el asesino era alguien enviado por Peter Threadgill para retrasar la llegada del mensaje de Cataliades. Peter estaba al tanto de que la reina había perdido el brazalete y que lo tenía Hadley. Puede que tuviera espías entre la gente de la reina, o quizá se le escapó a uno de sus seguidores con menos luces, como Wybert. No hubiese sido nada complicado seguir a esas muchachas que la reina usaba como mensajeras. Cuando una de ellas vino a mi casa para entregarme el mensaje, Flor de Jade la siguió y la mató. La herida era bastante drástica, y cuando vi su espada y cómo la blandía, pensé que era la mejor candidata a asesina. Además, la reina dejó dicho que si Andre era visto en la ciudad, todo el mundo debía asumir que ella también estaba allí... Así que lo contrario también debía de ser verdad, ¿no? Si el rey estaba en Nueva Orleans, todo el mundo asumiría que Flor De Jade también. Pero estaba fuera de mi casa, en el bosque. —Sentí un escalofrío con tan sólo recordarlo—. Lo corroboré después de llamar a un montón de gasolineras. Hablé con un tipo que sin duda recordaba a Flor de Jade.

—¿Y por qué robó Hadley el brazalete?

—Supongo que estaba celosa, y que deseaba poner en evidencia a la reina. No creo que Hadley comprendiera las consecuencias de lo que había hecho, y para entonces ya era demasiado tarde. El rey ya había trazado sus planes. Flor de Jade estuvo vigilando a Hadley un tiempo, aprovechó la oportunidad de asaltar a Jake Purifoy y matarlo. La idea era que culparan a Hadley. Cualquier cosa que la desacreditara, desacreditaría a la reina. Lo que no sabían era que lo convertiría en vampiro.

—¿Qué pasará con Jake ahora? —Amelia parecía turbada—. Me caía bien. Era un tipo majo.

—Sigue siéndolo. Ahora es un vampiro majo.

—No estoy segura de que eso exista —dijo mi compañera en voz baja.

—Hay días en que yo tampoco lo estoy. —Y guardamos silencio durante un rato.

—Bueno, háblame de Bon Temps —dijo Amelia, para romper el tedio de la conversación.

Empecé a hablarle de la ciudad, del bar en el que trabajaba, del convite nupcial al que me habían invitado a trabajar también y de todas las bodas que había por delante.

—Suena muy bien —dijo Amelia—. Oye, ya sé que me he autoinvitado. ¿Te molesta? De verdad.

—No —contesté tan rápidamente que hasta yo me sorprendí—. Será agradable tener algo de compañía..., por un tiempo

—añadí, cautelosamente—. ¿Qué pasará con tu casa de Nueva Orleans mientras estés fuera?

—Everett me dijo que no le importaría vivir en el apartamento de arriba porque ya empezaba a resultarle difícil vivir con su madre. Como le ha salido un trabajo tan bueno con Cataliades, se lo puede permitir. Vigilará mis plantas y mis cosas hasta que vuelva. Y siempre me puede mandar un correo electrónico. —Amelia llevaba su portátil en el maletero, lo que significaba que, por primera vez, habría un ordenador en casa de los Stackhouse. Hubo una pausa, y luego prosiguió, algo vacilante—. ¿Cómo te sientes ahora? Me refiero al tema del ex y eso.

Me lo pensé.

—Tengo un boquete en el corazón —dije—, pero se cerrará.

—No quiero ir de listilla, ni nada —dijo—, pero no dejes que se quede el dolor debajo de la costra, ¿vale?

—Es un buen consejo —respondí—. Espero poder ponerlo en práctica.

Pasaron muchas cosas durante mis días de ausencia. Mientras nos acercábamos a Bon Temps, me pregunté si Tanya habría conseguido que Sam le pidiera salir. Me pregunté también si debería contarle su papel de espía. Eric no tenía por qué sentirse confundido acerca de mí, ya que nuestro secreto ya había salido a la luz. Ya no me tenía cogida. ¿Mantendrían los Pelt su palabra? Puede que Bill emprendiera un largo viaje. Puede que una estaca acabara accidentalmente en su pecho mientras estuviera fuera.

No supe nada de Jason durante mi estancia en Nueva Orleans. Me preguntaba si seguiría con sus planes de boda. Esperaba que Crystal se hubiese recuperado. Me pregunté si la doctora Ludwig aceptaría los pagos del seguro. Y la doble boda de los Bellefleur se antojaba un acontecimiento interesante, aunque me tocara trabajar en ella.

Respiré hondo. Mi vida no era tan mala, me dije, y empecé a creérmelo. Tenía novio nuevo, quizá; tenía una nueva amiga, seguro; y por el horizonte asomaban acontecimientos interesantes. Todo era bueno, y debía estar agradecida.

Así que, ¿y qué si tenía que asistir a una conferencia de vampiros formando parte del séquito de la reina? Me hospedaría en un hotel elegante, me arreglaría mucho, presenciaría largas y aburridas reuniones, si es que era verdad lo que todo el mundo me había dicho de las conferencias.

Caramba, no podía ser tan malo.

Mejor sería no pensar en ello.

No es fácil ser una camarera sexy con poderes telepáticos y enterarse de los terribles secretos que todo el mundo esconde. Tal vez por eso Sookie Stackhouse termina enamorándose de Bill Compton, cuya mente no puede leer. Sookie suspira de felicidad por haber encontrado a su media naranja, y no le importa que sea un vampiro de mala reputación. Hasta que una compañera suya es asesinada y Sookie se da cuenta de que su vida corre peligro.

«Es imposible no caer hechizado por la irónica y atractiva Sookie, probablemente la heroína más encantadora que nos ha guiado por el lado oscuro en mucho tiempo.»   *BookPage*

«Salvajemente imaginativa.»   *USA Today*

«Sexy y espeluznante.»   *TV Guide*

«Fascinante.»   *The New York Times*

Vivir y morir en Dallas

CHARLAINE HARRIS

Sookie Stackhouse está pasando una mala racha: su compañero de trabajo ha sido asesinado y ella es atacada por una criatura sobrenatural, pero afortunadamente los vampiros le salvan la vida. Cuando le piden que busque a uno de ellos, desaparecido en Dallas, Sookie no lo duda ni un momento. Eso sí, pone una única condición: ningún humano debe ser dañado. Pero eso es muy fácil decirlo...

Esta serie, transgresora en su planteamiento, rompe con la imagen tradicional de los vampiros y ofrece una nueva y fresca visión de los mismos.

«Sangrienta, sexy y violenta, esta novela es divertida y escalofriante a la vez.»   *Chicago Sun-Times*

«Irresistible.»   *The Hollywood Reporter*

«Cautivadora.»   *The Boston Globe*

El Club de los Muertos
CHARLAINE HARRIS

TRUEBLOOD
Una serie original de HB◉

CANAL+   cuatr◉   punto de lectura

¿Malos o buenos? ¿Mayoría o minoría? ¿Víctima o verdugo?
¿Seducir o ser seducido? ¿Morder o ser mordido?

Sookie Stackhouse sigue locamente enamorada de Bill a pesar
de su distanciamiento. Bill se ha marchado sin razón aparente a
Jackson, Misisipi, y Sookie animada por Eric, el siniestro y
atractivo jefe de los vampiros, va en su busca. Le encuentra en
El Club de los Muertos, una secreta y elitista sociedad vampírica, donde es testigo de su traición. Desesperada, se plantea si
todavía quiere salvarlo del club o por el contrario clavarle una
estaca.

«Absorbente.»   *San Francisco Chronicle*

«Una autora de destrezas muy poco frecuentes.» *Publishers Weekly*

«Una serie deliciosa.»   *The Denver Post*

Muerto para el mundo
CHARLAINE HARRIS

CANAL+ · cuatro · SUMA · TRUE BLOOD
Una serie original de HBO

No todos los días una se encuentra con un hombre totalmente desnudo en la cuneta de la carretera mientras conduce… A no ser que seas Sookie Stackhouse, la prodigiosa camarera del pequeño pueblo de Bon Temps. El pobre «hombre» no tiene ni idea de quién es, pero Sookie sí… Es Eric, el vampiro, aunque parece que ahora se ha convertido en un Eric más amable y caballeroso. Y también mucho más asustadizo, porque el que lo dejó sin memoria también quiere quitarle la vida. Las indagaciones de Sookie para encontrar a quien lo hizo y el porqué la llevan a involucrarse en una peligrosa batalla contra brujas, vampiros y también hombres lobo. Aunque un peligro mayor acecha el corazón de Sookie… ya que esta renovada versión de Eric es irresistible… ¿Y quién se acuerda de Bill en estas circunstancias?

Más muerto que nunca

CHARLAINE HARRIS

CANAL+   cuatro   punto de lectura   TRUE BLOOD
Una serie original
de HBO

La camarera del pequeño pueblo de Bon Temps, Sookie Stack-house, ha tenido ya más de una experiencia con el mundo sobre-natural, aunque ahora éste merodea más cerca que nunca de su casa. Cuando Sookie ve que los ojos de su hermano Jason empiezan a cambiar, sabe que se va a transformar en pantera por primera vez, una transformación a la que se adapta con mucha mayor rapidez que otros cambiantes que conoce. Pero su pre-ocupación se convierte en miedo cuando un francotirador fija su mira en la población cambiante local, y los hermanos pantera creen que Jason es el principal sospechoso. Sookie tiene hasta la próxima luna llena para descubrir al culpable de los ataques… y también para organizar una lista de pretendientes que no deja de crecer.

«El mejor título de la serie hasta el momento.» *Publishers Weekly*